Carina Schnell
Azurblau

CARINA SCHNELL

Azur BLAU

Roman

everlove by PIPER

Mehr über unsere Autorinnen, Autoren und Bücher:
www.everlove-verlag.de

Wenn dir dieser Roman gefallen hat, schreib uns unter Nennung des Titels »Azurblau« an *empfehlungen@piper.de*, und wir empfehlen dir gerne vergleichbare Bücher.

Von Carina Schnell liegen im Piper Verlag vor:

Sommer-in-Kanada-Reihe:
Band 1: When the Storm Comes
Band 2: When the Night Falls
Band 3: When the Stars Collide

Sommer-in-Südfrankreich-Reihe:
Band 1: Azurblau
Band 2: Korallenrosa

Die Todesbotin

Unser Versprechen für mehr Nachhaltigkeit
• Klimaneutrales Produkt
• FSC®-zertifiziertes Papier
• Hergestellt in Europa

FSC www.fsc.org MIX Papier | Fördert gute Waldnutzung FSC® C083411

ISBN 978-3-492-06501-6

Redaktion: Anika Beer
Satz: Tobias Wantzen, Bremen
Gesetzt aus der Dupincel VF
Druck und Bindung: CPI Books GmbH, Leck
Printed in the EU

Für alle, die in ein fremdes Land gegangen sind
und dort die Liebe gefunden haben

TEIL 1

Le coup de foudre

KAPITEL 1

Alix

Als die Stadt am Meer in Sicht kam, drückte ich meine Nase an der Fensterscheibe platt. Die Pilotin flog eine großzügige Schleife, sodass ich einen atemberaubenden Ausblick auf die Baie des Anges, die sogenannte Engelsbucht, bekam. Hier und dort war das azurblaue Meer mit weißen Booten gesprenkelt. Auf dem Wasser glitzerte die Sonne so stark, dass ich die Augen zusammenkneifen musste.

Am Ufer zog sich eine Promenade hinter einem breiten Strandabschnitt entlang, und dahinter erstreckte sich die Stadt. Strahlend weiße, terrakottafarbene, gelbe und rote Häuser – kein Gebäude glich dem anderen. Nizza war ein Flickenteppich, eine fröhliche Farbexplosion. Sich im Wind wiegende Palmen säumten die Promenade, auf vielen Dächern konnte ich grün bewachsene Dachterrassen erkennen. In der Ferne erhoben sich die Alpen, deren höchste Gipfel selbst jetzt, Mitte Mai, noch schneebedeckt waren. Berge und Meer – ein Kontrast, der überraschend gut zusammenpasste. Mein Herz schlug augenblicklich schneller. Es war Liebe auf den ersten Blick.

Langsam verlor die Maschine an Höhe. Ich riss die Augen auf, als ich entdeckte, dass sich die Landebahn direkt im Meer befand. Oder vielmehr auf einer eigens dafür vorgesehenen Halbinsel, die künstlich angelegt worden sein musste. Bei dem Gedanken, dass wir gleich dort landen würden, wurde mir flau im Magen. Wenn die Pilotin die Länge der Landebahn falsch abschätzte, würden wir ins Wasser stürzen. Ich schluckte schwer, während wir der Meeresoberfläche immer näher kamen. Die Farbtöne changierten von Tiefblau zu Jadegrün und Türkis bis hin zu Hellblau – so kristallklar, dass ich teils dunkle Schemen am Meeresboden ausmachen konnte.

Als wir den Wellen so nah waren, dass ich gefahrlos aus dem Flugzeug hätte hineinspringen können, krallte ich meine Finger um die Armlehnen. Von der Landebahn war keine Spur mehr zu sehen. Das Wasser kam immer näher. Jeden Moment würden wir darin versinken. Innerlich verfluchte ich mich dafür, diesen Flug gebucht zu haben. Ich hätte den Zug nehmen können, doch das hätte mich neun Stunden gekostet – und dann hätte ich die Aussicht verpasst.

Reiß dich zusammen! Ich starrte weiter aus dem Fenster, den Blick nun auf den wolkenlosen Himmel gerichtet, dessen Farbe der des Meeres in nichts nachstand. Im Kopf zählte ich die Sekunden bis zum Kontakt mit dem Wasser. *Drei, zwei, eins …*

Es rumpelte und holperte, dann rollten wir über festen Boden. Kein Platschen, kein Sinken. »Willkommen an der Côte d'Azur«, dröhnte es aus den Lautsprechern.

Mir entwich ein erleichtertes Seufzen. Ich hatte den ersten Flug meines Lebens hinter mich gebracht, ohne vor Angst zu sterben – oder mich zu übergeben. Kurz verspürte ich den Drang, laut zu jubeln, stattdessen lockerte ich nur meinen Griff und atmete tief durch.

Als ich mich in der Flugzeugkabine umsah, wurden meine Wangen heiß. Auf keinem der Gesichter der anderen Passagiere zeigte sich dieselbe Erleichterung, die sich auf meinen Zügen abzeichnen musste. Der Anzugträger neben mir tippte ungerührt weiter auf seinem Laptop herum. Die drei jungen Frauen vor mir unterhielten sich angeregt, wie schon den ganzen Flug über. Irgendwo hinter mir lachte ein Kleinkind. Ich schluckte und wagte einen weiteren Blick aus dem Fenster. Palmen begrüßten mich, während sich unsere Maschine langsam dem Flughafengebäude näherte. Unwillkürlich breitete sich ein Lächeln auf meinem Gesicht aus. Dies war der Moment, in dem mein neues Leben begann.

Ächzend hievte ich meinen riesigen Koffer vom Band. Er war viel zu schwer, doch da er so ziemlich alle meine Besitztümer enthielt, musste ich da durch. Man zog schließlich nicht nur mit einer kleinen Reisetasche einmal quer durchs Land. In Gedanken weinte ich meinem alten Zimmer mit den mintgrünen Wänden und weißen Fensterläden nach, das meine Eltern wahrscheinlich zu einem Yoga-Raum umfunktionieren würden – wenn sie sich jemals wieder zu Hause blicken ließen. Trotz allem freute ich mich jedoch darauf, zum ersten Mal in meinem Leben etwas nur für mich zu haben. Allein zu wohnen. So richtig ins Erwachsenendasein zu starten. Mit vierundzwanzig Jahren wurde es langsam Zeit.

Für Mitte Mai war es im Flughafengebäude unerwartet heiß. Klimaanlage? Fehlanzeige! Mein Pferdeschwanz klebte mir im Nacken, während ich mit Koffer und Umhängetasche beladen auf den Ausgang zusteuerte. Es half nicht, dass ich durch die gewagte Landung noch etwas wackelig auf den Beinen war.

Mit der freien Hand fächelte ich mir Luft zu, während ich den Doppeltüren, über denen in grünen Leuchtbuchstaben *Sortie* stand, immer näher kam. Sie öffneten sich automatisch, und dann trat ich hinter einer Frau in einem perfekt sitzenden Hosenanzug in den Empfangsbereich des Flughafens. Ich hatte eine große Menschenmenge erwartet, schließlich war Nizza ein beliebtes Ferienziel, doch in der überraschend kleinen Halle standen nur sechs Leute. Zwei davon waren Taxifahrer, die je ein Namensschild hochhielten. Ein älterer Herr steuerte direkt auf die Frau im Hosenanzug zu und nahm ihr die Laptoptasche ab. Die drei übrigen Personen winkten fröhlich und stürzten sich auf die Familie, die hinter mir durch die Tür kam.

Die herzliche Begrüßung versetzte mir einen unerwarteten Stich. Ich wurde von keinem bekannten Gesicht erwartet. Niemand würde mich in die Arme schließen. Ich war auf mich allein gestellt. Zumindest vorerst.

Kurz blieb ich stehen, um mir den Schweiß von der Stirn zu wischen. Langsam leerte sich die Halle, sodass neben dem Personal der verschiedenen Autovermietungs- und Informationsstände nur ich zurückblieb. Rasch zog ich meinen Hoodie aus, unter dem ich ein dünnes Top trug. Schon besser. Dann zückte ich mein Handy und öffnete Google Maps. Natürlich war ich vorbereitet. Das war ich immer. Ich musste nur noch auf *Route starten* klicken und den blauen Punkten in Richtung der nächsten Haltestelle folgen. Mit meinem Gepäck war das jedoch leichter gesagt als getan.

Quälend langsam zerrte ich das Monstrum von einem Koffer hinter mir her in Richtung Ausgang. Die Frau vom Infostand warf mir einen mitfühlenden Blick zu, doch ich schenkte ihr ein gewinnendes Lächeln, pustete mir ein paar lose Strähnen aus dem Gesicht und hängte mich noch verbissener rein. Schließlich ging ich fast jeden Tag joggen und regelmäßig zum Kickboxen. Da würde ich mich nicht von einem Koffer in die Knie zwingen lassen – auch wenn er drei Tonnen wog.

Als ich es endlich nach draußen geschafft hatte, schlug mir warme Luft entgegen. Hier war die Hitze jedoch viel erträglicher. Eine frische Brise wehte vom Meer herüber, und ich nahm mir einen Moment, um tief durchzuatmen.

Am Himmel drehten ein paar Möwen ihre Runden. Ihr Geschrei mischte sich mit dem Verkehrslärm der nahen Straße und dem Hupen eines Taxis auf dem Parkplatz vor dem Flughafengebäude. Auch hier standen überall Palmen. Rosa und weiße Blüten kletterten an der Wand des Flughafengebäudes hinauf, und es duftete nach Jasmin. Sofort fühlte ich mich, als wäre ich im Urlaub. Dass ich von nun an im Paradies leben und arbeiten würde, war definitiv etwas, woran ich mich erst gewöhnen musste.

Nachdem ich mir die blonden Haare mit den rosa Spitzen zu einem neuen Pferdeschwanz zusammengebunden hatte, ging es weiter. Google Maps führte mich mitten hinein in den bunten Trubel, der außerhalb des Flughafengeländes herrschte. Autos hupten, Leute brüllten sich durch heruntergelassene Scheiben Beleidigungen zu, und ich versuchte mittendrin, meinen Koffer an Fahrrädern, Passanten und Palmen vorbeizumanövrieren. Es war gar nicht so leicht, sich beim Gehen auf den Weg zu konzentrieren, denn auf der gegenüberliegenden Straßenseite erhob sich ein beeindruckendes Luxushotel neben dem anderen. Ich kam aus dem Staunen nicht mehr heraus.

Trotz allem schaffte ich es wohlbehalten bis zum nächsten Bahnhof. Bereits zu Hause hatte ich mir eine Zugverbindung herausgesucht. Obwohl ich Nizza unbedingt erkunden wollte, musste die pulsierende Metropole erst einmal warten. Denn mein Ziel war um einiges kleiner, wenn auch doppelt so aufregend. *Nächster Halt: Antibes* stand in leuchtenden Lettern auf der Anzeige des Zugs, in den ich meinen Koffer hievte.

In dem Küstenörtchen mit dem größten Jachthafen Europas tummelten sich nicht nur die Reichen und Schönen, sondern es reihte sich auch ein Edelrestaurant an das nächste. Und ich hatte einen Job im besten Haus am Platz ergattert. Nachdem ich meine Ausbildung zur Köchin in Bordeaux abgeschlossen hatte, gab es keinen besseren Ort, um Berufserfahrung zu sammeln und mir hoffentlich meinen Traum, eines Tages Chef de Cuisine zu werden, zu erfüllen. Ich konnte es immer noch nicht ganz fassen, dass sie mich im *Le Chat Noir* als Jungköchin eingestellt hatten. Zugegeben, die Besitzerin des mit drei Michelin-Sternen ausgezeichneten Restaurants hatte meinem früheren Chef einen Gefallen geschuldet, doch ich war fest entschlossen, ihr zu beweisen, dass ich es nicht nur deshalb verdient hatte, in ihrer Küche zu arbeiten.

Nachdem ich einen freien Sitzplatz gefunden und meinen Koffer in der Gepäckablage verstaut hatte, lehnte ich mich zurück, um die zwanzigminütige Zugfahrt für ein Nickerchen zu nutzen. Schließlich war ich bereits seit fünf Uhr morgens auf den Beinen. Doch ich richtete mich ruckartig wieder auf, als wir um eine Kurve fuhren und das Meer plötzlich keine zehn Meter von der Fensterscheibe entfernt auftauchte. Mir blieb der Mund offen stehen. Die Gleise führten direkt an der Küste entlang! Erst der Landeanflug auf Nizza und jetzt das. Offenbar wartete so ein Ausblick an der Côte d'Azur an jeder Ecke.

Reflexartig griff ich nach meinem Handy und schoss ein paar Fotos von den azurblauen Wellen, die sanft an einen schmalen Strandabschnitt spülten. Wenn ich an dieser Stelle aus dem Zug sprang, würde ich weich landen und direkt ins einladende Meer weiterrollen können. Die Vorstellung brachte mich zum Lachen. Wie selbstverständlich drehte ich den Kopf, um mein Amüsement kundzutun, doch der Sitz neben mir war leer. Erneut überkam mich eine Welle der Einsamkeit, und ich musste schwer schlucken.

Es gab nur eine einzige Person, mit der ich diesen Moment teilen wollte: Magali, meine jüngere Schwester und beste Freundin. Um mich von dem Kloß in meinem Hals abzulenken, tippte ich eine Nachricht und schickte ein Foto vom Meer mit.

Bin gut angekommen. Die Aussicht ist schon mal herrlich!
Würde am liebsten sofort reinspringen.

Seufzend lehnte ich mich wieder zurück und genoss die Fahrt. Während sich der Zug an der Küste entlangschlängelte, stellte ich mir vor, was Magali wohl sagen würde, wenn sie jetzt neben mir säße. Es fühlte sich merkwürdig an, sie nicht bei mir zu haben. Als würde mir ein lebenswichtiges Organ fehlen. Da unsere Eltern aufgrund ihrer Karriere größtenteils mit Abwesenheit glänzten, hatten wir einander großgezogen. Unser ganzes Leben lang hatten wir nur einander gehabt. Und in diesem Moment, als ich meinem Ziel mit jeder verstreichenden Minute näher kam und Nervosität in mir aufstieg, hätte ich alles dafür gegeben, Magali auch jetzt an meiner Seite zu haben.

Sehnsucht überkam mich. Sehnsucht nach ihrer tröstlichen Präsenz, ihrem Optimismus und ihrem unerschütterlichen Glauben an mich. Doch das hier war etwas, das ich allein durchziehen musste. Zum ersten Mal in meinem Leben war *ich* dran. Mein Traum war zum Greifen nah, und wenn es einem Umzug ans andere Ende des Landes bedurfte, um ihn zu erfüllen, dann musste ich über meinen Schatten springen und es wagen. Magali würde mir sonst die Hölle heiß machen.

Als ich mir ihren strengen Blick vorstellte, musste ich leise lachen. Mit neu erwachter Zuversicht setzte ich meine Kopfhörer auf, drehte Magalis Lieblingssong auf – *Happy* von Pharrell Williams – und ließ mich vom sanften Schaukeln des Zugs und der wunderschönen Aussicht besänftigen.

Das mediterran anmutende rote Gebäude des Bahnhofs von Antibes war klein, sodass ich schnell den Weg zum Ausgang fand. In der Eingangshalle steuerte ich jedoch erst einmal einen Kiosk an und kaufte mir eine Flasche Evian. Wenn ich mich nicht schnell abkühlte, würde ich in Flammen aufgehen. Sobald ich die Flasche in der Hand hielt, drehte ich den Deckel auf und trank gierig. Dann spritzte ich mir ein wenig Wasser ins erhitzte Gesicht. Nach einem letzten großen Schluck drehte ich mich wieder zu meinem Gepäck um.

»Salut, bist du Alix?« Direkt vor mir stand eine hochgewachsene Person in einer buntgemusterten, an der Taille geknoteten Bluse und Skinny Jeans. Sie lächelte mich so breit an, dass ich einen Blick auf ihre strahlend weißen Zähne erhaschte. Ich nickte überrascht. Zu mehr war ich mit vollem Mund nicht fähig. Dann schluckte ich das Wasser geräuschvoll herunter und schenkte dem freundlichen Menschen, der wie aus dem Nichts aufgetaucht war, ein breites Lächeln. »Ja, äh, und du musst Thibault sein.«

»Genau.« Die Person nickte, sodass ihr schwarzer Afro wippte und der jadegrüne Ohrring, der vom linken Ohr baumelte, leise klirrte. »Aber alle nennen mich Bo. Meine bevorzugten Pronomen sind sier/siem.«

»Schön, dich kennenzulernen, Bo. Meine sind sie/ihr.«

Bo trat vor, um mich mit *La Bise* zu begrüßen. Dabei steuerte sier allerdings zuerst auf meine linke Wange zu, was mich so sehr verwirrte, dass ich siem beinahe eine unfreiwillige Kopfnuss verpasst hätte. Statt den von mir erwarteten drei gab Bo mir dann zwei Wangenküsschen, sodass ich sien zu allem Überfluss fast auf den Mund geküsst hätte. Ich konnte das Desaster gerade noch abwenden und tat so, als wäre nichts geschehen, während mir Wasser aus meinen noch feuchten Wimpern in die Augen tropfte.

Nein, ich war definitiv *nicht* mehr in Bordeaux. Das bestätigte mir auch der Akzent, als Bo leise lachte und verschmitzt bemerkte: »Ach ja, ich habe ganz vergessen, dass du nicht von hier bist.« Mühelos schnappte sier sich mein Gepäck und machte eine auffordernde Handbewegung in Richtung Ausgang. »Willkommen in Antibes!«

Wir traten ins gleißende Sonnenlicht, und ich war froh, meinen Koffer nicht mehr ziehen zu müssen, da ich augenblicklich wieder zu schwitzen begann. Die Straße war von hohen Pinien gesäumt, die einen angenehmen Duft verströmten. Eine wahre Flut an Vespas und Motorrollern parkte unter den Bäumen. Schon wollte ich in den Schatten flüchten, doch Bo winkte mich zu einem Parkplatz neben dem Bahnhofsgebäude. »Hier entlang.« Sier öffnete die seitliche Schiebetür eines weißen Sprinters, auf der ein Logo prangte: die Silhouette einer schwarzen Katze vor dem Vollmond. Ich hätte es auch erkannt, wenn darunter nicht in elegant geschwungenen Buchstaben *Le Chat Noir* gestanden hätte. Mein Magen kribbelte verheißungsvoll. Irgendwie machte es das Ganze erst so richtig real, dass ich mit dem Firmenwagen abgeholt wurde.

So sehr war ich in die Betrachtung des Logos vertieft, dass ich kaum mitbekam, wie Bo mein Gepäck einlud. Erst als sier die Tür geräuschvoll schloss, erwachte ich aus meinem Freudentaumel. »Sorry, was hast du gesagt?«

»Ich habe gefragt, ob du eine gute Reise hattest.« Bo öffnete mir die Beifahrertür, und ich beeilte mich einzusteigen.

»Ja«, antwortete ich, während ich auf den hohen Sitz kletterte. »Der Landeanflug auf Nizza war atemberaubend.«

»Das glaube ich dir sofort.« Bo schlug die Tür zu, lief um den Wagen herum und stieg neben mir ein. »Ich bin hier in der Gegend aufgewachsen, aber von so hoch oben habe ich Nizza noch nie gesehen.« Sier ließ den Motor an, fuhr vom Parkplatz und reihte sich in den üppigen Verkehr ein.

»Ist Antibes denn ebenso schön?«, fragte ich.

»Ich finde, hier ist es noch tausendmal schöner.«

»Wirklich?«

Bo lachte, weil meine Augen verzückt zu leuchten begonnen haben mussten. »Das Städtchen hat es trotz Luxustourismus geschafft, sich seinen ursprünglichen Charme zu bewahren. Du wirst schon sehen.«

Gespannt starrte ich aus dem Fenster. Wir befanden uns im modernen Teil der Stadt, der sich nicht besonders von anderen französischen Kleinstädten unterschied. Von unzähligen Internetfotos wusste ich jedoch, dass die Altstadt eine ganz besondere Perle war. Und dort würde ich wohnen und arbeiten. Mein Herz schlug immer schneller, je näher wir meinem neuen Zuhause kamen.

»Ich bringe dich erst mal in deine Wohnung«, erklärte Bo. »Gern hätte ich dich heute schon mit ins Restaurant genommen, aber wir haben montags geschlossen, und die Chefin mag es nicht, wenn wir trotzdem aufkreuzen. Sie sagt immer, dass wir unsere Freizeit gefälligst sinnvoll nutzen sollen.« Sier rollte mit den Augen, doch der liebevoll verschmitzte Gesichtsausdruck verriet mir, dass Bo viel für Sylvie Lellouche, die Besitzerin des *Le Chat Noir,* übrighatte. »Komm morgen einfach eine Stunde vor Dienstbeginn, dann zeige ich dir alles und gebe dir deine Arbeitskleidung.«

Ich nickte. So viele Fragen schossen mir durch den Kopf, dass ich kaum entscheiden konnte, welche ich zuerst stellen sollte. »Ich bin so gespannt auf das Restaurant. Die Küche. Die Kollegschaft. Sind alle nett?«

»Ja, wir sind ein tolles Team.« Bo klang aufrichtig, hatte allerdings einen Augenblick zu lange gezögert. Stirnrunzelnd musterte ich sien von der Seite. Bevor ich nachfragen konnte, wurde ich von den wunderschönen alten Häusern abgelenkt, die plötzlich vor uns auftauchten. »Das ist Vieil Antibes, die Altstadt«, verkündete Bo.

Ich konnte meinen Blick nicht von den schattigen Gassen, steinernen Brunnen und weißen und gelben Gebäuden mit terrakottafarbenen Dachziegeln losreißen. Rosa Blumen rankten sich an Hausfassaden hinauf. Markisen, Tische und Stühle luden vor den Restaurants und Bars zum Verweilen ein. An jeder Ecke wurden Kunstwerke und Postkarten verkauft. Einige der gedrungenen Häuschen mussten Hunderte von Jahren alt sein, doch die Bewohner kümmerten sich offensichtlich liebevoll um die Instandhaltung. Vor jeder Tür standen Blumenkübel, und die farbenfrohen Fensterläden wirkten überall frisch gestrichen.

Ich konnte nicht anders, als die Scheibe herunterzulassen, um den Duft der Stadt in mich aufzunehmen. Blumig und salzig zugleich. Die Brise vom nahen Meer trug die Akkordeonklänge eines Straßenmusikers an meine Ohren. Wenige Meter weiter lief mir das Wasser im Mund zusammen, weil es plötzlich nach frischen Crêpes duftete, kurz darauf abgelöst von Lavendel und Thymian, als wir an einem Seifenlädchen vorbeifuhren. Am liebsten wäre ich sofort aus dem Auto gesprungen und hätte mich unter die Passanten gemischt.

Als die Gassen schließlich immer schmaler wurden, befürchtete ich, dass wir mit dem Sprinter bald nicht mehr weiterkommen würden, doch Bo manövrierte den Wagen geschickt durch die Altstadt. Wir bogen ab, holperten über Kopfsteinpflaster und hielten kurz darauf an.

»Wir sind da«, erklärte Bo fröhlich.

Als ich ausstieg, riss der starke Wind Strähnen aus meinem Zopf. Wir standen vor einem schmalen, dreistöckigen Haus mit ockerfarbener Steinfassade und türkis gestrichenen Fensterläden. Davor blühte ein Busch in einem intensiven Pinkton. Die altmodische Eingangstür wurde von zwei Olivenbäumchen in Terrakottakübeln flankiert. Auf der gegenüberliegenden Straßenseite trennten uns nur wenige Schritte von der hellen Stadtmauer, die die Altstadt umgab. Wir befanden uns auf einem Hügel. Deshalb war die Mauer hier so niedrig, dass ich mühelos drüberschauen konnte. Dahinter erstreckte sich das Meer bis zum Horizont.

»*Hier* soll ich wohnen?«, entfuhr es mir. »Das ist einfach … wow!«

»Freu dich nicht zu früh.« Bo lud mein Gepäck aus. »Deine Wohnung hat leider keinen Meerblick, sondern geht auf den Innenhof raus. Eine Klimaanlage gibt es nicht, und die Wände sind dünn.«

»Aber wenn ich morgens aus dem Haus gehe, habe ich *diesen* Ausblick! Das ist unschlagbar.« Ich schoss ein Foto und schickte es an meine Schwester, die bisher nicht geantwortet hatte. Darunter kam ein Herzaugen-Emoji, gefolgt von:

Mein neues Zuhause: Jackpot!!!

Gemeinsam schleppten wir meinen Riesenkoffer die enge Treppe bis in den dritten Stock hinauf. Das letzte Stück des Wegs wirkte eher, als würden wir zu einem Dachboden raufsteigen, so niedrig wurde die Decke. Es gab keinen Platz mehr für zwei Personen nebeneinander, sodass Bo mir den Vortritt ließ. Die ausgetretenen Stufen endeten vor einer Holztür, die schon bessere Tage gesehen hatte. Bo reichte mir einen gusseisernen Schlüssel und forderte mich auf, mein neues Reich als Erste zu betreten. Mit zitternden Fingern steckte ich das leicht rostige Ding ins Schloss und brauchte zwei Versuche, bis es sich umdrehen ließ. Dann endlich schwang die Tür auf.

Ich musste den Kopf einziehen, um über die Schwelle zu treten. Der Parkettboden knarzte willkommen heißend, als ich einen Fuß daraufsetzte und mich staunend umsah. Wie bereits mehrmals an diesem Tag blieb mir die Luft weg. Die helle Einzimmerwohnung hatte blassgelb gestrichene Wände, eine schmale Küchenzeile und zusammengewürfelte Möbel, die von Flohmärkten und Antiquitätenläden stammen mussten. Holzbalken zogen sich über die Decke, und zwei der Wände waren unverputzt. Die rohen Steinmauern, die dadurch zum Vorschein kamen, verliehen der Wohnung einen rustikalen Charme.

Das eiserne Gestell quietschte leise, als ich meine Tasche auf dem Bett abstellte, das den kleinen Raum dominierte. Langsam drehte ich mich im Kreis, um alles in mich aufzunehmen. Von den weiß gestrichenen Fensterrahmen über den winzigen Esstisch beim Fenster, auf dem ein frischer Blumenstrauß in einer Vase stand, bis hin zu den beigefarbenen Leinengardinen, die sich im Wind blähten.

Bo hatte den Koffer neben der Tür abgestellt und zog nun entschuldigend die Schultern hoch. »Ich weiß, es ist klein, aber das Apartment ist gar nicht mal so übel, wenn du dich daran gewöhnt hast.«

»Gar nicht mal so übel?«, wiederholte ich. Es war klein, es war alt, es war wunderschön. »Ich bin schockverliebt.«

Bo lachte, ein rauer Laut, der ansteckend war. »Dann ist ja gut. Die Kühlschranktür klemmt manchmal, und das Bett quietscht, aber das wirst du bald selbst herausfinden. Wenn du Fragen hast, ruf mich einfach an. Ich habe vor dir hier gewohnt, deshalb kenne ich mich aus. Meine Nummer hast du ja.«

»Danke, Bo!« Viel mehr brachte ich nicht über die Lippen, da ich vollkommen verzaubert durch die Wohnung huschte und ehrfürchtig über die Holzmöbel strich. Vor dem gerahmten Gemälde eines Segelboots über der altmodischen Kommode blieb ich stehen.

»Den nächsten Supermarkt kannst du in zehn Minuten zu Fuß erreichen, und Anfang Juni öffnet der Marché Provençal gleich um die Ecke. Von Dienstag bis Sonntag kannst du dort frisches Obst und Gemüse, Käse, Kräuter und Gewürze kaufen.«

Ich seufzte verzückt. »Das klingt perfekt. Kaum zu glauben, dass der Job mit dieser Wohnung kommt.«

»Na ja, Miete musst du zwar zahlen, aber da das Gebäude der Chefin gehört, ist der Preis echt in Ordnung. Sonst wohnen hier unsere Azubis. Gerade haben wir keine, deshalb darfst du einziehen.«

Ich strahlte. »Natürlich werde ich mir auf lange Sicht etwas Eigenes suchen, aber für den Anfang könnte ich mir nichts Schöneres vorstellen.«

Aufgrund meiner Begeisterung grinste Bo von einem Ohr zum anderen. »Schön, dass es dir so gut gefällt.« Sier ging zur Tür. »Dann lasse ich dich erst mal auspacken und richtig ankommen.«

»Danke, dass du mich so lieb willkommen geheißen hast, Bo. Es beruhigt mich, dass ich an meinem ersten Arbeitstag schon jemanden kennen werde.«

Sier musterte mich mit plötzlich besorgt gerunzelter Stirn. »Bist du denn sehr aufgeregt?«

Meine Wangen wurden heiß. Das sah mir gar nicht ähnlich, also fummelte ich an meinem Pferdeschwanz herum, um meine Verlegenheit zu überspielen. »Es geht. Dieser Job ist eine Riesenkarrierechance für mich. Ich will es nicht vermasseln.«

»Verständlich. Das ging mir auch so, als ich im *Le Chat Noir* angefangen habe.« Bo nickte wissend, dann hellte sich siese Miene wieder auf. »Ich habe es aber so im Gefühl, dass du es rocken wirst.«

Als die Nervosität durch die lieben Worte mit einem Schlag von mir abfiel, atmete ich erleichtert auf. Dann grinste ich Bo an. »Du meinst wohl, dass wir es *gemeinsam* rocken werden?«

»O ja, mit mir an deiner Seite kann nichts schiefgehen.« Bo winkte zum Abschied. »Wir sehen uns morgen, Alix!«

Nachdem die Tür ins Schloss gefallen war, legte sich Stille über die Wohnung. Mein Lächeln erstarb, und kurz befürchtete ich, dass mich erneut dieses erdrückende Gefühl der Einsamkeit überkommen würde. Doch dann drangen Möwenschreie durch das offene Fenster zu mir herein. Ich hörte das Rauschen der Wellen, die gegen die Felsen vor der Stadtmauer brandeten, und die Stimmen von sich leise im Hinterhof unterhaltenden Menschen. Der Sound meiner neuen Heimat.

Kaum konnte ich fassen, dass ich wirklich hier war. An einem der schönsten Orte der französischen Riviera. In diesem urigen Apartment am Meer. Um meinem Traum hinterherzujagen.

Der Gedanke war so gewaltig, dass ich mir einen Moment nehmen musste, um mich zu fangen. Erschöpft von der langen Reise, ließ ich mich auf das kleine Ecksofa fallen. Erschöpft, aber glücklich.

KAPITEL 2

Léo

Wie hypnotisiert starrte ich aufs Meer. Die Oberfläche wurde in der Ferne von heftigen Böen gepeitscht. Tausendfach brach sich die Sonne darauf, sodass ich für einen Moment Regenbögen sah. Am liebsten hätte ich mir aufgrund des Lärms die Hände auf die Ohren gepresst, stattdessen biss ich die Zähne zusammen und verfolgte den Anflug des Hubschraubers auf den hafeneigenen Helikopterlandeplatz. Die aufkommenden Wellen brachten die kleineren der umliegenden Boote zum Schaukeln, und einer Frau, die in der Nähe spazieren ging, wurde der Sonnenhut vom Kopf gefegt.

Kurz darauf war das Schauspiel schon wieder vorbei. Der ohrenbetäubende Lärm verebbte, und die Rotorblätter des silbernen Ungetüms drehten sich nur noch träge. Wellen brandeten gegen die Hundertfünfzig-Meter-Jacht, auf deren Hauptdeck ich stand. Sie konnten ihr jedoch nichts anhaben. Die *Aurora* schaukelte kein bisschen – oder vielleicht bemerkte ich es nach Jahren auf See bloß nicht mehr.

Während die Fluggäste einer nach dem anderen aus dem Hubschrauber kletterten, ließ ich den Blick über den Jachthafen von Antibes schweifen. Durch seine perfekte Lage zwischen Cannes und Nizza war das hübsche Städtchen ein beliebtes Urlaubsziel für französische und internationale Reisende gleichermaßen. Nur die Reichsten der Reichen konnten es sich allerdings leisten, hier eine Jacht vor Anker liegen zu haben. Die meisten Schiffe blieben den Großteil des Jahres über unbenutzt, bis ihre Besitzer über die Sommermonate herkamen. Unbenutzt, aber nicht unbewohnt. Denn es brauchte eine große Crew, um eine Hundertfünfzig-Meter-Jacht instand zu halten. Menschen wie ich – ohne Familie, ohne Bindung – lebten und arbeiteten auf den Luxusschiffen und standen stets auf Abruf bereit, falls die reichen Arbeitgeber kurzfristig Lust auf einen Abstecher nach St. Tropez oder Monaco bekamen. Deshalb fühlte sich der Port Vauban das ganze Jahr über wie ein eigenes kleines Dorf an. Außerhalb der Altstadt von Antibes, aber in Laufnähe zu Geschäften, Restaurants und Bars gelegen, war er unser Heim auf dem Meer.

Auch wenn ich mir immer wieder ins Gedächtnis rufen musste, dass dieses »Heim« nicht wirklich mir gehörte. Ich war nur eine geduldete Arbeitskraft, doch das störte mich meistens nicht. Denn wenn der Chef nicht da war und wir die *Aurora* für uns hatten, wirkte es oft so, als wäre die schnittige Lady genau das: mein Zuhause. Meine *wahre* Heimat hatte ich seit Jahren nicht mehr zu Gesicht bekommen, doch die Luxusjacht war kein schlechter Ersatz.

Heute war einer dieser Tage, an denen ich mir keine Illusionen darüber machen konnte, wo mein Platz war. Scheich Hamdan bin Jabir Al Nahyan war soeben aus dem Helikopter gestiegen. Nun glich die Jacht einer Wabe voller fleißiger Bienen, die umhereilten, um die *Aurora* ablegebereit zu machen. In drei Stunden wurde der Scheich in Cannes erwartet. Ich freute mich darauf, endlich wieder aufs Meer rauszufahren. Ohne Genehmigung des Chefs war das verboten.

Als ich sah, dass die Gäste bereits über den Pier auf die *Aurora* zukamen, wandte ich mich vom Anblick des Hafens ab und umrundete den Pool mit großen Schritten, um mich zu meiner Kollegschaft zu gesellen. Fast alle Mitglieder unserer knapp siebzigköpfigen Crew hatten ihre sorgfältig gebügelten, weißen Uniformen angelegt und sich in ordentlichen Reihen aufgestellt, um den Scheich und seine Gäste zu begrüßen. Die Gläser waren poliert, der Champagner war gekühlt und die Jacht bereit für die erste Fahrt der Saison.

Amir, mein bester Freund und Kollege, stieß mich mit der Schulter an, als ich mich neben ihn stellte. Er grinste breit, und ich erwiderte sein Lächeln. In seinen braunen Augen funkelte dieselbe Vorfreude, die auch durch meinen Körper jagte. In der Nebensaison bekamen wir dann und wann Gäste – Freunde des Scheichs oder Leute, die die Jacht für ein Wochenende mieteten –, doch in den letzten Monaten hatte es wenig zu tun gegeben. Umso heißer war ich darauf, wieder Seeluft zu schnuppern. Für diese Saison hatte ich eine fabelhafte Crew ausgewählt. Mir unterstanden die Deckhände, mit deren Hilfe ich dafür sorgte, dass das Deck stets blitzblank und das Äußere der Jacht in einwandfreiem Zustand war. Es war meine erste Saison als Erster Offizier, und ich würde alles geben, um diesem Posten gerecht zu werden.

Die Begrüßung der frisch eingetroffenen Gäste lief routiniert ab. Lächeln, Händeschütteln, einen Witz reißen. Dann ging es an die Arbeit. Und zwar so diskret, dass die Gäste so wenig von unserer Anwesenheit mitbekamen wie möglich.

»Hast du gesehen, wie viel Gepäck die wieder dabeihaben?«, fragte Amir, als wir wenig später gemeinsam den riesigen Anker lichteten. »Wenn die Stewardessen das alles auspacken, bügeln und aufhängen sollen, sind sie erst fertig, wenn die Gäste schon wieder abreisen.«

Ich lachte. »Da haben wir aber schon Schlimmeres gesehen.

Weißt du noch, als Mariah Carey vor zwei Jahren für ein Wochenende an Bord war?«

Amir nickte grinsend. »Sie hat gutes Trinkgeld gegeben.«

Ich verdrehte die Augen. »Weil du schamlos mit ihr geflirtet hast.«

»He! Das ist schließlich mein Job. Soweit ich weiß, hast du dich nicht über die Extrakröten beschwert.«

»Dein Job ist es, meine Befehle zu befolgen«, erinnerte ich ihn in gespielt strengem Tonfall.

»Aye, aye, Erster Offizier, Sir.« Amir salutierte spöttisch. »Lass dir die Beförderung mal nicht zu Kopf steigen. Letztes Jahr warst du noch ein einfacher Bootsmann wie ich.«

Die Ankerkette klirrte, als ich sie mithilfe eines Hebels festzog und dem Kapitän ein Handzeichen gab, dass es losgehen konnte. Dann versetzte ich Amir einen Stoß vor die Brust. »Los jetzt, an die Arbeit, du Faultier!«

Er revanchierte sich mit einer vulgären Geste. »Lässt du mich wenigstens das Gepäck der Tochter vom Scheich in ihre Kabine tragen?«

Ich schnalzte tadelnd mit der Zunge. »Du spielst mit dem Feuer, Mann.«

»Aber sie wird jedes Jahr hübscher. Wie könnte ich da widerstehen?!« Amir sah mich mit flatternden Lidern und geschürzten Lippen an. Zu seinem Hundeblick hatte ich in den fünf Jahren, die wir nun schon zusammenarbeiteten, noch nie Nein sagen können. »Na schön, aber beeil dich. Die Stewards haben längst angefangen, das Gepäck auf die Schlafzimmer zu bringen.« Ich sah ihm hinterher, als er über das Deck flitzte und im Schatten der hoch aufragenden Kommandobrücke verschwand.

Plötzlich kribbelte mein Nacken auf unangenehme Weise. Ich warf einen Blick zurück zum Pier, auf dem sich eine Menschentraube versammelt hatte, um uns ablegen zu sehen. Jedes Mal war es ein großes Spektakel, das viele Schaulustige anzog. Einige Touristen schossen Fotos. Ich duckte mich eilig, setzte meine verspiegelte Sonnenbrille auf und entfernte mich von der Reling. Auch wenn ich mich hier zu Hause fühlte, hatte ich nicht aufgehört, über die Schulter zu schauen. Das würde sich nie ändern.

Nachdem wir die den Jachthafen umgebende Mauer umschifft hatten, nahm die *Aurora* schnell an Fahrt auf, und bald waren wir mit einer Geschwindigkeit von zwanzig Knoten um das Cap D'Antibes herum auf dem Weg nach Cannes. Erst als die Küste nur noch ein ferner Streifen war, gelang es mir, wieder frei durchzuatmen.

KAPITEL 3

Alix

Vor lauter Nervosität hatte ich während meiner ersten Nacht in Antibes kaum geschlafen. Stattdessen hatte ich beobachtet, wie das Morgenlicht Schatten an die Wand meiner neuen Wohnung malte. Wie sich die Vorhänge in der Meeresbrise bauschten. Und schließlich, wie das graue Zwielicht vor den Fensterläden einem zarten Rosa wich. Um kurz vor fünf hielt ich es nicht länger aus und schwang die Beine aus dem Bett. Eine kribbelige Unruhe hatte Besitz von meinem Körper ergriffen, und wenn ich nicht sofort etwas dagegen unternahm, würde ich wahrscheinlich schon um sechs Uhr vor dem Restaurant aufkreuzen und sowohl meine neue Kollegschaft als auch meine Chefin vergraulen. Nein, ich wollte auf keinen Fall die übereifrige Neue sein. Die Überpünktliche, die sich einzuschleimen versuchte. Also musste ich mich bis sieben Uhr ablenken. Wenigstens hatte Bo mir gesagt, ich solle früher kommen, sodass ich nicht warten musste, bis die Frühschicht offiziell begann.

Seufzend fuhr ich mir mit den Händen übers Gesicht und band meine Haare mit dem stets an meinem Handgelenk wartenden Haargummi im Nacken zusammen. Die prickelnde Unruhe, die meine Haut zum Jucken brachte, kannte ich gut. Dagegen half nur eins. Also holte ich meine Laufschuhe aus dem halb ausgepackten Koffer. Leise vor mich hin summend, putzte ich mir die Zähne, schlüpfte dann in meine alte pinke Leggings, einen Sport-BH und ein weißes Shirt und zog meine Kopfhörer auf.

In das tröstlich vertraute Outfit gekleidet, verließ ich kurz darauf die Wohnung. Die Holztreppe knarzte unter den Sohlen meiner weiß-pinken Nikes. Ich brauchte zwei Anläufe, um die schwere Haustür aufzudrücken. Sanft strich dann kühle Morgenluft über mein Gesicht.

Als ich ins Freie trat, wäre ich fast rückwärts getaumelt, so atemberaubend war der Ausblick. »Autsch!« Die hinter mir zufallende Tür traf mich in den Rücken, doch ich spürte den Schmerz kaum. Mit offenem Mund setzte ich mich in Bewegung, um die Straße zu überqueren. An der Stadtmauer angekommen, legte ich die Hände auf die rauen Steine und betrachtete die Farbexplosion, die den Himmel über dem Meer zum Glühen brachte.

Wolkenstreifen wurden von der aufgehenden Sonne angestrahlt und zogen sich als rosa- und lilafarbene Schlieren über den Himmel. Das Meer war ein beinahe glatter Silberspiegel, nur am Horizont, wo die ersten Sonnenstrahlen darauf trafen, glänzte es in allen erdenklichen Rosaschattierungen.

Ich fühlte mich wie in einem Traum. Als stünde die Zeit einen kostbaren Augenblick lang still. Die Welt um mich herum schlief noch. Keine Menschen waren auf der Straße unterwegs, nichts als das Rauschen der Wellen, die sich unter mir sanft an der Stadtmauer brachen, drang an meine Ohren. Tief atmete ich die salzige Luft ein, füllte meine Lungen bis zum Bersten damit. Zweimal. Dreimal.

Ich war bereits vorher wach gewesen, doch nun fühlte ich

mich geradezu belebt. Voller Taten- und Entdeckungsdrang. Nach einem letzten ergriffenen Blick zum Horizont wandte ich mich ab und begann, an der Stadtmauer entlangzujoggen.

Schnell fand ich in meine vertraute Routine. Arme. Beine. Atmung. Mit jedem federnden Schritt fiel ein wenig mehr Anspannung von mir ab, bis die Nervosität nur noch ein fernes Vibrieren in meinem Hinterkopf war.

Ein Blick auf meine Apple Watch sagte mir, dass mein Puls in Ordnung war. Ich war gespannt, wie viele Kilometer ich schaffen und was ich auf meinem Weg entdecken würde. Da die Straßen wie ausgestorben waren, schien dies die beste Tageszeit, um das Städtchen auf eigene Faust zu entdecken und mögliche Laufrouten zu erkunden.

Lächelnd verband ich meine Kopfhörer über Bluetooth und spielte meine Jogging-Playlist ab. Während Beyoncé mir zubrüllte, dass Frauen die Welt regierten, ließ ich mich ganz in meinen Rhythmus fallen und vergaß alles, bis auf das Meer zu meiner Rechten und die sich windende Küstenstraße, die mich offenbar zum Hafen von Antibes führte, wenn ich die in der Ferne aufragenden Masten richtig deutete.

KAPITEL 4

Léo

Ich rieb mir die brennenden Augen. Für einen kurzen Moment sah ich alles verschwommen, dann blinzelte ich und kniff mir in die stoppelige Wange. *Nur ein paar Minuten. Halte noch ein bisschen durch.*

Nach der durchwachten Nacht lief ich wie ein Schlafwandler umher. Wir waren erst spät – oder früh? – aus Cannes zurückgekehrt. Nun drehte ich eine letzte Runde, um sicherzugehen, dass alles in Ordnung war, bevor ich mir hoffentlich ein wenig Schlaf gönnen konnte. Die Gäste hatten sich erst vor einer Stunde auf ihre Zimmer zurückgezogen. Zwar musste ich sie nicht bedienen, das blieb den Stewardessen und Stewards überlassen, dennoch musste jedes Mitglied der Crew stets auf Abruf bereitstehen. Und da mir ein großer Teil der Crew unterstand, musste ich mit gutem Beispiel vorangehen.

Schwankend stieg ich die Treppe zum Hauptdeck hinauf und umrundete Céleste und Loïc, die das Deck an der Stelle schrubbten, wo ein Gast Rotwein verschüttet hatte. »Gute Arbeit, ihr zwei. Aber geht schlafen, wenn ihr fertig seid. Es wird früh genug weitergehen.«

Die beiden nickten mir zu. Ihr Lächeln wirkte gequält. Sie sahen so müde aus, wie ich mich fühlte. Trotzdem fiel mir auf, dass ihnen das Schrubben nach meinem Lob etwas leichter von der Hand ging, dass sich ihre Schultern strafften und die Bewegungen beschwingter wirkten. Das entlockte mir ebenfalls ein Lächeln.

»He, Léo!« Beinahe wäre ich gegen die mit einem Bullauge versehene Tür gelaufen, die sich ohne Vorwarnung vor mir öffnete. »Kannst du das kurz für mich entsorgen?« Ernesto, unser Bordkoch, hielt mir einen Eimer Wasser hin, in dem stinkende Fischreste schwammen. Ich verzog das Gesicht.

»Reste vom Abendessen.« Er hob entschuldigend die Schultern. »Kipp's einfach über Bord, ist bloß Fisch. Ich komme zu nichts. Sie haben sich Hummer zum Frühstück gewünscht. Hummer! Zum Frühstück!«

Ich seufzte. Egal, welche Sonderwünsche die Gäste hatten, es war unser Job, alle zu erfüllen. Und zwar immer mit einem Lächeln im Gesicht.

»Okay.« Ich nahm ihm den Eimer ab. Das war das Letzte, was ich tun würde, bevor ich mich endlich in meine Kabine zurückzog. Kaum noch konnte ich die Augen offen halten.

»Du bist der Beste!« Ernesto warf mir eine Kusshand zu, rückte seine Kochmütze zurecht und verschwand sofort wieder hinter der Tür zur Kombüse. Er war ein begnadeter Maître de Cuisine und zauberte auf See regelmäßig Fünf-Sterne-Menüs, die jedes Edelrestaurant vor Neid erblassen lassen würden.

Der Eimer war randvoll und überraschend schwer. Als ich mich damit in Bewegung setzte, schüttete ich ein wenig von der stinkenden Flüssigkeit auf meine weiße Uniform. Fluchend stellte ich den Eimer ab, öffnete die goldenen Knöpfe und schlüpfte aus der Jacke. Nun trug ich nur noch mein weißes Achselshirt, was ein absolutes No-Go an Bord war, doch ich wusste mit Sicherheit, dass alle Gäste schliefen, und würde das nur schnell erledigen, bevor ich endlich …

Mein Blick fiel auf eine einsame Gestalt am Hafen. Ich erstarrte, die ruinierte Uniformjacke in meiner Hand war vergessen. So sehr stach die Person aus den Weiß- und Grautönen des Hafens heraus, dass ich mehrmals blinzeln musste, um sicherzugehen, dass sie wirklich dort war. Keine Menschenseele war um diese Uhrzeit unterwegs. Die Sonne lugte gerade so über den Horizont, sodass alles in weiches Licht getaucht wurde. Doch da war *sie*. Eine Frau. In einer knallpinken Leggings.

Ich befand mich so hoch oben, dass ich keine Details erkennen konnte. Nur ihren blonden Pferdeschwanz, der beim Laufen auf und ab hüpfte. Die schwarzen Kopfhörer. Und ihre entschlossenen Schritte, mit denen sie am Hafen entlangjoggte. So leichtfüßig, als würde sie tanzen.

Sie hatte den Blick auf den Sonnenaufgang gerichtet, schien direkt darauf zuzusteuern und nichts um sich herum wahrzunehmen. Irgendetwas an ihr faszinierte mich. Ich starrte sie an, ihre starken Bewegungen, den wippenden Pferdeschwanz. Mir war sofort klar, dass ich sie hier noch nie gesehen hatte. Sonst wäre sie mir längst aufgefallen. Höchstwahrscheinlich war sie keine Einheimische. Vielleicht eine Touristin? Möglich, auch wenn die gewöhnlich nicht so früh am Hafen joggen gingen. Die meisten schliefen gerade ihren Rausch vom Vorabend aus, bevor sie spätnachmittags wieder in den vor dem Hafen gelegenen Bars auftauchten, um nach reichen Jachtbesitzern Ausschau zu halten, die sie mit auf ihre Boote nahmen und ihnen Champagner spendierten.

Selbst als die Frau längst an der *Aurora* vorbeigejoggt war und ich sie nur noch als pinken Fleck ausmachen konnte, starrte ich ihr weiter hinterher.

»He, Chef, bist du etwa im Stehen eingeschlafen?« Amir

bohrte mir einen Ellbogen in die Rippen, sodass ich zusammenfuhr. »Und deine Uniform brauchst du wohl auch nicht mehr, was? Lass das nicht die anderen Deckhände sehen. Sie suchen sowieso ständig nach Ausreden, um ihre Muskeln zur Schau zu stellen. Dazu musst du sie nicht auch noch ermutigen.« Er wackelte mit den dichten schwarzen Brauen. »Nicht dass dir jemand das Wasser reichen könnte, was das angeht.«

Ich rieb mir über meinen Buzz Cut. »Geschlafen habe ich nicht, aber ich muss echt dringend ins Bett. Warum bist du noch auf?«

Er deutete mit dem Daumen hinter sich. »Bin gerade auf dem Weg in die Kabine.«

»Dann bis gleich.«

»Gute Nacht!« Er gähnte lautstark und winkte zum Abschied. Natürlich hätte ich Amir oder einen meiner Deckhände damit beauftragen können, sich um die Abfälle zu kümmern, doch alle waren mindestens ebenso müde wie ich. Sie hatten eine Ruhepause verdient. Also hob ich das schwere Ding wieder auf und machte mich daran, den Eimer zu einem der unteren Decks zu schleppen, um die Fischreste eigenhändig zu entsorgen.

KAPITEL 5

Alix

Ich war völlig in den Anblick des Sonnenaufgangs versunken. Der Port Vauban war wunderschön. In der Ferne erhob sich eine alte Festung auf einem Hügel, als wachte sie über die im Hafen liegenden Boote. Während ich über einen asphaltierten Weg an beeindruckenden Jachten vorbeijoggte, ragte rechts neben mir die allgegenwärtige Stadtmauer auf, die an dieser Stelle über Treppen zu erklimmen war. Gerade überlegte ich, ob ich einen Sprint die Stufen hinauf einlegen sollte, da fiel mein Blick auf meine Apple Watch – und die Uhrzeit.

Vor lauter Schreck geriet ich aus dem Tritt und wäre fast gestolpert. Ich fing mich gerade noch und blieb erst einmal stehen, um den Schock zu verdauen.

Durch die schöne Aussicht und die routinierten Bewegungen hatte ich die Zeit völlig vergessen. Mir war nicht aufgefallen, wie weit ich mich von meiner Wohnung entfernt hatte, und nun wurde mir umso bewusster, dass ich den ganzen Weg zurückjoggen musste, um zu duschen und mich für die Arbeit fertig zu machen. Dafür blieb mir nun gerade mal eine Stunde – vorausgesetzt, ich verlief mich nicht auf dem Rückweg.

Auf der Stelle tänzelnd, überlegte ich, was ich tun sollte, doch im Endeffekt blieb mir keine Wahl. Ich musste es nach Hause schaffen. An meinem ersten Arbeitstag zu spät aufzukreuzen, war vollkommen inakzeptabel.

Eilig tippte ich auf der Smartwatch herum, um die Adresse einzugeben und auf schnellstem Weg zurück in die Wohnung zu gelangen. Den blauen Punkten von Google Maps folgend, joggte ich nicht wie ursprünglich geplant bis zum anderen Ende des Jachthafens, sondern drehte abrupt um. Die Sonne war höher geklettert, sodass ich mich dicht im Schatten der Superjachten hielt, die den Kai säumten. Es war überraschend schnell wärmer geworden, sodass ich mir im Laufen Schweiß von der Stirn wischte. Vermutlich wäre es eine gute Idee, von nun an immer so früh joggen zu gehen, um die Hitze zu vermeiden. Allerdings würde ich dabei nie wieder die Zeit aus den Augen verlieren dürfen.

Ich lief schneller als vorher, hatte kein Auge mehr für meine Umgebung. Google Maps verriet mir, dass die Zeit wirklich knapp war, wenn ich zu Hause duschen und mich fertig machen wollte. Wie hatte ich nur so gedankenlos sein können?

Den Blick verbissen auf den Ausgang des Hafens gerichtet, eilte ich so dicht an den Jachten vorbei, dass ich dann und wann den Körben ausweichen musste, in denen die Gäste ihre Schuhe zurückließen, bevor sie an Bord gingen. Zuvor hatte ich die riesigen Schiffe bewundert, nun verschwammen sie zu einem strahlend weißen Aufblitzen in meinem Augenwinkel. Dabei war ich ihnen so nah, dass ich mit nur einem Satz selbst hätte an Bord springen können.

Ich beschleunigte meine Schritte. Der Torbogen in der Stadtmauer, durch den ich den Hafen betreten hatte, wirkte immer noch viel zu fern. Um einem besonders weit auf dem Kai stehenden Schuhkorb auszuweichen, trat ich unbedacht noch näher an den Rand des Piers, sodass mir der salzige Duft des Meerwassers in die Nase stieg.

Im nächsten Moment klatschte mir etwas Eiskaltes ins Gesicht.

Ich schrie auf und sprang zur Seite, doch es war zu spät. Ein Schwall Wasser hatte sich von oben über meinen Kopf und Oberkörper ergossen. Zu allem Überfluss landete auch etwas davon neben mir im Meer, sodass mich das aufspritzende Wasser von unten durchnässte. Die eiskalte Brühe lief mir in den Nacken, sickerte in meine Schuhe und drang mir in den Mund. Ein abgestandener, fischiger Geschmack breitete sich auf meiner Zunge aus. Ich würgte und spuckte aus.

»Was zum …« Reflexartig riss ich mir die Kopfhörer von den Ohren, damit sie nicht zerstört wurden.

»Putain de merde!«, ertönte es von irgendwo über mir. Einen Wimpernschlag später näherten sich eilige Schritte. Ich blickte auf, konnte jedoch nichts erkennen, weil das Salzwasser höllisch brannte und mir der Fischgestank Tränen in die Augen trieb. Wo kam nur dieser Mief her? Blinzelnd blickte ich ins Wasser und erkannte, dass einige tote Fische auf der Oberfläche trieben. Hatte ich etwa … Waren *die* mir auf den Kopf gefallen?

Vor lauter Ekel fuhr ich mir durch die triefenden Haare und rieb mir über die nackten Arme, als könnte ich so den Gestank loswerden, der sich in meine Nasenschleimhaut ätzte. Dabei taumelte ich rückwärts. Nur weg vom Wasser und den widerwärtigen Fischkadavern.

Da prallte ich mit dem Rücken gegen etwas Hartes. Eine Hand packte mich am Arm und zog mich noch weiter vom Rand weg, wahrscheinlich, damit ich zu allem Überfluss nicht auch noch ins Meer stürzte. Obwohl das vielleicht den Gestank vertrieben hätte.

»Es tut mir unglaublich leid«, sagte eine tiefe Stimme nah

an meinem Ohr. In diesem Moment fiel mir auf, dass ich an einem Mann lehnte. Einem großen Mann, dessen feste Brust sich gegen meinen feuchten Rücken presste. Und dessen Hand meinen Oberarm noch immer umklammert hielt.

Ich erstarrte. Quälend langsam hob ich den Kopf – und blickte in braune Augen. Wunderschöne braune Augen. Auch wenn die schwarzen Brauen vor Sorge zusammengezogen waren. Einen Augenblick lang blieb mir die Luft weg. Dann erinnerte ich mich daran, dass ich triefend nass war und nach totem Fisch stank. Und dass dieser Mann höchstwahrscheinlich dafür verantwortlich war.

Ich machte mich von ihm los und trat einen großen Schritt zurück. »Was zum Teufel war das gerade?« Meine Stimme klang fünf Oktaven zu hoch.

»Das ist alles meine Schuld.« Mit zerknirschter Miene fuhr sich der Mann mit der Hand übers Gesicht. Eine *sehr* große Hand und ein *sehr* hübsches Gesicht, wie ich zähneknirschend feststellte, auch wenn meine Sicht durch das Salzwasser in meinen Augen immer noch leicht verschwommen war. »Ich habe nicht richtig hingesehen und … sonst geht niemand so nah an den Booten vorbei.«

Boote? Meinte er damit etwa die Superjachten? Und hatte er gerade zuerst die Schuld auf sich genommen, nur um sie mir dann irgendwie doch in die Schuhe zu schieben?

Ich schnaubte. »Schon klar. Dann ist es also *meine* Schuld, dass ich unfreiwillig in Fischkadavern und Abwasser gebadet wurde?«

»Das wollte ich damit nicht sagen.«

Hektisch rieb ich mir die Augen und blinzelte mehrmals. Als ich mein Gegenüber endlich gestochen scharf sah, wäre ich beinahe schon wieder rückwärts getaumelt und diesmal bestimmt wirklich ins Wasser geplumpst. Im letzten Moment stemmte ich die Fersen in den Boden und blieb an Ort und

Stelle stehen, auch wenn meine durchweichten Laufschuhe dabei ein höchst unattraktives Schlürfen von sich gaben. Es hätte mich nicht kümmern dürfen – schließlich war ich nun einmal von Kopf bis Fuß durchnässt, doch in Gegenwart dieses Kerls wurden meine Wangen heiß. Denn er war … wow.

Seine Haut hatte einen warmen Bronzeton, der, soweit ich es erkennen konnte, nicht nur vom Sonnen an Deck der Jacht stammte. Gerade rieb er sich über die kurzen schwarzen Haarstoppeln. Aus unerfindlichen Gründen sandte das kratzige Geräusch, das dabei entstand, ein Kribbeln durch meinen Bauch. Was war verdammt noch mal in mich gefahren?

Rasch wandte ich den Blick von dem Gesicht mit den langen, dunklen Wimpern und den wie in Stein gemeißelten Wangenknochen ab. Doch es wurde nicht besser. Durch seinen muskulösen Oberkörper wirkte das weiße Achselshirt des Kerls geradezu winzig.

Wie kann ein Kleidungsstück so winzig sein?, fragte sich mein eindeutig vom Schock der unfreiwilligen Begegnung benebeltes Gehirn. Ich schrieb es außerdem meinem Schockzustand zu, dass mein Blick wie von selbst tiefer wanderte. Über die Wölbungen seiner Brust, die von oben bis unten tätowierten Arme und die strahlend weiße Hose, die unfassbar tief saß. So tief, dass ich einen Blick auf seine äußerst definierten Leistenmuskeln erhaschte.

Wie tief konnte eine Hose sitzen, ohne dass es obszön wurde? Doch an diesem Kerl war nichts Obszönes. Er strahlte eine dermaßen selbstverständliche Gelassenheit aus, als würde er völlig in sich ruhen – was mich zur Weißglut trieb, da er gerade Abwasser über mir ausgekippt und deshalb verdammt noch mal reumütiger auszusehen hatte. Doch bereits auf den ersten Blick war mir klar, dass dies einer dieser Typen war, die wussten, wie gut sie aussahen. Was ihn ärgerlicherweise nur noch heißer machte.

Ich zwang mich, ihm wieder in die Augen zu sehen, und funkelte ihn mit all der geballten Empörung an, die in mir brodelte. »Du hast also wirklich gerade zwölf Tonnen Fisch über mir ausgekippt?«

»Zwölf Tonnen?« Er warf dem zugegeben recht kleinen Eimer in seiner Hand einen skeptischen Blick zu.

»Du weißt schon, was ich meine.« Ungeduldig wedelte ich mit der Hand in der Luft herum, was nur dazu führte, dass mir eine weitere Welle Fischgestank in die Nase stieg. Ich unterdrückte ein Würgen.

»Das muss wohl ich gewesen sein. Schließlich habe ich mich gerade dafür entschuldigt.« Zuckten seine Mundwinkel etwa? Verzog er die vollen Lippen gerade *wirklich* zu einem amüsierten Grinsen?

Ich unterdrückte ein Schnauben. Diese Selbstgefälligkeit konnte er sich sonst wo hinstecken. Mir entging nicht, dass sein Blick tiefer wanderte. Das war wohl nur fair, denn ich hatte ihn meinerseits schamlos angestarrt. Im selben Moment fiel mir allerdings wieder ein, dass ich völlig durchnässt war. Genauer gesagt: Mein *weißes* Shirt war völlig durchnässt. Ein rascher Blick nach unten bestätigte meine böse Vorahnung. Der mittlerweile durchsichtige Stoff klebte mir am Körper und überließ nichts der Fantasie. Innerlich dankte ich mir dafür, mich heute Morgen für den schwarz-pinken und nicht den weißen Sport-BH entschieden zu haben.

Die Stimme von Google Maps dröhnte aus den Kopfhörern, die ich nach wie vor in der Hand hielt, und riss mich in die Gegenwart zurück. »Biegen Sie in fünfzig Metern links ab.«

Erschrocken starrte ich auf meine Apple Watch. Vor lauter Fischgestank – und hübschen braunen Augen – hatte ich vollkommen vergessen, wie spät ich dran war. Jetzt noch viel später als vorher.

»Oh Gott«, entfuhr es mir. »Ich bin so was von geliefert! Ich muss duschen und dann zur Arbeit und …« Bei dem Gedanken daran, dass ich nun definitiv zu spät im Restaurant aufkreuzen würde, brannten meine Augen.

Herzlichen Glückwunsch, Alix. Du hast es vollkommen verkackt.

Ich blinzelte mehrmals, ärgerte mich über den plötzlichen Emotionsausbruch. Schließlich wollte ich nicht vor einem Kerl in Tränen ausbrechen, der mich sowieso bereits nicht ernst nahm. Wut stieg in mir auf. Wut auf diesen selbstgefälligen, gut aussehenden Matrosentypen, der an allem schuld war. Doch als ich wieder aufsah und seinem Blick begegnete, war dieser weicher geworden. Das dunkle Braun seiner Augen wirkte auf einmal warm und einladend, und als er den Mund öffnete, klang seine Stimme um einiges freundlicher.

»Wenn du wirklich so dringend zur Arbeit musst, könntest du hier duschen.« Er deutete auf die Jacht. »Um Zeit zu sparen. Ich kann dir auch Klamotten leihen. Das ist das Mindeste.« Mit gerunzelter Stirn hob er den Eimer an, als stünde der für alles, was an diesem Morgen schiefgelaufen war. Dabei war *er* es doch, der mir dessen Inhalt über den Kopf gekippt hatte.

»Du glaubst doch nicht wirklich, dass ich dich irgendwohin begleite, nachdem du mich bereits einmal attackiert hast.«

»Attackiert?« Nun hob er eine Braue. »Es war ein Versehen. Das sagte ich doch bereits.«

Ich schnaubte. »Und wenn schon. Ich lasse mich nicht von einem Fremden auf eine Jacht locken. Das klingt wie der Anfang eines besonders blutigen Vermissten-Thrillers.«

Mit zusammengezogenen Brauen musterte er mich. Ich musste ein Bild für die Götter abgeben. Strähnen klebten mir im Gesicht, meine klamme Kleidung war zu einer zweiten Haut geworden, und langsam begann ich, im Schatten der Jacht zu zittern.

»Mein Angebot steht«, sagte er schulterzuckend, während sein Blick über die Gänsehaut an meinen nackten Armen glitt. »Du kannst in der Kabine einer Kollegin duschen. Ich werde nicht mal in der Nähe sein. Und danach musst du mich nie wiedersehen. Betrachte es als Wiedergutmachung.«

»Tja, mein Misstrauen einem Mann gegenüber, der mir gerade fünfzig Kilo Fisch über den Kopf gekippt hat, bleibt aber bestehen.«

»Einen Eimer«, entgegnete er. »Ich habe dir einen Eimer mit Fischabfällen über den Kopf gekippt. Darin waren höchstens zehn Kilo.«

Ich schnaubte. »Erbsenzählerei.«

Er hatte wohl genug von meiner Attitüde, denn er verschränkte die tätowierten Arme vor der Brust, sodass seine Muskeln noch besser zu Geltung kamen. Seine Stimme verwandelte sich in etwas, das einem Knurren recht nahe kam. »Du kannst auch einfach triefend nass und nach Fisch stinkend hier draußen stehen bleiben. Deine Entscheidung.« Nach einem letzten vernichtenden Blick in meine Richtung wandte er sich zum Gehen.

Meine Uhr verriet mir, dass ich sein Angebot entweder annehmen oder an meinem ersten Arbeitstag »triefend nass und nach Fisch stinkend« im Restaurant aufkreuzen konnte. Ich schluckte und heftete den Blick auf seinen breiten Rücken, während er die Gangway der Jacht betrat.

Meine Brust zog sich zusammen. Der Morgen hatte so gut begonnen. Wie war in nur wenigen Minuten alles den Bach runtergegangen? Ich musste den Kopf in den Nacken legen, um zu der Jacht aufzusehen. *Aurora* stand in geschwungenen goldenen Lettern an deren Bug. Sie war gigantisch. Luxuriös. Ob sie wohl ihm gehörte? Nein, irgendwie wirkte er nicht wie der typische superreiche Schnösel. Allerdings bewegte er sich barfuß über die Gangway, als hätte er nie etwas anderes getan. Ich vermutete, dass er zur Crew gehörte.

Zögerlich machte ich einen Schritt in Richtung des Stegs. Nie in meinem Leben hätte ich geglaubt, je ein solches Schiff zu betreten. Nun blieb mir allerdings keine andere Wahl.

»Warte!«, rief ich, bevor ich es mir anders überlegen konnte. Dabei klang ich zwar so widerwillig, als hätte er vorgeschlagen, mich an die Haie in der Bucht zu verfüttern, doch zu mehr Dankbarkeit war ich gerade nicht imstande.

Mit einer fragend erhobenen Braue drehte er sich halb zu mir um.

»Okay, ich nehme dein Angebot an.« Ich eilte hinter ihm die Gangway hinauf. Dabei fühlte ich mich nur geringfügig wie Naomi Watts, als sie in Peter Jacksons *King Kong* das Boot besteigt, das sie zu einer ominösen Insel namens Skull Island bringen soll. Ja, Übertreiben war schon immer meine Stärke gewesen. Dieser Kerl würde mich zwar nicht an die Inselbewohner verraten, die mich dann einem gigantischen Monster als Menschenopfer darbieten würden, aber das triumphierende Lächeln, das nun für einen Sekundenbruchteil an seinen Mundwinkeln zupfte, barg eine ganz eigene Gefahr.

»Deine Schuhe«, sagte er, womit er mich völlig überrumpelte.

»Meine *was?*« Verwirrt sah ich an mir herab. Auf dem hellen Holz des Stegs hatten meine aufgeweichten Sneakers dunkle Flecken hinterlassen.

»Du musst sie ausziehen, sonst darfst du nicht an Bord kommen.«

»Oh, natürlich.« Ich eilte zurück zu der Kiste am Pier und zog mir meine Laufschuhe und Socken mit einem schmatzenden Geräusch von den Füßen. Dann stellte ich sie neben die Kiste, um die darin liegenden Schuhe nicht zu durchnässen.

Als ich wieder zu ihm aufschloss, warf mir der Matrosentyp ein entwaffnendes Lächeln zu. »Folge mir.«

Damit drehte er sich um, und mir blieb nichts anderes übrig, als hinter ihm die Luxusjacht zu betreten.

KAPITEL 6

Léo

Diese Frau war unfassbar. Der Anblick, wie sie triefend nass vor mir gestanden und mich aus ihren blauen Augen angefunkelt hatte, wollte mir einfach nicht aus dem Kopf gehen. Wie ihr die blonden Strähnen mit den rosa Spitzen an den leicht geröteten Wangen geklebt hatten. Und wie es sich angefühlt hatte, als sie ganz dicht vor mir gestanden hatte, ihr Rücken an meiner Brust. Ob sie gespürt hatte, wie schnell mein Herz in dem Moment geschlagen hatte?

Was für eine unglaubliche erste Begegnung. Wie hoch standen die Chancen, dass ich der Frau, die ich gerade noch von der *Aurora* aus beobachtet hatte, wenige Minuten später einen Eimer Fischabfälle über den Kopf kippen würde? Dass ich sie, nachdem ich mir eben noch gewünscht hatte, sie hoffentlich wiederzusehen, um sie ansprechen zu können, wenig später mit auf die Jacht nehmen würde?

Die Chancen standen gleich null. Und doch befand sie sich in diesem Moment hinter der Badezimmertür, die ich gerade so intensiv anvisierte, als könnte ich mir auf diese Weise Supermans Röntgenblick aneignen. Als mir auffiel, wie peinlich es wäre, wenn mich jemand beim Starren erwischte, schüttelte ich den Kopf und wandte mich ab.

Célestes Kabine war ein einziges Chaos. Die Stewardess war eine der wenigen glücklichen Crew-Mitglieder, die sich ihr kleines Reich mit niemandem teilen mussten. Allein aus dem Grund, weil wir eine ungerade Anzahl an Arbeitskräften waren und sie das große Los gezogen hatte. Selbst ich besaß als Erster Offizier kein eigenes Zimmer. Doch mein Rang verschaffte mir wenigstens das Privileg, mir meinen Zimmergenossen aussuchen zu dürfen.

Während ich mir einen Weg zwischen den am Boden liegenden Kleidungsstücken und Haarpflegeprodukten hindurchbahnte, ging ich im Kopf die Geschehnisse der letzten Minuten durch, konnte mir aber weiterhin keinen Reim darauf machen, wie es dazu gekommen war, dass diese wunderschöne Frau gerade im angrenzenden Bad duschte. Ich war so dermaßen müde, dass ich kaum hingesehen hatte, bevor ich den Eimer über die Reling kippte. Dabei musste ich das Meer knapp verfehlt haben. Seitdem war die Müdigkeit größtenteils von mir abgefallen. Was nicht allein daran lag, dass meine neue Bekanntschaft mir die Hölle heiß gemacht hatte. Und zwar so richtig.

Bei der Erinnerung an ihre wütend funkelnden Augen und die geschürzten Lippen schlug mein Herz schneller als gewöhnlich, während ich den engen Flur entlanglief, um in meine eigene Kabine zu gelangen. Das war wirklich ungünstig, denn anlegen wollte ich mich nach dem Vorfall draußen ganz sicher nicht noch einmal mit ihr. Sie wollte bestimmt bloß duschen und dann schnell verschwinden, damit sie sich nicht weiter mit dem Kerl abgegeben musste, der sie unfreiwillig von oben »attackiert« hatte. Das wäre auch für mich besser so. Trotzdem konnte ich nicht aufhören, an sie zu denken.

So leise wie möglich öffnete ich die Tür. Dann schlich ich

mich an der Doppelkoje vorbei, die einem Stockbett ähnelte. Amir schlief tief und fest im oberen Bett. Lautlos öffnete ich den winzigen, in die Wand eingebauten Kleiderschrank und betrachtete dann unschlüssig meine Klamotten. Neben mehreren Versionen meiner Offiziersuniform und einigen lockereren Arbeitsoutfits, die Poloshirts und Leinenhosen beinhalteten, besaß ich nicht gerade viel. Dafür fehlte der Platz an Bord. Jeder Zentimeter meines Schranks, der nicht mit Klamotten besetzt war, war mit Bücherstapeln gepflastert. Nur ganz unten am Boden, halb verborgen unter Büchern und Kleidung, stand eine prall gefüllte Sporttasche. Als mein Blick darauf fiel, schluckte ich. Sie war Teil meines Notfallplans. Sollten jemals alle Stricke reißen.

Da ich mich im Moment nicht mit diesen düsteren Gedanken auseinandersetzen wollte, wandte ich mich von der Tasche ab und musterte meine älteste Jeans, die mir mittlerweile zu eng war. Wenn man sie an der Taille mit einem Gürtel festschnürte und die Beine unten mehrmals umschlug, konnte sie als Boyfriend-Jeans durchgehen. Das trugen Frauen doch so, oder nicht? Alle meine T-Shirts und Hoodies waren allerdings viel zu groß. Wenn ich es richtig einschätzte, war meine unfreiwillige neue Bekanntschaft schlank, aber sportlich gebaut. Verflucht sei Céleste, weil sie mir auf meine Frage hin, ob ich für eine wildfremde Person Kleidung von ihr ausleihen könne, lediglich ins Gesicht gelacht hatte. Da sie die einzige Kollegin war, die gerade nicht schlief, war sie leider meine einzige Option.

Nachdem ich alle Kleidungsstücke durchgegangen war und kein passendes Oberteil gefunden hatte, blieb nur noch, was ich am Körper trug. Ich schlüpfte aus meinem Achselshirt. Es war mit Abstand das engste Kleidungsstück, das ich besaß. Ich hätte es längst wegwerfen müssen, doch alle anderen waren gerade in der Wäsche, und ich trug gerne etwas unter meiner Uniformjacke. Es war nicht dreckig, ich trug es erst seit heute Morgen. Genau genommen hatte ich nur ein paar Minuten zum Umziehen gehabt, bevor wir nach dem Abstecher nach Cannes wieder im Hafen von Antibes eingelaufen waren.

Plötzlich hörte ich, wie das Wasser in der Kabine nebenan abgedreht wurde. Das leise Rauschen der Dusche verstummte. Es war an der Zeit zurückzukehren. Eilig zog ich mir den nächstbesten Hoodie über und schnappte mir die zwei Kleidungsstücke sowie einen Gürtel. Auf dem Weg fischte ich ein paar Flip-Flops aus der Fundgrube im Crew-Aufenthaltsraum, die irgendeine Gästin mal an Bord zurückgelassen und sich nie danach erkundigt hatte. Zurück in Célestes Kabine breitete ich alles fein säuberlich auf der unbenutzten unteren Koje aus.

»Ich habe dir Klamotten aufs Bett gelegt«, rief ich durch die geschlossene Badezimmertür. »Und, äh, ich warte draußen, damit du dich anziehen kannst.«

»Okay, danke«, drang es gedämpft zurück. Der Gedanke, dass sie gerade nackt hinter dieser Tür stand, brachte meinen Puls zum Rasen. Ich rieb mir den plötzlich heißen Nacken, drehte mich mehrmals um mich selbst und fand dann endlich den Weg zur Tür hinaus, die ich hinter mir schloss.

Wenig später öffnete sie sich wieder. Ich war ruhelos auf dem Flur auf und ab gegangen und hielt nun abrupt inne. Langsam drehte ich mich um.

Eine Frau, die ich plötzlich kaum noch wiedererkannte, zwängte sich durch die schmale Türöffnung. Für Leute, die es nicht gewohnt waren, war es eine Herausforderung, sich auf so engem Raum zu bewegen. Mir machte es längst nichts mehr aus. Nun musste ich mich allerdings mit beiden Händen rechts und links an der Wand abstützen und konnte einige Herzschläge lang nichts tun, als sie anzustarren.

Das Haar fiel ihr offen und noch feucht über die Schultern.

Nun, da ihr Gesicht davon umrahmt wurde, wirkten ihre Züge weicher. Ihre hellrosa Haut glänzte noch von der Dusche, und sie war barfuß. Doch so richtig aus der Fassung brachte es mich, sie in *meinen* Klamotten zu sehen. Das weiße Achselshirt schmiegte sich an genau den richtigen Stellen an ihren Oberkörper. Es war weit, aber nicht zu weit. Am Ausschnitt und den Trägern kam ihr Sport-BH zum Vorschein. Und die Jeans … Ich schluckte. Was war bloß so heiß daran, eine Frau in Männerkleidung zu sehen? Oder lag es bloß daran, dass es *diese* Frau war? In *meiner* Kleidung?

Der Blick aus ihren blauen Augen huschte hin und her, nahm alles in sich auf. Den engen Flur. Die weißen Wände, die ich zu beiden Seiten beinahe mit den Schultern berührte. Dann blieb er an mir hängen – und sie ertappte mich dabei, wie ich sie die ganze Zeit über angestarrt hatte.

Mit leicht schief gelegtem Kopf musterte sie mich. Ich spürte, dass ihr die ganze Situation unangenehm war. Nervös spielte sie an dem Gürtel herum, der die übergroße Jeans an ihrer Taille zusammenhielt. Dabei ließ ihr Blick meinen keine Sekunde los. Etwas blitzte in ihren Augen auf, etwas, das mich dazu brachte, einen Schritt auf sie zuzugehen. Ich wollte nicht, dass sie sich meinetwegen unwohl fühlte, wollte etwas tun oder sagen, um ihr die Befangenheit zu nehmen.

Sie wich nicht zurück. Ihr Blick wurde noch intensiver. Ohne zu blinzeln, sah sie zu mir auf, strich sich das Haar hinters Ohr. Überraschenderweise schien sie es plötzlich nicht mehr eilig zu haben, von hier zu verschwinden.

»Du siehst umwerfend aus«, raunte ich, bevor ich die Worte zurückhalten konnte.

Zum Glück schien ihr das Kompliment nicht unangenehm zu sein. »Findest du?«

War das der Hauch eines Lächelns, der ihre Mundwinkel umspielte? Mein Blick blieb zu lang an ihren Lippen hängen. Einen köstlichen Moment fragte ich mich, wie sie wohl schmeckte. Dann blinzelte sie, und mir wurde bewusst, dass ich mich sehr seltsam verhielt. Was musste sie wohl von mir denken? Dem Kerl, der ihr erst Fischreste über den Kopf kippte, sie seitdem unverhohlen anstarrte und ihr unangebrachte Komplimente machte.

»Klar«, sagte ich eilig, um meinen inneren Aufruhr zu überspielen. »Ich mache nie Komplimente, die ich nicht ernst meine.«

»Ach ja?« Sie schürzte die Lippen und musterte mich, als müsste sie über meine Worte nachdenken. Sie war wohl nach wie vor nicht gut auf mich zu sprechen.

Es kostete mich alle Kraft, die ich aufbringen konnte, nicht schon wieder auf ihren Mund zu starren. »Hier.« Hastig reichte ich ihr eine Tüte, die ich die ganze Zeit über in der Hand gehalten hatte. »Für deine nassen Sachen.«

»Danke.«

Stille setzte ein, während der wir uns in die Augen sahen. Sie wirkte leicht atemlos, was an dem engen Flur liegen konnte oder an der Tatsache, dass wir uns so nahe waren.

Nach einem schier endlosen Moment, in dem wir aus der Zeit gefallen zu sein schienen, brach sie das Schweigen. »Hier wohnst du also, was?« Sie drehte sich leicht und deutete mit dem Daumen auf die Kabine hinter ihr, die kaum Platz für mehr als die Doppelkoje und den Kleiderschrank bot.

»Eine Kabine weiter«, antwortete ich. Meine Stimme klang rauer als sonst. Irgendwie entrückt.

Sie räusperte sich. »Also, ich sollte dann wohl …«

»Ja, natürlich.« Ich trat einen Schritt zurück, wollte ihr Platz machen, doch da fiel mir auf, dass sie sich in dem engen Flur trotzdem dicht an mir vorbeidrängen musste. »Ich warte oben an der Treppe.«

Sie nickte und wandte sich ab. Während sie ihre nassen Sachen aus dem Bad holen ging, entfernte ich mich mit großen Schritten, um ihr nicht schon wieder hinterherzustarren.

Als sie wenig später – in einer Hand die Flip-Flops, in der anderen die Tüte – die schmalen Stufen zu mir heraufstieg, schaukelte die *Aurora* ein wenig. Ich bemerkte es kaum, doch sie stolperte die letzte Stufe hinauf. Da sie die Hände nicht frei hatte, konnte sie sich nirgendwo abstützen, sodass ich reflexartig nach ihr griff. Sie fiel mitten in meine ausgestreckten Arme, und ich zog sie automatisch an mich. Da sie immer noch niedriger stand als ich, schmiegte sich ihre Wange an meine Brust. Sie schnappte nach Luft, schlang die Arme haltsuchend um meine Mitte.

Ich konnte nicht mehr leugnen, dass ihre Nähe etwas vollkommen Abgefahrenes mit meinem Körper anstellte, der sich nicht mehr daran erinnern wollte, wie man atmete. Oder Blut zu meinem Herz pumpte. Oder einen klaren Gedanken fasste.

Einen Wimpernschlag lang standen wir so da, dann schien ihr aufzufallen, dass sie sich an mich klammerte und ihre Brüste meinem Schritt sehr, sehr nahe waren. Wir fuhren im selben Moment auseinander. Trotz allem zog ich sie die letzte Stufe hinauf, damit sie nicht wieder fallen konnte.

»Also …« Zerstreut strich sie das weiße Achselshirt – *mein* Achselshirt – glatt. »Vielen Dank noch mal für … alles. Ich bringe dir die Sachen so schnell wie möglich zurück.«

Ich nickte, viel lässiger, als ich mich fühlte. »Du weißt ja, wo du mich findest.« Und dann zwinkerte ich ihr zu. Ich. Zwinkerte. Ihr. Zu.

Falls ich einen Beweis dafür gebraucht hatte, dass mein Gehirn jegliche rationale Funktion aufgegeben hatte, dann war er das. Als ich schon glaubte, sie würde jeden Moment die Augen verdrehen oder sich abwenden, zuckten ihre Mundwinkel ganz leicht nach oben. Ich hatte keine Zeit, mich darüber zu freuen, denn schon wandte sie sich in Richtung der Gangway.

»Hier entlang, richtig?«

Zu mehr als einem Nicken war ich nicht imstande. Nach einem letzten Blick in meine Richtung, drehte sie sich um und war kurz darauf von Bord gegangen.

Erst nachdem ich sie nicht mehr sehen konnte, fiel mir auf, dass ich sie nicht nach ihrem Namen gefragt hatte. Oder nach ihrer Handynummer. Ich hatte die meiste Zeit bloß dagestanden und gestarrt.

Seufzend reckte ich den Hals, doch sie war längst verschwunden. Mein einziger Trost war, dass sie versprochen hatte, mir meine Sachen zurückzubringen. Und irgendwie wusste ich bereits jetzt, dass ich von nun an jeden Tag hier stehen und in Richtung Hafeneingang blicken würde. Bis ich sie endlich wiedersah.

KAPITEL 7

Alix

Während ich, so schnell es die geborgten Flip-Flops erlaubten, in Richtung Altstadt lief, konnte ich kaum glauben, was gerade passiert war. Dass ich in viel zu großen Klamotten durch die Gegend rannte, um doch noch pünktlich zur Arbeit zu kommen. In den Klamotten eines Kerls, den ich seit ungefähr zwanzig Minuten kannte. Und der überhaupt erst dafür verantwortlich war, dass mir das feuchte Haar ins Gesicht peitschte und die Flip-Flops laut auf dem Kopfsteinpflaster klatschten, während ich versuchte, das Restaurant zu finden.

Okay, streng genommen kannte ich ihn kein bisschen. Er war schweigsam. Irgendwie mysteriös. Was ich unglaublich heiß fand. Gleichzeitig war er genau der Typ Mann, vor dem ich geschworen hatte, mich in Acht zu nehmen. Denn in meiner »Wilden Phase«, wie meine Eltern sie nannten, war ich mit genug Bad Boys in Berührung gekommen, um zu wissen, dass das nicht gut gehen konnte. Und ein Bad Boy war er definitiv. Diese lässige Selbstsicherheit. Die Muskeln. Die Tattoos. Dieses verschmitzte Zwinkern zum Abschied. Der Matrosentyp war gefährlich!

Ich kannte ja nicht mal seinen Namen. Ich hatte bei ihm geduscht, war ihm unfreiwillig sehr nahe gekommen und trug nun die Klamotten eines Mannes, der sich mir nicht mal vorgestellt hatte. Es half nicht, dass die Kleidung auch noch unverschämt gut nach ihm roch. *Großartige Leistung, Alix!*

Hatte er mir seinen Namen absichtlich verschwiegen? Das würde mich nicht wundern, weil er allgemein so unnahbar schien. In einem Moment wirkte er wie ein Frauenheld, der sich seiner Ausstrahlung sehr bewusst war. Zum Beispiel, als er mir zugezwinkert hatte. Im nächsten Moment ließ er mich – unfreiwillig? – eine ganz andere Seite von sich entdecken. Als sein Blick weicher geworden war und er mich gedankenverloren gemustert hatte. Mit diesen tiefbraunen Augen …

Halt! Ich schüttelte den Kopf. Es stand absolut außer Frage, dass ich mich in den Kerl verguckte. Eine geheimnisvolle Aura war schön und gut, aber Geheimnisse konnten ganz schnell zu unüberwindlichen Hürden führen. Und zu gebrochenen Herzen.

Nun musste ich sowieso erst einmal alle Gedanken an ihn aus meinem Kopf verbannen, denn wenige Meter vor mir ragte endlich das Schild mit dem vertrauten Logo auf: die schwarze Katze vor dem Vollmond. Endlich war ich im *Le Chat Noir* angekommen. Keine Sekunde zu früh, wie mir ein Blick auf die Uhr bestätigte. Nun brauchte ich all meine Hirnfunktionen, um an meinem ersten Tag im besten Edelrestaurant von Antibes einen guten Eindruck zu machen.

Bo wartete vor dem Eingang auf mich. Nachdem wir einander mit zwei Wangenküssen begrüßt und ich siem diesmal keine Fast-Kopfnuss verpasst hatte, musterte Bo mich von Kopf bis Fuß. Nicht unfreundlich, eher neugierig. Als spürte sier, dass sich hinter meinem Aufzug eine spannende Story verbarg.

»Interessantes Outfit.« Im Gegensatz zu mir konnte Bo

sich in dem Blümchenkleid und der schwarzen Lederleggings sehen lassen.

»Lange Geschichte.« Ich lachte nervös und band mir die feuchten Haare eilig zu einem Pferdeschwanz zusammen. »Heute Morgen ist so einiges schiefgegangen.«

Bo warf mir einen mitfühlenden Blick zu. »Ist völlig egal, was du anhast. Du bekommst gleich sowieso erst mal deine Kochuniform von mir.«

Darauf hatte ich gewartet, seit ich in die übergroßen Klamotten des Matrosentypen geschlüpft war. Mit vorfreudig klopfendem Herzen folgte ich Bo in Richtung des Eingangs.

Das *Le Chat Noir* befand sich in einem Teil der Altstadt, der nicht weit entfernt von meiner neuen Wohnung lag. Auch hier trennten uns nur eine schmale Straße und die niedrige Stadtmauer vom dahinterliegenden Meer. Die Fassade des alten Steingebäudes war über und über mit lilafarbenen Bougainvilleen bewachsen. Neben der glasverkleideten Eingangstür stand ein Zitronenbäumchen in einem eleganten Kübel. Davor erstreckte sich eine niedrige Holzempore mit gusseisernem Geländer bis an die Straße. Wenn das Restaurant geöffnet hatte, standen hier sicher ein paar Tische mit Blick aufs Meer. So früh am Morgen war der Platz jedoch leer. Die weißen Fensterläden waren halb geschlossen. Durch die schmale Öffnung konnte ich hinter der schaufensterartigen Glasfassade bereits einen flüchtigen Blick ins Innere erhaschen. Trotzdem war ich nicht auf das vorbereitet, was mich erwartete, als wir das Restaurant betraten. Im Internet hatte ich keine Fotos vom Innenbereich gefunden, weshalb ich nun erstaunt die Luft einsog.

Wir betraten einen kleinen Raum, in dem nur drei runde Tische und eine Bar Platz hatten. Wie die anderen uralten Häuser, die die Küstenstraße säumten, war auch dieses hoch und schmal. Die unbehandelten Steinwände versprühten ein heimeliges Flair, das durch die eleganten Kronleuchter an der Decke meisterhaft gebrochen wurde.

»Ursprünglich befand sich in diesem Gebäude eine Bäckerei«, erklärte Bo und deutete auf die Holzregale hinter der Bar, auf denen allerlei Spirituosen in hübschen Flaschen zur Schau gestellt wurden. Fast konnte ich den Duft von frischem Baguette riechen, das dort früher ausgelegen haben musste. Wo heute die Bar stand, musste sich der Verkaufstresen befunden haben. Auch die großen Schaufenster beim Eingang erinnerten an ein altmodisches Geschäft.

»Wie schön, dass Madame Lellouche einige Elemente des alten Ladens beibehalten hat.«

Bo nickte. »Finde ich auch. Aber das ist noch längst nicht alles, was wir zu bieten haben. Es wäre eine Verschwendung, der Öffentlichkeit nicht auch den Rest des Gebäudes zugänglich zu machen.«

Geheimnisvoll lächelnd winkte sier mich zu einer Flügeltür im provenzalischen Landhausstil, die beinahe die gesamte hintere Wand einnahm. Sobald Bo sie öffnete, drang leises Plätschern an meine Ohren. Als wir auf einen weitläufigen Innenhof hinaustraten, klatschten meine Flip-Flops laut auf dem terrakotta- und cremefarbenen Mosaik, das sich über den Boden zog. Am liebsten hätte ich sie ausgezogen, um die entspannte Ruhe nicht zu stören. Aber damit hätte ich bereits am ersten Arbeitstag gegen sämtliche Hygienevorschriften verstoßen.

In der Mitte des Hofs erhob sich eine weiße Frauenstatue mit langem geflochtenem Zopf, die in einem kreisrunden Becken Wasser schöpfte. Es floss aus ihrem Krug und verband sich mit dem Wasser zu ihren Füßen. Ein halbes Dutzend Tische war um den Brunnen angeordnet, jedoch noch nicht eingedeckt. Hier war es kühl, das leise Plätschern erzeugte eine angenehme Atmosphäre. Ich stellte mir vor, wie es sich mit den Stimmen der Gäste und dem Klirren des Bestecks vermischte, wenn im Restaurant Hochbetrieb herrschte. Alte Tonkrüge und Töpfe dienten als zusätzliche Deko und verliehen dem ganzen Ensemble einen besonderen Charme. Strategisch platzierte Leuchten verrieten mir, dass sich der Innenhof abends in einen nahezu verwunschenen Ort verwandeln musste.

Als ich vorsichtig weiter hinaustrat, stieg mir der Duft des blühenden Jasmins in die Nase, der an den Steinwänden emporrankte. Ich legte den Kopf in den Nacken. Über uns befand sich nichts als der strahlend blaue Himmel.

»Wunderschön, nicht wahr?« Bos Stimme hallte von den hohen Wänden wider. Ich konnte nur nicken, ergriffen von der Tatsache, dass ich ab sofort hier arbeiten würde. »Vorne vor dem Restaurant haben wir eine Markise gegen Regen und Heizstrahler für die kälteren Monate, aber dieser Teil ist nur während der Hauptsaison geöffnet, wenn das Wetter es zulässt. So wird der Besuch bei uns zu einem einzigartigen Erlebnis, nicht nur wegen des hervorragenden Essens.« Sier klang stolz.

»Kein Wunder, dass die Leute aus ganz Europa anreisen, um hier zu essen«, antwortete ich. Meine Stimme klang geradezu ehrfürchtig. »Ihr habt einfach alles. Tische mit Blick aufs Meer, die heimelige Atmosphäre der ehemaligen Bäckerei und den Innenhof mit seinem provenzalischen Charme.«

»Ja, ein perfekt durchdachtes Erfolgskonzept.« Bo nickte. »Die meisten Touristinnen und Touristen wollen natürlich am liebsten vor dem Restaurant sitzen, um Fotos vom Sonnenuntergang zu schießen. Viele Einheimische ziehen den ruhigeren Hof vor, und Paare wissen den Innenbereich für seine schummrigen Ecken zu schätzen.«

»Da ist für jeden was dabei.«

»Du sagst es. Sylvie ist ein Genie.«

»Ist sie heute im Haus?« Ich hatte die Restaurantbesitzerin bei meinem Bewerbungsgespräch kennengelernt, das online stattgefunden hatte. Nun konnte ich es kaum erwarten, den kreativen Kopf hinter diesem gut durchdachten Restaurantkonzept endlich persönlich zu treffen.

»Leider nicht. Sie ist auf Reisen und kommt erst in ein paar Wochen zurück. Meistens meidet sie Antibes in der Sommersaison.« Bo musste meine enttäuschte Miene bemerkt haben. »Aber ich nehme an, du willst jetzt ganz dringend erst mal die Küche sehen, oder?«, schob sier hinterher.

»Erwischt! Ich platze gleich vor Spannung.«

»Dann will ich dich nicht länger warten lassen. Komm mit! Zuerst kleiden wir dich ein.«

Wir liefen um die Tische herum, und Bo öffnete eine gut versteckte Tür in der Wand, auf der *Nur für Personal* stand. Es ging durch einen schmalen Gang, bis wir zu einem kleinen Raum voller Spinde kamen.

»Der ist deiner.« Sier zeigte auf den hintersten. »Hier ist der Schlüssel.« Mit klopfendem Herzen nahm ich den kleinen silbernen Schlüssel entgegen und sah Bo fragend an. »Nur zu.« Sier nickte mir aufmunternd zu. »Du willst doch sicher nicht ewig in den übergroßen Sachen herumlaufen, oder?«

Ich trat vor meinen Spind und schloss ihn auf. Darin lag fein säuberlich gefaltet meine brandneue Kochuniform in dreifacher Ausführung. Meine Finger zitterten, als ich eine der strahlend weißen Jacken aufhob. Ehrfürchtig strich ich über die glänzenden Knöpfe. Sie waren schwarz, nicht weiß. Ich war keine Schülerin mehr, sondern nun eine qualifizierte Köchin. Auch wenn mir bewusst war, dass ich mir meinen Platz im *Le Chat Noir* erst noch verdienen musste. Ich würde ganz unten anfangen, aber jetzt nicht mehr als Köchin in Ausbildung, sondern als vollwertiges Mitglied des Teams. Die nächste Sprosse auf der Karriereleiter war es, Chef de Partie zu werden, also irgendwann meinen eigenen Posten zu leiten. Dafür würde ich aber erst einmal mindestens zwei Jahre als Jungköchin arbeiten und mich beweisen müssen.

Bo ließ mich einen Moment allein, damit ich mich umziehen konnte. Sorgfältig legte ich die Kleidung des Matrosentypen zusammen und verstaute sie im Spind. Allein bei dem Gedanken daran, sie ihm demnächst zurückzugeben, machte mein Herz einen albernen kleinen Sprung.

Nachdem ich in die weiße Jacke und Hose geschlüpft war, alle Knöpfe geschlossen und schließlich auch die Arbeitsschuhe mit rutschfester Sohle und vorne integrierter Stahlkappe angezogen hatte, vervollkommneten eine Schürze und ein blau-weiß kariertes Halstuch mein Outfit. Fehlte nur noch die Kochmütze, die Toque Blanche. Ich platzierte mich vor dem Spiegel an der Wand, flocht meinen Zopf im Nacken, sodass ich ihn mir in den Kragen stecken konnte, und setzte sie mir auf den Kopf. Entgegen blickte mir eine waschechte Jungköchin des *Le Chat Noir*. Am liebsten hätte ich in diesem Moment jemanden gebeten, mich zu kneifen. Schnell schoss ich ein Foto von meinem Spiegelbild und schickte es an Magali, die bisher nur mit Herzen auf meine Nachrichten reagiert hatte.

Ein Klopfen an der Tür riss mich wenig später aus der Betrachtung meiner neuen Arbeitskleidung. Bo hatte sich in der Zwischenzeit auf der angrenzenden Toilette umgezogen und musterte mich anerkennend. »Jetzt bist du eine von uns.« Sier trat vor mich und rückte mein Halstuch zurecht. »Bereit für die Küche?«

»Ich dachte schon, du würdest nie fragen.«

»Dann los!«

In der Zwischenzeit war das Servicepersonal eingetroffen. Alle trugen schwarze Hosen oder Röcke, weiße Hemden und Blusen, schwarze Westen und lange, schwarze Schürzen. Das Kassensystem wurde hochgefahren, schneeweiße Decken über den Tischen ausgebreitet, Besteck wurde poliert, Servietten gefaltet, frische Blumengestecke und Kerzen auf den Tischen platziert. Selbst im Vorbeigehen erkannte ich, dass alles von höchster Qualität war. Von den Tellern über die Weingläser bis hin zu den Pfeffer- und Salzstreuern. Edel. Elegant. Stilvoll.

Bo stellte mich allen vor, an denen wir vorbeikamen. Ich versuchte, mir die Namen zu merken, doch in Gedanken war ich bereits in der Küche. Nach einer gefühlten Ewigkeit traten wir endlich durch eine offene Tür neben der Bar im Hauptraum. Sofort hörte ich das vertraute Geklapper, das mich seit Jahren am Arbeitsplatz begleitete. Es gab mir ein Gefühl von Sicherheit. Hier gehörte ich hin.

»Wie du bestimmt längst weißt, bereiten wir mediterrane und provenzalische Gerichte auf höchstem Niveau zu«, erklärte Bo, während sier mich durch einen kleinen Vorraum mit Öffnung in der Wand zur Küche führte, wo die fertigen Gerichte für das Servicepersonal abgestellt wurden.

Ich nickte. Wenn ich mich recht erinnerte, war der genaue Wortlaut auf der Webseite des *Le Chat Noir* »traditionelle und moderne Kreationen aus lokalen Zutaten vom Markt direkt auf den Tisch«.

»Bei der Gestaltung des Menüs lässt Sylvie uns glücklicherweise große kreative Freiheit«, fuhr Bo fort. »Mei Lien, unsere ehemalige Küchenchefin, war eine absolute Göttin. Ihr haben wir unsere drei Michelin-Sterne zu verdanken. Seit sie in Rente gegangen ist, versuchen wir, das Niveau zu halten, was nicht immer leicht ist.« Der Name Mei Lien Fontainebleu war in der Gastrobranche fast schon legendär, und ich versuchte, mir die Enttäuschung darüber, meine Chance auf eine Zusammenarbeit mit ihr verpasst zu haben, nicht anmerken zu lassen. Ihr Nachfolger, der neue Chef de Cuisine, war sicher ebenfalls hervorragend.

Im nächsten Moment betraten wir die Küche, und ich

konnte nur noch starren. Es war ein wahr gewordener Traum. Glänzende Edelstahlflächen, prominent platzierte Kochherde, riesige Spülbecken, blitzsaubere Pfannen und Töpfe, die von Deckenhalterungen hingen, ein gläserner begehbarer Kühlschrank für die frischen Zutaten.

Wie in Trance folgte ich Bo durch den hellen Raum, während ich alles mit großen Augen in mich aufnahm. Ich hatte während meiner Ausbildung in Bordeaux bereits in einer sehr gut ausgestatteten Küche gearbeitet, doch diese stellte alles andere in den Schatten. Die Restaurantbesitzerin hatte ganz offensichtlich keine Kosten und Mühen gescheut, um das bestmögliche Arbeitsklima für ihre Angestellten zu schaffen.

Es herrschte bereits reges Treiben, auch wenn augenscheinlich noch nicht alle Mitglieder des Teams eingetroffen waren. Die Mise en Place, das Vorbereiten der verschiedenen Arbeitsplätze, damit später alle Abläufe reibungslos verlaufen würden, war in vollem Gang.

»Das ist Benoît, unser hervorragender Poissonnier. Thierry da drüben ist der beste Rotisseur Frankreichs, und wenn ich das als vegan lebende Person sage, muss das etwas heißen …« Im Vorbeigehen deutete Bo nacheinander auf die einzelnen Personen, die geschäftig hin und her eilten. Alle hatten ein Lächeln und ein freundliches »Hallo« für mich übrig. Auch diesmal versuchte ich, mir ihre Namen zu merken, wurde jedoch immer aufgeregter, je mehr ich von meinem neuen Arbeitsplatz zu sehen bekam.

Während Bo mir noch die Speisekammer und den separaten Patisserie-Bereich zeigte, konnte ich den Drang, sofort loszulegen, kaum unterdrücken. Es juckte mich in den Fingern, alles auf eigene Faust zu erkunden. Die Schärfe der Messer zu prüfen, die Arbeitsweise meiner neuen Kollegschaft kennenzulernen und mich in ihren perfekt einstudierten Tanz einzufügen.

»Komm bitte bei Schichtantritt nicht vorne durchs Restaurant, sondern durch den Hintereingang«, sagte Bo, als wir wieder zurück in die Küche kamen. Sier deutete auf eine Tür am anderen Ende des Raums. »Den benutzen auch die Lieferanten, die uns täglich mit frischen Zutaten beliefern. Dort kommst du an den Spinden vorbei, wo du dich umziehen kannst.«

Bevor ich antworten konnte, trat mir jemand in den Weg. Abrupt blieb ich stehen, um nicht in die Person hineinzulaufen. Allerdings hatte ich so viel Schwung, dass ich zur Seite taumelte. Vor mir stand ein Mann, den ich noch nicht kennengelernt hatte. Als Einziger im Team trug er statt der traditionellen Kochmütze ein schwarzes Bandana und kein Halstuch. So eine Sonderbehandlung wurde in Sterneküchen nicht oft geduldet. Es konnte sich also nur um eine Person handeln.

»Das ist Claude«, sprach Bo meinen Gedanken laut aus. »Unser Chef de Cuisine.«

Claude musterte mich von Kopf bis Fuß, wobei ich mich wie ein Insekt unter dem Mikroskop eines Fünfjährigen fühlte. Nicht sicher, ob er mich faszinierend genug fand, um mich näher kennenzulernen, oder ob er mich jeden Moment zerquetschen würde. »Du bist also die Neue, die Sylvie *unbedingt* einstellen wollte?«

»Alix Roche.« Ich reichte ihm die Hand. Er verengte die blassgrauen Augen zu Schlitzen und ignorierte die Geste. Verwirrt blinzelte ich zu ihm auf und ließ die Hand nach einigen zittrigen Atemzügen wieder sinken. Hatte ich etwas falsch gemacht? Die Stille zwischen uns zog sich unangenehm in die Länge.

»Was, würdest du sagen, ist deine größte Stärke?«, fragte Claude schließlich unvermittelt.

»Äh.« Es war nicht die Frage, die mich aus der Bahn warf, da ich sie bereits in meinem Bewerbungsschreiben beantwortet hatte. Es war vielmehr sein Ton. Kalt und desinteressiert. Als wüsste er bereits, dass ich ihn enttäuschen würde. Ich schüttelte mein Unbehagen ab und besann mich meiner Fähigkeiten. Ich war gut in der Küche. Richtig gut. Und das würde ich meinem neuen Chef beweisen.

Mit gestrafften Schultern erwiderte ich seinen Blick. »Ich mache die perfekte Crème brûlée.« Süßspeisen und Desserts hatten mir schon immer am meisten Spaß gemacht, und während meiner Ausbildung in Bordeaux hatte ich meine Crème brûlée perfektioniert.

Claude hob beide buschigen Brauen, als würde er das stark bezweifeln. Dabei hatte er mich noch kein einziges Mal in Aktion gesehen. »Schön, dann wirst du erst mal unserem Saucier aushelfen.«

»Wie bitte?« Was hatte das Zubereiten von Soßen mit Crème brûlée zu tun?

Er ignorierte meine Frage. »Das ist deine erste Station. Während deiner dreimonatigen Probezeit wirst du alle Bereiche durchlaufen, bis ich entscheide, wo wir dich langfristig einsetzen.«

»Okay.« Ich nickte, fest entschlossen, das Beste aus der Situation zu machen. »Klingt gut.«

»Na, wenn das *gut* für dich klingt, bin ich ja beruhigt.« Er sah mich so geringschätzig an, dass ich unwillkürlich schluckte. Was hatte ich ihm getan? Hatte er bloß einen schlechten Tag, oder war er immer so drauf?

»Also dann …« Bo rettete mich, indem sier mir eine Hand auf den Rücken legte und mich zu einer freien Anrichte führte. »Das ist dein Arbeitsplatz, Alix. Emil wird dir alles Weitere zeigen.«

Ich nickte Emil, dem Saucier, zu, obwohl mein Herz aufgrund der verwirrenden Konfrontation mit Claude immer noch raste. In diesem Moment war ich unendlich froh, dass es in Bos Aufgabenbereich als Sous-Chef fiel, neues Küchenpersonal wie mich anzulernen, und nicht in Claudes.

Bo musste mein Unbehagen spüren. Nachdem sier sich mit einem Blick über die Schulter vergewissert hatte, dass sich Claude nicht mehr in unserer Nähe aufhielt, raunte sier mir zu: »Nimm sein Verhalten nicht persönlich. Claude steht gerade eine Scheidung durch und sieht seine Kinder nicht oft. Vor einigen Monaten ist er von zu Hause ausgezogen und lebt jetzt in einem seelenlosen Bachelor-Apartment.«

»Woher weißt du das?«, fragte ich überrascht im Flüsterton.

»Weil er mich mal betrunken angerufen hat und ich ihn nach Hause fahren musste.« Bo grinste mir verschwörerisch zu. »Aber sag's nicht weiter.«

Ich schluckte, zwang mich zu einem Lächeln, auch wenn sich meine Brust immer noch so eng anfühlte, dass mir das Atmen schwerfiel. Doch ich hatte keine Zeit, mich darüber zu ärgern, wie enttäuschend die erste Begegnung mit meinem neuen Vorgesetzten abgelaufen war. Der Annoncier, das Bindeglied zwischen Küchen- und Servicepersonal, steckte den Kopf durch das Fenster in der Wand, durch das die Gerichte nach draußen gingen. »Wir öffnen in einer Stunde!«

Sofort gingen alle in Position. Jetzt musste ich mich trotz des holprigen Starts darauf konzentrieren, meine Arbeit für mich sprechen zu lassen.

Sorgfältig nahm sich Bo den jadegrünen Ohrring ab und zwängte siesen Afro unter ein Haarnetz. Dann lächelte sier mich aufmunternd an. »Legen wir los!«

KAPITEL 8

Léo

Noch nie in meinem Leben war die Zeit so langsam verstrichen wie in den letzten Tagen. Es war, als wären sämtliche Uhren kaputt, als befände ich mich in einer Parallelwelt, in der alles in Zeitlupe ablief. Und das nur, weil ich *sie* seit unserer letzten Begegnung nicht mehr gesehen hatte.

Seit knapp einer Woche fragte ich mich, was *sie* wohl tat. Ob *sie* zum Hafen gekommen war, nur um die Anlegestelle leer vorzufinden. Ob *sie* auch an mich dachte. Oder ob *sie* mich längst vergessen und meine Klamotten weggeworfen hatte.

Ich saß auf dem Skydeck der *Aurora*. Die letzten Sonnenstrahlen des Tages steckten den Horizont in Brand. Wir befanden uns im Hafen von Monaco. Die sich weit bis in die umliegenden Berge erstreckenden Wolkenkratzer des Stadtstaats wurden von der Abendsonne mit einem roten Glühen überzogen. Überall um mich herum erhellten Lichtquellen das blitzsaubere Deck, den Pool und die Liegen. Die Gäste verbrachten den Abend bei irgendeiner Gala auf dem Festland, weshalb ich es mir erlauben konnte, hier zu sitzen.

Normalerweise hätte ich einen derartig ruhigen Moment

dafür genutzt, um eine E-Mail an die Person zu schreiben, die mir in solchen Augenblicken fehlte – so sehr, dass es körperlich wehtat. Doch an diesem lauen Frühsommerabend konnte ich mich nicht dazu aufraffen. Ich konnte mich nicht einmal auf das Buch konzentrieren, das aufgeschlagen in meinem Schoß lag. Denn meine Gedanken kreisten um eine andere Person. Eine, die ich kaum kannte, die mir aber seit dem Morgen, an dem ich sie an der *Aurora* vorbeijoggen sehen hatte, nicht mehr aus dem Kopf ging.

»Hey, Chef!« Amir tauchte mit Céleste, Fatima, Loïc und Musa im Schlepptau auf dem Skydeck auf. Sie hatten sich in ihre schicksten Outfits gekleidet. »Bist du dir sicher, dass du nicht mit ins Casino kommen möchtest?«

Ich deutete auf das Buch in meinem Schoß. »Geht ihr nur. Ich habe schon was anderes vor. Viel Spaß!«

»Du willst *lesen?* Da wirst du aber was verpassen. Ich spüre jetzt schon, dass mir das Glück heute Abend hold ist.« Amir rieb die Hände aneinander.

Musa, der einen eleganten schwarzen Smoking trug, stieß ihm einen Ellbogen in die Seite. »Nicht, wenn ich dich vorher in den Pool schubse. Das wird *mein* Abend!«

Es freute mich, dass sie so gut drauf waren. Seit der Ankunft des Scheichs war die Stimmung an Bord angespannt. Alle schufteten sich die Finger wund, um gutes Trinkgeld zu erhalten. Die meisten bekamen höchstens drei Stunden Schlaf und setzten trotzdem jeden Tag ein Lächeln für die Gäste auf. Sie hatten es verdient, ein bisschen Dampf abzulassen.

Ich hatte mich freiwillig zur Ankerwache gemeldet, damit die anderen einen freien Abend genießen konnten. Außerdem hatte ich das Nachtleben in Monte Carlo während der letzten fünf Jahre bereits unzählige Male ausgekostet. Heute stand mir der Sinn nach Alleinsein. Allein mit meinen Gedanken. Da der Großteil der Crew die Abwesenheit der Gäste nutzte, um ebenfalls auszugehen, hatte ich die *Aurora* so gut wie für mich.

Ich redete mir ein, dass ich nun verantwortungsbewusster sein musste, weil ich einen höheren Posten innehatte. Ich musste mit gutem Beispiel vorangehen. Tief drin wusste ich allerdings, dass ich mich nur selbst belog. Mir stand der Sinn nicht nach feiern. Nach Alkohol, Casinos und dem Rausch, eine Nacht mit den Reichen und Schönen zu verbringen. Lieber saß ich hier am Pool und starrte vor mich hin wie ein liebeskranker Träumer.

Die anderen zogen lachend und grölend ab, während sich die Dunkelheit langsam über alles legte. Eine angenehme Kühle stieg vom Wasser auf, und die Brise brachte mein lockeres Leinenhemd in Bewegung. Ich rückte ein wenig vor und tauchte die nackten Füße in den beleuchteten Pool.

Als es leise plätscherte, dachte ich unwillkürlich daran, was ich mit *ihr* in diesem Pool anstellen könnte. Auf dieser Jacht. In einem der Kingsize-Betten der Mastersuite. Oder in der riesigen ebenerdigen Dusche im angrenzenden Badezimmer.

Noch nie hatte ich eine Frau mit auf die *Aurora* genommen, doch bei *ihr* war es direkt nach unserer ersten Begegnung geschehen. Damit hatte ich gegen die Regeln verstoßen, aber in dem Moment war es mir einfach nur darum gegangen, mein Missgeschick wiedergutzumachen. *Ihr* zu zeigen, dass ich kein Arschloch war, das andere Leute mit Fischresten bewarf. Aus unerfindlichen Gründen war es mir wichtig, was *sie* von mir hielt. Und das war ein Zeichen. Ein Zeichen, dass ich mich dringend von ihr fernhalten musste. Leider wusste ich längst, dass ich das nicht schaffen würde.

Es war nicht normal, dass ich mich nach nur einer Begegnung so stark zu einer Frau hingezogen fühlte. Um ehrlich zu sein, war mir das noch nie passiert. Und deshalb machte es mir eine Scheißangst. Aber irgendwie … irgendwie genoss ich es auch. Das Kribbeln im Bauch. Den Nervenkitzel. Das Alles-ist-möglich. Sehr lange hatte ich mir selbst Fesseln angelegt. Mein Leben war in den letzten sieben Jahren eher ein Nichts-ist-möglich gewesen. Ein Wenn-du-nicht-vorsichtig-bist-ist-alles-mit-einem-Schlag-vorbei. Und offenbar wollte ich nun gegen die selbst auferlegten Fesseln rebellieren.

»Diese Frau wird dein Untergang sein, Mann.« Seufzend blickte ich zum Himmel, an dem sich die ersten Sterne zeigten, und wünschte mir entgegen aller Vernunft, dass wir so bald wie möglich nach Antibes zurückkehren würden.

KAPITEL 9

Alix

Mein ganzer Körper schmerzte. Ich hatte Muskelkater an Stellen, von denen ich nicht gewusst hatte, dass sich dort Muskeln befanden. Und das vom Kochen! Man würde meinen, dass das nach meiner jahrelangen Ausbildung und den unzähligen Stunden, die ich in Küchen verbracht hatte, nicht mehr möglich war. Ich wusste, dass Belastbarkeit das A und O in der Gastrobranche war, und hatte geglaubt, einiges auszuhalten. Doch so elend hatte ich mich bisher noch nie gefühlt.

Obwohl meine Hände mit Blasen übersät waren und meine Augen vor Müdigkeit brannten, schnippelte, rührte und verquirlte ich unermüdlich weiter. In den wenigen Tagen, in denen ich nun im *Le Chat Noir* arbeitete, hatte ich bereits mehrfach erfahren, wie es sich anfühlte, den Zorn des Chef de Cuisine auf sich zu ziehen. Und das wollte ich nie wieder erleben.

Wenn Claude und ich nicht dieselbe Schicht arbeiteten, machte mir die Arbeit im Restaurant großen Spaß. Das Team war hervorragend, sowohl in der Küche als auch im Servicebereich, und ich hatte mir mittlerweile alle Namen gemerkt. Mit der Kollegschaft verstand ich mich gut und hatte auch schon das ein oder andere Kompliment von Emil für meine Soßenkreationen bekommen. Jedoch nicht von Claude.

Wenn er sich wie heute mit mir in der Küche aufhielt, schien ich in mich zusammenzusinken. Mit gekrümmtem Rücken duckte ich mich, so tief es ging, hinter das silberne Regal, das meine Anrichte von der mir gegenüber trennte. Wenn das so weiterging, würde ich bald einen Krampf im Nacken bekommen. Ich hielt den Blick gesenkt, konzentrierte mich ganz darauf, die Petersilie so klein wie möglich zu hacken, damit die Soße, an der ich gerade arbeitete, perfekt wurde. Auf keinen Fall durfte ich Claudes Aufmerksamkeit erregen. Ich würde ihm keinen weiteren Grund liefern, an meinen Fähigkeiten zu zweifeln. Oder an mir als Person.

Gerade als ich die fein gehackte Petersilie in die Schüssel neben mir gab und sie mit den übrigen Zutaten vermengte, fiel ein Schatten von hinten auf mich. Merde. Ich hatte ihn nicht kommen sehen. Sofort drückte ich den Rücken durch, um die Tatsache zu überspielen, dass ich mich vergeblich vor ihm zu verstecken versucht hatte.

Claudes penetrantes Aftershave drang mir in die Nase, und ich unterdrückte ein Würgen. Es war ein Geruch, den ich bereits seit Tagen mit Versagen assoziierte. Mit meinem eigenen Versagen.

»Das nennst du eine Persillade?« Er beugte sich dicht über meine Kreation und schnupperte übertrieben. »Was haben die Kapern da drin verloren?«

Die Hauptzutat der Persillade war Petersilie, abgerundet mit Knoblauch, Olivenöl, Essig und etwas Salz. In der Küche wurde sie vielseitig eingesetzt. Deshalb war es jeden Tag meine erste Aufgabe, sie zuzubereiten, damit sich das gesamte Team daran bedienen konnte. In Absprache mit Emil hatte ich bereits die ganze Woche über Kapern unter die Persillade gemischt, um den Geschmack zu verfeinern. Emil war begeistert von dem Ergebnis gewesen, und auch unser Rotisseur Thierry, der meine Persillade zum Marinieren vieler seiner Fleischgerichte benutzte, hatte meine Entscheidung gutgeheißen. Nur Claude war, wie sollte es anders sein, nicht bereit, auch nur die kleinsten Veränderungen in seiner Küche zu akzeptieren.

»Die Kapern runden den Geschmack richtig schön ab«, erklärte ich vorsichtig, wohl wissend, dass ihm allein der Klang meiner Stimme zu missfallen schien. Doch so leicht wollte ich diesmal nicht aufgeben. Er würde schon sehen, dass meine Persillade hervorragend war. »Probier doch mal.« Hoffnungsfroh reichte ich ihm einen sauberen Löffel.

Claude beachtete mich nicht. »Du kannst nicht einfach daherkommen und unsere Rezepte abändern, wie es dir gerade in den Sinn kommt. Wir sind hier nicht bei *MasterChef*.«

»Aber Emil und Thierry fanden auch, dass …«

»Und wenn ich dich erwische, wirst du auch noch frech! Lässt mich nicht mal ausreden.«

Die Tatsache, dass *er* gerade *mich* unterbrochen hatte, schien völlig an ihm vorbeizugehen.

»Hast wohl keinen Respekt vor deinem Chef, was?« Mit jedem Wort wurde er lauter. »Warum solltest du auch, wenn du dich offenbar längst für die nächste Küchenmeisterin hältst.« Weit hallte Claudes Stimme durch den Raum, übertönte das Brutzeln, Klappern und Zischen.

Über seine Pfanne warf mir Thierry einen entschuldigenden Blick zu. Gerade briet er ein Rumpsteak an, wandte sich nun aber eilig ab, um es zum weiteren Garen in den Ofen zu legen. Warum kam er mir nicht zu Hilfe? Genauso wenig wie Emil neben mir, der meine Persillade erst vor zwei Tagen in den höchsten Tönen gelobt hatte. Auf einmal war er sehr darauf konzentriert, seine Béchamelsoße zu rühren und dabei tief in den Topf zu starren.

Ich hatte es mittlerweile mehrfach erlebt. Umgeben von

Männern war es merkwürdigerweise immer ich, die einzige Frau in dieser Küche, die Claudes Zorn abbekam. Ob es wirklich daran lag, dass ich eine Frau war, oder schlicht und ergreifend daran, dass ich die Neue und deshalb leichte Beute war, wusste ich nicht. Tatsache war, dass sich keiner der anderen einmischte. Nie. Und Bo, die einzige Person, die mir gewöhnlich zur Seite stand, hatte ausgerechnet heute frei.

Vielleicht hätte Claude ja Thierry oder Emil zugehört, wenn sie es ihm erklärt hätten. Vielleicht hätten wir ihn gemeinsam davon überzeugen können, dass meine Persillade besser war. Allein hatte ich jedoch keine Chance, das hatten mir meine vergangenen Zusammenstöße mit Claude bereits bewiesen. Das Gefühl der Ohnmacht sandte Hitze in meine Wangen. Anhand der Ungerechtigkeit meiner Lage klopfte mein Herz viel zu schnell, und ich legte rasch den Löffel weg, da meine Finger schwitzig wurden.

»Das hier ist ein Sternerestaurant«, fuhr Claude in seiner Schimpftirade fort. »Wir haben nicht nur Standards zu erfüllen, sondern zu übertreffen.« Er funkelte mich an. »Aber das scheinst du nicht in deinen hübschen kleinen Kopf zu bekommen. Vielleicht wärst du draußen bei den Kellnerinnen besser aufgehoben.«

»Ich … Wie bitte?« Ich hasste es, wie dünn und zittrig meine Stimme klang. So hilflos, wie ich mich fühlte. Alle meine Kollegen hörten zu, auch wenn niemand von seiner Arbeit aufsah. Die Demütigung schmeckte so bitter, dass ich schlucken musste. Ein dicker Kloß saß in meinem Hals, erschwerte mir das Atmen.

»Ich werde dir schon noch beibringen, wie es richtig geht.« Mit großen Augen verfolgte ich, wie Claude die Schüssel packte und meine Soße wegkippte. »Noch mal von vorn!«

Ich krallte die Finger in meine Schürze, um nicht die Fassung zu verlieren. Heiße Tränen brannten hinter meinen

Lidern. Ich blinzelte hektisch, wollte jetzt auf gar keinen Fall weinen. Claude würde nicht verstehen, dass es bloß Wuttränen waren. Dass meine Unterlippe nur deshalb zitterte, weil ich vor lauter Zorn über sein Verhalten nicht wusste, wohin mit meinen Gefühlen. Er würde mich als schwache, unbelastbare Jungköchin abstempeln, die in seiner Sterneküche nichts zu suchen hatte. Und das war so ungerecht – und völlig ungerechtfertigt –, dass es mich innerlich aufschreien ließ.

Die Gastrobranche war für alle tough. Aber für Frauen ganz besonders. Seit ich mit dem Kochen angefangen hatte, hatte ich immer das Gefühl gehabt, mich doppelt so sehr ins Zeug legen zu müssen wie meine Kollegen. Und ich hatte es geschafft. Hatte während meiner Ausbildung allen gezeigt, was ich draufhatte. Im *Le Chat Noir* war die Messlatte jedoch unerreichbar hoch. Und ich wurde das Gefühl nicht los, dass Claude sie für mich viel höher ansetzte als für alle anderen.

Der Gedanke trieb mir weitere Tränen in die Augen, die der Chef de Cuisine auf keinen Fall sehen durfte. »Ich nehme meine Pause«, sagte ich zu niemand Bestimmtem und stürzte im nächsten Moment durch die Hintertür nach draußen.

Noch nie hatte ich mich so klein gefühlt. So nutzlos. So völlig wertlos. Ich hatte nicht einmal mitbekommen, wie es passiert war. Wie Claude es geschafft hatte, mein sonst solides Selbstbewusstsein zu untergraben, mir Zweifel einzuflüstern, mich dazu zu bringen, meine Kochkünste zu hinterfragen. Doch es war geschehen. Und wenn ich mich nicht schnell in den Griff bekam, würde ich keine zweite Woche im *Le Chat Noir* überstehen.

Die Tür fiel hinter mir zu, und Stille umfing mich. Der Hinterhof des Restaurants war geräumig, da sich hier der Lieferanteneingang befand. Abgesehen von den großen Müllcontainern zu meiner Rechten, konnte ich durch meine verschwommene Sicht nicht viel erkennen. Nur, dass mich auf drei von vier Seiten Wände umgaben. Wütend wischte ich mir die Tränen von den Wangen, die nun doch flossen.

Das hier war nicht ich. Dieses Häufchen Elend. Die Person, die sich lieber verkrümelte, als dem Fiesling, der ihr Unrecht tat, die Stirn zu bieten. Normalerweise kam ich gut allein klar. Ich war schon immer selbstständig gewesen. Gezwungenermaßen. Aber das hieß nicht, dass mich die erste Woche in dieser neuen Stadt nicht emotional mitgenommen hatte.

Wenigstens hatte ich früher immer eine Person gehabt, bei der ich mich ausweinen konnte. Auch wenn ich der Welt die toughe Alix präsentierte, konnte ich zu Hause zusammenbrechen. Bei Magali, der einzigen Person, die mich wirklich kannte, konnte ich ganz ich selbst sein. Doch seit ich hier angekommen war, hatte ich das Gefühl, mich jeden Tag neu beweisen zu müssen. So stolz ich auf mich war, diesen Job ergattert zu haben, endlich mein eigenes Leben zu starten, so sehr vermisste ich meine Schwester. Meine beste Freundin. In diesem Moment machte es alles nur noch schlimmer, dass ich seit meiner Ankunft bisher nur ein paar Emojis von ihr als Antwort auf meine vielen Nachrichten bekommen hatte.

Natürlich wusste ich, dass Magali oft tagelang nicht antwortete. Das war nichts Ungewöhnliches. Sie ging allgemein besser mit Anrufen als mit Nachrichten um. Der direkte Kontakt fiel ihr leichter, auch wenn Gespräche sie schnell anstrengen und ihre Aufmerksamkeitsspanne überstrapazieren konnten. All das wusste ich, und doch sehnte ich mich so sehr danach, mit einem Menschen zu sprechen, der mich in- und auswendig kannte. Um mir wieder ins Gedächtnis zu rufen, dass ich keine Versagerin war. Dass ich mir diesen Job hart erarbeitet hatte. Und nicht aufgeben durfte, weil er anders war, als ich es mir vorgestellt hatte. So viel schwerer.

Dann war da noch die frisch gewaschene Kleidung, die säuberlich gefaltet auf meinem Wohnzimmertisch lag und die ich dem Matrosentypen dringend zurückgeben musste. Okay, wenn ich ehrlich zu mir selbst war, wollte ich ihn bloß wiedersehen. Denn trotz meiner anfänglichen Abneigung dem Kerl gegenüber, der mich mit Fischresten beworfen hatte, ging er mir seit unserer ersten Begegnung nicht mehr aus dem Kopf. Zu allem Überfluss war er verschwunden. Bereits am folgenden Tag war ich wieder zum Hafen gegangen, doch die Luxusjacht war wie vom Erdboden verschluckt. Seitdem joggte ich jeden Morgen zu Sonnenaufgang am Port Vauban entlang, und jedes Mal war es wie ein Schlag in den Magen, die Anlegestelle der *Aurora* leer vorzufinden.

Würde der Matrosentyp jemals zurückkommen? Musste er. Schließlich hatte ich seine Sachen. In meinen seltenen freien Minuten zermarterte ich mir das Hirn darüber, wie ich ihn ausfindig machen sollte. Natürlich nur, weil er die Kleidung sicher ganz dringend brauchte. Dabei hatte ich doch genug andere Sorgen.

Seufzend lehnte ich mich gegen die kühle Hauswand und rutschte mit dem Rücken daran herab, bis ich auf dem Boden saß. Es war mir egal, dass ich wahrscheinlich gerade meine schneeweiße Uniformhose versaute. Ich musste mich einfach einen Moment setzen. Zur Ruhe kommen. Den Sturm in meinem Inneren zähmen. Auf keinen Fall wollte ich von meinen Gefühlen überwältigt werden. Nicht hier, an meinem Arbeitsplatz. Sollte Claude mich so sehen, würde er mich entweder sofort feuern oder mich auslachen. Wahrscheinlich beides. Fast hörte ich seine Worte in meinem Kopf.

Bloß ein kleines Mädchen.

Viel zu zartbesaitet.

Nicht geschaffen für die stressige Arbeit in einem Sternerestaurant.

Wir haben nicht nur Standards zu erfüllen, sondern zu übertreffen.

Du wirst es nie zu etwas bringen.

Der Kloß in meiner Kehle schwoll schmerzhaft an. Ich verschränkte die Arme über den Knien und vergrub mein Gesicht darin.

Da hörte ich eine Stimme. Eine, die eindeutig nicht nur in meinem Kopf existierte. »Komm schon, lass mich jetzt nicht hängen.« Sie war weich und wohlklingend, obwohl die Sprecherin offenbar aufgebracht war.

Ein lautes Knattern folgte, das mich zusammenfahren und den Kopf heben ließ. Da ich zu einer Seite von der Hauswand und zur anderen von den Müllcontainern umgeben war, konnte ich niemanden sehen. Das Knattern schwoll an, erreichte seinen Höhepunkt und verwandelte sich dann in ein trauriges Stottern, bis es ganz verebbte.

»Nein!«, rief die Frau. »Das kannst du mir nicht antun.« Die Verzweiflung in ihrer Stimme löste Mitleid in mir aus, da sie meine eigenen Gefühle widerspiegelte. Neugierig wischte ich mir über die feuchten Wangen und rappelte mich auf.

»Hallo?«, fragte ich, während ich die Müllcontainer umrundete. »Brauchen Sie vielleicht Hilfe?«

Wenige Schritte von mir entfernt, entdeckte ich die Person, zu der die Stimme gehören musste. Sie stand neben einer türkisblauen Vespa, die vermutlich die Quelle des Knatterns war. Die Frau schüttelte ergeben den Kopf und zog den cremeweißen Helm ab, den sie bis dahin getragen hatte.

»Danke, aber mir ist nicht mehr zu helfen.« Sie wandte mir das Gesicht zu, und ich erkannte, dass ihre Augen einen ebenso frustriert-verzweifelten Schimmer aufwiesen wie meine wohl immer noch. Ihr musste es ebenfalls auffallen, denn als sie mich ansah, entfuhr ihr ein: »Die Frage sollte ich wohl zurückgeben. Brauchen *Sie* Hilfe?«

Ich schüttelte den Kopf und wischte mir erneut über das Gesicht. »Es geht schon. War nur ein kurzweiliger mittelschwerer Zusammenbruch. Die habe ich seit einer Woche so gut wie einmal täglich.«

Mit verständnisvoller Miene wuschelte sie sich durch die kastanienbraunen Locken. Dann hängte sie den Helm an den Lenker ihrer Vespa und trat auf mich zu. »Das schreit nach Macarons.« Ich sah sie verständnislos an. Sie deutete auf die Transportbox, die hinten auf der Vespa befestigt war. »Wenn ich nicht weiterweiß, es mir schlecht geht oder ich einfach einen Moment brauche, um mich zu sammeln, dann esse ich meine Lieblingsmacarons. Die helfen immer.«

Ohne meine Antwort abzuwarten, öffnete sie die Box und holte eine mit einer blauen Schleife verzierte Schachtel heraus. Da die Schachtel oben durchsichtig war, erkannte ich darin sechs korallenrosafarbene Macarons. Augenblicklich lief mir das Wasser im Mund zusammen.

Die Frau, sie musste etwa in meinem Alter sein, hielt mir die Schachtel hin.

Nach einem vielsagenden Blick auf ihre türkise Vespa, schenkte ich ihr ein Lächeln. »Ich finde, die sollten wir uns teilen.«

Daraufhin verzog sie ihren herzförmigen Mund zu einem strahlenden Lächeln, das ihre braunen Augen zum Funkeln brachte. »Zu Himbeermacarons habe ich noch nie Nein gesagt.«

Sie war mir so sympathisch, dass ich automatisch zum »Du« wechselte, während ich sie mit einer Handbewegung aufforderte, vor der Hauswand Platz zu nehmen. »Bitte setz dich doch. Du hast keine Ahnung, wie sehr mir das gerade den Tag rettet.«

Ächzend nahm sie neben mir Platz. »Eine Pause kann ich auch wirklich gut gebrauchen. Irgendwie geht heute alles schief.« Sie öffnete die Schachtel und reichte mir eine der kleinen Köstlichkeiten. »Ich bin übrigens Chloé.«

»Freut mich, Chloé, ich bin Alix. Und du bist hier in bester Gesellschaft. Bei mir geht seit einer Woche so ziemlich alles schief.«

Ich biss in das Macaron, und der süße Himbeergeschmack explodierte auf meiner Zunge. »Oh. Mein. Gott«, stöhnte ich. »Das ist ja … das ist absolut hinreißend! So fluffig und cremig und … wow!«

»Vielen Dank.« Sie lächelte scheu. »Sie sind selbst gemacht.«

»Selbst gemacht?« Meine Augen wurden groß. »Du hast wirklich Talent.«

Chloés Wangen färbten sich so rosa wie ihre Macarons. »Ich sollte wohl dazu sagen, dass ich in der Patisserie *Y&Y* arbeite, nicht weit von hier.« Sie wirkte, als wäre es ihr unangenehm, ein Kompliment zu bekommen. Als wollte sie ihre großartige Leistung kleinreden oder die Aufmerksamkeit von sich ablenken.

»Umso besser.« Ich grinste sie an. »Dann weiß ich, wo ich mir Nachschub holen kann. Ich wohne erst seit einer Woche in der Stadt, deshalb kenne ich mich noch nicht so gut aus, aber deiner Patisserie werde ich definitiv bald einen Besuch abstatten.«

Sie zog leicht die Brauen zusammen. »Leider ist es nicht *meine* Patisserie. Ich arbeite bloß dort.«

»Aber du machst die Macarons?«

Sie nickte. »Und aktuell kümmere ich mich auch um alle anderen Gebäckstücke sowie um den Verkauf. Die Besitzer sind … gerade mit anderen Dingen beschäftigt.«

Ich spürte, dass dies ein delikates Thema für sie war, also bohrte ich nicht weiter nach. Schließlich kannten wir uns seit gerade mal fünf Minuten.

»Und warum hast du heute einen schlechten Tag?«, fragte ich stattdessen mit einem Blick auf Chloés Motorroller. »Will die Vespa nicht anspringen?«

»Ach, wenn es nur das wäre.« Chloé seufzte. »Vespa macht mir seit ein paar Wochen zu schaffen. Ich muss sie dringend mal durchchecken lassen.«

»Du meinst, *die* Vespa?«

»Nein, einfach Vespa. Ich habe sie so getauft.«

»Eine Vespa namens Vespa.« Ich lachte. »Das gefällt mir.« Und Chloé, die hier neben mir saß, so verlegen lächelte und ihre Lieblingsmacarons mit mir teilte, gefiel mir noch besser. Sie hatte mich gerade im rechten Moment vor einem emotionalen Zusammenbruch bewahrt. Und nun verspürte ich den Drang, mich deshalb erkenntlich zu zeigen.

»Ich weiß es wirklich zu schätzen, dass du deine köstlichen Macarons mit mir teilst«, sagte ich. »Zum Dank würde ich dich gern ins *Le Chat Noir* einladen.« Ich deutete auf die Außenwand des Restaurants, an der wir lehnten. »Ich arbeite hier als Köchin und kann dir etwas ganz Besonderes zaubern.«

Sie strahlte. »Das Angebot nehme ich gern an. Ich dachte mir schon, dass du die Neue in der Küche bist.«

Überrascht sah ich sie an. »Ja, ich habe diese Woche angefangen.«

»Dann ahne ich, was dir den Tag versaut hat.« Chloés Miene verdüsterte sich. »Lass mich raten: Claude.«

Beinahe wäre mir der nächste Bissen im Hals stecken geblieben. »Du kennst Claude?«

»Nur vom Sehen. Er gibt sich nie mit dem Lieferpersonal ab. Aber ich habe viele Geschichten darüber gehört, was für ein Tyrann er ist. Ich beliefere das Restaurant schon seit ein paar Jahren.«

»Puh, also bin ich nicht die Einzige, die unter ihm gelitten hat? Ich dachte schon, er hätte mich aufgrund einer persönlichen Abneigung auf dem Kieker.«

Chloé schüttelte den Kopf. »Ich kann kaum an zwei Händen abzählen, wie viele Jungköche in den letzten Jahren im

Le Chat Noir das Handtuch geschmissen haben. Er hat sie alle rausgeekelt.«

Ich hob fragend die Brauen, während Neugier in mir aufstieg. Also lag es nicht an mir. »Warum sollte er das tun?«

Chloé zuckte mit den Schultern. »Wie gesagt, ich kenne ihn nicht, aber er scheint eine sadistische Ader zu haben. Ich hoffe, du nimmst es dir nicht zu sehr zu Herzen, wenn er gemein zu dir ist.«

»Ich …« Plötzlich war der Kloß in meinem Hals zurück. »Es ist nur …« Ich schluckte. »Diese Hilflosigkeit, sie macht mich krank. Er ist mein Vorgesetzter, also kann ich ihm nicht die Meinung sagen. Aber es kann doch nicht sein, dass ich mich von ihm schikanieren lassen muss, nur weil er im Rang höher steht als ich. Es *darf* nicht sein, dass er eine solche Macht über mich hat.«

»Soweit ich es verstehe, ist es genau das, was ihn anspornt«, antwortete Chloé traurig. »Diese Art von Macht über andere zu haben.«

»Das ist pervers.«

»Ja.« Sie nickte. »Manche Leute dürften keine Arbeitskräfte unter sich haben. Nur weil eine Person gut in ihrem Job ist, heißt das nicht, dass sie auch gut mit Menschen umgehen kann. Dass sie ein Team leiten, andere dirigieren kann. Darauf sollte geachtet werden, wenn jemand einen solchen Posten bekommt.«

In ihren Worten steckte so viel Wahrheit, dass sich meine Brust zusammenzog. »Du hast recht. Er missbraucht seinen Status. Und wofür? Um sich ein paar Stunden die Woche besser zu fühlen, weil er mich, eine Frau, die seine Tochter sein könnte, zur Schnecke macht? Um sich von seinem eigenen beschissenen Leben abzulenken?«

»Es ist egal, *warum* er es tut. Wichtig ist nur, dass es falsch ist.«

Und wieder hatte sie recht. Claudes persönliche Probleme rechtfertigten sein Verhalten nicht. Es war nicht in Ordnung, ihn damit davonkommen zu lassen, nur weil er vielleicht gerade eine schwere Zeit durchmachte.

»Chloé?« Ich sah sie mit feuchten Augen an und hoffte, dass sie die Dankbarkeit in meinem Blick erkannte. »Entweder bist du eine sehr alte Person, die in diesem Bombenkörper steckt, oder deine Weisheit geht weit über dein Alter hinaus.«

Chloés verlegenes Lachen hallte von den Wänden des Hinterhofs wider. »Ich glaube, das wirkt nur so, weil du mich gerade erst kennengelernt hast.«

Ich stieß sie mit der Schulter an. »Vielleicht. Aber in der kurzen Zeit hast du mir die Augen geöffnet.« Die Arbeit war nicht das Problem. *Ich* war nicht das Problem. Claude war das Problem. Claude, der mich vom ersten Tag an nicht hatte leiden können. Der ohne Grund fies zu mir war. Der mich längst abgeschrieben hatte, mir aber trotzdem das Leben schwer machte. Und der offenbar dasselbe mit anderen Angestellten vor mir abgezogen hatte.

Chloés Wangen waren knallrot geworden. »Es freut mich, wenn ich helfen konnte«, murmelte sie und reichte mir noch ein Macaron.

»Und ob!« Ich biss herzhaft hinein und stöhnte direkt wieder verzückt auf. »Verdammt, sind die gut.«

Wir aßen einen Moment schweigend, während meine aufgewühlten Gefühle dank Chloés tröstlicher Präsenz langsam zur Ruhe kamen. Es war noch nicht alles verloren. Die scheinbar unüberwindliche Hürde an meinem neuen Arbeitsplatz schien mir gar nicht mehr so bedrohlich wie noch vor wenigen Minuten.

»Und wie geht es jetzt weiter?«, fragte Chloé schließlich vorsichtig. »Wirst du dich gegen Claude zur Wehr setzen?« Der Gedanke schien ihr Angst einzujagen, denn sie nestelte nervös am Bubikragen ihrer pistaziengrünen Bluse herum. So, wie ich Chloé nach der kurzen Zeit, seit der wir uns nun kannten, einschätzte, ging sie Konflikten wohl lieber aus dem Weg, als dass sie sie herbeiführte.

»Ich rede mal mit Bo. Eventuell geht es den anderen wie mir. Dann könnten wir uns als Team zusammentun, um mit Claude über sein Verhalten zu sprechen.«

Chloé nickte. »Das klingt gut. Jetzt, da Bo Sous-Chef ist, hat sier mehr Einfluss und kann dir bestimmt helfen.«

Ich nickte, froh, dass sie Bo kannte und allgemein mit dem Restaurantpersonal vertraut war. Am liebsten hätte ich mich noch ewig weiter mit ihr unterhalten, doch ich hatte meine Pausenzeit wahrscheinlich bereits überschritten. Auf keinen Fall wollte ich Claude einen tatsächlichen Grund liefern, mich vor den anderen herunterzumachen.

»Chloé, es hat mich total gefreut dich kennenzulernen«, sagte ich, während ich mir die Hände an meiner Schürze abklopfte. »Meine Pause ist leider vorbei, aber ich fände es schön, wenn wir uns mal wiedersehen.«

»Das kann ich nur zurückgeben.« Sie schloss die Macaronschachtel, und dann halfen wir uns gegenseitig auf die Beine. Dabei stolperten wir gegeneinander und mussten beide lachen.

»Also, meine Einladung steht. Ich möchte mich unbedingt bald für die köstlichen Macarons revanchieren«, sagte ich.

»Danke, das werde ich nicht vergessen. Und ich freue mich, wenn du mal in der Patisserie vorbeischaust.«

»Darauf kannst du wetten! Sollen wir direkt Nummern austauschen?«

»Sehr gern.« Chloé strahlte mich an und zog ein Handy aus ihrer Hosentasche. Während ich ihr meine Nummer nannte, damit sie sie einspeichern konnte, fiel mir wieder ein, dass ihr Motorroller vorhin nicht angesprungen war. »Brauchst du Hilfe mit Vespa?«

Chloé strich sich eine braune Locke aus der sommersprossigen Stirn und beäugte Vespa skeptisch. »Ich probiere es noch mal. Manchmal braucht sie einfach ein paar Anläufe.«

Ich sah ihr dabei zu, wie sie die nun leere Macaronschachtel wieder in der Transportbox verstaute, ihren Helm aufzog, auf dem weißen Ledersitz Platz nahm und den Schlüssel im Schloss drehte. Vespa seufzte auf, knatterte, seufzte erneut und erwachte endlich mit einem Aufheulen zum Leben. Chloé veranstaltete einen Freudentanz, der sich aufgrund ihrer sitzenden Position auf Kopf und Schultern beschränkte.

»Ich schreibe dir«, rief sie mir noch zu, dann winkte sie zum Abschied, bevor sie knatternd vom Hof fuhr.

Ich stand noch einen Moment da und sah ihr hinterher. Schließlich drehte ich mich schwungvoll um. Nach dem Gespräch mit Chloé fühlte ich mich selbstbewusster und mutiger. Stark genug, um in die Küche zurückzukehren und es, falls nötig, mit Claude aufzunehmen.

KAPITEL 10

Alix

Am nächsten Tag hatte ich zum ersten Mal frei, seit ich in Antibes angekommen war. Es fühlte sich an, als fiele eine Last von meinen Schultern. Denn sosehr ich in meiner Arbeit aufging, so sehr erleichterte es mich, Claude heute nicht sehen zu müssen.

Ich schaffte es, mich den Vormittag über zu beschäftigen, indem ich ausschlief, endlich meinen Koffer auspackte und einkaufte. Doch am Nachmittag konnte ich mich schließlich nicht länger davon abhalten, wieder zum Hafen zu gehen. Nachdem ich bisher jeden Morgen hier entlanggejoggt war, trugen mich meine Füße nun wie von selbst an der Stadtmauer vorbei, diesmal jedoch in gemäßigtem Tempo. Da ich zum ersten Mal nicht in aller Frühe unterwegs war, kam mir ein wahrer Menschenstrom entgegen. Im Zickzack wich ich Fußgängern und Radfahrern aus, konnte es den Touristen aber nicht verdenken, dass sie hier entlangkamen. Die kurvige Straße am Meer, in der ich das Glück hatte zu wohnen, war eins der Highlights von Antibes.

Mein Gesicht wurde von der Frühsommersonne gewärmt,

die Luft schmeckte salzig, und aus den Blumenkübeln vor einem besonders schönen Haus mit blassgrünen Fensterläden stieg mir Lavendelduft in die Nase. Ich ließ mich treiben, hielt den Blick aufs glitzernde Meer gerichtet und nahm mir die Zeit, es so richtig zu genießen, dass ich an diesem wunderschönen Ort wohnte, arbeitete und meinen Träumen hinterherjagte.

Doch je näher ich dem Port Vauban kam, desto schneller wurden meine Schritte. Als ich das Hafengelände durch eins der Tore in der Stadtmauer betrat, machte mein Herz einen freudigen Hüpfer. Schon von Weitem entdeckte ich die *Aurora* an ihrer Anlegestelle. Die Jacht war so riesig, dass die meisten anderen Luxusschiffe daneben wie Spielzeuge wirkten.

Trotz meiner Freude wurde ich langsamer, fühlte mich plötzlich nicht mehr bereit für ein zweites Treffen mit dem Mann, an den ich in der letzten Woche so oft gedacht hatte. Gemächlich schlenderte ich zwischen den Passanten entlang, die sich auf sämtlichen Sprachen der Welt unterhielten. Viel zu schnell erreichte ich den ausgebauten Bereich des Port Vauban, der Platz für die größten Luxusjachten bot. Im Vergleich zum vorderen Teil des Hafens, in dem die kleineren Boote vor Anker lagen, war es hier leerer. Vielleicht lag es daran, dass viele Leute eine gewisse Ehrfurcht gegenüber den Superjachten verspürten und sie lieber von Weitem fotografierten. Oder daran, dass der Großteil der Jachten aufgrund des herrlichen Wetters aufs Meer hinausgefahren war, wo in der Ferne unzählige weiße Punkte auf den azurblauen Wellen schaukelten. Fest stand, dass hier um einiges strengere Sicherheitsvorkehrungen herrschten. Es gab Security-Personal und sogar ein Pförtnerhäuschen am Eingang, das aber gerade unbesetzt war.

Ich begrüßte die zunehmende Stille. Das Schwappen der Wellen an den Kai. Das ferne Geschrei einiger Möwen. Allerdings wurde ich dadurch auch auf meinen eigenen, viel zu lauten Herzschlag aufmerksam. »Sei doch nicht so nervös«, raunte ich mir selbst zu. »Du hast in der letzten Woche ganz andere Dinge gemeistert.«

Die Meeresbrise spielte mit meinem Pferdeschwanz, sodass sich einige Strähnen daraus lösten. Ich wischte sie mir aus dem Gesicht und straffte die Schultern. Wie beiläufig strich ich mir über das cremefarbene Croptop. In der Hoffnung, den Matrosentypen heute wiederzusehen, hatte ich ein weniger peinliches Outfit als beim letzten Mal gewählt. Die enge High-Waist-Jeans in einem verwaschenen Blau betonte meine Figur, und in den blendend weißen Sneakers fühlte ich mich einfach wohl. Ein Bonus war außerdem, dass ich heute nicht total durchgeschwitzt war. Trotzdem hämmerte mein Herz immer heftiger, je näher ich der *Aurora* kam.

Durfte ich die Jacht einfach betreten? Wie sollte ich auf dem riesigen Ding jemanden ausfindig machen? Würde er da sein? Sich überhaupt an mich erinnern? Und wie sollte ich nach ihm fragen, wenn ich nicht mal seinen Namen kannte?

Im Näherkommen sah ich, dass auf der *Aurora* reges Treiben herrschte. Das machte es zumindest leichter, jemanden zu finden, den ich nach dem Matrosentypen fragen konnte. Die Decks wurden geschrubbt, eine in eine weiße Uniform gekleidete Frau schüttelte Bettlaken über der Reling aus. An der mir zugewandten Außenwand der Jacht hingen drei Personen, offenbar, um die Fassade der *Aurora* zu säubern.

Erstaunt blieb ich stehen. Mit einer Hand schirmte ich die Augen ab, um zu den Männern aufzublicken, die in schwindelerregender Höhe von der Reling baumelten und die strahlend weiße Fassade mit kräftigen Armbewegungen putzten. Es hatte fast schon etwas Akrobatisches an sich, wie sie, allein von ein paar Seilen gehalten, ihre Arbeit so selbstverständlich verrichteten, als stünden sie auf festem Boden. Fasziniert trat ich näher heran, doch im selben Moment blieb mir die

Luft weg. Denn ich erkannte den Mann, der mir am nächsten war.

Der Matrosentyp befand sich ein paar Meter über meinem Kopf. Er saß auf einer Art schmalem Brett. Seine Beine baumelten ins Leere, die nackten Füße hatte er gegen das Boot gestemmt. Und auch sein Oberkörper war vollkommen nackt. Beim Anblick seiner tätowierten Arme und der großen Hände, die mit dem Schwamm über den Bootsrumpf fuhren, verweigerten meine Gehirnzellen kurzweilig den Dienst, sodass ich nichts tun konnte, als zu starren.

Natürlich drehte er genau in diesem Moment den Kopf. Sein Blick traf meinen. Seine Augen weiteten sich überrascht, dann verzog er die Mundwinkel zu dem heißesten Anflug eines Lächelns, den ich je gesehen hatte. »Hi!«

Er erkannte mich! Und *ich* musste mich zusammenreißen, um nicht sofort herumzufahren und davonzulaufen. Stattdessen hielt ich seinem Blick stand und hob die Tüte mit den Klamotten, die ich in der Hand hielt. Wie eine Trophäe schwenkte ich sie über meinem Kopf, wobei ich mir nur ein klein wenig lächerlich vorkam.

»Warte, ich komme runter«, rief er mir zu.

Ich konnte nur nicken und wandte schnell den Blick ab, während er etwas zu seinen Kollegen sagte und sich dann auf den Weg zu mir machte. Nein, er sollte mich definitiv nicht noch mal dabei erwischen, wie ich seine Muskeln bewunderte.

Mit dem Rücken zur *Aurora* starrte ich auf die Hafenmauer. Darauf standen einige Touristen, schauten aufs Meer hinaus und schossen Fotos. In regelmäßigen Abständen taten sich fensterartige Öffnungen in der Steinwand auf, durch die ich ebenfalls Blicke auf das wogende Blau erhaschte. Das Kommen und Gehen der Wellen war beruhigend. Langsam nahm mein Herzschlag wieder ein normales Tempo an, während ich die sanfte Brise genoss, die mein Gesicht streichelte.

Reiß dich zusammen, dachte ich. *Du gibst ihm seine Sachen zurück und gehst deiner Wege. Kein großes Ding.*

Hinter mir räusperte sich jemand, und ich war heilfroh, dass ich die Worte nicht laut ausgesprochen hatte. Eilig fuhr ich herum. Und da stand er. Direkt vor mir. In verwaschenen marineblauen Shorts. Und sonst nichts.

Ich schluckte, wollte ihn nicht schon wieder so offensichtlich abchecken, doch er stand schließlich direkt vor mir. Und ich war bloß ein Mensch. Offenbar ein sehr schwacher Mensch. Sobald ich den Blick tiefer wandern ließ, bereute ich es. War das ein Sixpack oder galt das schon als Eightpack?

Mir blieb keine Zeit, die Hügel zu zählen, denn seine Stimme ertönte. Diese tiefe, leicht raue Stimme, die bereits so vertraut wirkte, weil ich mir ihren Klang eine Woche lang immer wieder ins Gedächtnis gerufen hatte. »Hi.«

»Hi«, krächzte ich und räusperte mich erneut. Dann drückte ich ihm hastig die Tüte in die Hand.

Er lächelte mich an. Seine tiefbraunen Augen funkelten. »Du bist extra hergekommen, um mir die Sachen zurückzugeben? Diesmal nicht zum Joggen?«

»Klar, hatte ich doch versprochen.« Glücklicherweise klang ich viel gefasster, als ich mich fühlte. Geradezu unbekümmert. Cool. Gelassen. »Sie sind übrigens frisch gewaschen.«

Und so schnell war es auch schon wieder vorbei mit meiner Coolness. Denn er lachte. Tief stieg der Laut aus seiner Brust auf. Seiner *nackten* Brust. Ich hätte nur eine Hand ausstrecken müssen, um sie zu berühren. Um zu spüren, wie sein Brustkorb unter dem belustigten Laut vibrierte.

»Das wäre nicht nötig gewesen«, sagte er.

»Finde ich schon.« Ich hielt seinem Blick stand, auch wenn ich gegen den Instinkt ankämpfte, mich schnellstmöglich vom Acker zu machen. »Du hast mir an dem Morgen echt den Hintern gerettet. Danke dafür.«

»Nachdem ich dich in die Lage gebracht habe, dass du überhaupt erst gerettet werden musstest.« Nun zog er die dunklen Brauen zusammen und blickte zerknirscht drein.

Ich winkte ab. »Vergeben und vergessen. Ich hatte trotz allem einen guten ersten Arbeitstag.«

»Es war dein *allererster* Tag?«

»Ja, ich bin gerade erst aus Bordeaux hergezogen.«

»Wow.« Er rieb sich über den Dreitagebart. »Das hätte echt schiefgehen können, was?«

»Ist es aber nicht.« Nun lächelte ich, konnte in seiner Gegenwart irgendwie nicht anders. Trotzdem fügte ich hinzu: »Auch wenn ich danach noch tagelang das Gefühl hatte, meine Haare würden nach Fisch stinken.«

Er zog die volle Unterlippe zwischen die Zähne, und mein Herz machte einen Satz. »Lässt du es mich wiedergutmachen?«

Ich blinzelte ihn an, unfähig zu sprechen. *Starr nicht auf seine Lippen. Starr nicht auf seine Lippen.*

»Hast du doch längst«, brachte ich schließlich hervor und deutete auf die Tüte in seiner Hand.

»Nach den Infos, die ich jetzt habe, reicht das bei Weitem nicht.« Er grinste mich an und drehte sich ein wenig, um auf die Superjacht hinter ihm zu deuten. »Lust auf eine Tour?«

Ich starrte zwischen ihm und der *Aurora* hin und her. »Jetzt gleich?«

Er zuckte mit den Achseln, sodass der tätowierte Schriftzug unter seinen Schlüsselbeinen in Bewegung kam. Dort stand etwas, das ich nicht entziffern konnte. Ich vermutete, dass es Arabisch war. »Es sei denn, du hast etwas anderes vor.«

Bevor ich es mir gründlich überlegen konnte, schüttelte ich bereits den Kopf. Und dann hörte ich mich doch wirklich »Ich komme gern mit dir« sagen.

Das Lächeln, das er mir daraufhin zuwarf, hätte mir eine

Warnung sein sollen. Es hätte dafür sorgen müssen, dass ich sofort davonlief. Doch wenn ich ehrlich zu mir selbst war, war ich diesem Typen mit dem intensiven Blick, dem gepflegten Dreitagebart und den längsten Wimpern, die ich je gesehen hatte, schon längst verfallen.

Wie beim ersten Mal musste ich meine Schuhe in der abschließbaren Kiste zurücklassen, die vor der *Aurora* bereitstand. Während ich dem Matrosentypen dann barfuß die Gangway hinauffolgte, hatte ich einen Moment Zeit, die Tattoos auf seinen Armen und dem Rücken aus der Nähe zu bewundern. Es zeichnete sich ein eindeutiges Thema ab: Offenbar hatte er seine große Liebe auf der Haut verewigt. Schäumende Wellen. Ein Segelboot. Ein einzelner Wassertropfen, in dem sich eine ganze Welt verbarg. Ein Sonnenuntergang über dem Meer. Ich entdeckte sogar einen Anker, was bei einem Matrosen ein totales Klischee sein müsste, doch auf seinem linken Arm fügte sich der Anker perfekt in das Gesamtkunstwerk ein. Zwischen diese Bilder mischten sich außerdem Abbildungen, die einer anderen Kultur zu entstammen schienen. Eine Hand, die mit verschlungenen Mustern verziert war und auf deren Handfläche ein offenes Auge prangte. Ein paar geometrische Zeichen, Rauten und Wellen. Einige der Symbole kamen mir vage bekannt vor, doch ich konnte sie nicht ganz einordnen.

Plötzlich drehte sich der Matrosentyp so unerwartet zu mir um, dass ich fast gegen ihn gestolpert wäre. »Ich bin übrigens Léo.«

Abrupt aus meiner Betrachtung gerissen, sah ich ihn fragend an. Er zuckte mit den Achseln. »Das wollte ich diesmal bloß klargestellt haben, damit du nicht wieder denkst, ein Fremder würde dich auf ein Boot locken.«

»Ach, also bist du auf einmal kein Fremder mehr, weil ich jetzt deinen Namen kenne?«

Empört hob er eine Hand an seine Brust. »Also bitte, darüber sind wir doch längst hinaus. Du hast schließlich bei mir geduscht. Meine Klamotten getragen.« Er wirkte, als wollte er noch mehr sagen, tat es aber nicht.

Stattdessen reichte er mir eine Hand, um mir über die niedrige Schwelle auf die Jacht zu helfen, und ich ergriff sie. Sobald sich unsere Finger berührten, fand ich mich in dem Moment wieder, als die *Aurora* beim letzten Mal ein wenig geschaukelt hatte und ich gegen ihn gefallen war. Wie er mich festgehalten und an sich gezogen hatte. Wie ich zu ihm aufgesehen und seinem brennenden Blick begegnet war. Sein Körper warm und fest an meinem.

Der Augenblick währte nur kurz, dann ließen wir einander los, und ich erinnerte mich daran, dass ich ihm meinen Namen schuldete. »Ich heiße Alix.«

»Alix.« Aus seinem Mund klangen die zwei Silben irgendwie anders. Als hörte ich sie zum allerersten Mal. Ein verheißungsvolles Kribbeln durchfuhr meinen Körper, während er mich einen atemlosen Moment lang ansah. Als spürte er ebenfalls, dass da etwas zwischen uns war. Etwas Elektrisierendes. Etwas, das die Luft zum Vibrieren und mein Herz zum Stottern brachte. Etwas, was ich noch nie zuvor mit einer Person erlebt hatte, die ich kaum kannte.

Ich hätte ewig so dastehen und in seine braunen Augen sehen können. Doch schließlich riss er den Blick von meinem los und breitete die Arme aus, als wollte er damit die ganze Jacht umfassen. »Also, Alix, willkommen auf der *Aurora*. So ganz offiziell, meine ich.«

Mit großen Augen sah ich mich um. Natürlich war es nicht mein erster Besuch auf der Luxusjacht, doch beim letzten Mal war ich nicht gerade in der Verfassung gewesen, alles eingehend zu betrachten. Neben dem winzigen Detail, dass ich von Kopf bis Fuß durchnässt gewesen war und nach Fisch gestunken hatte, hatte mir einfach die Zeit gefehlt. Diesmal nahm ich mir allerdings eine volle Minute, um einfach nur zu starren.

Das Deck, das sich vor uns ausbreitete, war riesig. Die gesamte Wohnung meiner Eltern in Bordeaux hätte mindestens zweimal auf die Fläche gepasst. Und wie ich von der äußeren Betrachtung der *Aurora* wusste, war dies nur ein Deck von mehreren. Alles war so blendend weiß, dass ich die Augen zusammenkneifen musste. Ein Meisterwerk aus hellem Holz, Glas und Kunststoff. Die hellbraunen Planken, auf denen wir standen, wirkten frisch gereinigt. Sie waren noch leicht feucht, trockneten aber schnell in der Sonne. Es roch nach Putzmittel und Holzlack. Überall eilten Crew-Mitglieder umher. Manche in ihren Uniformen, andere in lockeren Outfits wie Léo. Einige musterten mich neugierig, andere ignorierten mich vollkommen.

Als mein Blick wieder auf Léo fiel, zog er sich gerade – sehr zu meinem Leidwesen – ein weißes T-Shirt an, das über einem Geländer gehangen hatte. Er musste meine enttäuschte Miene missdeuten, denn er grinste entschuldigend. »Das ist der ganz normale Wahnsinn hier an Bord.«

Bevor ich antworten konnte, packte er mich am Arm und zog mich zu sich. Ich schnappte nach Luft. Er verlor wirklich keine Zeit, was? Doch da erkannte ich, dass er mich lediglich aus dem Weg gezogen hatte, da zwei Männer, die eine Sonnenliege schleppten, an uns vorbeikamen.

Ich atmete seinen Duft ein. Seine Haut roch nach Sonne, nach Meer und Wind und Abenteuer. Und obwohl er mich schnell wieder losließ, war mir nicht entgangen, dass er mich einen Moment zu lange festgehalten hatte. Ein wenig zu nah an sich gedrückt hatte. Eine Frage stieg in mir auf. Kribbelnd und blubbernd wie Champagnerblasen: Könnte *er mein* Abenteuer werden? Obwohl ich Abenteuern dieser Art schon seit Jahren entsagt hatte?

»Komm, ich zeige dir den Rest.« Seine Stimme riss mich aus meinen gefährlichen Gedanken. Er deutete auf eine Treppe, die neben uns nach oben führte. Vermutlich zum nächsten Deck. Ich nickte atemlos. Während ich ihm die schmalen Stufen hinauffolgte, fehlte mir seine Nähe bereits. Mit fest zusammengepressten Lippen versuchte ich, nicht auf seinen wohlgeformten Hintern zu starren und jegliche Gedanken an Abenteuer von mir zu schieben.

Das zweite Deck war noch beeindruckender als das erste. Sonnenlicht brach sich auf der reglosen Oberfläche eines riesigen Pools mitsamt Jacuzzi, der von einem halben Dutzend Sonnenliegen umgeben war. Zeitloses Design, unaufdringliche Eleganz. Die *Aurora* war atemberaubend und hatte etwas Entrücktes. Als wäre sie nicht real. Durch meine Arbeit im Edelrestaurant war mir Luxus nicht vollkommen fremd, doch ich hatte noch nie etwas dermaßen Schickes gesehen.

»Das ist das Skydeck«, erklärte Léo. »Zum Sonnenbaden und Schwimmen. Abends gibt es hier Cocktails.« Er deutete auf eine Bar am anderen Ende des Decks.

»Dürft ihr den Pool benutzen?«, entfuhr es mir, bevor ich die Frage zurückhalten konnte. Denn natürlich tauchte vor meinem inneren Auge sofort ein Bild von Léo in Badehose auf, wie er einen perfekten Kopfsprung hineinmachte. »Ich stelle es mir ziemlich gemein vor, so einen Pool jeden Tag vor Augen zu haben, aber immer nur anderen Leuten dabei zuzusehen, wie sie sich darin vergnügen«, schob ich eilig hinterher.

Léo grinste, als hätte er meine Gedanken trotz meines Ablenkungsmanövers erraten. »Nur, wenn keine Gäste da sind und wir gerade nicht arbeiten müssen. Und natürlich müssen wir hinter uns aufräumen.«

»Und wie oft passiert es, dass ihr mal keine Passagiere habt?«

»Das kommt ganz darauf an.«

»Worauf?«

»Auf die Jahreszeit. Die Hauptsaison hat gerade begonnen, also werden wir in den nächsten Monaten viel zu tun haben. Auch wenn der Besitzer selbst nicht oft herkommt, benutzen Freunde seine Jacht, oder andere Leute mieten sie für ein paar Tage. Über die Wintermonate haben wir meistens kaum Passagiere, und die Crew dezimiert sich um mehr als die Hälfte.«

»Aber du lebst das ganze Jahr über hier?«

»Jap.« Er nickte stolz. »Das einzige Zuhause, das ich kenne.«

Bei diesen Worten legte sich ein Schatten über seine Augen. Er blinzelte mehrmals und wandte sich ab, als würde er aufs Meer hinausblicken, doch mir entging nicht, dass sich so etwas wie Sehnsucht in seine Stimme geschlichen hatte. Auch wenn die *Aurora* jetzt sein Zuhause war, nahm ich ihm nicht ab, dass er nicht irgendwo ein anderes hatte.

Bevor ich vorsichtig nachhaken konnte, legte er mir eine Hand auf den unteren Rücken und führte mich in die andere Richtung. »Komm mit, es gibt noch mehr zu sehen.« Seine Haut brannte sich durch den dünnen Stoff meines Tops, und ich unterdrückte ein wohliges Schaudern. Auf diesem Deck befanden sich keine anderen Crew-Mitglieder, sodass es sofort intimer wirkte, wenn er mich berührte.

»Wie kommt es überhaupt, dass du mich einfach so mit auf die *Aurora* nehmen darfst?«, fragte ich, um mich abzulenken. »Das müsste doch verboten sein.«

»Normalerweise darf ich das nicht, aber die Gäste sind heute Vormittag abgereist.«

»Und ich nehme an, du bist kein einfacher Matrose?«

Er lachte so laut, dass ich mich fragte, ob ich etwas Falsches gesagt hatte. »Ist Matrose eine Beleidigung oder so?«

Er schüttelte den Kopf und wischte sich ein paar Lachtränen aus den langen dunklen Wimpern. »Nein, nein. Wir würden aber eher von Deckhänden sprechen.« Er grinste mich an. »Und du liegst richtig, ich bin keine Deckhand mehr. Seit Neuestem bin ich Erster Offizier, unterstehe also direkt dem Kapitän und habe meine eigene kleine Crew zu dirigieren.«

»Wow.« Ich fasste mir an die Brust. »Was für eine Ehre, vom Ersten Offizier herumgeführt zu werden.«

Seine Mundwinkel zuckten, während er mich einen Moment lang so intensiv ansah, als könnte er nicht glauben, dass ich hier mit ihm stand. Und ihn aufzog. Dass wir Witze rissen, obwohl wir uns kaum kannten. Uns so selbstverständlich berührten, als hätten wir es schon oft getan.

Schließlich wand ich mich unter seinem Blick, denn auf einmal wurde mir alles zu viel. Meine Reaktion auf ihn. Seine Reaktion auf mich. Das absurde Glücksgefühl, das er in mir auslöste. Dieser Moment.

Ich räusperte mich. »Und was sind sonst so deine Aufgaben als Erster Offizier?«

Er schüttelte den Kopf, als würde er nur langsam wieder in die Realität zurückfinden. Den Blick ließ er nicht von mir. »Ich bin für die Außendecks verantwortlich. Vor allem für die Sauberkeit und Funktionstüchtigkeit von allem, was sich draußen befindet. Außerdem unterstützen meine Jungs und ich den Kapitän beim Manövrieren und lichten zum Beispiel den Anker oder vertäuen die *Aurora,* wenn wir in einen Hafen eingefahren sind. Die Stewardessen und Stewards kümmern sich um den Innenbereich und die Gäste. Aber im Notfall bügele ich auch schon mal eine Tischdecke oder falte eine Serviette. Alles, damit die Gäste einen perfekten Aufenthalt an Bord haben.«

»Du bügelst?« Ich prustete los. Die Vorstellung, wie er unter Deck in einen winzigen Raum gezwängt an einem Bügelbrett stand und mit seinen großen Händen die Falten einer Spitzentischdecke glättete, war zu komisch.

»Machst du dich etwa über mich lustig?« Sein Grinsen verriet, dass er es in vollen Zügen genoss, von mir aufgezogen zu werden. »Ich bin mir eben nicht zu schade, mir auf jede erdenkliche Weise die Hände schmutzig zu machen.«

»Wie schmutzig kann es schon werden, Servietten zu falten?« Ich lachte wieder. »Nein, im Ernst. Ich finde das total spannend.«

Er warf mir einen zweifelnden Blick zu, doch seine Mundwinkel wanderten sofort wieder nach oben. Sein Lächeln war so herausfordernd, so verheißungsvoll, dass ich unwillkürlich eine Gänsehaut bekam.

Wir waren stehen geblieben. Sahen uns an. Er beugte sich zu mir vor. »Wenn du willst, bügele ich jetzt gleich was für dich, damit du dir ein ganz genaues Bild von meinen Fähigkeiten machen kannst«, raunte er. Plötzlich viel leiser. Viel intimer.

Ich schluckte, hielt seinem brennenden Blick stand, schluckte erneut. »Das wird nicht nötig sein. Ich konnte mir vorhin schon einen guten Eindruck von deinen Talenten machen, als du die Außenwand geputzt hast.« Oben ohne. Nur von Seilen gehalten. Während er sich mit seinen kräftigen Beinen am Bootsrumpf abstützte und die Jacht polierte, sodass die Muskeln an seinen Armen hervortraten …

»Du hast mich also beobachtet?«

Meine Wangen wurden heiß. »So würde ich es nicht gerade nennen.«

Sein Grinsen wurde breiter. »Wie dann?«

»Ich habe mir ein Bild von der Arbeit an Bord eines Schiffes gemacht.«

»Und wie fällt deine Beurteilung aus?« Irgendwie war er

mir unbemerkt wieder näher gekommen. So nah, dass sich unser Atem mischte. Dass ich jedes Haar seines kurzen dunklen Barts erkennen und seine tiefbraunen Iriden bewundern konnte. Dass mir sein frischer Duft in die Nase stieg und mich ganz benommen machte.

»Ich …« Erneut räusperte ich mich, fand keine Worte. Meine Kehle war wie ausgetrocknet, und es kostete mich alle Willenskraft, nicht auf seine Lippen zu starren. »Ich bin schwer beeindruckt.«

Sein Blick wurde noch einnehmender, er schien mich zu verschlingen. Da war nur noch das warme Braun und die Hitze, die sich rasend schnell zwischen uns ausbreitete. »Das bin ich auch.« Die Worte waren nicht viel mehr als ein Grollen, das tief aus seiner Brust kam. Darin schwang so viel mit, dass mir schwindelig wurde. Wenn ich mir nicht ganz schnell etwas einfallen ließ, würde ich ihn küssen. Jetzt sofort. Mitten auf diesem Deck.

Ich taumelte einen Schritt rückwärts. Léo zog die Brauen zusammen und streckte eine Hand nach mir aus, als wollte er mich stützen, zog sie jedoch wieder zurück. Vielleicht verstand er, dass ich gerade Abstand brauchte. Dass das alles zu schnell ging. Vielleicht ging es ihm genauso.

»Komm«, murmelte er. »Wir sollten in den Schatten gehen.« Er führte mich zu einem überdachten Bereich mit einem großen Esstisch, an dem mindestens zehn Personen Platz hatten. Durch die dahinterliegende Glasfront konnte ich einen Blick in den geschlossenen Innenbereich der Jacht erhaschen. Zu meiner Überraschung öffnete Léo die Glastür und ließ mich eintreten.

Im Inneren war es angenehm kühl. Auch der Wohnbereich der *Aurora* war der Inbegriff von Eleganz. Weiße Wände, an denen gerahmte Kunstwerke hingen. Mehrere Sofas und Sessel waren um einen riesigen Flachbildfernseher gruppiert.

Alles war offen und hell, mit großen Fenstern, die den Blick auf den Hafen freigaben. Auf See musste man meilenweit sehen können. Bestimmt fühlte es sich an, als könnte man den Horizont berühren. Gleichzeitig konnte ich mir vorstellen, wie gut man es sich hier im Falle eines Unwetters gemütlich machen konnte.

Ich schüttelte den Kopf. Unfähig zu begreifen, wie eine einzelne Person so viel Geld besitzen konnte, dass sie sich eine solche Jacht kaufen, geschweige denn ihren Bau in Auftrag geben konnte. Der viele Platz, der Pool, die ganzen Annehmlichkeiten kamen mir verschwenderisch vor, da sie laut Léo den Großteil des Jahres über gar nicht genutzt wurden. Wie fühlte es sich wohl an, an einem solchen Ort zu wohnen und doch irgendwie nicht Teil dieser Welt zu sein?

Léo hatte mich beobachtet. »Cool, was?«, fragte er, als ich mich ihm wieder zuwandte.

Ich nickte. »Wenn auch ziemlich verschwenderisch.«

Er lachte hart auf. »Superjachten sind der Inbegriff von Verschwendung. Auf allen erdenklichen Ebenen. Aber wenigstens fährt diese mit zwei Elektromotoren. Mit voll aufgeladenen Batterien sind wir emissionsfrei unterwegs, sodass nicht auch noch die Umwelt belastet wird.«

Als ich die Brauen hob, zuckte er mit den Schultern. »Ich weiß, das ist nur ein kleiner Trost. Komm, hier entlang.«

Während wir durch den Wohnbereich liefen, war er mir weiterhin nahe, jedoch ohne mich zu berühren. Ich war dankbar, dass er Abstand wahrte, auch wenn ich mich gleichzeitig nach seiner Berührung sehnte.

»Wie gesagt, ist das hier neben den Kabinen der Passagiere der Bereich, für den die Stewards und Stewardessen zuständig sind«, nahm Léo die Tour wie selbstverständlich wieder auf. »Außer ihnen gibt es an Bord noch die Schiffsingenieure, die für die Technik und größere Reparaturen verantwortlich sind, und einen Koch mit kleinem Team. Wir haben Platz für vierzig Gäste und siebzig Crew-Mitglieder.«

Ich war ihm so dankbar, dass er sich bemühte, die aufgeladene Stimmung zwischen uns aufzulockern, dass ich ihm am liebsten um den Hals gefallen wäre. Das wäre allerdings kontraproduktiv gewesen. Also konzentrierte ich mich auf seine Worte und versuchte, das Gespräch in Gang zu halten. »Ihr habt einen Koch an Bord?«

»Ja, sogar einen Sternekoch. Ernesto ist ein ausgezeichneter Maître de Cuisine. Er kocht ab und zu auch für uns.« Verzückt verdrehte Léo die Augen, legte die Finger der rechten Hand aneinander und küsste seine Fingerspitzen.

Ich lachte. »Klingt gut. Zeigst du mir auch die Kombüse?«

»Klar, wenn du willst.« Er musste meine kaum verhohlene Neugier bemerken, denn er musterte mich interessiert. »Was machst du denn beruflich?«

»Ich bin Köchin. Im *Le Chat Noir*.«

Seine Augen wurden groß. »Im besten Restaurant von Antibes? Das mit den drei Michelin-Sternen?«

Ich nickte und konnte mir ein stolzes Grinsen nicht verkneifen.

»Okay, jetzt bin ich noch beeindruckter als vorher.«

Einmal mehr brannten meine Wangen. Er hatte eben also wirklich von mir gesprochen. Er war beeindruckt von *mir*.

»Hast du schon mal dort gegessen?«, fragte ich.

Léo schnaubte. »Das gibt mein Gehalt nicht her.«

»Jetzt, da du mich kennst, lässt sich da vielleicht etwas machen.«

Er stutzte, sah mich mit gerunzelter Stirn an, als wüsste er nicht, ob ich es ernst meinte. Und ich? Ich erinnerte mich an unsere erste Begegnung – und zwinkerte ihm zu.

Ungläubig starrte Léo zurück. Einen Moment lang sahen wir uns tief in die Augen. Dann begannen seine zu leuchten.

Er grinste von einem Ohr zum anderen und schüttelte den Kopf. Grinste noch breiter. Fuhr sich über die stoppeligen Haare. Rieb sich den Bart.

»Alix«, raunte er so atemlos, als würde ich ihn um den Verstand bringen, und trat dicht an mich heran. »Was machst du mit mir?«

KAPITEL 11

Léo

Sie hatte mir zugezwinkert. Sie hatte mir doch tatsächlich zugezwinkert. Und damit den Move kopiert, den ich bei unserer ersten Begegnung gebracht hatte. In dem Moment hatte ich geglaubt, es völlig vermasselt zu haben. Dass sie mich für den größten Versager halten würde. Doch sie hatte gelächelt. Und als sie mich jetzt ansah und einfach zurückzwinkerte, wurde es mir klar. In diesem Moment verstand ich, dass Alix genauso auf mich abfuhr wie ich auf sie. Und von diesem Wissen gab es kein Zurück.

Verflucht noch mal, ich war verloren.

Ohne es zu merken, war ich dicht an sie herangetreten. Sie blickte zu mir auf, ihr Atem strich über meinen Hals.

»Gehst du mit mir aus?« Die Worte waren heraus, bevor ich den Gedanken zu Ende gedacht hatte.

Sie blinzelte mich an. »Was?«

»Geh mit mir aus.« Ich trat noch näher an sie heran, fühlte mich plötzlich mutig.

»Auf ein Date?« Sie klang überrascht. Der Blick aus ihren tiefblauen Augen zuckte hin und her, als suchte sie mein

Gesicht nach Hinweisen ab, ob ich es ernst meinte. Hatte ich mich verzettelt? Ihre Signale falsch gedeutet? Nein. Wenn ich genau hinsah, glaubte ich, sie gegen ein Lächeln ankämpfen zu sehen. Ich wollte sie lächeln sehen. Wollte der Grund dafür sein, dass sie es tat.

»Ja. Wir nehmen das Beiboot. Fahren zu einem versteckten Strand. Machen ein Picknick. Lernen uns besser kennen. Weg von …« Ich machte eine ausholende Armbewegung. »All dem hier.«

Nun zog Alix die Brauen zusammen. Scheiße, ich war zu schnell zu weit gegangen. In dem Moment hatte es sich so richtig angefühlt, dass ich nicht nachgedacht hatte.

»Es ist okay, wenn du nicht willst«, schob ich eilig hinterher. »Gar kein Problem.« Am liebsten hätte ich mich selbst geohrfeigt. Es fühlte sich an, als würde ich fallen. Ich hatte meine eine Chance mit dieser unglaublichen Frau verkackt.

»Das ist es nicht«, sagte Alix hastig. »Aber wie gesagt, wir kennen uns kaum und …« Sie sah verlegen zu mir auf.

In dem Moment begriff ich und vervollständigte ihren Satz. »Du willst nicht allein mit einem Wildfremden mit dem Boot an einen versteckten Strand fahren?«

Sie nickte, strich sich eine Strähne hinters Ohr. »Verstehst du das?«

»Natürlich verstehe ich das.« Am liebsten hätte ich sie an mich gezogen. Sie wollte auf ein Date mit mir gehen! Nur nicht auf *dieses* Date.

Nun lächelte sie. Ihre Wangen waren leicht gerötet, ihre Augen glänzten. Sie sah unglaublich schön aus. »Wir kochen zusammen. Bei mir.«

»Kochen?« Ich lachte unsicher. »Ich kann nicht kochen.«

»Ich aber. Und ich kann es dir beibringen.«

»Nein, du verstehst nicht. Ich kann *wirklich* nicht kochen.« Ich schüttelte den Kopf, um meine Worte zu unterstreichen.

»Kein Problem. Dafür bin ich ja da.«

»Ich nehme an, du weißt, wie man Brände löscht. Denn das wird nötig sein.«

»In meiner Wohnung gibt es einen Feuerlöscher.«

»Vielleicht sollten wir trotzdem Brandschutzkleidung tragen. Nur für den Fall.«

»Ich bringe welche von der Arbeit mit.«

Wir grinsten uns an. Keiner wollte zuerst wegsehen. Mein Herz schlug zu schnell. Mein Magen spielte vollkommen verrückt. Das hier war nicht normal. Diese Anziehungskraft. Dieses Knistern. Obwohl ich wusste, dass es falsch war, *musste* ich mehr Zeit mit Alix verbringen. Es fühlte sich nicht so an, als hätte ich eine Wahl. Ich wollte herausfinden, ob sie es auch spürte. Wie konnte ich nicht darauf reagieren, wenn eine Person, die ich kaum kannte, solche Empfindungen in mir auslöste?

»Also ist es abgemacht«, sagte ich eilig.

Alix nickte, immer noch grinsend. »Nächsten Samstag? Da habe ich frei. Wir gehen erst auf den Markt, um die Zutaten einzukaufen, und dann zu mir.«

»Klingt gut.«

»Ich freu mich drauf.«

Mit diesen Worten sorgte sie dafür, dass ich den Rest der Jachttour auf Wolken schwebte. Ich zeigte ihr die zwölf Gästeschlafzimmer, den Fitnessraum und das Spa, unseren Wohnbereich unter Deck, mit dem Pausenraum und den Kajüten, die sie bereits von ihrem ersten Besuch auf der *Aurora* kannte, und schließlich die Kombüse. Ernesto war zu ihrer Enttäuschung allerdings gerade nicht da, weil er Einkäufe auf dem Festland erledigte.

»Man merkt dir an, wie sehr du dich hier zu Hause fühlst«, sagte Alix, als wir zurück zum Hauptdeck kamen, wo unsere Tour begonnen hatte. »Wie lange arbeitest du schon hier?«

Ich versuchte zu überspielen, dass mir ihre Frage einen Stich versetzte. Sie konnte schließlich nicht wissen, dass sie damit meinem wunden Punkt gefährlich nahekam. »Eigentlich bin ich nie lange an einem Ort. Diesen Job habe ich schon seit fünf Jahren. Das ist ein Rekord.«

»Und es macht dir nichts aus, nicht sesshaft zu sein? Immer bereitzustehen, um dahin zu fahren, wo jemand anderes gerade hinwill?«

»Mein Privatleben kommt manchmal zu kurz, ja.« Ich zuckte mit den Achseln. »Wir haben lange Arbeitszeiten. Manchmal achtzehn Stunden am Stück, manchmal schlafen wir gar nicht. Aber ich liebe es, dass jeder Tag anders ist. Meistens weiß ich beim Aufwachen nicht, was mich erwartet. Ich arbeite im Paradies, bekomme Essen von einem Sternekoch und habe Zugang zu sauteurem Spielzeug. Und das Beste ist: Mein Chef zahlt für alles.«

»Was denn für Spielzeug?«

»Zum Beispiel das Beiboot, mit dem ich dich zu dem versteckten Strand fahren wollte.«

Sie runzelte die Stirn. »Das darfst du einfach benutzen?«

»Klar, wenn es gerade nicht gebraucht wird.« Ich wackelte mit den Brauen. »Es hat eben seine Vorteile, Erster Offizier zu sein.« Alix lachte, und ich fuhr fort, weil ich nicht wollte, dass sie damit aufhörte. »Außerdem haben wir Jetskis und Wasserskis an Bord. Sogar ein Kino. Eine Superjacht ist der ultimative Spielplatz für die Reichen, aber auch für die Crew.«

»Hm, du machst mir das Ganze wirklich schmackhaft.« Alix tippte sich mit dem Zeigefinger ans Kinn. »Vielleicht sollte ich auch mal als Köchin auf einer Jacht anheuern.«

»Bleib du mal lieber bei deinem Sternerestaurant. Da verdienst du mit Sicherheit besser. Die Bezahlung kann hier je nach Posten echt mies sein. Aber es gibt kein schöneres Gefühl, als am Ende einer erfolgreichen Charter einen riesigen Batzen

Trinkgeld zu bekommen. Das teilen wir immer fair unter der Crew auf. In der Hauptsaison können wir über die Hälfte eines Monatsgehalts an Trinkgeld in einer Woche verdienen.«

»Aha, du meinst also, *du* bezahlst am Samstag für die Zutaten?« Alix grinste mich frech an. »Klingt gut.«

Am liebsten hätte ich sie gepackt und durchgekitzelt, konnte mich aber gerade noch zurückhalten. Sie hatte recht. Wir waren immer noch Fremde, auch wenn es sich so anfühlte, als würde ich sie schon ewig kennen. Gleichzeitig konnte ich es nicht erwarten, mehr über sie zu erfahren. Ihren Körper zu erkunden. Ihr die intimsten Laute zu entlocken. Ihr so nahe zu sein, wie sich zwei Menschen kommen konnten. Bis dahin war es noch ein langer Weg, aber wenn ich ihre Signale richtig deutete, war sie ebenso bereit dazu, ihn mit mir zu gehen.

Als wir am Landungssteg ankamen, hätte ich Alix gerne gebeten, noch zu bleiben, doch ich konnte die Crew nicht die ganze Arbeit allein machen lassen. Ich war bereits zu lange fort gewesen und würde mir nachher etwas von Amir anhören müssen, von wegen ich würde meinen neuen Posten missbrauchen. Allerdings hatte er Alix bei ihrer Ankunft entdeckt und mir seitdem von Weitem mehrere fragende Blicke zugeworfen. Mit diesem Thema würde ich ihn problemlos ablenken können.

»Das war's also.« Verlegen rieb ich mir über den Dreitagebart. »Sorry, falls ich dich total mit Details gelangweilt habe. Wenn es um Boote geht, werfe ich gern mit Fakten um mich.«

Alix nickte wissend. »Könnte sein, dass es mir am Samstag ebenso geht, wenn ich in *meinem* Element bin.«

»Dann freue ich mich jetzt schon darauf, von dir mit Kochfakten gelangweilt zu werden.«

»Wer hat denn gesagt, dass es langweilig wird?« Sie grinste mich so zweideutig an, dass mir die Kinnlade herabfiel. Herrgott, was machte diese Frau mit mir?

Bevor ich mich's versah, war ich bereits auf sie zugetreten und drückte meine Wange sanft an ihre. Dann die andere Seite. Die Wangenküsschen zur Verabschiedung sollten das Normalste der Welt sein, doch als wir uns derart nahekamen, stand mein gesamter Körper unter Strom. Ihre Wange warm und weich an meiner stoppeligen. Ihre Finger auf meinen Schultern, als wollte sie mich noch ein wenig näher zu sich ziehen.

Viel zu schnell war es wieder vorbei. Diesmal tauschten wir Nummern aus, damit wir die Details für Samstag besprechen konnten. Und dann ging Alix bereits wieder von Bord. Ein zweites Mal sah ich ihr hinterher, bis ich nur noch ihren wippenden Pferdeschwanz zwischen den vielen Hafenbesuchern ausmachen konnte. Mit den rosa Spitzen, als hätte sie ihr Haar zur Hälfte in Farbe getunkt.

Schließlich fuhr ich herum, lehnte meine Stirn gegen die kühle Außenwand der Kommandobrücke und wartete darauf, dass sich mein wild schlagendes Herz wieder beruhigte.

KAPITEL 12

Alix

Ein Date. Ich hatte ein waschechtes Date. Ausgegangen war ich nicht mehr seit … eigentlich hatte mich noch nie jemand auf ein Date eingeladen. One-Night-Stands waren eher mein Ding gewesen, bevor ich mich endlich zusammengerissen und die Ausbildung zur Köchin angefangen hatte. Seitdem ließ ich mich nur noch selten von meinem Karriereziel ablenken. Was der Grund war, warum dieses Date mit Léo so gefährlich war. Gefährlich und aufregend zugleich.

Am Samstagvormittag stand ich nach einer zweiten anstrengenden Arbeitswoche vor meinem Spiegel und drehte mich unschlüssig hin und her, während sich auf dem Bett hinter mir bereits ein halbes Dutzend Outfits türmte. Frustriert zog ich mir das Wickeltop über den Kopf und ließ mich auf die Matratze fallen. Dabei pikte mir ein Kleiderbügel in die Seite.

»Autsch!« Ich presste die Hände aufs Gesicht, musste dann jedoch unwillkürlich lachen. Wenn Magali mich jetzt sehen könnte, wie ich mich vollkommen lächerlich machte, würde sie sagen: *»Hör auf, dir so einen Kopf zu machen. Wenn es die richtige Person ist, sollte es egal sein, was du anhast.«*

Natürlich stimmte das. Ich war mir sicher, dass ich Spaß mit Léo haben würde. Vielleicht sogar ein wenig zu viel Spaß. Bereits während der Tour über die Luxusjacht hatte es so gewaltig zwischen uns geknistert, dass ich mich heute sehr zusammenreißen musste. Denn wenn ich eins nicht wollte, dann war es, dass das zwischen uns zu schnell ging. Dass ich mich völlig darin verlor und damit meine Karriere vernachlässigte. Denn aus Erfahrung wusste ich, dass ich mich nur allzu leicht von Dingen ablenken ließ, die dafür sorgten, dass ich mich gut fühlte. Die mir dabei halfen, dass ich meine Verpflichtungen für ein paar Stunden vergaß, mal nicht verantwortungsbewusst sein oder die Ersatzmutter spielen musste. Und Léo hatte das Potenzial, die größte Ablenkung aller Zeiten zu werden.

Ich entschied, dass es ein lockeres Outfit werden sollte, in dem ich mich wohlfühlte. Schließlich wollten wir bloß über den Markt schlendern und dann kochen – bei mir. Abrupt setzte ich mich auf und beäugte das Bett. Hätte ich Léo vielleicht doch nicht zu mir einladen sollen? Gab ihm das eine falsche Vorstellung davon, wie das Date ablaufen würde?

Nein, so gut aussehend und charmant Léo auch war, er hatte mir kein einziges Mal das Gefühl gegeben, dass ich nur eine potenzielle schnelle Nummer für ihn war. Sosehr mir der Gedanke, mit einem fremden Mann an einen versteckten Strand zu fahren, zunächst Unbehagen bereitet hatte, so sehr gefiel mir die Vorstellung von Léo in meinen vier Wänden. Vielleicht ergab das wenig Sinn, aber irgendwie setzte mein Gehirn viel zu oft aus, wenn es um ihn ging. Und nur weil eine Frau einen Mann zu sich nach Hause einlud, bedeutete das nicht automatisch Sex – obwohl der Gedanke an Sex mit Léo dafür sorgte, dass ich weiche Knie bekam.

Mein plötzlich zu schnell schlagendes Herz sagte mir, dass ich dringend aufhören musste, mir so viele Gedanken zu machen. Und ein Blick auf die Uhr verriet mir, dass ich mich schleunigst fertig machen musste, wenn ich nicht zu spät zu unserem Treffpunkt kommen wollte.

· ⁚ ·˙ ⁚

Ich entdeckte Léo schon von Weitem. Er überragte die meisten Menschen, die sich vor der zu allen Seiten hin offenen Markthalle drängten. Während ich mich durch die Menge zu ihm schob, grinste er mir zu und nahm seine Pilotensonnenbrille ab. Die obersten drei Knöpfe seines weißen Leinenhemds waren aufgeknöpft und die Ärmel hochgekrempelt, sodass ich einen Blick auf seine Tattoos auf Brust und Unterarmen erhaschte. Obwohl es erst zehn Uhr morgens war, brannte die Sonne bereits auf uns herab, und ich war dankbar, als ich neben Léo in den Schatten der Markthalle trat. Unter dem Dach war es angenehm kühl.

Als wir uns mit *La Bise* begrüßten, flatterte mein Herz aufgeregt. Die weichen Stoppeln seines Barts strichen über meine Wangen, und sein frischer Duft stieg mir in die Nase.

»Bereit für den ersten Marktbesuch der Saison?«, brachte ich leicht atemlos hervor, als wir uns voneinander lösten.

Er lachte leise, so tief und rau, dass ein warmes Kribbeln durch meinen Körper bis in meine Zehen schoss. »Es ist mein erster Marktbesuch überhaupt.«

Ich starrte ihn an. »Was? Du wohnst seit fünf Jahren in Antibes, warst aber noch nie hier?«

»Ich hatte noch keinen triftigen Grund dazu«, sagte er mit einem Lächeln, das besagte *Jetzt aber schon*.

Um nicht an Ort und Stelle dahinzuschmelzen, packte ich ihn bei der Hand und zog ihn hinter mir her zu den ersten Ständen. »Dann wird es höchste Zeit!«

Gemeinsam mit den anderen Marktbesuchenden schoben

wir uns durch die Gänge und bewunderten die frischen Köstlichkeiten. Es gab alles, von frischem Obst und Gemüse über Kräuter und Gewürze, Käse und Wurst, frische und getrocknete Blumen bis hin zu handgeflochtenen Körben, bestickten Kissen und Teemischungen. Alle paar Schritte stieg mir ein neuer Duft in die Nase. Erdig, süßlich, herb, blumig, würzig. Eine wahre Geruchsexplosion. Einen Moment schloss ich die Augen, ließ die verschiedenen Eindrücke über mich hinwegbranden. Da Léo meine Hand nicht losgelassen hatte, vertraute ich darauf, dass er mich führen würde. Es war seltsam, wie sicher ich mich bereits in seiner Gegenwart fühlte. Obwohl unser erstes Treffen so katastrophal verlaufen war. Seine Finger an meinen fühlten sich warm und schwielig an, sein Geruch mischte sich unter die Marktdüfte, und für einen Moment stellte ich mir vor, wie ich jeden Samstag mit ihm hierherkam. Für ein spätes Frühstück bei einem der vielen kleinen Cafés, die die Markthalle säumten, nachdem ich in seinen Armen aufgewacht war.

Halt! Leise fluchend riss ich die Augen auf. Es war an der Zeit, einen Gang zurückzuschalten. Ich musste mich dringend von derartigen Gedanken ablenken, wenn ich nicht wollte, dass das mit uns viel zu schnell viel zu ernst wurde. Eilig ließ ich den Blick über die erstbesten Produkte in meiner Nähe schweifen. Wie immer war ich vorbereitet und hatte eine Einkaufsliste im Kopf, aber es konnte ja nicht schaden, sich ein wenig treiben zu lassen, nicht immer alles durchzuplanen.

»Tapenade!« Ich zog Léo zu einem Stand, der Unmengen an verschiedenen Olivensorten verkaufte. Glücklicherweise schien er nichts von meinem inneren Aufruhr mitbekommen zu haben. »Eine Spezialität der Region. Super vielseitig einsetzbar in der Küche.«

»Möchten Sie probieren, Mademoiselle?« Der Standbesitzer zwirbelte seinen schwarzen Schnauzbart. »Die beste Tapenade der Côte d'Azur.« Er bestrich ein kleines Stück Baguette mit der tiefschwarzen Olivenpaste. Ich wollte danach greifen, doch Léo kam mir zuvor. Mit einem herausfordernden Lächeln hielt er es mir hin. Dabei blieb ein wenig von der Paste an seinem Daumen hängen.

Ich erwiderte seinen Blick, während ich auf ihn zutrat. Langsam und bedächtig öffnete ich den Mund. Auch Léos Lippen teilten sich wie von selbst. Er befeuchtete sie, ohne den Blick von mir zu lassen. Ich sah ihm tief in die Augen, während ich meine Lippen langsam um seinen Daumen schloss und ihm die Olivenpaste vom Finger leckte. Der herbe Geschmack explodierte auf meiner Zunge, und ich seufzte genüsslich. Léo schloss für einen Herzschlag die Augen und beugte sich unmerklich zu mir vor.

Sofort raste mein Herz. So viel dazu, einen Gang zurückzuschalten. Ich starrte auf seine Lippen. Feucht und einladend. Die langen Wimpern kitzelten seine Wangen. Seine Lider flatterten leicht. Wie von selbst beugte ich mich ihm entgegen. Mein ganzer Körper kribbelte vor Sehnsucht.

Nein, nein, nein! Es war zu früh. Zu schnell. Ich legte den Kopf schief und verschlang das kleine Stück Baguette, das Léo mir nach wie vor hinhielt, mit einem Happs.

Das schien ihn ebenfalls wieder ins Hier und Jetzt zurückzubringen. Er öffnete die Augen, blinzelte ein paarmal. Sein Blick brannte sich in meinen. Es war, als stünden wir allein inmitten der Menschenmenge, abgeschirmt von all den Geräuschen und Gerüchen. Da waren nur noch mein zu lauter Herzschlag und seine dunklen Augen, die mich riefen und mir Dinge versprachen, die ich nicht wollen durfte. Mein ganzer Körper pulsierte beinahe schmerzhaft, so sehr fühlte ich mich zu Léo hingezogen. So sehr wollte ich ihn wieder berühren. Diesmal nicht nur seinen Finger in den Mund nehmen, sondern seine Lippen auf meinen spüren. Seine Hände in meinem Haar. Seinen Atem auf meiner Haut.

»Das Glas nur vier Euro neunundneunzig«, drang die Stimme des Verkäufers wie von weit her an meine Ohren. Widerwillig riss Léo sich von mir los. Er bedachte den Händler mit einem derart finsteren Blick, dass es mich überraschte, den Mann nicht wie angeschossen zurücktaumeln zu sehen.

Die Realität stürmte wieder auf mich ein. Hunderte Gerüche, Gesprächsfetzen, das Klirren von Münzen, das Rascheln von Packpapier. Als sich Leute dicht an uns vorbeidrängten, legte Léo schützend einen Arm um mich. Er reichte dem Verkäufer das Geld und verstaute ein Glas Tapenade in meinem Einkaufskorb. »Ein kleines Souvenir, damit du unseren Ausflug auf den Markt nicht vergisst«, raunte er mir ins Ohr.

Gänsehaut breitete sich an der Stelle aus, an dem sein Atem über meine Haut strich. Als ob ich ein Souvenir brauchte, um diesen Moment nicht zu vergessen.

Mit heißen Wangen folgte ich Léo weiter durch die Menge. Den Arm nahm er nicht mehr von meinen Schultern. Wie auf Wolken schwebte ich über den Markt. Wir lachten, probierten Käse, fütterten uns gegenseitig mit Honig und Marmelade. Ich hatte das Gefühl, dass das breite Lächeln auf meinem Gesicht nie wieder verschwinden würde. Nicht, solange ich mich in Léos Gegenwart aufhielt. Ihm schien es ebenso zu gehen. Seine dunklen Augen funkelten, wenn er mich ansah, sein Grinsen war nur für mich bestimmt, als würden wir ein Geheimnis teilen.

Am Ende kaufte ich viel mehr, als wir zum Kochen brauchten. Zum einen, weil ich an einer derartigen Fülle frischer Zutaten als Köchin nicht vorbeikam, zum anderen, weil ich unseren Marktbesuch dermaßen genoss, dass ich ihn nicht so schnell beenden wollte. Meistens warf ich nach einem langen Tag im *Le Chat Noir* zu Hause nur schnell ein paar Reste zusammen, doch nun, da ich den Marché Provençal entdeckt hatte, würde sich das ändern. Und hoffentlich würde Léo mir bei vielen weiteren Besuchen Gesellschaft leisten.

»Was kochen wir eigentlich?«, fragte er schließlich mit einem amüsierten Blick auf den prall gefüllten Korb, den er mittlerweile für mich trug. »Ein Fünf-Gänge-Menü?«

»Eventuell habe ich für die ganze Woche eingekauft«, gab ich kleinlaut zu.

Er grinste. »Dann muss ich wohl jeden Tag zum Essen vorbeikommen.«

»Das wäre nur fair. Schließlich hast du für alles bezahlt.« Ich plante, mich bei unserem nächsten Date dafür zu revanchieren.

»Solange du das Kochen übernimmst, kann ich damit leben.« Er zwinkerte mir zu, und meine Mundwinkel wanderten automatisch noch höher. Ich konnte rein gar nichts dagegen tun. Etwas blitzte in seinen Augen auf. Er war sich seiner Wirkung auf mich äußerst bewusst.

»So einfach kommst du aus der Nummer nicht raus«, antwortete ich. »Aber wir sollten jetzt wirklich zu mir gehen, sonst kaufe ich noch den ganzen Markt leer. Hast du Hunger?«

Er sah mich an. Da war wieder dieses verschmitzte Funkeln in seinem Blick, so zweideutig, dass es mir den Atem raubte. Seine Augen wurden noch dunkler, seine Stimme rauer. »Und wie.«

Ich schluckte, als meine Kehle staubtrocken und ein anderer Teil meines Körpers augenblicklich feucht wurde. »Ich … äh … auch«, stammelte ich. Verdammt, ich musste mich dringend von den sehr eindeutigen Empfindungen ablenken, die er in mir auslöste. »Ich könnte eine ganze Schiffsladung Tapenade verspeisen!«

»Ach ja? Eine Schiffsladung?«, fragte Léo skeptisch.

Ich verdrehte die Augen. »Du weißt schon, was ich meine.«

»Weiß ich das?« Er blieb todernst.

Obwohl sich ein Lachen in meiner Brust aufstaute, funkelte ich ihn an. Ich liebte es, wenn er mich neckte. Liebte ich eigentlich irgendetwas nicht, was er tat?

»Beim nächsten Mal bekommst du eine Schiffsladung Tapenade, dann werden wir ja sehen.«

»Sprechen wir von einem Fischkutter oder von einem Frachtschiff?« Ich runzelte die Stirn, als dachte ich tatsächlich ernsthaft darüber nach.

Er lachte, schlang einen Arm um meine Hüfte und zog mich dichter an sich, während wir in Richtung Ausgang gingen. »Alles, was du willst.«

KAPITEL 13

Léo

Alix brachte mich vollkommen durcheinander. Auf die beste Weise. Sie flirtete so schamlos mit mir, dass ich Mühe hatte, mich auf etwas anderes zu konzentrieren. Die Geräusche des Markts waren zu Hintergrundrauschen geworden. Wenn ich mit ihr zusammen war, gab es nur sie. Egal, was sie tat, ich konnte nicht wegsehen. Es war ein verdammtes Privileg, mich in ihrer Nähe aufzuhalten. Sie sprühte vor Energie, hatte für jede Person ein Lächeln übrig. Ich beobachtete, wie sie sich über einen Korb mit getrocknetem Lavendel beugte und tief einatmete. Wie sie gedankenverloren mit den Fingerspitzen über frische Artischocken strich und die Lippen dabei zu einem leisen Lächeln verzog. Wie sie lachend mit den Händlern feilschte und jedes Mal nicht nur eine, sondern gleich zwei Kostproben bekam, da diese ihrem Charme ebenfalls nicht widerstehen konnten.

Und mir fiel auf, wie auch ich mich in ihrer Gegenwart entspannte. Natürlich hatte ich ihr den wahren Grund, aus dem ich noch nie auf den Markt gegangen war, verschwiegen. Anfangs hatte ich Mühe, mir nicht anmerken zu lassen, wie unwohl ich mich in der Menschenmenge fühlte. Den Reflex, ständig über die Schulter zu schauen, konnte ich nur schwer ablegen, doch nach und nach fiel die Angst von mir ab. Es war mir unerklärlich, warum, doch mit Alix an meiner Seite gelang es mir tatsächlich, loszulassen und endlich ein wenig ungetrübten Spaß zu haben.

Wir verließen die Markthalle und machten uns auf den Weg zu Alix' Wohnung, die kaum zehn Gehminuten entfernt lag.

»Hast du eigentlich irgendwelche Allergien oder Unverträglichkeiten?«, fragte Alix, als sie mich eine leicht ansteigende Gasse hinaufführte. »Das habe ich ganz vergessen zu fragen.«

»Ich esse kein Schweinefleisch, aber«, ich deutete auf den Korb, »das dürfte heute kein Problem sein. Ansonsten bin ich für alles zu haben.«

»Für *alles,* was?« Täuschte ich mich, oder klang sie plötzlich ein wenig atemlos? Es konnte nicht an der leichten Steigung der Straße liegen, denn Alix war fit. Ich hatte sie schließlich schon joggen sehen.

Verschmitzt grinste ich sie an. »Alles.«

Daraufhin wurde ihr Blick so intensiv, dass ich nicht wegsehen konnte. Im Gehen sahen wir einander so eindringlich an, dass wir schließlich beide beinahe gegen ein Schild gelaufen wären, auf dem *Musée Picasso Antibes* stand. Alix taumelte ein wenig zur Seite, fing sich aber gerade noch. Ich rieb mir den plötzlich heißen Nacken und unterdrückte ein Lachen.

Alix räusperte sich und deutete in die Richtung, in die auch der Pfeil auf dem Schild zeigte. »Hier entlang. Wir sind gleich da.«

Mit wackeligen Knien stieg ich wenig später hinter ihr die knarzende Holztreppe zu ihrer Wohnung hinauf. Auch wenn ich mich nun schon seit ein paar Stunden an Land aufhielt, war ich mehr Seemann als Landratte und brauchte bei jedem

Landgang eine Weile, um mich daran zu gewöhnen, dass der Untergrund nicht schaukelte. Beim Treppensteigen war es immer am schlimmsten, und die ausgetretenen Stufen halfen nicht. Natürlich hatte es rein gar nichts mit Alix' berauschender Wirkung auf mich zu tun. Das redete ich mir zumindest ein.

Nervös fummelte Alix mit ihrem Schlüsselbund herum, nachdem wir vor der Wohnungstür im obersten Stock angekommen waren. Als er ihr aus der Hand fiel, klirrte es laut im leeren Treppenhaus. Ging es ihr etwa ähnlich wie mir? Warf meine Anwesenheit sie ebenfalls aus der Bahn, obwohl wir uns gerade nicht mal ansahen oder berührten?

Ich hob den Schlüsselbund auf und reichte ihn ihr. Meine Finger verharrten an ihren. Einen Herzschlag lang starrte Alix auf den Punkt, an dem unsere Haut aufeinandertraf, als könnte sie Funken darüber tanzen sehen. Dann atmete sie tief durch und wandte sich der Tür zu. Sie steckte den Schlüssel ins Schloss, drehte sich dann jedoch wieder zu mir um. »Es ist sehr klein, aber«, sie zuckte mit den Achseln, »ich liebe es sehr.«

Ich schenkte ihr ein breites Lächeln. »Dann bin ich mir sicher, dass ich es auch lieben werde.«

Wir sahen uns einen Moment in die Augen. Sie wirkte, als wollte sie noch etwas sagen, während ihre Mundwinkel nach oben wanderten. Dann schüttelte sie den Kopf, sodass ihr Pferdeschwanz hin- und herflog, und schloss endlich auf.

Aus unerfindlichen Gründen beschleunigte sich mein Herzschlag, als ich den Kopf einzog und hinter ihr über die Schwelle trat. Dies war *ihr* Reich. Hier würde ich viel über Alix in Erfahrung bringen. Es war ein Geschenk, dass sie mich zu sich eingeladen hatte. Dass sie diesen intimsten Teil ihres Lebens so bereitwillig mit mir teilte. Tausendmal besser als mit dem Boot zum Strand zu fahren.

Ich stellte den Einkaufskorb neben der Tür ab und sah mich neugierig um. Eine niedrige Decke, knarzende Holzdielen, unbehandelte Steinwände, Leinengardinen, eine winzige Küchenzeile und ein gusseisernes Bettgestell. Durch die geöffneten Fenster drang Meeresrauschen herein. Das schönste Geräusch der Welt.

Alix wusste es womöglich nicht, weil sie neu in der Stadt war, aber sie hatte den Jackpot damit erwischt, in der Promenade Amiral de Grasse, der schönsten Küstenstraße von Antibes, zu wohnen. Der Bonus war, dass sich das Haus nur etwa fünfzehn Minuten vom Hafen, und damit von mir, entfernt befand. Auch wenn die Wohnung uralt war und es an allen Ecken und Enden knackte und knirschte, war es die gemütlichste, die ich je gesehen hatte.

Ich musste den Gedanken laut ausgesprochen haben, denn Alix lächelte erleichtert. »Schön, dass es dir gefällt.«

Sie ging so dicht an mir vorbei, dass mir ihr Duft in die Nase stieg. Ich musste all meine Willenskraft aufbringen, um sie nicht an mich zu ziehen, um ihr zu zeigen, wie wohl ich mich in ihrer Gesellschaft fühlte und wie sehr ich wollte, dass sie sich mit mir ebenso fühlte. Stattdessen trat ich ans nächste Fenster, stieß die halb geschlossenen Fensterläden auf und atmete tief durch.

Alix schnappte sich derweil den Korb und begann, einige Zutaten in ihren winzigen Kühlschrank zu räumen. Andere breitete sie fein säuberlich auf der Kücheninsel aus, die gleichzeitig als Raumteiler fungierte. Ich vermutete, dass wir diese Zutaten zum Kochen brauchten.

Langsam drehte ich eine Runde durch die Einzimmerwohnung. Jedes Detail, das mich ihr näherbrachte, ließ mein Herz höherschlagen. Ich betrachtete das gerahmte Foto von Alix und einer mir fremden Person auf ihrem Nachttisch. Eine Schwester, Cousine oder eine Freundin aus Bordeaux?

Ich merkte mir den Titel des Buchs, das auf ihrem Sofa lag – *Normal People* von Sally Rooney –, und notierte mir im Geist den Namen des Parfüms, das neben einem dekorativen Schmuckhalter auf ihrer Kommode stand – *Capucine* von Fragonard.

Als ich mich schließlich zu ihr in die schmale Küchenzeile zwängte, lächelte Alix mir zu. Mit einer ausholenden Handbewegung deutete sie auf die frischen Zutaten vor uns. »Wir machen eine Tarte Provençale und als Beilage eine Salade Niçoise. Alles typische Gerichte aus der Region.« Sie fing meinen skeptischen Blick auf. »Keine Sorge, das ist nichts Kompliziertes. Wenn du das einmal mit mir gemacht hast, kriegst du es später auch allein hin.«

»Als ob mich Ernesto in seine Kombüse lassen würde.« Ich lachte. »Was glaubst du, warum ich nicht koche? Ohne Küche ist das schwer.«

Alix hob eine Braue. »Das ist die faulste Ausrede, die ich je gehört habe.«

»Wirklich?« Ich sah sie zweifelnd an. »Die du *jemals* gehört hast? Bist du dir da ganz sicher?«

Wie zuvor, als ich sie aufgrund ihres Hangs zur Übertreibung aufgezogen hatte, verdrehte sie die Augen. »Das ist bloß eine Redewendung.«

»Ist es das?«

»Ja! Und jetzt hör auf, vom Kochen abzulenken.«

»Okay, okay.« Ergeben hob ich die Hände. »Sag mir einfach, was ich tun soll.«

Das schien ihr zu gefallen, denn sie lächelte zufrieden. In der Küche war sie ohne jeden Zweifel in ihrem Element, wohingegen ich mich völlig fehl am Platz fühlte.

Während sie mich anwies, mich an der Spüle zu platzieren, um das Gemüse zu waschen, holte sie mit größter Vorsicht etwas aus einer Schublade. Mir fielen fast die Augen aus dem

Kopf, als sie ein halbes Dutzend professionell aussehende Edelstahlmesser auf der Arbeitsfläche ausbreitete.

»Bist du dir sicher, dass wir die alle brauchen?« Die meisten davon sahen aus, als könnte man damit selbst das dickste Steak wie Butter schneiden.

»Das sind meine Babys«, erklärte sie liebevoll. »Die habe ich aus Bordeaux mitgebracht. Ohne sie gehe ich nirgendwohin. Pass auf, dass du dich nicht schneidest, ich schärfe sie regelmäßig selbst.«

Aus irgendeinem Grund fand ich das unglaublich heiß. »Wow, das ist …« Meine Stimme klang auf einmal belegt. Ich räusperte mich. »Das ist echt beeindruckend. Vielleicht kann ich dir ja mal … dabei zusehen?«

Sie warf sich ihren Zopf über die Schulter und bedachte mich mit einem prüfenden Blick. Ich versuchte, mir meine Erregung nicht anmerken zu lassen, doch irgendwie schien sie genau zu wissen, was in mir vorging, denn sie verzog die Lippen zu einem anzüglichen Grinsen. »Das hättest du wohl gern, was?«

Sie hatte keine Ahnung, *wie* gern ich das hätte. »Warum nicht?«, antwortete ich betont locker. »Man bekommt schließlich nicht alle Tage die Gelegenheit, einer professionellen Köchin bei der Arbeit zuzusehen.«

Sie schnaubte.

»Das ist nur fair«, verteidigte ich mich, wohl wissend, wie schwach mein Argument klang. »Schließlich hast du mich auch schon in Aktion gesehen.« *Halb nackt,* fügte ich in Gedanken hinzu.

Sie musste sich ebenfalls daran erinnern, denn für einen Augenblick färbten sich ihre Wangen rosa, derselbe Ton wie ihre Haarspitzen. Dann hatte sie sich jedoch wieder gefasst und sah mich streng an.

»Wir kochen *zusammen*. Also wirst du mich gleich aus

nächster Nähe in Aktion sehen. Außerdem habe ich die Messer gestern erst geschärft.«

»Okay.« Ich setzte eine unschuldige Miene auf. »Aber du solltest mir das am wenigsten scharfe geben. Sonst kann ich nicht garantieren, dass heute nicht doch noch der Krankenwagen hier aufkreuzen muss.«

Alix lachte. »Brandgefahr, ein erhöhtes Schnittwundenrisiko. Was für ein aufregendes erstes Date.« Sie schob mir das Messer hin, das am wenigsten wie die bevorzugte Waffe eines Serienmörders aussah.

»Danke.« Ich nahm es mit spitzen Fingern entgegen.

»Vielleicht kann ich wenigstens für ein klein wenig Entspannung sorgen.« Alix tippte auf ihrem Handy herum, und kurz darauf drangen angenehme Gitarrenklänge aus einer Bluetooth-Box auf ihrem Nachttisch.

Während ich auf ihre Anweisung hin Tomaten, grüne Bohnen, gelbe Paprika, Gurke, Salat und Artischocken wusch, bereitete Alix den Teig für die Tarte vor. »Den kannst du auch fertig kaufen«, erklärte sie, allerdings verriet ihr Tonfall, dass sie nicht viel von Fertigteigen hielt.

Bald darauf erfüllte der Duft von Kräutern der Provence, Olivenöl und Zwiebeln das kleine Apartment. Wir gingen dazu über, das Gemüse auf Holzbrettchen zu schneiden, die Alix ebenfalls von zu Hause mitgebracht hatte. Wenn es um Küchenutensilien ging, gab sie sich offensichtlich mit nichts als der höchsten Qualität zufrieden.

Während wir schnippelten, rückten wir immer näher aneinander. Es war Traum und Tortur zugleich, Alix so nahe zu sein, sie jedoch nicht zu berühren. Sie hatte die Brauen konzentriert zusammengezogen und kaute auf ihrer Unterlippe herum, während sie das Messer so schnell auf das Gemüse niederfahren ließ, dass ich kaum folgen konnte.

Ich versuchte erfolglos, mich aufs Schneiden zu konzentrieren, damit ich keinen Finger verlor, doch sie lenkte mich immer wieder ab. Ihre Präsenz war so einnehmend. Dann und wann summte sie die Melodie des gerade laufenden Lieds mit. Ein paar Mal ertappte ich sie sogar dabei, wie ihre Hüften hin und her schwangen.

»Kochst du immer mit Musik?«, fragte ich sie schließlich.

Ihr Kopf ruckte zu mir herum, als hätte sie meine Anwesenheit für einen Moment vergessen. Sie nickte, während sie sich mit der freien Hand ein paar Strähnen hinters Ohr schob. »Ich habe verschiedene Playlists für unterschiedliche Gerichte und Stimmungen.« Als sie meine verwirrte Miene bemerkte, holte sie weiter aus. »Kochen ist bei mir sehr oft mit einer Stimmung oder Empfindung verbunden. Das hat mir schon als Jugendliche geholfen, die Welt auszublenden und nur im Moment zu sein.«

Ihr Blick wanderte aus dem Fenster, doch ich war mir sicher, dass sie gerade nicht den wolkenlosen Himmel von Antibes sah. Ich verstand, wovon sie sprach. Beim Schneiden hatte sie geradezu entrückt gewirkt, als hätte es eine meditative Wirkung auf sie. War Kochen für sie eine Art Therapie? Eine Flucht vor der Wirklichkeit? Und wenn ja, wovor wollte sie fliehen?

»Ich kann es nicht erklären, aber für mich konnten Gerichte schon immer eine Stimmung einfangen oder widerspiegeln«, fuhr sie gedankenverloren fort. Dann wandte sie sich mir wieder zu. Ihr Blick war jetzt klar, auch wenn ihre Stirn in Falten lag. »Im Restaurant muss ich natürlich zubereiten, was bestellt wird, dafür habe ich allgemeine Playlists. Aber wenn ich allein bin und mich richtig austoben kann, bringe ich mich gern mit der passenden Musik in Stimmung.«

»Und die heutige Stimmung ist …« Ich warf einen Blick zu der Bluetooth-Box, aus der gerade *Bubbly* von Colbie Caillat drang. Die bisherigen Lieder waren alle eine Mischung aus fröhlichen, gut gelaunten Songs mit weichen Gitarrenklängen und sanften Frauenstimmen gewesen. Mal schneller, mal langsamer, doch jedes Mal Wohlfühlatmosphäre pur. Ich hoffte, dass es daran lag, dass Alix sich in meiner Gegenwart ebenso wohlfühlte wie ich mich in ihrer.

»... pures Glück«, vervollständigte Alix meinen Satz, und mein Herz hüpfte wie ein alberner Flummi. Wir sahen uns an, beide breit grinsend. Die Zeit stand einen Moment still, während Colbie Caillat davon sang, dass es sie am ganzen Körper kribbelte, wenn diese *eine* Person sie anlächelte.

Alix hatte recht. Zum ersten Mal in meinem Leben achtete ich auf den Text eines Lieds und musste zugeben, dass die Musik perfekt zu diesem Moment passte. Es war ... irgendwie magisch.

Auch wenn ich mich die meiste Zeit über wie der größte Tölpel anstellte, schafften wir es irgendwie, die fertige Tarte in den Ofen zu schieben und den aus buntem Gemüse, hart gekochten Eiern und Thunfisch bestehenden Salat in eine große Schüssel zu füllen. Gemeinsam deckten wir den Tisch, und Alix schenkte Weißwein in zwei Gläser. »Der passt hervorragend zu beiden Gerichten«, erklärte sie.

»Ich nehme dich beim Wort.« Auf ihren fragenden Blick hin hob ich die Schultern. »Ich habe keine Ahnung von Wein.«

»Mir wurde das sozusagen in die Wiege gelegt«, erklärte sie in beiläufigem Tonfall, obwohl mir nicht entging, dass sich ihre Stimmung mit einem Mal merklich abkühlte. »Meine Eltern sind in der Weinbranche tätig.« Hatte sie womöglich kein gutes Verhältnis zu ihren Eltern? Eine weitere Information über ihr Leben, die ich für später abspeicherte.

Während wir uns locker unterhielten, verbreitete sich ein köstlicher Duft in dem kleinen Apartment, sodass mir das Wasser im Mund zusammenlief. Als wir die Tarte mit Tomaten, Zucchini, Zwiebeln und Ziegenkäse schließlich aus dem Ofen holten, war ich begeistert. »Du bist eine wahre Meisterin. Sieht aus wie aus einem Kochbuch!«

»Das ist *dein* Werk«, erwiderte Alix lachend. »Ich habe bloß den Teig vorbereitet. Du darfst ruhig ein bisschen stolz auf dich sein.«

Ich winkte ab. »Dann würde die Tarte bestimmt nicht so gut aussehen.«

»Ist doch egal, wie sie aussieht«, konterte Alix. »Hauptsache, sie schmeckt.«

Wir setzten uns an den winzigen Tisch beim Fenster, an dem kaum zwei Personen Platz fanden. Die frische Brise spielte mit Alix' Pferdeschwanz und brachte die langen Vorhänge in Bewegung. Der Geruch von Meersalz und altem Mauerwerk mischte sich mit dem süßlich herben Duft des Essens und des Weins.

»Bon appétit!« Alix schaufelte mir Salat neben das Stück Tarte auf meinen Teller. Dann beobachtete sie mich gespannt.

»Ich bin also das Versuchskaninchen?«

Sie nickte auffordernd. »Ich will wissen, wie es dir schmeckt. Das ist für mich immer das Schönste am Kochen.«

Ihren leuchtenden Augen und dem breiten Lächeln konnte ich nicht widerstehen. Ergeben schob ich mir ein Stück Tarte in den Mund. Kaute. Schluckte. Riss die Augen auf. Der würzige Geschmack des Gemüses verband sich perfekt mit dem des geschmolzenen Ziegenkäses, hervorragend abgerundet durch die süßlich karamellisierten Zwiebeln. »Das schmeckt, als hätte ich die Sonne auf dem Teller.« Sofort aß ich einen weiteren Bissen und seufzte genüsslich.

»Probier auch den Wein dazu«, wies Alix mich an.

Erneut schob ich mir eine volle Gabel in den Mund und nahm dann einen Schluck Wein. Ziegenkäse und Wein vermischten sich auf eine Weise, die mich völlig überraschte.

Nachdem mein Mund wieder leer war, wiederholte ich Alix' Worte von vorhin. »Pures Glück.«

Ihre Augen weiteten sich unmerklich, während sich ihr Blick in meinen brannte. Sie wusste genau, dass ich ihre Worte verwendet hatte. Dass ich ihr damit das Kompliment zurückgab, das sie mir gemacht hatte. Wir waren beide heillos verloren. Hals über Kopf in diese Situation hineingerutscht. Oder war ich völlig auf dem Holzweg?

Das tiefe Blau ihrer Augen war alles, was ich sah, und ich wusste, dass es – zumindest für mich – längst zu spät war. Nie würde ich mich von ihr fernhalten können. Ich *wollte* mich nicht von ihr fernhalten. Stein für Stein fiel die in meinem Inneren errichtete Mauer in Alix' Gegenwart in sich zusammen. Und ich ließ es zu. Endlich wollte ich auch mal glücklich sein. Und Alix machte mich glücklich. Wie konnte das falsch sein? War das wirklich zu viel verlangt?

Ja, flüsterte eine Stimme in meinem Kopf. *Das ist vollkommen egoistisch. Du bringst sie damit in Gefahr. Und du könntest alles verlieren, was du dir in den letzten Jahren aufgebaut hast.*

Doch da war ihr weicher Blick. Und ihre Hand, die sich auf dem Tisch kaum merklich auf meine zuschob. Ich war nicht stark genug. Wie der Mond das Meer ruft, rief Alix mich zu sich. Ich dachte nicht mehr nach, verschränkte meine Finger mit ihren.

»Darf ich dich wiedersehen?«, hörte ich mich sagen und verfluchte mich dafür.

»Ich bin doch hier«, flüsterte sie kaum hörbar.

»Ich meine nach heute«, fuhr ich hastig fort. »Ich will dich wiedersehen. Am liebsten jeden Tag.« War das zu viel? Schaufelte ich mir gerade mein – und ihr – Grab?

Doch als sich daraufhin kleine Fältchen um ihre Augen zeigten, weil sie mich so breit anstrahlte, lösten sich alle Zweifel endgültig in Luft auf. »Ich dich auch«, raunte sie.

Mein Griff um ihre Finger verstärkte sich. Langsam fuhr ich mit dem Daumen über ihren Handrücken. Ich musste sie jetzt ganz dringend küssen. In meine Arme ziehen, ihren Duft einatmen, ihr nahe sein. Doch gerade, als ich aufstehen und um den Tisch zu ihr gehen wollte, vibrierte ihr Handy auf der Kücheninsel.

KAPITEL 14

Alix

Ich hätte schreien können. Gerade war alles so perfekt gewesen. Obwohl sich nur unsere Finger berührt hatten, war da diese Verbindung, die unleugbare Anziehungskraft, die mich seit unserer ersten Begegnung jedes Mal in Léos Gegenwart völlig überrumpelte.

Ich hatte es in seinen Augen gesehen. Er war drauf und dran gewesen, mich zu küssen. Und ich? Ich wollte ebenfalls keinen Augenblick länger warten. Stattdessen verfluchte ich mich innerlich dafür, mein Handy nicht auf lautlos gestellt zu haben. Widerwillig löste ich meine Finger von seinen, stand auf und murmelte ein rasches »Sorry, ich schalte die Vibration aus«.

Doch als ich in die Küche trat und Magalis Namen auf dem Display aufleuchten sah, konnte ich nicht anders. Seit zwei Wochen hatte ich ihre Stimme nicht gehört, und die Sehnsucht überkam mich mit voller Wucht. »Ich muss rangehen, tut mir echt leid.«

Léo schenkte mir ein verständnisvolles Lächeln. »Mach nur. Ich gehe nirgendwohin.« Wenn ich ihn nicht sowieso schon dringend hätte küssen wollen, hätte ich es ab diesem Moment gewollt. Dankbar erwiderte ich sein Lächeln, drückte auf den grünen Hörer und schlüpfte eilig ins Bad.

»Alix?«, dröhnte Magalis leicht verzerrte Stimme aus dem Handy. Diese vertraute Stimme und ihre ganz besondere Art zu sprechen. Seit ich drei Jahre alt gewesen war, hatte ich sie jeden Tag meines Lebens gehört, und sie hatte mir so gefehlt, dass mein Herz augenblicklich anschwoll. »Alles in Ordnung?«

»Ja«, flüsterte ich und musste im selben Moment lachen, weil die Situation so absurd war. Ich fühlte mich wieder wie mit elf, als wir nachts unter der Decke in meinem Bett getuschelt hatten, damit uns das Kindermädchen nicht hörte. Die räumliche Distanz verhinderte die vertraute Nähe zwischen uns kein bisschen.

»Wo bist du gerade?«, fragte Magali leicht besorgt. »Warum flüsterst du?«

»Du wirst es nicht glauben!« Als ich mich umdrehte, grinste mir mein Spiegelbild entgegen. Gerötete Wangen, zerzauste Strähnen, die sich aus meinem Zopf gelöst hatten. Ich wirkte *so* glücklich. Wann hatte ich mich zuletzt dermaßen unbeschwert gefühlt?

Mit der freien Hand stützte ich mich auf dem Waschbecken unter dem Spiegelschrank ab und flüsterte noch leiser in den Hörer: »Ich bin in meinem Badezimmer, und ich habe einen Mann in meiner Küche.«

Stille am anderen Ende. »Du hast einen Mann in deiner Küche?«, wiederholte Magali dann ungläubig und brach kurz darauf in Kichern aus. Mein Grinsen wurde noch breiter. »Wie heißt er?«

»Léo. Das ist unser erstes Date. Wir haben zusammen gekocht und essen gerade. Und, Magali, er ist … er ist einfach …« Ich hatte keine Worte, um zu beschreiben, was Léo in mir auslöste.

»Er tut dir gut, was?« Natürlich hörte meine Schwester aus meiner Stimme heraus, wie glücklich ich gerade war.

»Ja«, hauchte ich. »Es macht mir fast ein bisschen Angst, *wie* gut ich mich fühle, wenn ich mit ihm zusammen bin.«

»Und trotzdem hast du meinen Anruf entgegengenommen?« Ich konnte mir Magalis vorwurfsvollen Gesichtsausdruck lebhaft vorstellen. »Geh zurück zu ihm! Wir können uns später unterhalten.«

»Aber ich wollte so gern deine Stimme hören.«

Sie kicherte wieder. »Ich deine auch. Ruf mich einfach später zurück.«

»Okay. Aber, Magali?«

»Ja?«

»Geht es dir auch gut?«

»Ja. Sehr.« Auch aus ihrer Stimme hörte ich ein Lächeln heraus. In diesen zwei Worten schwang eine ähnliche Freiheit mit, wie ich sie seit zwei Wochen spürte. Ein neuer Lebensabschnitt, vor dem wir uns beide gefürchtet und den wir beide gleichermaßen herbeigesehnt hatten. Es beruhigte mich so sehr zu erfahren, dass es die richtige Entscheidung gewesen war. Dass ich kein schlechtes Gewissen zu haben brauchte. Ich hatte sie nicht im Stich gelassen, um meine Träume zu leben. Wir *beide* hatten diesen Schritt machen müssen. Getrennt voneinander und trotzdem immer verbunden.

»Das freut mich so sehr«, antwortete ich, diesmal lauter, damit sie meine Freude wirklich hören konnte.

»Mich auch«, antwortete sie in typischer Magali-Manier.

Ich verkniff mir ein Lachen. »Bis später!«

»Bis später, und dann will ich alle Details hören.«

»Natürlich.« Wir legten auf, und ich nahm mir einen Moment, um die Frau im Spiegel zu betrachten. Diese Frau, die zwei wirklich harte Wochen in ihrem neuen Job hinter sich hatte und trotzdem nicht zu grinsen aufhören konnte. Deren

Haut bereits leicht gebräunt war und deren rosa-blondes Haar heller wirkte. Geküsst von der südfranzösischen Sonne. Und hoffentlich bald auch von einem gewissen Mann, der gerade in meiner Küche saß und sich wahrscheinlich fragte, wo ich blieb.

Mit geübten Handgriffen band ich meinen Zopf neu, straffte die Schultern und eilte zurück zu Léo. »Das war meine Schwester«, erklärte ich, nachdem ich ihm gegenüber Platz genommen hatte. Er hatte uns mehr Wein eingeschenkt. »Wir haben seit zwei Wochen nicht gesprochen. Bis jetzt ist es noch nie vorgekommen, dass ich ihre Stimme so lange nicht gehört habe.«

Für einen kurzen Moment befürchtete ich, er könnte sauer sein, weil ich ihn bei unserem ersten Date allein gelassen hatte, doch als ich Léos Blick begegnete, lag darin aufrichtiges Interesse. »Erzähl mir von ihr.«

Überrascht sah ich ihn an. »Magali ist … sie ist …« Worte konnten nicht beschreiben, was mir meine Schwester bedeutete. »Sie ist so viel mehr als nur meine kleine Schwester. Meine beste Freundin und manchmal auch irgendwie meine Tochter. So wie ich ihre.«

Auf seinen fragenden Blick hin hob ich die Schultern. Ich sprach nicht gern von meiner Kindheit und Jugend. Aber Léo gab mir das Gefühl, mich ihm anvertrauen zu können. Er sah mich an, als wollte er alles von mir wissen. Meine geheimsten Träume und Wünsche. Er würde mich nicht auslachen oder verurteilen. Er würde einfach zuhören.

»Wegen ihrer Arbeit im externen Vertrieb einer weltbekannten Weinmarke müssen unsere Eltern viel reisen und waren schon während unserer Kindheit nicht oft zu Hause«, begann ich zögernd und schob mir eine Gabel Salat in den Mund, um etwas Zeit zu schinden. Es war nicht leicht, die richtigen Worte zu finden. »Und als wir älter wurden, schließlich so gut wie gar nicht mehr. Uns blieb nichts anderes übrig, als uns gegenseitig großzuziehen.« Ich aß von der Tarte auf meinem Teller, nahm einen Schluck Weißwein, der den süßlich herben Geschmack des Ziegenkäses perfekt unterstrich. »Wir hatten laufend wechselnde Kindermädchen, aber ein paar Monate nach meinem dreizehnten Geburtstag hatten wir keine Nanny mehr, weil ich die letzte rausgeekelt hatte. Unsere Eltern haben davon lange nichts mitbekommen. Oder vielleicht war es ihnen egal. Jedenfalls waren wir auf uns allein gestellt.«

Léo zog die Brauen zusammen, griff wieder über den Tisch nach meiner Hand. »Das klingt nach sehr viel Verantwortung. Du warst so jung.«

»Ja, es bedeutete mehr Arbeit für mich, aber auch mehr Freiheit. Und in den folgenden Jahren habe ich diese Freiheit besonders ausgenutzt.« Ich seufzte, überlegte, ob ich ihm mehr aus dieser Zeit erzählen sollte, fand dann aber, dass ich mich ihm gegenüber nicht verstecken sollte. Ich wollte, dass er alle Seiten von mir kennenlernte. Das schloss auch meine Vergangenheit mit ein.

»Zwischen meinem vierzehnten und achtzehnten Lebensjahr bin ich ziemlich durchgedreht. Zu Hause habe ich mich um alles gekümmert, und ich glaube, das musste ich irgendwie ausgleichen. Mit wilden Partys und einer Reihe ziemlich schlechter Entscheidungen. Fast hätte ich die Schule nicht beendet.« Verlegen nahm ich noch einen Schluck Wein. »Erst die Ausbildung zur Köchin hat mir wieder Halt gegeben. Maxime, mein damaliger Chef, hat mir so ziemlich das Leben gerettet. Er hat mich unter seine Fittiche genommen und mich auch dann nicht aufgegeben, wenn ich es aufgrund meiner vielen anderen Verpflichtungen mal wieder verkackt habe.«

Das war eine stark abgespeckte Version des Doppellebens, das ich jahrelang geführt hatte. Tagsüber die Ersatzmutter, nachts die zügellose Partymaus, die auf Rockkonzerte ging, mit wildfremden Kerlen schlief, zu viel trank und sich einfach nur ein paar Stunden lang frei fühlen wollte. Maxime war der einzige Grund, aus dem ich heute hier war – nicht nur in diesem Job, sondern überhaupt am Leben. Er war so viel mehr als nur mein ehemaliger Vorgesetzter. Eine Vaterfigur. Ein Schutzengel. Und ich hatte fest vor, ihn stolz zu machen.

Ebenso wie ich Magali stolz machen wollte. Tag für Tag hatten meine Schwester und ich uns gegenseitig gerettet. Unser ganzes Leben lang. Ich hatte ihr Lesen beigebracht und sie an ihrem ersten Schultag begleitet. Sie hatte mir die Haare gehalten, wenn ich mich nach durchfeierten Nächten übergeben musste, und an meinem Krankenhausbett gewacht, nachdem mir das eine Mal der Magen hatte ausgepumpt werden müssen. Ich hatte Löcher flicken gelernt und war auf Elternabende gegangen, und sie hatte mir Bilder gemalt, um mich aufzuheitern, wenn mir der ganze Scheiß mal wieder zu viel abverlangt hatte.

»Kein Wunder, dass du sie so sehr vermisst«, riss mich Léo aus meinen Erinnerungen. »Es kann nicht leicht gewesen sein, von zu Hause wegzuziehen.«

Ich sah ihn an, entdeckte so viel Mitgefühl in seinem Blick, dass mir die Kehle eng wurde. »Um ehrlich zu sein, hatte ich ein richtig schlechtes Gewissen«, gab ich zu. »Ich kam mir so egoistisch vor, weil ich es nicht gewohnt bin, etwas nur für mich zu tun. Aber dieser Job. Das ist mein absoluter Traum. Und seit ich hier bin … Ich habe mich noch nie in meinem Leben so frei gefühlt. Auch wenn ich Magali sehr vermisse.«

Sein Daumen fuhr Kreise auf meinem Handrücken nach. Die Berührung war beruhigend, und gleichzeitig brannte meine Haut dort, wo er darüberstrich.

»Aber ich hätte mir nicht so viele Sorgen zu machen brauchen«, fügte ich etwas heiterer hinzu. »Magali geht es richtig gut. Genau wie ich hat sie etwas Eigenes gefunden. Über

Weihnachten besuche ich sie dann in dem betreuten Wohnheim für Menschen mit Downsyndrom, das sie sich ausgesucht hat.«

Wir hatten uns gemeinsam auf die Suche begeben, als ihr Wunsch nach etwas Eigenem immer größer geworden war. Die Mitbewohnenden und Betreuenden des Wohnheims, in das Magali zwei Wochen vor meiner Abreise gezogen war, waren wundervoll. Außerdem hatte sie einen Job in einem Unternehmen gefunden, wo besonders auf Menschen mit Behinderungen eingegangen wurde. Ich wusste, dass sie sich dort wohlfühlte, sonst wäre ich nie gegangen. Heute Abend von ihr zu hören, dass sie wirklich glücklich war, hatte meine letzten Zweifel zerstreut.

Léos intensiver Blick raubte mir den Atem. »Danke, dass du mir das alles erzählst«, raunte er.

Ich verschränkte meine Finger mit seinen. »Danke, dass du gefragt hast.«

Eine angenehme Stille entstand zwischen uns, während der wir uns nur ansahen. Sein sanftes Lächeln war ein Spiegelbild meines eigenen. »Hast du auch Geschwister?«, fragte ich schließlich, weil ich nun auch mehr über ihn erfahren wollte.

Augenblicklich wurde seine Miene hart, fast schon abweisend. Er entzog mir seine Hand, blickte auf seinen mittlerweile leeren Teller. »Nein«, war alles, was er sagte. In kaltem, emotionslosem Tonfall. Fast wäre ich davor zurückgezuckt. Dies war eine Facette, die ich bisher noch nicht an Léo gesehen hatte. Natürlich fachte es meine Neugier nur noch weiter an, doch ich wollte ihn auf keinen Fall bedrängen. Es war offensichtlich, dass er nicht über seine Familie sprechen wollte. Aber warum? Kam er aus schwierigen Verhältnissen? Kannte er seine leiblichen Eltern womöglich gar nicht? Ich wollte alles über ihn wissen, aber nur unter der Bedingung, dass er bereit dazu war, sich mir anzuvertrauen.

Stille breitete sich zwischen uns aus, doch ich hatte nicht vor, die Stimmung kippen zu lassen. »Noch ein Stück Tarte?«, fragte ich in betont neutralem Tonfall.

Léo hob den Blick. Verwirrung zeigte sich auf seinen Zügen. Dann hoben sich seine Mundwinkel zu einem dankbaren Lächeln. »Gern.«

KAPITEL 15

Léo

Normalerweise ging es bei mir schneller. Normalerweise hätte ich sie längst geküsst. Vermutlich wären wir in ihrem Bett gelandet, bevor wir zum Essen gekommen wären. Aber irgendwie … irgendwie wollte ich mir bei Alix Zeit lassen. Ich wollte es richtig machen. Wollte, dass sie sich sicher fühlte. Dass sie so bereit war wie ich, wenn wir einen Schritt weitergingen.

Und überraschenderweise waren wir uns im Laufe des Nachmittags viel nähergekommen, als ich es mir ohne viel körperliche Nähe hätte vorstellen können. Wir hatten eine ganz andere Art der Verbundenheit zwischen uns geknüpft. Das war neu für mich. Sonst ließ ich niemanden an mich ran und versuchte erst gar nicht, andere Personen näher kennenzulernen. Wozu auch, wenn es zu nichts führen konnte? Selbst meine Kollegen wussten nur das Nötigste über mich. Alle außer Amir, der Einzige, mit dem ich schon so lange zusammenarbeitete, dass er zwangsläufig Dinge mitbekommen hatte. Es lag nicht allein daran, dass er ursprünglich aus Tunesien kam und mich deshalb manchmal besser verstand als meine *weiße* Kollegschaft. Nein, wir hatten schlicht schon so viel zusammen erlebt, dass ich ihm bedingungslos vertraute.

Doch auf einmal war da Alix, die sich mir geöffnet hatte. Und die aufrichtig daran interessiert zu sein schien, auch mehr über mich zu erfahren. Ich bereute es, so schroff auf ihre Frage reagiert zu haben. Ein Reflex, den ich nicht so schnell ablegen konnte. Aber für sie wollte ich es versuchen.

Die Sonne war von einem Fenster zum anderen gewandert. Nun fiel sie bereits in schrägem Winkel durch die halb geschlossenen Fensterläden, und die Brise, die durch die Schlitze hereinwehte, wurde frischer. Wir hatten den ganzen Nachmittag verquatscht, dann gemeinsam abgespült. Als Alix mir nun ein weiteres Glas Wein anbot, ließ ich den Kopf hängen. »Ich muss leider zurück auf die *Aurora*. Übermorgen kommen neue Passagiere an. Davor gibt es immer viel zu tun.«

Sie nickte verständnisvoll, auch wenn ich Enttäuschung in ihren Augen aufblitzen sah.

»Aber wie gesagt, will ich dich wiedersehen«, beeilte ich mich zu sagen. »Was machst du nächstes Wochenende?«

Alix grinste mich an. »Mich mit dir treffen.«

Am liebsten hätte ich sie in meine Arme gezogen, ihr eine pink-blonde Strähne aus dem Gesicht gestrichen, wäre mit meinen Lippen ihren Hals hinaufgewandert und hätte ihr ins Ohr geflüstert, wie wunderschön sie aussah. Dass sie unglaubliche Dinge mit mir anstellte. Dass ich lange nicht mehr so viel Spaß gehabt hatte wie heute.

»Meinst du, dann ist ein Bootsausflug drin?«, fragte ich hoffnungsvoll und leicht neckend. »Ich meine, jetzt, da du mich besser kennst und dich hoffentlich davon überzeugt hast, dass ich kein Serienmörder bin.«

Sie hob eine Braue.

»Ich meine, natürlich können wir uns auch erst *noch* besser kennenlernen«, ruderte ich eilig zurück. »Wenn du das Gefühl hast –«

»Wir haben zusammen gekocht«, unterbrach sie mich. »In meinem Universum kommt das einem Seelenstriptease gleich. Ich kenne dich jetzt um einiges besser, als du vermuten würdest.«

Ich setzte eine gespielt schockierte Miene auf. »Du hast mich beim Kochen analysiert? Und das sagst du mir erst *jetzt?* Hätte ich das gewusst, hätte ich vorher noch meine Skills aufpoliert.«

»Ich habe dich nicht analysiert.« Sie lachte. »Und bei deinen Skills war von Anfang an sowieso jede Hoffnung verloren.«

»He!« Ich warf das Geschirrhandtuch nach ihr, das sie mühelos auffing.

»Nein, mal im Ernst«, fuhr sie fort. »Ich finde, man kann eine Menge über eine Person lernen, wenn man gemeinsam kocht. Egal, auf welchem Niveau.«

»Ja, in meinem Fall hast du über mich gelernt, dass ich es nicht kann.«

»Du verkaufst dich unter Wert. So schlimm war es gar nicht. Deine Kreativität hat die fehlenden Fähigkeiten wettgemacht.«

»Du findest mich kreativ, was?« Meine Stimme klang automatisch tiefer und rauer. Wie von selbst trat ich einen Schritt auf sie zu. Oh, wie sehr ich ihr zeigen wollte, *wie* kreativ ich sein konnte.

Sie verdrehte die Augen, kam mir aber ihrerseits entgegen. »Und offenbar stehst du auch auf Bauchpinselei. Was für ein aufschlussreicher Tag.«

»Ich … *was?*«

Sie warf sich ihren Zopf über die Schulter und sah mich herausfordernd an.

»Na warte, du!« Diesmal warf ich kein Handtuch, diesmal sprang ich vor. Alix quietschte vergnügt, fuhr herum und rannte los. Sie ließ sich von mir einmal um die kleine Kücheninsel jagen. Dann wurde sie langsamer und drehte sich schließlich zu mir um. In ihrem Lächeln lag alles, was ich wissen musste. Ich packte sie um die Hüfte und zog sie zu mir. Der Drang, ihr nahe zu sein, war überwältigend. Und wenn sie lachte, mich neckte und mich mit diesem frechen Funkeln in den Augen ansah, schaltete sich mein Gehirn einfach aus.

Nun blickte sie zu mir auf, ihr Gesicht so dicht an meinem, dass ich ein paar Sommersprossen auf ihrer Nase entdeckte. Ihr Becken drückte gegen meins, meine Finger berührten einen winzigen Streifen nackte Haut, wo ihr Top hochgerutscht war. Ihr Blick war herausfordernd, kurz zuckte er zu meinem Mund. Sie öffnete leicht die Lippen. Plötzlich ging ihr Atem noch schneller. Sie hatte beide Hände auf meine Brust gelegt, als wollte sie mich wegschieben, stattdessen krallte sie die Finger in mein weißes Leinenshirt. Spürte sie, wie schnell mein Herz schlug?

Wie von selbst legte sich auch mein anderer Arm um ihre Hüfte. Ich zog sie dichter an mich, fuhr langsam mit der Hand ihren Rücken hinauf. Sie keuchte leise, lehnte sich mir bereitwillig entgegen. Ihr Duft brachte mich um den Verstand.

Langsam beugte ich den Kopf zu ihr herunter, suchte in ihren Augen nach Zustimmung. Ihr Blick brannte sich in meinen, sie legte eine Hand an meine Wange, fuhr sanft durch meine Bartstoppeln. Nun war ich ihr so nah, dass sich unser Atem vermischte. Da war nichts als das Blau ihrer Augen, so klar wie der Himmel vor dem Fenster. Sie stellte sich auf die Zehenspitzen, kam mir entgegen. Ebenso ungeduldig wie ich. Ebenso bereit.

Und dann legten sich meine Lippen auf ihre.

In den letzten zwei Wochen hatte ich mir diesen Moment so oft vorgestellt. Die Realität war besser als jede Fantasie. Weich. Ihre Lippen waren so weich. Sanft und fordernd zugleich. Ich wollte nie wieder etwas anderes tun, als sie zu küssen. Zu schmecken. Vollkommen in ihr zu versinken.

Alix ließ die Hand in meinen Nacken wandern, fuhr mit den Nägeln durch meine kurzen Haarstoppeln, sodass ich vor Lust schauderte. Wie von selbst öffneten sich meine Lippen weiter für sie, und ihre Zungenspitze stieß zärtlich gegen meine. Sie keuchte auf, als ich ihre Zunge mit meiner umkreiste. Unser Kuss wurde inniger, heißer.

An der Stelle, an der sich ihr Becken gegen meins drückte, brannte meine Haut. Alix musste spüren, wie erregt ich war. Ich wollte diesen ganzen Stoff loswerden. Wollte sie auf die Kücheninsel heben, ihr ein echtes Stöhnen entlocken. Sie so richtig verwöhnen. Doch gleichzeitig wollte ich mir alle Zeit der Welt lassen. Nichts überstürzen. Ihren Körper nach und nach erkunden. Ich wollte, dass sie mir zeigte, was ihr gefiel. In einem Tempo, das *sie* vorgab.

Alix schien im selben Moment aufzufallen, wie schnell es auf einmal ging. Wie sehr wir uns bereits ineinander verloren hatten. Atemlos zog sie sich von mir zurück, sah mit verschleiertem Blick zu mir auf. Die Lippen leicht geschwollen, die Wangen gerötet.

»Du … ich …« Sie fasste sich an die Stirn, als hätte sie Fieber, schob sich ein paar Strähnen aus dem Gesicht. Ihr musste ebenso heiß sein wie mir.

»Ja«, hauchte ich. *»Wir.«*

Sie ließ mich nicht los, eine Hand noch immer an meiner Brust, die andere an meinem Nacken. Ihr Becken so unglaublich fest gegen meins gepresst. Pures Verlangen setzte jede Faser meines Körpers in Brand. Ich legte eine Hand an ihre Wange, strich mit dem Daumen über ihre Unterlippe. Sie drehte leicht den Kopf, um meine Fingerspitzen zu küssen. Dann schmiegte sie ihre Wange an meine Hand.

»Musst du wirklich gehen?«, flüsterte sie.

Ich nickte. »Aber ich will nicht.« *Nie wieder,* fügte ich in Gedanken hinzu.

Sie legte beide Hände an meine Wangen und gab mir einen weiteren Kuss, diesmal so zärtlich, dass meine Knie weich wurden. Ich packte sie an der Hüfte und schob sie gegen die Küchenzeile, um mich rechts und links von ihr mit beiden Händen abzustützen. Abermals wurde unser Kuss inniger, sehnsüchtiger. Gottverdammt, wenn ich nicht bald ging, würde so viel mehr passieren. *Alles* würde passieren.

Und ja, ich wollte alles mit ihr. Ich wollte es gerade so sehr, dass ich kaum einen klaren Gedanken fassen konnte. Aber ich wollte es richtig. Wenn wir viel Zeit hatten. Wenn wir uns einander vollkommen hingeben konnten.

Es tat körperlich weh, mich wieder von ihr loszureißen. Sie stieß einen frustrierten Laut aus, der es mir noch schwerer machte.

»Wir sehen uns bald wieder«, raunte ich dicht an ihrem Ohr und konnte es nicht lassen, an ihrem Ohrläppchen zu knabbern, sodass sich eine Gänsehaut auf ihrem Hals ausbreitete. Ich hauchte einen Kuss darauf.

»Wann?«, murmelte sie. »Morgen muss ich arbeiten, aber wie wäre es am Montag? Da hat das Restaurant geschlossen.«

»Montag kommen die Gäste an. Deshalb werde ich mich nicht losreißen können. Hoffen wir, dass sie nur Tagesausflüge in die nähere Umgebung unternehmen wollen.« Ich ließ unausgesprochen, dass ich andernfalls die ganze Woche fort sein würde.

Alix seufzte schwer, als verstünde sie es, ohne dass ich es ihr gesagt hatte.

»Ich werde jede freie Minute mit dir verbringen. Versprochen.« Das zauberte ein Lächeln auf ihr Gesicht.

Eng umschlungen liefen wir zur Tür. Plötzlich war es unmöglich, einander nicht ununterbrochen zu berühren. Auf der Schwelle blieb ich stehen, legte meine Stirn an ihre.

»Mein Herz schlägt so schnell«, flüsterte sie, packte meine Hand und legte sie auf ihre Brust. Sie hatte recht. Es tanzte regelrecht. Zur selben Melodie wie meins.

»Meins auch.« Ich nahm unsere Hände von ihrer Brust und legte sie auf meine. So verharrten wir einen Moment. Stirn an Stirn. Hand auf Herz.

Und während dieser wenigen Atemzüge wuchs in mir die Gewissheit heran, dass das hier etwas Großes war. Etwas Bedeutsames. Etwas, das das Potenzial hatte, meine Welt aus den Angeln zu heben und sie für immer zu verändern. Auf die bestmögliche Weise. In Alix' Lächeln konnte ich lesen, dass es ihr ebenso ging. Zumindest hoffte ich es.

Und als ich sie ein letztes Mal zum Abschied küsste, legte ich all meine Hoffnung in diesen Kuss.

Wie ein Betrunkener torkelte ich nach Hause. *Trunken vor Glück* war ein Ausdruck, den ich bis heute als kitschig abgetan hätte. Jetzt ergab er auf absurde Weise Sinn.

Kaum bemerkte ich die Fotos schießenden Touristen, die Möwen, die neben mir auf der Stadtmauer entlanghüpften, den warmen Abendwind, der an meinem Hemd zerrte. Da war nur das dumpfe Pochen meines Herzens, das sich mit dem stetigen Rauschen der Wellen vermischte.

Als ich auf die *Aurora* kam, winkte mir Amir bereits von Weitem zu. »Die Gäste kommen einen Tag später«, begrüßte er mich. »Streik am Flughafen.«

Sofort begann mein Herz zu rasen. Das bedeutete … mehr Zeit mit Alix!

Ich widerstand dem Drang, sofort umzudrehen und zu ihr zurückzusprinten. Keine zwei Sekunden später hatte ich mein Handy gezückt, entsperrt und die Kontakte geöffnet. Ihr Name leuchtete mir entgegen. Ich zögerte einen Herzschlag lang. Zweifel prasselten auf mich ein.

Das geht zu schnell. Es ist zu intensiv. Du darfst keine Beziehungen führen. Es ist zu riskant. Sobald Gefühle im Spiel sind, wirst du nicht gehen können. Du wirst sie verlieren. Und noch viel mehr.

»Scheiß drauf«, knurrte ich. Scheiß auf alle Regeln, alle Risiken, auf alles, was schiefgehen konnte. Wichtig war nur, was sich in *diesem* Moment richtig anfühlte. Und das war *sie*.

Ich wählte ihre Nummer. Mein Herz hämmerte in meiner Brust. Das Freizeichen war kaum einmal ertönt, da hatte sie bereits abgenommen. »Léo?«

»Die Gäste kommen einen Tag später als geplant!« Ich klang atemlos. Und verdammt hoffungsvoll. »Fährst du am Montag mit mir zum Strand? Mit dem Boot?«

Ihre Antwort kam sofort. Kein Zögern. Nicht einmal ein Luftholen. »Ja.«

KAPITEL 16

Alix

Alles hatte sich verändert. Von einem Tag auf den anderen glich mein Leben einem romantischen Kitschfilm. Sämtliche Konturen wirkten weicher, die Farben leuchtender, die Gerüche intensiver, als hätte ich tatsächlich eine gottverdammte rosarote Brille auf der Nase. Und das alles wegen Léo. Allein der Gedanke an ihn entlockte mir ein Lächeln. Und da ich ununterbrochen an ihn dachte, lief ich mit einem Dauergrinsen durch die Gegend.

Am Sonntag ging mir die Arbeit im *Le Chat Noir* so leicht von der Hand wie noch nie. Nicht einmal Claudes Anwesenheit in der Küche konnte mich aus der Ruhe bringen. Seine giftigen Blicke und abfälligen Kommentare prallten einfach an mir ab. Denn da war diese Wärme in meiner Brust. Dieses Kribbeln, das sich jedes Mal verzehnfachte, wenn ich auch nur daran dachte, dass ich Léo in weniger als vierundzwanzig Stunden wiedersehen würde.

Während meiner Pausen schrieben wir miteinander. Und wenn wir nicht schrieben, stellte ich mir vor, was er gerade machte. Ob er ununterbrochen an mich dachte, wie ich an ihn.

An sein Lächeln. Seine Augen. Seine Küsse. Daran, wie sehr er mir das Gefühl gab, gewollt zu werden. Noch nie hatte ich so schnell etwas für jemanden empfunden. Es müsste mir Sorgen bereiten. Schließlich hatte ich Magali gestern am Telefon sogar gebeichtet, dass es mir Angst machte. Und doch konnte ich nichts gegen diese Sehnsucht tun, die mein Herz fest im Griff hatte. Die Sehnsucht nach ihm. Seinen Berührungen. Seinem Lachen. Seiner Gegenwart in meinem Leben.

So absurd es auch klang, der Coup de foudre, das Vom-Blitz-getroffen-werden, war die perfekte Bezeichnung für das, was ich gegenwärtig empfand. Ihm am Samstag so nahe zu kommen, hatte mich vollkommen umgehauen. Mir rauchte jetzt noch der Kopf, und meine Nerven standen unter Strom. Trotzdem wollte ich mehr. So viel mehr. Und Léo schien es mir bereitwillig geben zu wollen.

Als ich die Arbeit am späten Nachmittag nach der Frühschicht verließ, summte ich vor mich hin. Nur noch wenige Stunden, bis ich Léo wiedersehen würde. Keine Wolke zeigte sich am Himmel über Antibes. Heute war es so klar, dass ich von meinem erhöhten Punkt auf dem Hügel der Altstadt aus bis nach Nizza blicken konnte. Verschwommen erhob sich die Stadt in der Ferne jenseits der azurblauen Bucht, die mit unzähligen weißen Booten gesprenkelt war. Sich fröhlich unterhaltende Menschen kamen mir entgegen, die meisten mit strahlenden, sonnengebräunten Gesichtern, einem Eis oder Crêpe in der Hand. Die warme Luft war getränkt von Lavendelduft, meine Haare rochen noch ein wenig nach dem Schweinefilet, das ich vorhin gebraten hatte. Diese Woche war ich im Rotisseur-Bereich tätig.

Mein Handy vibrierte und riss mich aus der Betrachtung der schäumenden Wellen, über die ein Windsurfer glitt. Sofort schlug mein Herz schneller. Rief da vielleicht Léo an?

Auf dem Sperrbildschirm leuchtete allerdings ein anderer

Name auf. Eilig nahm ich den Anruf an, um die Stimme zu hören, über deren Klang ich mich nicht minder freute. »Maxime!«

»Hallo, ma petite! Wie ist das Leben an der Côte d'Azur?«

»Gut.« Ich konnte mir ein Grinsen nicht verkneifen. Das war eine Untertreibung. »Aktuell sogar mehr als gut.«

»Das freut mich zu hören. Alles klar im *Le Chat Noir?* Du kommst gut zurecht?«

»Es macht so viel Spaß, Maxime. Ich durchlaufe alle Bereiche. Erst durfte ich von unserem hervorragenden Saucier lernen und jetzt von einem tollen Rotisseur. Die Ausstattung der Küche ist der helle Wahnsinn.«

Maxime grummelte vor sich hin. »Doch wohl nicht besser als bei uns, oder?«

Ich lachte. »Du weißt doch, für mich könnte es nirgendwo besser sein als bei euch. Aber mal ehrlich, wir sprechen hier von einem Edelrestaurant mit *drei* Michelin-Sternen.«

»Okay, ist ja gut. Du musst nicht noch Salz in die Wunde streuen.« Maxime hatte es nie verwunden, dass sein Restaurant in Bordeaux bisher nur einen Michelin-Stern hatte. »Also bist du von exzellentem Küchenpersonal umgeben«, fasste er zusammen. »Aber sind auch alle nett?«

Das versetzte meiner guten Laune sofort einen Dämpfer. »Alle außer dem Chef de Cuisine«, gab ich kleinlaut zu. »Der ist irgendwie … Ich glaube, er kann mich nicht leiden.«

»*Dich?* Wie könnte dich jemand nicht leiden?« Maxime klang so entrüstet, dass ich doch wieder schmunzeln musste. Dieser Beschützerinstinkt … wie ein Vater, der seine Tochter vor Kurzem in die große, weite Welt entlassen hatte und sich nun um sie sorgte. Denn das war er seit Jahren für mich – mehr Vater, als es mein eigener je gewesen war. Kurz musste ich mich sammeln, bevor ich ihm von Claude berichten und damit seine Sorge noch verstärkte

Vor mir öffnete sich die Küstenstraße zu einem kleinen begrünten Platz mit wunderschöner Aussicht. Ich setzte mich auf eine Bank. Das würde eine längere Geschichte werden. Während ich Maxime von Claudes unerklärlichem Verhalten mir gegenüber erzählte, ließ ich den Blick über die Stadtmauer, das Meer, einen gut besuchten Strand zu meiner Rechten und die hohen Pinien schweifen, die die Landzunge auf der gegenüberliegenden Seite der Bucht spickten.

»Was für ein Arsch«, kommentierte Maxime schließlich. »Und deine Kollegen? Ist bisher niemand eingeschritten?«

»Was glaubst *du* denn?« Ich schnaubte. »Das sind alles Männer.« Alle, außer Bo, meine einzige Bezugsperson, wenn ich Chloé nicht mitzählte, mit der ich seit unserer Begegnung im Hinterhof bereits ein paar WhatsApp-Nachrichten ausgetauscht hatte.

»He! Ich bin auch ein Mann. Und in meiner Küche hätte ich so ein Verhalten nie geduldet.«

»Das weiß ich«, sagte ich sanfter. »Es ist nur … Keine Ahnung.« Maximes Worte machten mir bewusst, dass ich viel wütender auf meine Kollegen sein durfte, als ich es bisher gewesen war. Denn indem sie wegsahen, machten sie sich mitschuldig.

»Soll ich mal mit Sylvie sprechen?«, fragte er. »Ich kann sie anrufen, das ist gar kein Problem.«

Ich zögerte. Das wäre die einfachste Lösung, auch wenn ich mir nicht sicher war, wie viel die Besitzerin des *Le Chat Noir* aus der Ferne ausrichten konnte. »Nein, danke.« Ich klang entschlossener, als ich mich fühlte. »Du weißt doch, dass ich meine Kämpfe gern selbst ausfechte. Lass es mich erst mal allein versuchen.«

»Das weiß ich, ma petite. Aber zögere nicht zu lang, mich anzurufen, wenn es schlimmer wird.«

»Versprochen.«

Wir schwiegen einen angenehmen Atemzug lang, indem ich mir sein vertrautes Gesicht vorstellte. Den dichten, leicht ergrauten Schnauzbart und die buschigen, vor Sorge zusammengezogenen Brauen. In ein paar Jahren würde er in seine wohlverdiente Rente gehen. Sein Restaurant in Bordeaux, in dem ich den praktischen Teil meiner Ausbildung absolviert hatte, würde dann an seinen Sohn René gehen. »Und ist bei euch alles in Ordnung?«

»Du fehlst uns. Aber sonst ist im Restaurant alles beim Alten. Letzte Woche hätte René fast die Küche abgefackelt.«

Ich lachte. »Also ist wirklich alles beim Alten.«

»Ganz genau.« Maximes brummiges Lachen drang durch den Hörer, und mein Herz zog sich einen Moment vor Sehnsucht zusammen.

»Ich wollte dir noch etwas erzählen«, sagte er dann, schlagartig ernster.

»Spuck's aus, alter Mann.«

Er zögerte. »Ich habe Magali in ihrem Wohnheim besucht. Sie wirkt glücklich.«

Wärme flutete meine Brust. Während meiner Ausbildung hatte ich meine kleine Schwester oft mit ins Restaurant gebracht, wo sie sich mit Malen oder Musikhören beschäftigte, während ich arbeitete. Deshalb kannte Maxime sie gut. Nie hätte ich ihn darum gebeten, nach ihr zu sehen, doch auf ihn war Verlass. »Danke, dass du das getan hast. Sie muss sich sehr gefreut haben.«

»Hat sie. Außerdem meinte sie …« Wieder zögerte er. Das sah ihm gar nicht ähnlich. Langsam wurde ich misstrauisch. »Sie hat wohl mit euren Eltern telefoniert.«

Ich stutzte. Als ich sie gestern Abend nach meinem Date mit Léo zurückgerufen hatte, hatten wir uns lange unterhalten, aber … »Davon hat sie mir gegenüber gar nichts erwähnt.«

»Hm«, brummte er. »Sie möchten sie wohl im Herbst besuchen.«

Ich gab einen erstickten Laut von mir, halb ungläubiges Lachen, halb schmerzhaftes Schlucken. Sofort überkam mich das altbekannte Gefühl der Verlorenheit, das ich mit meinen Eltern in Verbindung brachte. Leute, von denen ich das Gefühl hatte, dass ich sie kaum kannte. Schon als wir klein gewesen waren, hatten sie oft versucht, Magali und mich gegeneinander auszuspielen oder sich unsere Liebe zu erkaufen. Mir war bewusst, wie sehr sie mich verkorkst hatten. Dass ich ihretwegen Verlustängste hatte, bisher immer nur Sex, aber kaum je eine feste Beziehung gewollt hatte. Für Magali war das Ganze jedoch noch verwirrender. Sie freute sich immer noch jedes Mal, wenn sie sich meldeten, und nahm es ihnen selten übel, dass sie sich so wenig blicken ließen. So war sie eben. Ein kleiner Sonnenschein. Ich hatte sie immer, so gut es ging, vor allem beschützt, die Regenwolken von ihr ferngehalten. Doch jetzt, da ich nicht mehr vor Ort war, konnte ich das nicht mehr. Ich nahm es ihr nicht übel, dass sie unsere Eltern sehen wollte. Dieser Zug war bei mir allerdings längst abgefahren. Es gab zu viele Dinge, die ich ihnen nie verzeihen würde. Doch wenn Magali ihnen eine Chance geben wollte, würde ich ihr nicht im Weg stehen.

»Wenn du willst, schaue ich ganz zufällig vorbei, wenn eure Eltern bei ihr sind«, schob Maxime hinterher.

»Das würdest du tun?«

»Natürlich. Ich weiß, wie wichtig Magali dir ist.«

»Du bist der Beste, Maxime.« Ich schluckte gegen den in meiner Kehle aufsteigenden Kloß an. »Ich vermisse sie sehr.«

»Das glaube ich, ma petite. Aber sie wirkt sehr zufrieden, und du … du klingst auch danach, als wärst du trotz all dem Stress mit deinem Chef glücklich.«

»Ja, das bin ich«, hauchte ich. Was nicht zuletzt an einem

gewissen anderen Mann lag. Doch das mit Léo war noch so frisch, dass ich es Maxime lieber nicht sofort auf die Nase binden wollte. Er würde mir nur wieder sagen, dass ich auf mein Herz aufpassen solle, wie früher, wenn mich irgendein Typ mit einem Motorrad zu meinem Schichtanfang im Restaurant abgesetzt hatte. Da Maxime eine hässliche Scheidung hinter sich hatte, war er eher skeptisch eingestellt, wenn es um Liebesdinge ging.

Wir unterhielten uns weiter über dies und das, bis die Sonne schon beinahe den Horizont küsste. Meine Umgebung wurde in weiche Rottöne getaucht, die Zikaden stimmten ihr abendliches Lied an, und vom Meer stieg eine angenehme Frische auf, die meine von der Sonne erhitzten Wangen kühlte.

»Pass auf dich auf, ma petite«, sagte Maxime zum Abschied. »Ich bin stolz auf dich.«

Einen Moment lang konnte ich nichts erwidern, da Tränen in mir aufwallten. Ich schniefte und wischte mir über die Augen. »Danke, Maxime«, brachte ich dann hervor. »Für alles.«

KAPITEL 17

Alix

Als ich am Montagvormittag zur verabredeten Zeit zum Hafen kam, wartete Léo am Eingang auf mich. Bei seinem Anblick gaben meine bereits wackeligen Knie beinahe unter meinem Gewicht nach. Es war einfach zu viel. Wie er im Schatten unter dem großen Torbogen der Stadtmauer stand, in ein lockeres weißes T-Shirt und dunkelblaue Schwimmshorts gekleidet, die Sonnenbrille auf der Nase, ein verwegenes Grinsen im Gesicht. Jap, es war definitiv um mich geschehen.

In einer Hand hielt er einen prall gefüllten Picknickkorb. Mit der anderen nahm er seine Sonnenbrille ab und schlang mir einen Arm um die Hüfte, um mich an sich zu ziehen. Zur Begrüßung küsste er mich so innig, dass ich aufkeuchte. Mit rasendem Herzen erwiderte ich den Kuss. Er hatte mir so gefehlt.

Wir verloren uns einen Moment ineinander. Hungrige Lippen, wandernde Hände, wild schlagende Herzen. Ohne seinen Mund von meinem zu lösen, bückte er sich leicht, um den Picknickkorb halb abzustellen, halb fallen zu lassen, sodass es klirrte. Dann schlang er beide Arme um mich und zog mich noch dichter an sich.

Verlangen durchzuckte mich augenblicklich. Ich nahm nichts anderes mehr wahr. Nicht die Touristen, die einen Bogen um uns machten. Nicht die Gäste der nur wenige Meter entfernten Restaurants. Nicht die Kinder, die lachend mit dem altmodischen Karussell am Hafen fuhren. Nur uns. Und diesen Moment. Er währte eine Ewigkeit und war doch viel zu kurz.

»Hi«, murmelte Léo schließlich, dicht an meinem Mund.

»Hi«, gab ich atemlos zurück.

Er strich mir eine Strähne aus der Stirn und schob sie mir sanft hinters Ohr. Heute hatte ich mir die Haare geflochten, wodurch das Rosa besonders hübsch zur Geltung kam, und ich trug ein luftiges weißes Sommerkleid, perfekt für einen Ausflug an den Strand.

»Du siehst wunderschön aus«, sagte Léo, während er einen Schritt zurückmachte und den Korb wieder aufhob. »Hast du einen Bikini dabei?«

Ich bedachte ihn mit einem verschlagenen Grinsen und beugte mich dicht zu ihm vor. »Wieso sollte ich, wenn ich doch auch nackt baden kann?«

Léos Augen weiteten sich kaum merklich. Er schluckte mehrmals, hatte sich dann jedoch wieder unter Kontrolle. »Und ich dachte schon, der Tag könnte nicht noch besser werden.«

Wie immer hoben sich meine Mundwinkel sofort zu einem breiten Lächeln, als er mir zuzwinkerte. Wie schaffte er das nur jedes Mal?

Unsere Hände fanden sich von selbst. Wir verschränkten die Finger ineinander und gingen los. Jedoch nicht wie erwartet an der Stadtmauer entlang in Richtung der *Aurora,* sondern zum linken Pier, wo die kleineren Schiffe vertäut lagen.

»Wohin führst du mich?«, fragte ich verwirrt.

»Zu unserem Boot.«

»Hast du nicht gesagt, wir nehmen das Beiboot der *Aurora*?«

»Ja. Ich habe es heute früh in eine bessere Position gebracht, damit wir sofort loskönnen.«

»Du hast an alles gedacht, was?«

Breit grinsend schwenkte er den Picknickkorb. »Das hoffe ich doch.«

Ich hatte keine Ahnung, wie groß so ein Beiboot war, hätte aber nicht im Traum mit dem Modell gerechnet, vor dem wir ein paar Minuten später stehen blieben. Einen Moment konnte ich nur starren. »*Das* ist es?«

»Jap.« Er klang amüsiert. »Gefällt es dir nicht?«

»Es ist so … groß?« Ein makellos weißes Motorboot mit dunkelblauen Akzenten schaukelte auf dem tiefblauen Wasser. Das sogenannte »Beiboot« war größer und schnittiger als die meisten anderen Schiffe in diesem Teil des Port Vauban. Es sah aus, als wäre es einem James-Bond-Film entsprungen.

Léo hob die breiten Schultern. »Wir brauchen Platz für möglichst viele Gäste, falls sie von Bord der Jacht gehen wollen. Und natürlich für Equipment wie Wasserski oder Tauchausrüstungen. Manchmal wollen die Passagiere auch ein Picknick am Strand, sodass wir die dafür benötigten Sachen von der *Aurora* hinkarren müssen.«

Entgeistert sah ich ihn an. »Dein Ernst?«

Er lächelte schief. »Alles, was die Gäste wollen.« Dann ließ er meine Hand los. »Aber heute bist *du* der Gast.« Mit einer einladenden Handbewegung deutete er auf das Boot. »Komm. Statt hier zu stehen und uns über reiche Leute zu unterhalten, sollten wir lieber einen Tag wie sie verbringen.«

Das ließ ich mir nicht zweimal sagen. Ich zog meine Flip-Flops aus und war kurz darauf über ein paar Stufen sicher auf das Boot geklettert. Er sprang behände hinter mir an Bord.

»Mach's dir gemütlich!« Léo deutete auf die weich gepolsterten Sitze – natürlich mit einer eingebauten Halterung für eisgekühlte Champagnerflaschen, die heute allerdings leer war. Er platzierte sich vor dem Steuer und betätigte ein paar Knöpfe und Hebel. »In der Truhe dort findest du Decken, falls dir unterwegs kalt wird.«

»Kalt?« Skeptisch blickte ich zum Himmel auf, von dem die Sonne strahlte.

Léo lachte. »Du wirst schon sehen.«

»Wohin geht es eigentlich?«, fragte ich neugierig. »Du machst es so spannend. Wo befindet sich dieser versteckte Strand, von dem du die ganze Zeit redest?«

Er drehte sich grinsend zu mir um. »Es gibt so viel, was ich dir in der Umgebung zeigen möchte. Aber eins nach dem anderen. Heute fangen wir mit den Îles de Lérins an.«

Ich musterte ihn verständnislos.

»Das ist eine kleine Inselgruppe vor der Küste von Cannes. Gar nicht weit von hier.« Sein Grinsen wurde breiter. »Ein Geheimtipp für Jachtbesitzer, aber jetzt im Frühsommer ist dort noch nicht viel los. Die Insel Sainte-Marguerite ist praktisch unbewohnt und hat an der Nordwestküste einige versteckte Strände, die nicht viele Leute kennen.«

Ich erwiderte sein Lächeln. »Das klingt perfekt.«

Er beugte sich zu mir vor, um mir einen Kuss auf die Wange zu geben. »Gut«, raunte er dann dicht an meinem Ohr. »Ich will nämlich, dass dieser Tag perfekt wird.«

Ein heißes Kribbeln schoss durch meinen Unterleib. Ich konnte nicht sprechen, konnte ihn nur ansehen. Seine tiefbraunen Augen, die langen Wimpern, die vollen Lippen.

Wenn du bei mir bist, ist es immer perfekt, dachte ich, während er mir noch einen raschen Kuss gab und sich dann wieder dem Steuer zuwandte.

Der Motor heulte auf. »Wow!« Ich zuckte zusammen. »Das Ding hat ordentlich PS, was?«

Er lachte. »Ja, damit sind wir sehr schnell unterwegs.«

Vorsichtig manövrierte Léo uns zwischen den anderen Booten hindurch. Schon bald erreichten wir die riesige Kaimauer, die den Hafen zusätzlich zur Stadtmauer umrahmte. Léo winkte einem Hafenaufseher zu, der zurückwinkte, und dann tat sich vor uns plötzlich das offene Meer auf.

Als Léo ohne Vorwarnung Gas gab und ich in den Sitz gedrückt wurde, konnte ich mir ein begeistertes Jauchzen nicht verkneifen. Mein Magen kribbelte so stark, dass ich das Gefühl hatte, jeden Moment von innen zu bersten. Wir schossen über die Wellen, hoben dann und wann ab, als würden wir kurzzeitig fliegen. Rechts von uns raste die Küste als verschwommener Streifen vorbei. Der Wind peitschte mir Strähnen ins Gesicht, die Sonne ließ die Wellen um die Wette funkeln, dann und wann kühlte aufspritzende Gischt meine erhitzte Haut. Vor uns war nichts als das endlose azurblaue Meer. Ein Gefühl grenzenloser Freiheit.

Wie Léo angekündigt hatte, wurde es durch den Wind und die Gischt bald frischer, sodass ich ein wenig fröstelte, doch die Sonne wärmte mich weiterhin ausreichend. Außerdem war da noch die innere Wärme, die Léo in mir auslöste.

Wenig später drosselte er das Tempo. »Das ist das Cap d'Antibes«, rief er mir über den Wind hinweg zu. Gemächlich glitten wir dahin, damit ich die wunderschöne Landzunge am äußersten Rand von Antibes bewundern konnte. Vorbei ging es an hellen Felsen, vom Wind gebeugten Pinien und uralten Steinmauern, die die Grundstücke der Superreichen abschirmten, die dort wohnten. Das seichte Wasser am Ufer war kristallklar und schimmerte in allen erdenklichen Blautönen.

Léo hielt gebührenden Abstand, damit wir nicht auf Grund liefen. Trotzdem erhaschte ich hier und dort einen Blick auf strahlend weiße Säulen oder das Glitzern eines Pools zwischen den Bäumen. Bisher kannte ich diesen als schönsten

Fleck der Côte d'Azur geltenden Ort nur aus Reiseführern, wollte ihn aber so bald wie möglich über die vorhandenen Wanderwege auf eigene Faust erkunden.

Schließlich ging es mit noch mehr Tempo weiter raus aufs Meer. Strände und Buchten rasten an uns vorbei. Dann tauchte eine dichter besiedelte Gegend vor uns auf. Das musste Cannes sein. Léo hielt auf eine von zwei Inseln zu, die einige Kilometer vor der durch die internationalen Filmfestspiele bekannten Stadt lagen.

Schon von Weitem erkannte ich, wie üppig grün bewachsen die Insel war. Léo drosselte erneut das Tempo, während wir entlang der mit zerklüfteten Felsen gespickten Küste fuhren. Uralte Kiefern mit breiten, verknoteten Stämmen ragten hinter den Felsen auf. Wilder Efeu bildete hier und da scheinbar undurchdringliche Vorhänge zwischen den Bäumen. Das dunkle Grün hob sich vom satten Blau des Himmels ab. Einige Möwen zogen Kreise über den Wipfeln und stießen dann und wann aufs Meer herab.

Auch hier ragten Steine im Wasser vor der Küste auf, sodass Léo bald den Motor ausschaltete und uns vorsichtig ein wenig näher ans Ufer treiben ließ. Zielsicher steuerte er das Boot auf ein scheinbar unberührtes Stück Sandstrand zu, das sich zwischen schroffen Felsen verbarg. Ohne zu wissen, wo es sich befand, hätte ich das idyllische Fleckchen vom Boot aus niemals entdeckt.

Irgendwann konnten wir nicht weiterfahren, da wir sonst auf Grund gelaufen wären. Als Léo einen zufriedenstellenden Platz gefunden hatte, ließ er den Anker herunter und drehte sich lächelnd zu mir um. »Willkommen im Paradies!«

Mit windzerzausten Haaren und wackeligen Knien sprang ich auf, schlang ihm die Arme um den Hals und zog ihn an mich. »Es ist wunderschön.«

Aufgrund meiner übermütigen Aktion begann das Boot zu

schaukeln, und meine Beine gaben unter mir nach. Erschrocken klammerte ich mich an Léo, der beide Arme um mich legte. Er lachte leise. »Keine Angst, ich hab dich.«

»Es geht schon wieder.« Verlegen sah ich zu ihm auf. »Ich habe Angst vor dem Fliegen, aber auf dem Boot habe ich mich bis jetzt überraschend sicher gefühlt.« Ich verschwieg, dass das an ihm lag. An seiner beruhigenden Präsenz. Der Wärme in seinen braunen Augen und der Grazie, mit der er seinen muskelbepackten Körper über das schaukelnde Deck bewegte.

»Du hast Flugangst?«

»Ja, das wusste ich aber vorher nicht. Hab's erst herausgefunden, als ich schon im Flieger nach Nizza saß. Und die gruselig kurze Landebahn mitten im Meer hat auch nicht geholfen.«

Er lachte wieder. »Ich bin zwar auf dem Wasserweg hier in die Gegend gekommen, aber das glaube ich dir sofort. Ein Flughafen auf dem Meer ist echt unnatürlich.«

Ich horchte auf. Also kam Léo nicht von hier. Bisher hatte er mir nur einen Einblick in sein aktuelles Leben, jedoch nicht in seine Vergangenheit gegeben, sodass mein Interesse sofort geweckt war. Ich wollte alles über ihn wissen. Wollte ihn kennenlernen, verstehen, wie er tickte. »Woher kommst du denn?«, fragte ich so beiläufig wie möglich.

Das daraufhin einsetzende Schweigen war ähnlich wie das am Samstag, als ich ihn nach seiner Familie gefragt hatte. Es fühlte sich an, als würde die Luft ein paar Grad kälter werden, als würde Léo sich von mir zurückziehen. Sein Gesicht glich plötzlich einer undurchdringlichen Maske. Nur eine an seiner Schläfe pochende Ader verriet mir, dass ich wieder einen Nerv getroffen hatte.

Ich wollte ihn gerade bitten, die Frage zu vergessen, da murmelte er »Aus Paris« und wandte sich rasch ab.

Paris. Natürlich wollte ich jetzt unbedingt wissen, was er

Unangenehmes mit dieser Stadt verband, doch damit würde ich einen Schritt zu weit gehen. Mit seinem Verhalten hatte Léo eine klare Grenze gezogen, und ich wollte sie nicht überschreiten. Allerdings flammte der Wunsch in mir auf, mir sein Vertrauen zu verdienen. Egal, wie lange es dauerte. Vielleicht würde er irgendwann bereit sein, mir alles über sich zu erzählen.

»Also, und wie kommen wir jetzt zum Strand?«, fragte ich in betont unbeschwertem Tonfall.

Als Léo sich mir wieder zuwandte, war sein typisches Lächeln zurückgekehrt, als hätte es den kurzen, unbehaglichen Moment nicht gegeben. »Wenn du nicht willst, dass dein Kleid nass wird, dann kommt jetzt der Bikini zum Einsatz«, sagte er mit wackelnden Brauen. Nur einen Herzschlag später hatte er sich bereits das T-Shirt über den Kopf gestreift.

Wie immer, wenn ich das Kunstwerk sah, das Léos Körper war, setzte mein Gehirn kurzzeitig aus, sodass ich nur starren konnte. Der warme Bronzeton seiner Haut. Die Wölbungen seiner Brust- und Bauchmuskeln. Die tätowierten Arme und der geschwungene Schriftzug unterhalb seiner Schlüsselbeine.

Er schien mein Starren nicht zu bemerken, sondern machte sich daran, alles zusammenzusuchen, was wir mitnehmen mussten. »An dieser Stelle wird dir das Wasser nur etwa bis zur Hüfte reichen, und es gibt nicht viele Steine, sodass wir ohne zu stolpern zum Strand kommen sollten.«

Ich blinzelte mehrmals, um mich wieder in den Griff zu bekommen. Eilig machte ich mich dann daran, mein Kleid aufzuknöpfen, unter dem ich trotz der Ankündigung, nackt schwimmen gehen zu wollen, einen Bikini trug. Bevor ich den letzten Knopf öffnete, hielt ich jedoch kurz inne. Unsichere Gedanken fluteten meinen Kopf.

Wie sehe ich wohl in diesem grellen Sonnenlicht im Bikini aus? Wird er mich noch schön finden, nachdem er all meine Problem-

zonen gesehen hat? Was, wenn er mich zu schlaksig findet? Meine Brüste zu klein? Die Haut an Po und Oberschenkeln nicht straff genug? Komplexe, die ich trotz meiner Sportlichkeit nie abgelegt hatte.

Es half, dass Léo mir taktvoll den Rücken zuwandte. Ich war ihm dankbar, dass er mir diesen Moment mit mir selbst schenkte. Auch wenn zwischen uns dieses kaum zu zähmende Knistern herrschte, wenn er mich ohne jeden Zweifel so anziehend fand, wie ich ihn, gab er mir den Raum und die Zeit, ihm meinen Körper erst zu zeigen, wenn ich bereit dazu war. Ich hätte auch problemlos mit dem Kleid ins Wasser springen können. Es war *meine* Entscheidung.

Am Ende war es der Gedanke, dass Léo meinem Körper früher oder später sowieso so nah kommen würde, wie sich zwei Körper kommen konnten, der mir den Mut verlieh, das Kleid auszuziehen. Ich *wollte,* dass er mir so nahe kam. Und wenn es passierte, wollte ich mich rundum wohlfühlen und nicht darüber nachdenken, wie mein Körper wohl in dieser oder jener Position aussah.

Bei der Vorstellung von Léos Händen auf meiner Haut, von seinen Lippen, die eine brennende Spur über meine Schenkel zogen, und seinen Fingern, die zwischen meine Beine wanderten, wurde mir augenblicklich heiß. Im nächsten Moment fiel das Kleid zu Boden, und ich ließ es dort liegen. Mein Flechtzopf hatte sich während der Bootsfahrt vollkommen aufgelöst, sodass ich mir die Haare neu zusammenband. Dann schnappte ich mir meine Flip-Flops und gesellte mich zu Léo, der bereits dabei war, über die an der Seite des Boots nach unten führende Leiter ins Wasser zu steigen.

Lächelnd sah er von der zweiten Sprosse zu mir auf. »Reichst du mir den Picknickkorb, wenn ich unten bin?«

Ich tat wie geheißen und kletterte dann hinter ihm her. Bei der ersten Berührung fühlte sich das Wasser eisig an, sodass ich leise aufschrie. Doch mein erhitzter Körper sehnte sich nach Abkühlung, und so hielt ich die Luft an und ließ mich langsam hineingleiten.

Sofort war Léo bei mir. Er schlang mir den freien Arm um die Taille, um mich auf dem unebenen Meeresboden zu stützen. Sein nackter Oberkörper an meinem löste eine Gänsehaut bei mir aus, die nichts mit der Kälte des Meerwassers zu tun hatte. Für einen Moment schmiegte ich mich an ihn, spürte seine starke Präsenz.

Er gab mir einen Kuss auf die Schläfe. »Sind deine Beine immer noch wackelig, oder schaffst du es bis zum Ufer? Sonst gehe ich vor, stelle alles ab und komme dich holen.«

Ich schüttelte den Kopf, obwohl mir die Vorstellung gefiel, von Léo auf seinen muskelbepackten Armen durchs Wasser getragen zu werden. »Das kriege ich hin.«

Gemeinsam wateten wir in Badesachen durchs hüfthohe Wasser zum Strand. Léo trug dabei den Picknickkorb, eine Decke und Handtücher über seinem Kopf, damit nichts nass wurde.

Es war erstaunlich, wie schnell sich mein Körper an die Meereskühle gewöhnte. Um mich herum glitzerte die Sonne auf den seichten Wellen, die bis zu meinem Bauchnabel schwappten. Seegras strich weich um meine Waden, und ich fand guten Halt auf dem steinig-sandigen Untergrund. Das Wasser war so klar, dass ich direkt vor mir kleine Fische entdeckte, die eilig davonflitzten, als ich mich ihnen näherte.

Kurz darauf versanken meine Zehen bereits im trockenen Sand, als ich hinter Léo den Strand betrat. Tropfen fielen von meinen Schenkeln. Sie malten Punkte in den Sand. Die Sonne brannte auf uns herab, und ich spürte, wie ich bereits zu trocknen begann.

Eine wundervolle Stille umfing uns, als wir über den zu beiden Seiten von Felsen umgebenen Strandabschnitt liefen.

Hier war es beinahe windstill. Es duftete nach Kiefernnadeln und Eukalyptus. Die Bäume flüsterten träge miteinander, Zikaden sangen in der Ferne. Sonst war nichts zu hören.

Der Ausblick war spektakulär. Hinter dem Boot, das friedlich auf dem Wasser trieb, erstreckte sich am weit entfernten Festland die Stadt Cannes. Dahinter ragten die letzten Ausläufer der Alpen auf.

Ich schlang die Arme um den Oberkörper und nahm mir einen Moment, um alles in mich aufzunehmen. Es war so wunderschön hier, so abgeschieden und friedlich, dass mich eine tiefe Ruhe überkam. Eine sanfte Brise spielte mit meinem Haar und brachte die Kiefernzweige über mir in Bewegung. Leise schwappten die Wellen an den Strand. Idylle pur.

Nachdem Léo die Sachen abgestellt hatte, gesellte er sich zu mir, ohne mich zu berühren, als spürte er, dass ich einen Augenblick für mich brauchte. Schließlich tastete ich nach seiner Hand und drückte sie.

»Danke, dass du mich hergebracht hast«, flüsterte ich. »Es ist jetzt schon der schönste Ort, an dem ich je war.«

»Ach ja?« Er sah mich mit einem verschmitzten Lächeln an. »Dann warte erst mal, bis du das Picknick siehst, das ich vorbereitet habe.«

Augenblicklich knurrte mein Magen laut, sodass wir beide lachen mussten.

»Komm mit!« Léo zog mich hinter sich her, und ich folgte ihm gespannt zu der Decke, die er im Schatten der Bäume ausgebreitet hatte.

KAPITEL 18

Léo

Auf der Picknickdecke türmten sich so viele Köstlichkeiten, wie ich auf die Schnelle hatte auftreiben können. Dabei hatte mich Ernesto unterstützt. Seine Vorratskammer auf der *Aurora* gab einiges her. Neben verschiedenen Käsesorten, Weintrauben und Erdbeeren hatte ich früh am Morgen auch zwei frische Baguettes in der nächsten Boulangerie gekauft. Es gab Rotwein, Wasser und Saft. Noch musste ich herausfinden, was Alix mochte.

Trotz all der Köstlichkeiten griff sie zielstrebig nach den Macarons, die in eine hübsch verzierte Schachtel der Patisserie *Y&Y* gebettet im Korb lagen. »Oh, die sind von Chloé!«, rief sie verzückt.

»He, die waren eigentlich als Nachtisch gedacht.«

»Du kannst doch nicht ernsthaft von mir verlangen, dass ich hier sitze und warte, während sie direkt vor meiner Nase liegen. Das wäre die reinste Folter! Es würde sich anfühlen, als …« Alix biss sich auf die Lippe.

Ich sah sie mit einer herausfordernd gehobenen Braue an.

»Als ob …«

Ich hob auch die andere Braue.

»Mit dir macht das keinen Spaß«, maulte sie.

»Was? Das maßlose Übertreiben? Die völlig an den Haaren herbeigezogenen Vergleiche, die du gern von dir gibst?«

Sie warf die Hände in die Luft. »Ich kann so nicht arbeiten!«

Lachend öffnete ich die Schachtel für sie. »Hier. Ich will schließlich nicht dafür verantwortlich sein, dass du das Picknick mit mir als Folter bezeichnest.«

Gierig machte sie sich über die kleinen, bunten Köstlichkeiten her. »Möchtest du auch eins?«, fragte sie mit vollem Mund, nachdem nur noch ein einziges Macaron übrig war.

Lächelnd schüttelte ich den Kopf. »Ich habe sie für dich gekauft.« Und in Gedanken hatte ich längst vermerkt, dass sie die Macarons aus dieser Patisserie so sehr begeistern konnten wie nichts anderes.

»Einfach himmlisch«, seufzte sie, nachdem kein einziger Krümel mehr in der Schachtel übrig war. »Ich kenne die Patissière, die sie macht. Chloé. Wir haben uns in meiner ersten Woche in Antibes kennengelernt und schreiben seitdem regelmäßig. Ich wollte schon längst bei ihr vorbeischauen. Danke, dass du mich daran erinnert hast.«

»Vielleicht bekommst du ja Mengenrabatt«, neckte ich sie.

»Das wäre traumhaft«, antwortete sie todernst. »Wir haben einen Patisserie-Bereich im *Le Chat Noir,* lassen uns aber einige Produkte, wie die Macarons, frisch liefern. Ich glaube nicht, dass unser Patissier sie so gut hinkriegen würde wie Chloé. Niemand kann das.«

Glücklicherweise war Alix so hungrig, dass sie nach der gesamten Schachtel Macarons auch beim Rest des Picknicks zuschlug. Wir fütterten einander mit Weintrauben und Erdbeeren, und Alix lobte meine – oder vielmehr Ernestos –

Weinauswahl, die »den Geschmack des Käses perfekt abrundete«.

Nachdem wir gegessen hatten, lagen wir eng aneinander gekuschelt auf der Decke und blickten aufs azurblaue Wasser hinaus. Über uns rauschten die Zweige der Kiefern in der leichten Brise, und das Meer schickte seine Wellen leise wispernd an den Strand.

Dies war meine Vorstellung von einem perfekten Tag. Alix' warmer Körper schmiegte sich so selbstverständlich an meinen, als hätten wir nie etwas anderes getan. Ihre leisen Atemzüge mischten sich mit dem Rauschen der Wipfel und Wellen. Ich strich gedankenverloren über ihren Arm, während sie träge verschlungene Muster auf meinen nackten Bauch malte. Ihr weiches Haar an meiner Halsbeuge, ihre Finger mit meinen verschränkt – ich wollte nie wieder aufstehen. Für immer auf dieser Insel bleiben. Den Moment einfrieren.

Langsam wanderte die Sonne über den Himmel, sodass wir bald nicht mehr im Schatten lagen. Schließlich hob Alix den Kopf von meiner Schulter. »Ich brauche jetzt dringend eine Abkühlung.« Sie richtete sich auf. »Kommst du mit ins Wasser?«

Ich wäre überall mit ihr hingegangen und öffnete den Mund, um ihr das zu sagen, als ihr Lächeln plötzlich verwegen wurde. Langsam ließ sie eine Hand in ihren Nacken und zu den Bändern ihres Bikinioberteils wandern. Sie zog daran, und die Bänder lösten sich.

Ich schluckte, als ihr Lächeln breiter und das Blau ihrer Augen dunkler wurde. Natürlich hatte ich nicht vergessen, dass sie ihr Vorhaben, heute nackt zu baden, bereits angekündigt hatte. Aber dass sie es nun wirklich durchziehen würde – damit hatte ich nicht gerechnet.

Langsam erhob sie sich und öffnete auch den Rückenverschluss des Bikinioberteils. Ich befeuchtete meine plötzlich trockenen Lippen mit der Zunge, konnte mich auf einmal nicht mehr regen. Gebannt verfolgte ich, wie sie das Oberteil abstreifte und mir entgegenwarf. Es landete auf meiner Brust, ohne dass ich auch nur mit der Wimper zuckte. Denn ich wollte keine einzige Sekunde von dem verpassen, was sich gerade vor meinen Augen abspielte.

Alix. Wie sie auf dem kleinen Strandabschnitt stand. Oben ohne. Während der Wind mit ihrem blond-pinken Haar spielte und die Sonne ihre leicht gebräunte Haut zum Leuchten brachte. In dem Bikini hatte sie bereits unverschämt gut ausgesehen. Ohne ihn … Ich wusste gar nicht, wohin ich zuerst schauen sollte, zwang mich aber, nicht allzu offensichtlich zu starren.

Fragend hob sie eine Braue. Ihre Augen funkelten amüsiert. Sie hatte keine Ahnung, wie heiß ich sie in diesem Moment fand. Nicht mal deshalb, weil sie fast vollkommen nackt war, obwohl das natürlich dazu beitrug. Es war vielmehr ihre Lebensfreude, ihre Unbeschwertheit. Sie strahlte denselben Übermut aus, den auch ich jedes Mal in ihrer Gegenwart empfand. Ein fast schon absurdes Glücksgefühl. Und jetzt wollte ich nichts lieber, als es mit ihr zu teilen.

Ein wenig zu hastig sprang ich auf, sodass ich auf dem Sand ins Stolpern geriet. Alix lachte. Ein heller, fröhlicher Laut, bei dem mein Herz anschwoll, als wollte es meinen Brustkorb sprengen. Und da war noch ein anderes Körperteil, das sehr offensichtlich auf Alix oben ohne reagierte. Das sollte ich wohl besser in den Griff kriegen, bevor ich meine Badeshorts auszog.

Während ich viel zu fahrig an den Bändern am Bund herumfummelte, drehte Alix mir den Rücken zu und streifte nun auch ihr Bikinihöschen ab, das im Sand liegen blieb. Dann rannte sie jauchzend ins Meer. Wasser spritzte auf, und schon verschwand ihr nackter Körper im wogenden Blau. Sie machte ein paar Schwimmzüge und tauchte den Kopf unter Wasser, was mir die Gelegenheit gab, mich endlich meiner Shorts zu entledigen und ihr in Rekordzeit ins Meer zu folgen.

Lautlos schwamm ich an sie heran. Als ihr Kopf die Oberfläche durchbrach, schlang ich beide Arme von hinten um sie. Ihr entwich ein überraschtes Keuchen, dann ließ sie sich verzückt seufzend gegen mich sinken. Sie legte den Hinterkopf auf meine Schulter und streckte ihren Körper vor sich aus, sodass es wirkte, als würde sie unter Wasser schweben. Nur ihre pink lackierten Zehen lugten heraus.

Ihre Brüste wölbten sich Millimeter unter der Oberfläche, die Nippel waren aufgestellt, sodass sie dann und wann vorwitzig aus dem Wasser stachen. Ich ließ beide Hände unter ihren Rücken wandern, um sie zu stützen. Eine Gänsehaut bildete sich auf ihrer Haut, wo ich sie berührte.

Ein paar ihrer nassen Haarsträhnen blieben an meinen Bartstoppeln hängen, als ich mich zu ihr runterbeugte und sie zu mir aufblickte. »Hi«, flüsterte sie.

»Hi«, gab ich zurück. Meine Stimme klang anders als sonst. Rau und belegt. Sie vollkommen nackt in meinen Armen zu halten, stellte Dinge mit mir an, die ich kaum begreifen, geschweige denn in Worte fassen konnte. Sie hob eine Hand und strich mir durch den feuchten Bart.

»Weißt du eigentlich, wie schön du bist?«, murmelte sie. »Von außen und innen.«

Ich blinzelte sie an. Konnte nicht fassen, dass sie echt war. Dass sie hier im Wasser vor mir lag. Sich mir so zeigte, wie sie war. Völlig unbefangen. Voller Vertrauen. Und solche Dinge zu mir sagte. Es war das Mindeste, was ich tun konnte, ihr dieses Geschenk zurückzugeben. Und doch war da diese innere Blockade, die mich davon abhielt, mich ihr hundertprozentig zu öffnen.

»Das hat noch nie jemand zu mir gesagt«, raunte ich so leise, dass ich nicht wusste, ob sie mich verstanden hatte.

Fassungslos zog Alix die Brauen zusammen. Einen Moment lang sah sie mir so tief in die Augen, dass ich glaubte, sie würde bis in meine Seele blicken. Die Lippen leicht geöffnet. Das Blau des Himmels reflektiert in ihren Iriden. Dann ließ sie ihre Hand in meinen Nacken gleiten und zog mich noch dichter zu sich herunter.

Während ich meine Lippen auf ihre senkte, schob ich beide Arme unter ihren Körper und drehte sie. Nun trug ich sie auf Händen, wie sie es verdiente, und drückte sie fest an meine Brust. So viel nackte Haut. So viele Berührungspunkte.

Sie umklammerte meinen Nacken mit beiden Händen. Ihre Brust hob und senkte sich heftig, während sie mit ihren Lippen über meine strich. Leicht öffnete ich den Mund für sie, stupste ihre Zungenspitze mit meiner an. Unsere Zungen umkreisten sich, neckten einander.

Als ich Alix sanft in die Unterlippe biss, krallte sie die Nägel in meinen Nacken. Ein leises Stöhnen entwich ihr. Ihr Körper bäumte sich an meinem auf und schien im nächsten Moment zu zerfließen, eins zu werden mit den Wellen, die gegen uns brandeten.

Meiner war hingegen zum Zerreißen gespannt. Alix musste meine Erektion fest und hart an ihrem Rücken spüren. Ihr Kuss wurde inniger. Fordernder. Sie drehte sich in meinen Armen, schlang mir die Beine um die Hüfte. Mit beiden Händen umschloss ich ihren Po, um ihr Halt zu geben. Die Finger weiterhin um meinen Nacken gelegt, schmiegte sie ihren nackten Körper an meinen. Als sie ihre Vulva gegen meine Erektion presste, entwich auch mir ein Stöhnen. Sie rieb sich an mir. Langsam und genüsslich. Mit jeder kommenden Welle wurden ihre Brüste gegen meine Brust gedrückt, was mich schier um den Verstand brachte.

Der Widerstand des Wassers machte unsere Bewegungen langsamer, schwerfälliger, doch das war mir gerade recht.

Obwohl ich so erregt war wie noch nie, wollte ich auf keinen Fall zu schnell kommen. Ich wollte ihr das geben, was sie wollte. Was sie brauchte.

Während wir uns voller Verlangen küssten, löste ich eine Hand von ihrem Po, fuhr an ihrem Oberschenkel entlang, erst außen, dann innen. Je näher ich meinem Ziel zwischen ihren Beinen kam, desto härter wurde ich. Mit einem Finger strich ich von oben nach unten über ihre Vulvalippen, was Alix ein erregtes Keuchen entlockte. Das kühle Wasser bildete einen starken Kontrast zu ihrer heißen, pulsierenden Mitte.

Sie schob mir ihr Becken entgegen, rieb sich an meiner Hand. Ich hob sie höher, senkte meinen Kopf auf ihre Brüste herab. Das Wasser half mir, sie zu tragen, während ich einen ihrer Nippel in den Mund nahm und daran saugte. Wieder vergrub Alix die Nägel in meinem Nacken, presste sich noch fester gegen meine Hand. Während ich ihre Nippel leckte und saugte, schob ich langsam einen Zeigefinger in sie.

»Gefällt dir das?«, raunte ich dicht an ihren Lippen. »Sag mir, was dir gefällt.«

»Ja«, stöhnte sie. »Hör nicht auf.« Ich stieß meinen Finger erneut in sie, spürte, wie sich ihr Inneres zusammenzog. Heiß und feucht.

»Jetzt höher«, hauchte sie an meinem Mund. »Höher.« Sie konnte kaum mehr sprechen, so weit war sie bereits. Ihr Atem ging keuchend. Sie wurde immer enger um meinen Finger in ihr. Ich verstand trotzdem.

Langsam zog ich den Finger heraus und wanderte höher. Ich ließ ihn um ihre Klitoris kreisen, reizte sie bis zum Äußersten. Sie rieb sich immer heftiger an mir. »Léo«, keuchte sie. »Ja, genau dort.« Mein Name aus ihrem Mund machte mich so sehr an, dass ich Mühe hatte, meine Konzentration aufrechtzuhalten.

»Was machst du mit mir?«, raunte ich ihr zu, wie so oft seit unserer ersten Begegnung, weil ich einfach nicht auf das klarkam, was ihre Gegenwart mit mir anstellte. Ich vergrub das Gesicht an ihrem Hals, küsste und knabberte daran, während ich ihre Klitoris rieb. Kurz darauf bäumte sich Alix' gesamter Körper auf. Sie warf den Kopf in den Nacken. Ein lautloser Schrei entwich ihr, während ich nun Kreise fuhr, bis sie mit einem leisen Seufzen gegen mich sackte.

Mit verklärtem Blick spähte sie zu mir auf, ein seliges Lächeln auf den Lippen. Ich legte meine Stirn gegen ihre und schloss für einen Moment die Augen. Genoss es, ihr so nahe zu sein. So verbunden durch diesen unglaublichen Moment.

Da schwappte eine größere Welle über uns beide hinweg. Ich strauchelte kurz, bevor ich das Gleichgewicht wiedererlangte. Wir lachten beide, klammerten uns aneinander. Mit schwachen Knien und erhitzten Körpern. Ein Glückstaumel im wahrsten Sinne des Wortes.

Einen langen Moment grinsten wir uns an. »Lass mich dich an Land bringen«, murmelte ich dann.

Alix nickte schwach. Als ich sie einmal mehr auf beide Arme hob und langsam mit ihr zum Strand watete, schmiegte sie sich an meine Brust. Nachdem ich sie im trockenen Sand auf die Füße gestellt hatte, sah sie an meinem nackten Körper herab, der ganz offensichtlich immer noch genauso erregt war wie eben im Wasser.

»Gleich bist du dran«, sagte sie grinsend. »Ich muss mich nur kurz …« Sie strauchelte.

Sofort war ich neben ihr, um sie zu stützen. »Mach dir keine Sorgen um mich. Erst mal kümmere ich mich um *dich*.« Ich schnappte mir ein Handtuch von der Picknickdecke.

»Hast du doch eben erst. Und zwar so gründlich, dass ich gerade offenbar nicht klarkomme.«

»Ich meine nicht so, wie du denkst.« Bevor sie protestieren konnte, schlang ich ihr das große Handtuch um die Schultern und wickelte sie darin ein. Dicht trat ich vor sie und rieb ihr über Arme und Schultern. »Ich will nicht, dass du dich erkältest.«

»Das ist das Letzte, woran ich gerade denke«, entgegnete sie schnaubend, womit sie jedoch nicht verbergen konnte, dass sie zu zittern begonnen hatte.

Ich zog sie fest an mich, schlang beide Arme um sie und hauchte ihr einen Kuss auf die Stirn. »Alles zu seiner Zeit. Jetzt muss dir erst mal wieder warm werden.«

Nachdem ich auch mir ein Handtuch um die Hüften geschlungen hatte, nahmen wir auf der Picknickdecke Platz. Ich spreizte die Beine, sodass Alix sich vor mich setzen und ich beide Arme von hinten um sie legen konnte. Eine Weile blickten wir aufs Meer hinaus, während sich mein rasendes Herz nur langsam wieder beruhigte.

Kaum konnte ich fassen, was eben im Wasser passiert war. Wieder und wieder spielte ich es im Geist durch. Ihr Stöhnen. Ihre Küsse. Ihr Körper an meinem. Mein Finger in ihr. Ein heißer Schauer überkam mich. Alix musste es spüren, denn sie beugte sich nach hinten, lehnte den Kopf gegen mein Schlüsselbein und sah verschmitzt lächelnd zu mir auf.

Meine Brust zog sich zusammen. Plötzlich fiel mir das Atmen schwer. Ihre verheißungsvoll funkelnden Augen, ihr nasses Haar, ein wenig Sand an ihrer rechten Braue. Sie war perfekt. Perfekt für mich. Und in diesem Moment wurde mir klar, dass ich ihr niemals würde wehtun können.

Bevor wir einen Schritt weitergingen, musste ich etwas tun, was mir die größte Angst bereitete. Doch es ging nicht mehr nur um mich. Nach so kurzer Zeit bedeutete Alix mir bereits so viel, dass ich ehrlich zu ihr sein musste. Sie hatte es verdient, dass ich sie warnte. Dass ich ihr die Wahl ließ. Vielleicht steckte sie längst ebenso tief drin wie ich, doch ich sollte verdammt sein, wenn ich ihr nicht wenigstens einen Teil der

Wahrheit verriet – den Teil, der sie nicht in Gefahr brachte –, bevor wir uns so nahe kamen, wie sich zwei Menschen kommen konnten. Bevor es kein Zurück mehr gab. Es war ihre Entscheidung, ob sie unter den gegebenen Umständen mit mir zusammen sein wollte.

»Bevor wir einen Schritt weitergehen, muss ich dir etwas sagen.« Ich klang so erstickt, dass ich mich eilig räusperte. *Toller Einstieg, jag ihr am besten gleich von Anfang an Angst ein.*

Doch Alix sah nicht verängstigt aus. Gespannt spähte sie zu mir auf. Gespannt und beinahe ein wenig ungeduldig. Wie ein Kind, das zu lange auf die versprochenen Süßigkeiten warten musste. Das machte mich nur noch mehr an, schließlich ging es mir genauso. Ich konnte es kaum erwarten, ihr *noch* näher zu kommen. Doch ich blieb stark.

»Du solltest wissen, dass …« Ich seufzte frustriert. Es war so schwer, die richtigen Worte zu finden. Vor allem, wenn es vieles gab, das sie trotz allem nicht wissen durfte.

»Normalerweise gehe ich keine Beziehungen ein«, brachte ich schließlich hervor. »Dafür bleibe ich nie lange genug an einem Ort. Aber das mit uns … es ist irgendwie …«

»Es war von Anfang an viel intensiver als jede Beziehung, die ich je hatte«, beendete Alix meinen Satz mit ihren eigenen Gedanken und sprach damit meine aus. Sie klang nicht alarmiert, eher erleichtert darüber, dass ich – endlich – mit ihr redete.

Dankbarkeit flutete mein Herz. Sicher würde es jeden Moment bersten. Da war nicht genug Platz für all die Gefühle, die ich in ihrer Nähe empfand.

»Genau.« Ich strich ihr über die Wange, schob ihr ein paar feuchte Strähnen hinters Ohr. »Ich will mit dir zusammen sein. Am liebsten würde ich nichts anderes mehr tun. Aber du musst wissen, dass ich vielleicht nicht bleiben kann. Nicht für immer.«

Alix schwieg einen Moment. »*Für immer* ist ein großes Versprechen«, sagte sie dann. »Ich glaube nicht, dass das irgendjemand je halten kann. Nicht wirklich.«

Erneut zog sich meine Brust schmerzhaft zusammen. Ich wusste nur zu gut, dass *für immer* nicht existierte. Egal, wie sehr sich zwei Menschen liebten, manchmal reichte es nicht aus. Manchmal waren die äußeren Umstände, die sich ihnen in den Weg stellten, unüberwindbar. Oder eine Person wollte es nicht so sehr wie die andere, sodass am Ende nichts als Scherben übrig blieben. Und Kinder, die ohne Vater aufwuchsen.

Ich versuchte, mich auf meine Atmung zu konzentrieren, mir nicht anmerken zu lassen, was für ein Sturm plötzlich in meinem Inneren tobte. Da ich meiner Stimme nicht traute, nickte ich nur.

»Warum schauen wir nicht einfach, wohin das mit uns führt?« Sanft fuhr Alix mit den Fingern über meine stoppelige Wange. Sie hatte die Stirn gerunzelt und sah mich erwartungsvoll an, als spürte sie, dass da mehr war. Ich konnte ihr nichts vormachen. Gleichzeitig war ich nicht bereit, ihr zu erzählen, was mich zu diesem Gespräch gedrängt hatte. Ich wollte bloß, dass sie wusste, dass ich sie nicht verletzen wollte. Niemals.

Ich räusperte mich. »Natürlich. Es ist … noch früh.« Dann zwang ich mich zu einem Lächeln. »Ich will nur von Anfang an ehrlich zu dir sein. Bei romantischen Komödien fragen doch immer alle, warum die Leute nicht einfach miteinander reden.«

»Gibst du dich etwa gerade als Held einer romantischen Komödie aus?«, fragte sie amüsiert, und ich war unglaublich dankbar für ihren Versuch, die Stimmung aufzulockern.

»Ja, und wie einer dieser Helden habe ich ein dunkles Geheimnis, das dich in Gefahr bringen könnte.«

Sie lachte, obwohl ich es todernst meinte. »Dann muss ich wohl dein Vertrauen gewinnen und deinem Geheimnis auf die Spur kommen.«

Einmal mehr verblüffte mich ihre Unbeschwertheit. Ich wünschte mir nichts sehnlicher, als dass ich es ihr einfach erzählen könnte. Übermächtig war der Drang, mich ihr zu offenbaren, wie sie sich mir offenbart hatte, doch es war unmöglich. Ich würde sie niemals derart in Gefahr bringen. »Du hast mein Vertrauen längst«, flüsterte ich. »Du hast alles von mir.«

Noch nie hatte ich etwas ernster gemeint. Alix musste es aus meiner Stimme heraushören. Denn sie drehte sich zwischen meinen gespreizten Beinen, bis sie mir gegenüber kniete, um mir tief in die Augen zu sehen. Einen schier endlosen Moment lang hielt sie meinen Blick, als suchte sie darin nach etwas. Nach der Wahrheit? Ich hoffte, sie erkannte, wie ernst ich es meinte. Wie viel es mir abverlangt hatte, dieses Gespräch mit ihr zu führen. Und wie sehr ich sie trotz allem in meinem Leben haben wollte.

Schließlich seufzte sie leise und legte ihre Lippen auf meine. Ihr Kuss schmeckte nach Vertrauen.

Es fühlte sich gut an zu wissen, dass sie mir glaubte. Viel zu gut. So gut, dass ich kurz darauf an nichts anderes mehr denken konnte, da Alix' Hände über meine Brust wanderten und zielstrebig tiefer glitten. Sie forderte meine Aufmerksamkeit ein, und wer war ich schon, ihr das vorzuenthalten, was sie gerade brauchte?

KAPITEL 19

Alix

Léos Worte hätten mich aufhorchen lassen sollen. Alarmglocken hätten in meinem Kopf schrillen müssen.

Normalerweise gehe ich keine Beziehungen ein.

Ich will mit dir zusammen sein. Aber du musst wissen, dass ich vielleicht nicht bleiben kann.

Es war eine eindeutige Warnung. Beinahe wie ein Beipackzettel, auf dem die Nebenwirkungen einer Droge aufgelistet wurden. *Bleibt nicht bei dir. Erzählt dir nicht die ganze Wahrheit. Wird dir das Herz brechen.*

Und dass Léo wie eine Droge für mich war, daran bestand längst kein Zweifel mehr. Meine Knie waren immer noch weich, mein Kopf fühlte sich an wie in Watte gepackt, so sehr hatte er mich im Wasser um den Verstand gebracht.

Für mich war er wie Champagner – prickelnd und verheißungsvoll. Dank ihm fühlte ich mich in diesem Moment so lebendig wie noch nie, als würde ich überschäumen vor Freude. Und das war ohne Zweifel gefährlich, da süchtig machend. Außerdem umgab ihn gerade wieder diese düstere Wolke der Traurigkeit, wie jedes Mal, wenn er etwas Persönliches von sich erzählte. Oder es zumindest andeutete, denn viel mehr hatte er bisher nicht getan. Auch wenn ich sah, dass er sich wirklich bemühte.

All das waren genug Gründe, um vorsichtig zu sein. Um mein Herz zu schützen, wie Maxime es mir stets geraten hatte. Und was tat ich? Ich schlug die Warnung allzu bereitwillig in den Wind. Auf einmal war ich wieder mein siebzehnjähriges Ich, das auf Thirty-Seconds-to-Mars-Konzerten abrockte und von einem Kerl mit hübschen Augen und Tattoos zum nächsten sprang. Das Mädchen, das sich in diesen kurzen intensiven Momenten nicht darum scherte, dass der Abwasch und die Wäsche zu Hause gemacht werden mussten, weil sich die eigenen Eltern schon seit Jahren nicht mehr um solche Dinge kümmerten. Das Mädchen, das sich die Nacht um die Ohren schlug und den halben Tag verschlief, meistens im Bett irgendeines Kerls aufwachte, sich Glitzer und Kajal aus dem Gesicht wischte und zu Hause wieder die Rolle der großen Schwester einnahm.

Ich wollte jetzt nicht denken. Nur fühlen. Und fühlen konnte ich in Léos Gegenwart so viel, dass alles andere in den Hintergrund rückte. Also sah ich ihm so fest in die Augen, dass er die Verbundenheit zwischen uns hoffentlich auch spürte. Diese Augen, die meist so dunkel waren, dass sie fast schwarz wirkten, doch jetzt im von den Wellen reflektierten Sonnenlicht eher an Bernstein erinnerten. Ein paar Wassertropfen glitzerten in seinen dunklen Bartstoppeln. Seine Lippen waren trocken vom Salzwasser. Das würde sich gleich ändern. Ich würde mich um ihn kümmern, wie er sich vorhin um mich gekümmert hatte.

Mit einem tiefen Seufzen beugte ich mich zu ihm vor und presste meine Lippen so verzweifelt auf seine, als könnte mich allein diese Verbindung zu ihm am Leben halten. Alles andere war egal. Nur wir beide zählten. Und dieser Moment.

Meine Hände legten sich wie von selbst auf seine feste Brust, sodass ich sein Herz unter meinen Fingern schlagen spürte. Es raste so schnell wie meins. Ein Rhythmus, der sich perfekt in das Säuseln der Wellen und Seufzen der Kiefern einfügte.

Léo küsste mich vorsichtiger als vorhin im Wasser. Als würde er mir mit seinen Lippen eine Frage stellen.

Vertraust du mir?

Ja, antwortete ich mit meinen Küssen, die stetig inniger wurden. *Auch wenn ich nicht weiß, wohin das mit uns führt. Auch wenn es mir eine Scheißangst macht, wie viel ich bereits für dich empfinde. Ich vertraue dir.*

Zwischen seinen Beinen kniend ließ ich meine Hände tiefer gleiten. Über die Wölbungen seines Sixpacks, die dünne Linie schwarzer Locken, die unterhalb seines Bauchnabels begann. Langsam löste ich das Handtuch von seiner Hüfte, sodass er endlich nackt vor mir saß. Ich zog mich von seinen Lippen zurück, nahm mir einen Moment, um ihn zu betrachten.

Mit verklärtem Blick blinzelte er mich an, strich mir das Haar aus dem Gesicht. Das Braun seiner Augen war nun wieder dunkler. Verlangen blitzte darin auf. Das gleiche Verlangen, das auch durch meinen Körper pulsierte.

Ohne meinen Blick von seinem zu lösen, schloss ich die Finger um seine Erektion. Er keuchte leise auf. Seine Kiefermuskeln spannten sich an. Langsam fuhr ich an ihm auf und ab, genoss es, wie hart er sich anfühlte. Wie sehr ihn meine Berührung erregte. Als ich schneller wurde, schloss Léo die Augen. Er stemmte die Hände auf die Decke hinter sich und lehnte sich zurück. Leise stöhnend legte er den Kopf in den Nacken. Mit jeder meiner Auf- und Abbewegungen ging sein Atem schneller.

Einen Moment lang verloren wir uns ineinander. Sein Atem im Einklang mit meinen Bewegungen. Doch schließlich öffnete Léo die Augen. »Alix«, keuchte er. Seine Pupillen waren geweitet. Er legte eine Hand auf meine, die seine Erektion umschloss, und setzte sich auf. »Wenn du nicht aufhörst, komme ich gleich.«

»Und was wäre so falsch daran?«

Er zögerte kurz, rückte noch näher an mich heran. »Ich würde lieber in dir kommen.« Nun waren seine Augen so dunkel wie ein sternenloser Nachthimmel. »Wenn … du das auch möchtest.«

Ich hatte das Gefühl zu zerfließen. Im Sand zu versickern und dann eins zu werden mit dem Meer. Es war unglaublich, was Léo allein mit seinen Worten in mir auslöste.

»Ja, das möchte ich«, raunte ich und erkannte meine eigene Stimme nicht wieder. Tiefer als sonst, rau und kratzig. Durchtränkt mit Verlangen. »Vorausgesetzt, du hast ein Kondom dabei.«

Er lehnte sich wieder zurück, schob sich über die Decke und reckte sich, sodass sein Körper in seiner ganzen Pracht vor mir ausgestreckt lag. Ich vergrub meine Finger im Sand, um nicht schwach zu werden und sofort da weiterzumachen, wo wir eben aufgehört hatten.

Glücklicherweise hatte Léo kurz darauf den Picknickkorb ertastet und ein Kondom herausgeholt. Angesichts seines triumphierenden Grinsens musste ich lachen. »Das hebt den Satz *Du hast an alles gedacht* auf ein ganz neues Level.«

Er zwinkerte mir zu, und augenblicklich wanderten meine Mundwinkel nach oben. Mir blieb jedoch keine Zeit, um zurückzuzwinkern. Bevor ich mich's versah, hatte sich Léo aufgerichtet und mich um die Hüfte gepackt. Vor Überraschung entwich mir ein Quietschen. Einen kurzen Moment trotzte ich der Schwerkraft, während er mich herumwirbelte und dann sanft mit dem Rücken auf die Picknickdecke bettete.

Atemlos blickte ich zu ihm auf. Léo kniete über mir. Er sah mich so intensiv an, dass es sich anfühlte, als würden wir bereits miteinander verschmelzen, noch bevor er mich überhaupt berührt hatte. Mein ganzer Körper verzehrte sich nach seiner Aufmerksamkeit.

»Dir ist nicht mehr kalt, oder?«, fragte er mit einem Blick auf das Handtuch, das immer noch den Großteil meines Körpers bedeckte.

Ich schüttelte eilig den Kopf. »Sorry für den klischeehaftesten Satz aller Zeit, aber um ehrlich zu sein, war mir noch nie in meinem Leben so heiß.«

Das entlockte ihm ein leises Lachen. »Gut.« Er streifte das Handtuch von meinen Schultern, so langsam und genüsslich, als wollte er sich alle Zeit der Welt nehmen. Dann fuhr er mit beiden Händen von meinen Schlüsselbeinen aus meine Körpermitte entlang, um auch den restlichen weichen Baumwollstoff beiseitezuschieben, bis ich endlich nackt vor ihm lag.

Jegliche Gedanken und Unsicherheiten über mein Aussehen waren wie weggeblasen. Mittlerweile bebte mein Körper vor Verlangen. Vor Sehnsucht nach ihm. Ohne meinen Blick von seinem zu lassen, spreizte ich die Beine. Lud ihn ein.

Léo schluckte. Strich sich über die Haarstoppeln. »Du bist …« Er schluckte erneut. »Alles.« Ungläubig schüttelte er den Kopf. »Alles, was ich mir je wünschen könnte. Mehr, als ich je hoffen könnte zu verdienen.«

Ich lächelte. »Aber ich bin hier. Also komm und hol dir alles.«

Léo brauchte keine weitere Aufforderung. Er stützte sich mit den Händen neben meinem Kopf ab und senkte seinen nackten Körper auf meinen. Zärtlich küsste er meinen Hals, mein Kinn, mein Ohrläppchen.

»Sag mir, was dir gefällt«, raunte er mir dann ins Ohr. Sein warmer Atem strich über meine Haut, sodass ich schauderte. »Ich will dich so gut kennenlernen, dass ich dir alles geben kann, was du willst. Alles, was du brauchst.«

Es brachte mich um den Verstand, wenn er solche Dinge sagte. Wenn er so aufmerksam war. So darauf bedacht, dass es mir gut ging. Dass ich mich wohlfühlte. Dass ich eine gute Zeit hatte.

»Das, was du im Wasser mit mir gemacht hast …« Mein Satz endete in einem Keuchen, als er einen Finger um meine Brustwarze kreisen ließ.

Er sah grinsend zu mir auf. »Ja?«

»Kannst du das …« Mein Oberkörper bäumte sich auf, als er den anderen Nippel in den Mund nahm und daran saugte.

»Was war das?« Er grinste noch breiter. »Ich habe dich nicht verstanden.«

Ich krallte die Finger in die Decke. »Kannst du das auch mit deiner Zunge?«

Nun brannte sein Blick, als er ihn in meinen bohrte. Seine Erektion drückte sich hart gegen meinen Unterleib. Seine Kiefermuskeln mahlten, während er sich zu beherrschen versuchte. »Merde, Alix«, murmelte er dann. »Was machst du mit mir?« Ein Satz, der inzwischen zu so etwas wie einem Mantra zwischen uns geworden war.

Ich hob eine Braue. »Du meinst wohl eher, was machst *du* mit *mir*.« Neckend hob ich ihm mein Becken entgegen.

Er stöhnte leise. Im nächsten Moment presste er seine Lippen so verlangend auf meine, dass mir schwindelig wurde. Seine Zunge eroberte meinen Mund, gab mir einen Vorgeschmack auf das, was er nachher mit mir vorhatte. Ich küsste ihn voller Leidenschaft zurück. Sein nackter Körper an meinem. Seine Erektion zwischen meinen Beinen. Es machte mich rasend.

Viel zu schnell zogen sich seine Lippen zurück, sodass ich nach Luft schnappte. Doch schon wanderte Léo tiefer. Seine Küsse hinterließen eine heiße Spur auf meinem Hals, meinen

Schlüsselbeinen. Ausgiebig widmete er sich meinen Brüsten, bis ich so laut stöhnte, dass er leise lachen musste.

Der Wind brachte die sich über den Strand reckenden Bäume in Bewegung. Sonnenflecken tanzten über Léos breiten, tätowierten Rücken, während er langsam tiefer glitt. Er küsste meinen Bauch, meinen Unterleib, meine Beckenknochen. Als er an der Innenseite meines rechten Oberschenkels hinaufleckte, wurde mein Körper von heftigen Schauern geschüttelt. Zärtlich strich Léo mit den Händen über meine Schenkel, während er meine Vulva küsste. Ich hob ihm mein Becken entgegen, konnte keinen Moment länger warten.

»Bitte«, wimmerte ich. »Ich brauche mehr. Ich brauche *dich*.«

Ich spürte sein Lächeln an meiner Haut. Einen Herzschlag später drang seine Zunge zwischen meine Vulvalippen, sodass ich aufkeuchte. »Ist es das, was du willst?«, fragte er, seine Stimme nicht viel mehr als ein Knurren. »Was du brauchst?«

»Ja«, keuchte ich. »Ja, mehr davon.« Mit der Zunge umkreiste er meine Klitoris. Ich verlor die Kontrolle über meinen Körper. Alles in mir fokussierte sich auf diesen einen Punkt. Auf seine heiße Zungenspitze. »Ein bisschen nach rechts.« Er gehorchte sofort. Meine Beine begannen zu zittern. »Genau da«, entfuhr es mir. »Hör nicht auf.«

Und Léo hörte nicht auf. Er gab mir genau das, worum ich ihn gebeten hatte. Wonach ich mich verzehrte.

Während er weiter meine Klitoris leckte, legte er mir einen Finger an die Lippen. Ich nahm ihn in den Mund, saugte daran, sodass er leise aufstöhnte. Dann schob er den Finger zwischen meine Beine und in mich hinein.

Beinahe reichte es aus, um mich zum Explodieren zu bringen. Ich spürte bereits, wie sich alles in mir zusammenzog, wie es tief in mir drin zu kribbeln begann. Léo schob einen zweiten Finger in mich, bewegte beide Finger in mir.

Das Kribbeln schwoll in mir an, eine Welle, die sich höher und höher aufbäumte. Und dann, als ich glaubte, es nicht mehr aushalten zu können, saugte Léo an meiner Klitoris.

Mir entwich ein Schrei. Die Welle brach und ich mit ihr. Ich zersprang in tausend Teile, zerstob wie unzählige Wassertropfen, in Bewegung gebracht von unglaublicher Kraft. Am ganzen Körper zitternd ritt ich die Welle, bis sie allmählich verebbte, während sich mein Körper langsam wieder zusammensetzte.

Erst dann ließ Léo von mir ab. Sein Kopf zwischen meinen Beinen hob sich leicht. Mit feucht schimmernden Lippen und glasigen Augen sah er mich an, als wollte er sich vergewissern, dass es mir gut ging. Dann hauchte er einen letzten Kuss auf meine Vulva und rutschte zu mir hoch, um sich neben mich zu legen und mich in seine Arme zu ziehen. Immer noch bebend schmiegte ich mich an ihn, lauschte seinem Atem und meinem rasenden Herz.

Ich tastete nach seiner Hand, legte sie auf meine Brust, direkt über mein Herz. »Spürst du das?« Léo spreizte die Finger, presste die Handfläche auf meine Haut. »Das hast du mit mir angestellt«, murmelte ich. Noch so eine wiederkehrende Geste zwischen uns, die ich seit unserem ersten Date liebte.

Seine Augen weiteten sich. Er zog mich noch fester an sich und hauchte einen Kuss auf meine Schläfe. Lust flammte erneut in mir auf, und ich ließ meine Finger an seinem Körper hinabgleiten. »Ich würde sagen, da geht noch was.«

»Wie bitte?« Er musterte mich skeptisch. »Bist du etwa schon bereit für mehr?« Natürlich war er mal wieder nur auf meine Bedürfnisse bedacht, obwohl sein Körper eindeutige Signale sendete.

»Ich erinnere mich vage an deinen Vorschlag, in mir zu kommen.« Neckend zog ich Kreise um seinen Bauchnabel und beobachtete mit Genugtuung, wie seine Erektion augenblicklich härter wurde.

Er grinste. »Wenn du bereit bist, bin ich es auch.«

Ich tastete nach dem Kondom, das es bisher nur bis auf die Decke geschafft hatte, und öffnete die Packung. »Darf ich?«

Er nicke mit verschleiertem Blick.

Langsam streifte ich es ihm über, fuhr danach noch einmal mit der Hand an seiner ganzen Länge entlang. Ich wusste, dass er auf mein Okay wartete. Wie immer wollte er sichergehen, dass ich mich wohlfühlte, obwohl er die Finger bereits in die Decke krallte und seine Kiefermuskeln zum Zerreißen gespannt waren. Er war *so* bereit für mich. Dieses Wissen machte mich mehr an als alles andere, was er heute bereits mit mir angestellt hatte.

Er saß aufrecht da, und ich kletterte auf seinen Schoß. »Alix«, raunte er heiser. Mit einem Kuss brachte ich ihn zum Schweigen. Langsam, ganz langsam, senkte ich mich auf seine Erektion herab.

Er hatte mich so gut vorbereitet. Ich war so feucht. Das Kondom tat das Übrige. Ohne großen Widerstand glitt er in mich hinein. Ich keuchte auf, als ich ihn endlich in mir spürte. Tiefer und tiefer nahm ich ihn in mich auf. Diese Position, dieser Winkel war so … Ich stöhnte heftig, als Léo leicht das Becken bewegte.

»Ist das okay?«, fragte er.

»Ja, o Gott, ja!« Ich konnte kaum noch einen klaren Gedanken fassen. Mit gespreizten Beinen saß ich auf ihm, die Füße rechts und links neben ihm auf den Boden gestemmt, und begann, mich langsam auf- und abzubewegen.

Ein tiefes Knurren stieg aus Léos Brust auf. Er schlang einen Arm um meine Taille, sodass ich mich weit zurücklehnen konnte. Dann senkte er den Kopf auf meine Brüste, leckte und küsste sie, wanderte langsam höher, um wenig später meinen Mund mit seinem zu erobern. Und während er mich leidenschaftlich küsste, stieß er in mich.

Ich keuchte auf. Léo passte sich meinem Rhythmus an. Mit beiden Händen packte er meinen Po, half mir, mich auf- und abzubewegen. Die Muskeln an seinen Armen und an seinem Hals traten hervor. Immer schneller stieß er in mich, immer heftiger ging unser Atem. Ich bog den Rücken durch, stützte mich mit einer Hand auf der Decke hinter mir ab. Meine Brüste hüpften, mein Inneres zog sich mehr und mehr um Léo zusammen. Doch gleichzeitig stieß ich an meine Grenze. Mein Körper war bereits ausgelaugt von dem ausgiebigen Vorspiel.

Als spürte er, dass meine Oberschenkel von der schnellen Bewegung brannten und meine Kräfte nachließen, hob Léo mich im nächsten Moment hoch. Instinktiv schlang ich die Beine um seine Mitte. Er hielt mich so fest an sich gepresst, dass er in mir blieb, während er mich herumwirbelte und dann sanft mit dem Rücken auf der Decke ablegte.

Nun war er über mir. Das Meer funkelte hinter ihm. Die Sonne stand bereits tiefer und tauchte ihn in weiches Licht. Nie würde ich diesen Moment vergessen. Wie er zwischen meinen gespreizten Beinen kniete. Wie wir uns tief in die Augen sahen, während ich ihn in mir spürte. Während sein Duft an meinem ganzen Körper haftete. In diesem Moment waren wir eins.

Dann beugte er sich zu mir herunter, vergrub den Kopf in meiner Halsbeuge und begann, sich in mir zu bewegen. Mein Stöhnen hallte von den Bäumen wider. Langsam und zärtlich stieß Léo in mich, während er über meine angewinkelten Oberschenkel strich, als wollte er die krampfenden Muskeln massieren. Ich entspannte mich, gab mich ganz dem Rhythmus seines Beckens an meinem hin.

Seine Lippen fanden wieder meine, unsere Zungen umkreisten einander. Ich spürte nichts anderes mehr als die Stellen, an denen sich unsere Körper berührten. Nicht die Sandkörner auf der Decke, die über meinen Rücken scheuerten. Oder die Kiefernzapfen, die hinter uns von den Bäumen fielen, als der Wind auffrischte. Da waren nur Léo und ich. Unsere ineinander verschlungenen Körper. Der Geschmack nach Léo, Macarons und Meersalz in meinem Mund. Sein Geruch nach Sonne, Sand und Schweiß in meiner Nase. Ich schlang die Beine fester um ihn, nahm ihn noch tiefer in mich auf. Wollte ihm noch näher sein.

Kurz darauf wurden seine Bewegungen fahriger. »Ich komme gleich«, keuchte er. Seine Hand wanderte zwischen meine Beine. Er rieb mich, während er heftiger und schneller in mich stieß.

Wieder bäumte sich die Welle in meinem Inneren auf. Sie war kleiner als die vorherigen, doch Léos Finger an meiner Klitoris brachte mich auch diesmal an den höchsten Punkt. Die Welle brach, und ich fiel, fiel, fiel.

Drei Herzschläge später stöhnte Léo und stieß ein letztes Mal in mich.

Für mich war es nur ein kurzer Moment der Ekstase, dann schwebte ich auf wattig weichen Wolken dahin. Mein Körper war bereits zu erschöpft. Dennoch genoss ich jede Sekunde, schlang die Arme um Léo und hielt ihn, während er nicht aufhören wollte, in meinen Armen zu zittern.

Schließlich küsste er mich, strich mir über die Wange, den Hals, ein seliges Lächeln auf dem Gesicht. Ich erwiderte es. Denn plötzlich war es, als könnte ich nichts anderes mehr tun, als zu lächeln.

Léo schien es ebenso zu gehen. Nachdem er sich aus mir zurückgezogen hatte – wobei er das Kondom gewissenhaft festhielt, erst danach abstreifte und zusammenknotete –, legte er sich neben mich und zog mich in die Arme. Ich schmiegte mich an ihn, lauschte dem Rauschen der Wipfel über uns, dem Flüstern der Wellen und dem Ruf einer Möwe, die träge Kreise über dem Meer zog.

Mein Körper war warm und schwer – auf die bestmögliche Weise erschöpft. Meine Haut spannte von dem langen Tag in der Sonne. Meine Haare waren salzverkrustet. Bei jeder Bewegung rieselte Sand aus irgendwelchen Körperfalten. Ich roch nach Sonne, Wind und Abenteuer. Nach Léo. Noch nie war ich glücklicher gewesen.

KAPITEL 20

Léo

Als Alix in ihren mittlerweile trockenen Bikini schlüpfte und ihr, wie sie es ausdrückte, »tonnenweise Sand« entgegenrieselte, kicherte sie. »Sex am Strand in allen Ehren, aber ich habe Sand an Stellen, an die ich nie drankommen werde.«

»Ich auch.« Mein Grinsen wurde verschlagen. »Das heißt wohl, dass wir nachher zusammen duschen müssen.«

Und so kam es, dass ich Alix noch mit in ihre Wohnung begleitete, nachdem wir mit dem Boot zurück nach Antibes gefahren waren. Nach dem gemeinsamen Duschen war es bereits dunkel draußen. Gerne wäre ich geblieben, um die Nacht mit ihr zu verbringen. Doch da die neuen Gäste früh am nächsten Morgen kamen, war das unmöglich.

Nun fehlte Alix mir so sehr, dass es fast körperlich wehtat. Selbst nach der Dusche hatte ich das Gefühl, immer noch nach ihr zu riechen. Mit jedem Schritt am Hafen entlang begleitete sie mich. Sie war alles, woran ich dachte. Alles, wonach ich mich sehnte, obwohl ich den ganzen Tag mit ihr verbracht hatte. Eine scharfe Mondsichel stand am Himmel, eine frische Brise wehte mir den Salzgeruch des Meeres um die

Nase. Die Wellen schienen im Takt mit meinem Herzen an die Felsen vor der Stadtmauer zu branden. Ein einziges Wort formte sich in meinem Kopf. *Heimat*.

Jetzt, wo ich Alix hatte, fühlte sich Antibes noch viel mehr wie meine Heimat an als zuvor. Verwundert stellte ich außerdem fest, dass der Gedanke an mein ursprüngliches Zuhause nicht mehr ganz so sehr schmerzte wie noch vor wenigen Wochen. Auch wenn die Sehnsucht wohl nie vollständig verblassen würde.

Als ich das Hauptdeck der *Aurora* betrat, bemerkte ich nicht, dass Amir an der Reling stand, bis er mir in den Weg trat. »Es hat dich so richtig erwischt, was?«, fragte er.

»Was meinst du?«

»Du grinst wie ein Honigkuchenpferd, Mann. So habe ich dich noch nie erlebt.«

»Ach, weil ich sonst immer grummelig und schlecht drauf bin?«

»Überhaupt nicht.« Er schüttelte entschieden den Kopf. »Aber erst in den letzten Tagen habe ich kapiert, dass dein Lächeln bisher nie echt war. Nicht zu hundert Prozent. Das da«, er deutete auf meine Lippen, »das ist das echte.«

Natürlich wurde mein Grinsen nur noch breiter, obwohl ich mich langsam nicht mehr so euphorisch fühlte wie noch vor wenigen Augenblicken. Nun, da ich zurück an Deck war, prasselte die Realität auf mich ein wie faustgroße Hagelkörner während eines Sturms auf hoher See.

Alix war der Grund, warum mein Lächeln echt war. Der Grund, warum ich mich wie neugeboren fühlte. Warum ich plötzlich Hoffnung für die Zukunft hatte. Aber diese Hoffnung war trügerisch. Ich durfte nicht aufhören, auf der Hut zu sein. Durfte mich durch dieses Glücksgefühl nicht von der Tatsache ablenken lassen, dass mein Leben auf dem Spiel stand. Und nicht nur meins. Es gab nun zwei Frauen, die ich liebte. Und sollte ich es jemals verkacken, schwebten sie beide in Lebensgefahr. Notfallplan hin oder her, die Gefahr war nur allzu real.

»Das hast du Alix zu verdanken«, sagte ich zu Amir, der mich nach wie vor erwartungsvoll ansah. »Sie ist ... sie macht mich glücklich.«

Amir strahlte von einem Ohr zum anderen. »Das ist großartig, Mann. Ich freu mich für dich.« Er wurde jedoch sogleich ernst, als er die Grimasse sah, die ich daraufhin zog. »Kein Grund zur Freude?«

Unschlüssig hob ich die Schultern. »Es ist kompliziert.«

Amir verengte die Augen zu Schlitzen. »Damit kannst du mich nicht abspeisen. Sprich mit mir.« Er legte mir eine Hand auf die Schulter und führte mich sanft, aber bestimmt die Treppe zum Skydeck hinauf, wo er mich auf eine Sonnenliege drückte. »Minztee?«

Mir entwich ein erleichtertes Seufzen. Aufgrund unserer ähnlichen Herkunft wusste Amir, was mir in einem solchen Moment half. »Gern.«

Während er ging, um den Tee zuzubereiten, starrte ich auf das beinahe unbewegte Poolwasser, auf dem sich die Mondsichel spiegelte. Mir war kaum aufgefallen, wie sehr ich in Gedanken versunken war, bis Amir wieder vor mir stand. Starker Pfefferminzgeruch drang mir in die Nase und holte mich in die Gegenwart zurück. Der Duft meiner *wahren* Heimat.

Amir reichte mir eine mit goldenen Mustern verzierte Tasse ohne Henkel und setzte sich auf die Liege mir gegenüber. Ich nahm einen großen Schluck von dem noch viel zu heißen Tee und fühlte mich augenblicklich ein winziges bisschen ruhiger.

»Also, was ist los?«, fragte Amir.

Seufzend ließ ich den Kopf hängen.

»Friss nicht alles in dich rein. Ich habe dir jetzt seit fünf Jahren dabei zugesehen. Das ist ungesund.«

Überall um uns herum erleuchteten strategisch platzierte Lichtquellen das Deck und den Pool. Am liebsten hätte ich allerdings in völliger Dunkelheit gesessen, um dieses Gespräch zu überstehen. Ich hätte auch einfach flüchten können. Aber Amir und ich teilten uns eine Kabine. Er würde mich nicht so einfach davonkommen lassen. Und er hatte recht: Ich musste darüber sprechen. Mir eine zweite Meinung einholen.

Mit der freien Hand fuhr ich mir über das Gesicht, fühlte mich plötzlich unfassbar erschöpft. »Ich weiß nicht, ob ich das Richtige tue. Indem ich mit Alix zusammen bin, meine ich.«

»Warum sollte es nicht richtig sein, wenn es dich doch so offensichtlich glücklich macht?«

Ich warf ihm einen finsteren Blick zu. »So einfach ist das nicht.«

»Ach nein? Erzähl mir, warum nicht.«

»Mein Leben. Es ist nicht dafür gemacht, mit einem anderen Menschen zusammen zu sein. Das weißt du doch. Du weißt, dass ich …«

»Ich weiß nur, was du mir in den letzten fünf Jahren über dich verraten hast«, unterbrach Amir mich. »Und das ist ehrlich gesagt nicht viel.«

Touché. Ich stemmte eine Hand auf mein Knie und hob mit der anderen die Tasse an den Mund, um noch einen Schluck Tee zu nehmen. Obwohl ich Amir von all meinen Bekanntschaften der letzten sieben Jahre am meisten vertraute, kannte er nur einen Bruchteil meiner Geschichte. Und das war um einiges mehr, als alle anderen Menschen in meinem Leben über mich wussten.

Ich zwang mich, ihn anzusehen. »Du weißt, dass ich nicht nach Hause kann.«

Er nickte.

»Du weißt, dass ich unter einer falschen Identität auf dieser Jacht angeheuert habe.«

Er nickte erneut.

»Und du weißt auch, dass ich richtig tief in der Scheiße stecke, sollte ich jemals von den falschen Leuten gefunden werden.« Bevor Amir wieder nicken konnte, fuhr ich fort. »Und das bedeutet, dass ich alle Menschen, die mir etwas bedeuten, ebenfalls in Gefahr bringe.«

Er wirkte vollkommen ungerührt. »Also ist deine Lösung, einfach niemals jemanden an dich ranzulassen?«

Erneut zuckte ich mit den Achseln, nickte dann aber.

Amir schnaubte so ausgiebig, dass es mich nicht gewundert hätte, wenn er damit das ruhige Wasser des Pools in Bewegung gebracht hätte. »Newsflash: So funktioniert das Leben nicht. Du kannst die Gefühle anderer Leute nicht steuern. Und du kannst ihnen schon gar nicht ihre eigenen Entscheidungen abnehmen. Alix ist eine erwachsene Frau. Wenn sie mit dir zusammen sein will, ist das ihre Entscheidung.«

»Aber Alix hat keine Ahnung, dass sie ebenfalls zur Zielscheibe wird, wenn sie mit mir zusammen ist. Wahrscheinlich würde sie nichts mehr mit mir zu tun haben wollen, wenn sie die ganze Wahrheit wüsste.«

»Davon kannst du nicht einfach ausgehen. Damit tust du ihr unrecht und nimmst ihr die Möglichkeit, für sich selbst zu wählen.«

»Diese Wahl sollte sie aber voll informiert treffen, findest du nicht? Sie hat ein Recht darauf, es zu erfahren.« Frustriert stieß ich die Luft aus. »Gleichzeitig kann ich ihr aber nicht die Wahrheit verraten. Du siehst, wir drehen uns im Kreis. Wie ich schon sagte: Es ist zu kompliziert.«

Amir seufzte. »Die Frage ist eigentlich recht simpel: Möchtest du mit ihr zusammen sein?«

»Ja«, antwortete ich, ohne zu zögern. »Mehr als alles andere.«

Er schnalzte mit der Zunge. »Da hast du deine Antwort.«

Ich funkelte ihn an. »Was für ein super Ratschlag.«

»Du kannst die Zukunft nicht beeinflussen. Du kannst die Gefühle und Entscheidungen anderer Menschen nicht beeinflussen. Also kannst du dich entweder dein Leben lang verstecken, keine Beziehungen eingehen und irgendwann einsam sterben, nur weil du vielleicht eventuell womöglich eine andere Person in Gefahr bringen könntest. Oder du kannst dein Leben bestmöglich führen, die Personen willkommen heißen, denen du wichtig bist und die mit dir zusammen sein *wollen,* und hoffen, dass alles gut wird. Und mal ganz ehrlich: Dasselbe gilt für alle anderen Menschen auf diesem Planeten. Es ist Zeit- und Energieverschwendung, dir einen Kopf über Sachen zu machen, auf die du keinen Einfluss hast.«

»Also: Abwarten und Tee trinken?« Mit einem freudlosen Lachen deutete ich auf die Tasse in meiner Hand.

»Nein, Mann! Genießen, solange du kannst. Gerade *weil* du weißt, dass dein Glück jederzeit vorbei sein könnte, solltest du es in vollen Zügen auskosten.«

»Und du findest es in Ordnung, wenn ich Alix nichts davon erzähle?«

»Nur damit sie dann ebenfalls ein Leben in Angst führt?« Er schüttelte den Kopf. »Solange du sie nicht belügst, finde ich es in Ordnung, ihr Dinge aus deiner Vergangenheit zu verschweigen. Vor allem, wenn es Sachen sind, die sie in Gefahr bringen könnten.«

Ich nickte langsam, fühlte mich schon ein wenig besser. Natürlich wollte ich Alix so viel wie möglich von mir erzählen. Und je nachdem, wohin das mit uns führte, würde ich ihr vielleicht eines Tages reinen Wein einschenken können. Bis dahin musste ich genießen, was wir hatten. Dies war meine Chance auf ein unbeschwertes Leben. Vielleicht die einzige, die ich je bekommen würde. Wenn ich nach sieben Jahren auf der Flucht nach wie vor in Sicherheit war, würde ich es vielleicht für immer bleiben.

Da war sie wieder, die trügerische Hoffnung. Und weil ich an diesem Abend nicht mehr denken wollte, ließ ich zu, dass sie mich in eine tröstliche Umarmung schloss und ich mich – zumindest für den Moment – in Sicherheit wiegte.

»Danke, Mann.«

Als ich Amirs Blick begegnete, lächelte er mir aufmunternd zu. »Jederzeit. Und ich hoffe doch sehr, Alix bald persönlich kennenzulernen.«

Ich erwiderte sein Lächeln. »Ich stelle sie dir gern vor. Wenn die Gäste weg sind.«

Leider würden Alix und ich uns nun ein paar Tage nicht sehen. Und das machte mir Angst.

Angst, dass ich es mir in dieser Zeit vielleicht doch noch anders überlegen würde. Dass ich das Beste, was mir seit Jahren passiert war, aufgeben könnte, wenn ich zu lange darüber nachdachte, was es für mögliche Konsequenzen mit sich zog. Also gab es nur eine Lösung: Ich musste meinen Kopf ausschalten und nur noch auf mein Herz hören.

KAPITEL 21

Alix

Nachdem wir uns so nahegekommen waren, war es Folter, Léo länger als ein paar Stunden nicht zu sehen. Doch seine Vorahnung, die neuen Gäste auf der *Aurora* könnten den Hafen dauerhaft verlassen wollen, hatte sich bewahrheitet. Seit zwei Tagen befand er sich in irgendeiner Bucht bei St. Tropez, und er fehlte mir schrecklich. Trotzdem ging ich, wie jeden Morgen, am Hafen joggen, wobei mir der Anblick der leeren Anlegestelle der *Aurora* jedes Mal einen Stich versetzte.

Wann immer Léo einen Moment entbehren konnte, rief er mich an oder schrieb mir. Oft verpassten wir uns jedoch, da ich im Restaurant ebenfalls alle Hände voll zu tun hatte. Die Hauptsaison war in vollem Gange, und ich arbeitete meist bis spät in die Nacht hinein. Trotz meiner Berufserfahrung hatte ich noch nie in meinem Leben so viel gekocht und war noch nie so erschöpft von der Arbeit gewesen. Erschöpft, aber glücklich.

Der einzige Haken war nach wie vor Claudes tyrannisches Gebaren. Neben der Vorfreude auf mein nächstes Treffen mit Léo waren Chloés Nachrichten dabei immerhin ein kleiner

Lichtblick. Wir schrieben mittlerweile fast täglich auf WhatsApp, und sie erkundigte sich regelmäßig, wie es mir mit der Claude-Situation ging. Außerdem sahen wir uns oft, wenn auch nur kurz, wenn sie ihre Macarons ins Restaurant lieferte, und hatten seit unserer ersten Begegnung die eine oder andere Mittagspause zusammen verbracht. Nur in ihre Patisserie hatte ich es bisher nicht geschafft, aber es stand fest auf meiner Liste.

Auch heute zauberte mir ihre Nachricht ein unverhofftes Lächeln aufs Gesicht:

> Lass dich nicht ärgern. Ich habe gehört,
> dass Drachen kein Wasser mögen. Versuch
> doch mal, Claude damit zu bespritzen,
> wenn er dir wieder das Leben schwer macht.

Ich lachte. »Der Drache« war unser Codename für Claude. Sehr passend, wie ich fand, da er ständig schnaubte, wobei sein Kopf so rot wurde, als würde ihm jeden Moment Feuer aus den Nasenlöchern schießen.

Er hatte jedoch tatsächlich Wort gehalten und ließ mich jeden Küchenbereich durchlaufen. Was mir am Anfang noch lästig erschienen war, entpuppte sich nun als Triumph. Allein am heutigen Tag hatten bereits mehrere Gäste die köstliche Vorspeise gelobt, die ich an meiner derzeitigen Station, dem Vorspeisen- und Kaltspeisenbereich, genannt Gardemanger, zubereitet hatte. Sehr zum Leidwesen von Claude, dessen Stimmung heute besonders mies zu sein schien.

Ein wohlhabendes Pärchen, das im *Le Chat Noir* ein und aus ging, hatte sogar darum gebeten, mich persönlich kennenzulernen, da ihre Erbsen-und-Bärlauch-Tartelette mit Vinaigrette aus sauren Gurken, Kapern, Kräutern und gehacktem

Ei »besser als je zuvor« geschmeckt habe. Sie hatten mir versichert, meinen Namen auf ihrem Blog über Haute Cuisine fallen zu lassen.

Gerade kam ich nach meinem bizarren Gespräch mit den beiden zurück in die Küche. Augenblicklich richtete sich Claudes Todesblick auf mich. »In diesem Restaurant verlassen wir die Küche unter keinen Umständen während der Arbeitszeit«, sagte er gefährlich leise zu mir. »In den zweitklassigen Küchen, in denen du vorher gearbeitet hast, mag das gang und gäbe sein, aber das hier ist ein Sternerestaurant. Wir haben nicht nur Standards zu erfüllen, sondern zu übertreffen.«

Da war es wieder, sein nervtötendes Mantra. Nach meinem langen Tag hatte ich absolut keinen Nerv für seine Vorhaltungen, denen wie immer Hand und Fuß fehlte.

Ich verschränkte die Arme vor der Brust. »Die Gäste haben speziell nach mir gefragt. Was hätte ich denn tun sollen? Ihren Wunsch ignorieren?«

»Die Gäste haben speziell nach mir gefragt«, äffte er mich mit affektierter Stimme nach. Jedes Wort troff vor Gehässigkeit. »Hörst du dich eigentlich reden? Bist gerade mal ein paar Wochen als Jungköchin angestellt und glaubst, die Regeln gelten für dich nicht? Solche Flausen werde ich dir ganz schnell austreiben.«

»*Austreiben?* Was soll das denn bitte heißen?«

»Du hast mich schon verstanden.« Er trat auf mich zu, brachte sein Gesicht unangenehm nah an meins heran. Ich konnte die zerplatzten Äderchen in seinen Augen sehen. Die grauen Härchen an seinem stoppeligen Kinn zählen. Seinen schalen Atem riechen. Er stierte mich an, als wollte er mich herausfordern, mich ihm weiter zu widersetzen. Seine Lippen verzogen sich zu einem gehässigen Grinsen, das mir verriet, wie sehr er sich wünschte, ich würde ein falsches Wort sagen, ihn beleidigen oder meine Schürze in die Ecke pfeffern.

Irgendetwas, das ihm einen Grund liefern würde, mich zu feuern.

Vor Wut zog sich alles in mir zusammen. Flüssige Lava schoss durch meine Adern. Vor versammelter Kollegschaft wie ein unartiges Kleinkind behandelt zu werden, brachte das Fass zum Überlaufen. Er hatte mich in eine unmögliche Situation gebracht. Ich konnte nur verlieren.

Obwohl ich seine Masche durchschaut hatte, überwältigten mich meine Gefühle anhand dieser neuerlichen Ungerechtigkeit. Wie von selbst ballten sich meine Hände zu Fäusten. *Drache,* hätte ich ihm am liebsten zugezischt. Mein Mund öffnete sich bereits …

Da trat eine Person neben mich und legte mir eine Hand auf die Schulter. Claude zuckte zurück, als erinnerte er sich erst in diesem Moment daran, dass wir nicht allein in der Küche waren.

»Alles in Ordnung hier?« Bo musste erkannt haben, wie sehr ich innerlich mit mir kämpfte – und wie kurz ich davorstand, etwas zu tun, was ich definitiv bereuen würde. Sier festigte den Griff um meinen Oberarm und zog mich mit sich in Richtung Umkleideraum. »Ich glaube, es ist Zeit für eine kleine Pause. Timothée hält es ein paar Minuten ohne dich aus.«

Timothée, der Gardemanger, nickte mir verständnisvoll zu, bevor er sich wieder seiner Arbeit widmete. Plötzlich wirkten alle in der Küche äußerst beschäftigt.

»Wenn das erlaubt ist«, knurrte ich, gegen meinen Zorn ankämpfend. »Offenbar darf niemand die Küche verlassen. Oder vielleicht gilt diese Regel ja nur für *mich*.« Meine Worte gingen im Klappern von Tellern und Küchenutensilien unter, als Bo mich immer schneller mit sich zog.

Sobald die Tür hinter uns zugefallen war, brach es aus mir heraus. »Was zum Teufel stimmt mit dem Kerl nicht?«, brüllte ich so laut, dass Bo mir einen warnenden Blick zuwarf. »Seit meinem ersten Arbeitstag hat er es auf mich abgesehen. Jede seiner Herausforderungen habe ich gemeistert. Aber egal, wie sehr ich mich anstrenge, es ist, als hätte Claude nie vorgehabt, mir eine Chance zu geben.«

Mit der Faust schlug ich gegen einen der Spinde, schrie augenblicklich auf und schüttelte die nun schmerzende Hand aus. Nicht zu vergleichen mit dem Boxsack in dem Studio in Bordeaux, in das ich früher regelmäßig gegangen war.

»Es ist …« Bo stieß die Luft aus. »Kompliziert.«

»Aha, sehr hilfreich.« Ich durfte es siem nicht übel nehmen, dass sier sich bedeckt hielt. Sooft Bo mich auch schon gegen Claude verteidigt hatte, der Drache stand im Rang immer noch höher. Niemals würde ich es mir verzeihen, wenn Bo meinetwegen in Schwierigkeiten geriete. Trotzdem enttäuschte mich die kryptische Antwort.

»Sag mir nur eins«, fuhr ich ein wenig beherrschter fort. »Hat er ein allgemeines Problem mit Frauen oder nur mit mir?«

Etwas blitzte in Bos Augen auf, und ich erkannte, dass ich ins Schwarze getroffen hatte. Sier nahm sich die Kochmütze vom Kopf und befreite den Afro aus dem Haarnetz. Dann ließ sier sich auf eine der schmalen Bänke vor den Spinden fallen und nickte ergeben. »Ich glaube, er hat ein großes Problem damit, für eine Frau zu arbeiten.«

»Du meinst Sylvie?«

»Ja. Soweit ich weiß, ist es schon immer Claudes Traum gewesen, ein eigenes Restaurant zu eröffnen. Das wird er sich aber nie leisten können, besonders jetzt nicht, mit der Scheidung und allem.« Bo hob die Schultern. »Aus irgendeinem Grund kratzt es an seinem Ego, dass Sylvie hier das Sagen hat. Früher, als er unter Mei Lien gearbeitet hat, war es noch viel schlimmer. Da musste er sich aber zusammenreißen, weil sie seine direkte Chefin in der Küche war.«

»Aber das ist absurd! Jetzt ist *er* doch Chef de Cuisine. Sylvie lässt ihm freie Hand.«

»Ich glaube, es ist ein Egoding.«

»Das ist toxisch und absolut sexistisch.«

»Natürlich ist es das.« Bo nickte ernst. »Und jetzt kommst du daher. Eine junge Frau mit riesigem Potenzial. In so kurzer Zeit hast du das Küchenteam von dir überzeugt *und* die Kundschaft beeindruckt. Ich könnte mir vorstellen, dass er sich auch von dir bedroht fühlt.«

»Claude? Von *mir?*« Wenn das Ganze nicht so traurig gewesen wäre, hätte ich gelacht.

»Du bist verdammt gut, Alix. Ich glaube, dir steht eine große Karriere bevor. Claude hat hingegen den Höhepunkt seiner Laufbahn längst überschritten. Eines Tages wird er von einer Person wie dir oder mir ersetzt werden. Das weiß er und fürchtet sich davor, auch wenn er es nie zugeben würde.«

»Aber das ganze Restaurant, und vor allem er als Chefkoch, profitiert doch von unserer guten Arbeit. Wenn meine Leistung aufgrund seines Verhaltens mir gegenüber nachlässt, fällt das direkt auf ihn zurück. Warum hackt er also trotzdem ständig so auf mir …?« Ich unterbrach mich, als ich mich wieder an den Verdacht erinnerte, den ich schon länger hegte. Gleichzeitig hallten Chloés Worte von jenem Tag im Hinterhof in meinen Ohren nach: *Ich kann kaum an zwei Händen abzählen, wie viele Jungköche in den letzten Jahren im* Le Chat Noir *das Handtuch geschmissen haben. Er hat sie alle rausgeekelt.*

Claude hatte mich absichtlich herausgefordert. Er hatte mich bereits viele Male vor allen angegriffen, um Zeugen zu haben, für den Fall, dass ich mich als Reaktion auf seine Sticheleien unangemessen verhielt. »Lass mich raten: Alle Jungköche, die er bisher rausgeekelt hat, waren Frauen.«

Bo nickte, nur wenig überrascht, dass ich über meine Vorgängerinnen Bescheid wusste. »Irgendwie fühlt er sich allgemein von Frauen bedroht. Keine Ahnung, ob das etwas mit seiner Scheidung zu tun hat oder mit seiner Kindheit …«

»… oder ob er einfach ein misogynes Arschloch ist?!« Ich schnaubte. »Dafür brauchen die meisten Männer keinen Grund.«

»Oder das.« Sier grinste. »Wir hatten anfangs auch Startschwierigkeiten, aber dann hat er mich eigenhändig befördert. Allerdings habe ich keine Ahnung, inwieweit Sylvie da ihre Finger im Spiel hatte.«

»Interessant.« Ich tippte mir mit dem Finger ans Kinn. »Total abgedreht. Aber interessant.« Seufzend ließ ich mich neben Bo auf die Bank fallen. »Danke, dass du mir das erzählt hast.«

Sier nickte. »Immer gern. Ich hätte es nicht ertragen, wenn du den Fehler bei dir suchst. Du hast absolut nichts falsch gemacht. Nur um das mal festzuhalten: Claude ist schon Dutzende Male während seiner Schicht rausgegangen, um sich mit den Gästen zu unterhalten.«

Ich lachte bitter auf. »Das habe ich mir schon gedacht.«

Bo tätschelte mir die Schulter. »Ich muss wieder rein. Nimm dir noch ein bisschen Zeit, um abzukühlen. Und wenn noch mal so etwas passiert, lass dich nicht provozieren. Geh einfach ein bisschen Luft schnappen oder komm direkt zu mir.«

»Alles klar. Ich versuch's. Danke.«

Nachdem Bo die Tür hinter sich geschlossen hatte, saß ich noch einen Moment allein da. Ich wollte jetzt unbedingt mit Léo sprechen, seine Stimme hören, mich bei ihm ausweinen, doch ich wusste, dass er heute mit den Gästen Jetski fuhr und erst am Abend wieder erreichbar sein würde.

Mein Körper bebte immer noch vor unterdrückter Wut. Irgendwann würde sie aus mir herausbrechen. Egal, wie sehr ich versuchte, nicht auf Claudes Provokationen einzugehen. Aber diese Genugtuung durfte ich ihm auf keinen Fall verschaffen. Mein Job stand auf dem Spiel. Meine Karriere. Mein Traum.

Im Kopf ging ich wieder und wieder durch, was Bo mir heute über Claude verraten hatte. Nichts davon ergab Sinn – es sei denn, man war ein misogynes Arschloch –, doch ähnliche Geschichten spielten sich viel zu oft in Restaurantküchen ab. Warum wimmelte es ausgerechnet in der Branche, in der *ich* Karriere machen wollte, noch mehr als überall sonst von Männern auf einem Powertrip?

Auch wenn ich jetzt endlich Gewissheit darüber hatte, warum Claude mich auf dem Kieker hatte, wuchs in mir das Gefühl heran, nun noch tiefer in der Scheiße zu sitzen als vorher. Denn obwohl sich mein Verdacht bestätigt hatte, wusste ich immer noch nicht, wie ich Claude die Stirn bieten sollte. Als Chef de Cuisine hielt er alle Fäden in der Hand. Er plante nicht nur das Menü und war für die Zutaten, Bestellungen und Kosten verantwortlich, sondern auch für Entscheidungen, die das Personal betrafen. Ich war ihm völlig ausgeliefert. Wenn ich ihm den geringsten Grund lieferte, würde er mich feuern. Wie er es mit meinen Vorgängerinnen getan hatte. Mein einziger Lichtblick war, dass meine Probezeit nicht so lang war. Danach wäre es für ihn nicht mehr so leicht, mich loszuwerden. Obwohl ihn das sicher nicht davon abhalten würde, wenn er es wirklich darauf anlegte.

Ich war heilfroh, dass ich mit Bo sprechen konnte. Doch als Sous-Chef vertrat Bo den Küchenchef. Sier arbeitete eng mit Claude zusammen und stand im Rang über mir. Im Gegensatz zu Claude gab Bo mir das glücklicherweise nicht zu spüren, doch ich durfte es nicht vergessen. Auf keinen Fall wollte ich sien in eine unangenehme Lage bringen. Nicht, wenn Bo gerade erst befördert worden war und selbst den Job verlieren könnte.

Ich brauchte eine neutrale Person, mit der ich über meine

Probleme sprechen konnte. So richtig. Nicht nur übers Handy. Vor ein paar Tagen hatte ich bereits ausführlich mit Magali telefoniert. Doch das war nicht dasselbe. Leider hatte ich keine Ahnung, wann ich Léo genau wiedersehen würde. Aber wenn ich so darüber nachdachte, war es sowieso längst überfällig, meine Beziehung zu Chloé auf ein neues Level zu heben. Da gab es nur eins: Endlich würde ich der Patisserie *Y&Y* einen Besuch abstatten.

Die altmodische Glocke über der Tür läutete, als ich am nächsten Tag die Patisserie *Y&Y* betrat. Sofort stieg mir der süße Duft von Teig und Zucker, von Mandeln, Kakao und Sahne in die Nase. Tief atmete ich ein. Im Schaufenster waren wunderschöne kleine Kunstwerke ausgestellt, in der glasverkleideten Anrichte neben dem Verkaufstresen türmten sich noch mehr. Macarons in allen erdenklichen Farben, Tartelettes mit Schokolade, Zitrone, Erdbeeren und Aprikosen, mit Sahne gefüllte Eclairs, Windbeutel, Meringues und Madeleines. Augenblicklich lief mir das Wasser im Mund zusammen. Ich trat dicht vor die Scheibe und hätte mir fast die Nase daran platt gedrückt, konnte mich aber gerade noch zusammenreißen.

Ertappt schaute ich mich um, doch es war niemand da, um meinen schwachen Moment zu beobachten. Der Bereich hinter der Auslage und dem Verkaufstresen war leer. Auf dem begrenzten Platz zwischen Schaufenster und Verkaufstresen standen drei kleine runde Tische mit Stühlen, damit die Kundschaft ihre Einkäufe direkt verspeisen konnte, doch auch diese waren leer.

Langsam spazierte ich durch den kleinen Laden und sah mich um. Alles war in Rosa- und Pistazientönen gehalten. An den Wänden hingen altmodische Plakate von Patisserien aus dem vorangegangenen Jahrhundert. Im Hintergrund liefen leise Chansons, und in einer Ecke stand ein antiker Bonbon-Automat. Ich fragte mich, ob er wohl noch funktionierte.

»Ich komme sofort«, ertönte da eine gehetzte Stimme aus der offenen Tür im hinteren Teil des Lädchens. Kurz darauf rauschte Chloé in einer Wolke aus Mehl und Marzipanduft in den Verkaufsraum. Als sie mich erkannte, weiteten sich ihre Augen. »Alix! *Du* bist es!« Sie kam um den Tresen herumgeeilt, wobei sie sich die Hüfte an der Kante stieß, und schloss mich fest in die Arme. Nachdem sie mich losgelassen und einen Schritt zurück gemacht hatte, musterte ich sie besorgt. Ihr Gesicht war rot angelaufen, die braunen Locken standen wild vom Kopf ab. Mehl klebte an ihrer linken Wange, und Zuckerkristalle hatten sich in ihrer rechten Braue verfangen. Die einst weiße Schürze im Retrostil war voller bunter Flecken.

»Ich freue mich so, dich zu sehen.« Ihr Lächeln war aufrichtig, wenn es auch leicht gequält wirkte. »Bitte entschuldige meinen Aufzug, ich …« Sie warf die Hände in die Luft. »Hier geht es drunter und drüber.« Zerknirscht pustete sie sich eine Strähne aus dem Gesicht. »Nachdem mich die Besitzer schon seit Wochen mit der ganzen Arbeit alleinlassen, sind sie jetzt zu allem Überfluss nach Amerika gereist. Ich weiß nicht, wie ich es noch länger ohne Hilfe schaffen soll, den Laden am Laufen zu halten.«

»Komm, du brauchst ganz dringend eine Pause.« Sanft, aber bestimmt schob ich sie zu einem der verschnörkelten Stühle beim Schaufenster. Schnaufend ließ sie sich darauf plumpsen.

»Was du hier leistest, ist enorm«, fuhr ich fort. »Nicht nur stellst du all diese Köstlichkeiten selbst her, sondern du kümmerst dich auch noch um die Kundschaft. Das kann keine einzelne Person auf Dauer durchhalten. Schläfst du überhaupt jemals?«

Chloé runzelte die Stirn, als müsste sie ernsthaft über meine Frage nachdenken. »In letzter Zeit bin ich jeden Abend in meinem Lesesessel eingenickt und erst morgens wieder aufgewacht, weil meine Katze lautstark nach ihrem Futter verlangt hat.« Seufzend rieb sie sich über die Stirn, sodass ein hellrosa Streifen zurückblieb. »Ich komme jeden Tag so spät von der Arbeit und bin dann immer so erschöpft, dass ich es gar nicht bis ins Bett schaffe.«

»Du brauchst dringend eine Auszeit!«

Sie stemmte die Ellbogen auf den Tisch und schlug die Hände vors Gesicht. »Ich glaube, du hast recht.«

»Und ich habe die perfekte Idee, wie du den Kopf freibekommen kannst.«

»Hast du?«, nuschelte sie in ihre Handflächen.

»Ja. Ein Tag mit mir. Wir machen einen Ausflug, haben Spaß, bringen dich auf andere Gedanken.« Schuldbewusst hob ich die Schultern. »Zugegeben, die Idee ist nicht ganz uneigennützig. Ich brauche nämlich selbst ganz dringend ein bisschen Mädelszeit.«

Chloé hob den Kopf. »Das klingt himmlisch. Könnte ich auch gut vertragen.«

»Also ist es abgemacht. Wann passt es dir am besten?«

»Hm. Vielleicht morgen? Freitags haben wir nur den halben Tag geöffnet. Ich wollte die Zeit zwar nutzen, um hier mal ordentlich sauber zu machen, aber um ehrlich zu sein, gehört das gar nicht zu meinem Aufgabenbereich. In letzter Zeit war ich Managerin, Patissière, Verkaufskraft, Buchhalterin und Putzfrau in einem.«

»Das klingt furchtbar. Kann ich dir irgendwie unter die Arme greifen?«

»Du kannst einen schönen Tag mit mir verbringen, wie du sowieso schon vorgeschlagen hast.« Sie lächelte breit. »Ich lasse den Laden geschlossen, und unsere Reinigungskraft wird sich schon um das Chaos kümmern. Denn am Freitag habe. Ich. Frei!« Sie lachte. »Puh, es fühlt sich so gut an, das laut auszusprechen.«

Ich fiel in ihr Lachen mit ein. »Ich bin stolz auf dich. Es ist okay, auch mal an sich selbst zu denken, weißt du?«

Verlegen wischte sich Chloé die Hände an der Schürze ab. »Das vergesse ich leider wirklich oft. Aber ich arbeite daran.« Ihre Miene hellte sich schnell wieder auf. »Und wo soll's am Freitag hingehen?«

»Ich hatte an Nizza gedacht. Die Stadt will ich schon besichtigen, seit ich dort am Flughafen angekommen bin. Kennst du dich aus?«

Chloé lachte wieder und erhob sich mit neu erwachtem Elan. »Chérie, ich bin dort aufgewachsen. Lass mich deine persönliche Stadtführerin sein. Wir nehmen Vespa. Die Fahrt dorthin geht direkt am Meer entlang.« Während sie zurück hinter den Tresen lief, zählte sie euphorisch an den Fingern auf. »Natürlich müssen wir zum Place Masséna und in die Altstadt. Zum Marché aux Fleurs, der Promenade des Anglais und … möchtest du shoppen gehen? Das kann man in Nizza hervorragend.« Sie wartete meine Antwort nicht ab, sondern war bereits vollauf damit beschäftigt, weitere Pläne zu schmieden.

Zufrieden lächelnd sah ich ihr dabei zu. Ich hatte nicht nur meinen Tag gerettet, sondern auch meiner neuen Freundin eine Freude gemacht.

KAPITEL 22

Alix

Am Freitagmorgen holte mich Chloé vor meiner Wohnung ab. Ein strahlend blauer Himmel spannte sich über dem funkelnden Meer vor meiner Haustür. Es ging kaum ein Lüftchen. Möwen zogen träge Kreise über der Bucht. Die Bougainvilleen, die sich an sämtlichen Hauswänden hinaufrankten, standen in voller Blüte und versprühten ihren Duft. Der perfekte Sommertag.

Lächelnd reichte Chloé mir einen cremeweißen Helm. »Bereit für unsere Mädelszeit?«

»So was von!« Ich nahm ihr den Helm ab und setzte ihn auf, bevor ich mich hinter ihr auf die türkisblaue Vespa schwang und die Arme um Chloés Taille legte.

Sie drehte sich halb zu mir um. »Es ist okay, wenn wir erst heute Abend zurückkommen, oder?«, fragte sie. »Ich habe dir so viel zu zeigen.«

Ihre besorgte Miene brachte mich zum Lachen. Chloé war einfach unverbesserlich. »Klingt perfekt!« Zum Glück hatte ich meine Schicht mit Bo tauschen können, sodass ich den ganzen Tag freibekommen hatte.

Chloé nickte zufrieden und ließ den Motor an. »Dann los.«

Es war eine neue Erfahrung, auf einer Vespa durch die Straßen von Antibes zu flitzen. Wir waren so schnell und wendig unterwegs, dass wir das Städtchen in null Komma nichts hinter uns gelassen hatten. Wie Chloé angekündigt hatte, ging es den Großteil der Strecke am Meer entlang. Eine schnurgerade Küstenstraße, auf der um diese Uhrzeit bereits einiges los war. Der Fahrtwind wehte uns um die Nase, die Wellen spülten keine zehn Meter zu meiner Rechten an einen breiten Strandabschnitt, und die Sonne schien mir warm in den Nacken. Das Gefühl der Freiheit und Vorfreude auf den Tag war überwältigend. Vor lauter Euphorie löste ich die Arme von Chloés Taille und breitete sie jubelnd aus. Chloé stimmte so laut mit ein, dass wir Wind und Wellen Konkurrenz machten.

Als wir an einem Zebrastreifen anhielten, weil eine mit Strandausrüstung bepackte Großfamilie die Straße überqueren wollte, drehte Chloé sich zu mir um. »Diese Straße ist bei Unwetter oder Flutwarnung gesperrt, weil sie schon oft überschwemmt wurde. Über die Autobahn gibt es einen schnelleren Weg nach Nizza, aber heute geht es ja ums Entschleunigen, nicht wahr?«

Auch wenn ich aufgrund des Helms nicht viel mehr als ihre Augen sehen konnte, hörte ich das verschmitzte Grinsen in ihrer Stimme heraus. »Genau«, gab ich lachend zurück. »Entspannung ist heute Programm.«

Der Verkehr wurde immer dichter, je näher wir Nizza kamen. Nach einer kurzen Strecke durch kleinere Orte ging es weiter am Meer entlang. Die Promenade, die bald zu unserer Rechten auftauchte, war bereits voller Menschen. Immer wieder mussten wir an Ampeln und Zebrastreifen anhalten. Irgendwann lenkte Chloé ihren Motorroller in eine Seitenstraße, um dort zu parken.

»Wir laufen von hier. In der Stadt werden wir keinen Parkplatz mehr finden.«

Zu Fuß ging es tiefer in die Stadt hinein, während wir uns ungezwungen unterhielten. Die orangefarbenen, gelben und roten Hausfassaden mit ihren strahlend weißen Fensterläden leuchteten in der Vormittagssonne. An jeder Ecke blühte und duftete es auf Balkonen und Dachterrassen. Leute führten ihre Hunde an der Leine durch einen grünen Park. Hier und dort wurden Markisen ausgefahren, Stühle und Tische auf den Gehweg gestellt, als Geschäfte und Cafés für den Tag öffneten.

Wir mussten nicht lange laufen, bis wir einen riesigen rechteckigen Platz erreichten. »Willkommen im Herzen Nizzas«, verkündete Chloé. »Das ist der Place Masséna.«

»Wow!« Auf dem glänzenden Boden mit Schachbrettmuster drehte ich mich einmal um mich selbst. Eingerahmt wurde der weitläufige Platz von mehreren orangefarbenen Gebäuden mit hellblauen Fensterläden. In den überdachten Säulengängen im Erdgeschoss dieser Häuser fanden sich Geschäfte und Restaurants. An einem Ende verjüngte sich der Place Masséna zu einer langen Einkaufsstraße, der Avenue Jean-Médecin, wie Chloé mir erklärte. Am anderen Ende fächerte er sich kreisrund auf, umstanden von weiteren Gebäuden in strahlendem Orange und dominiert von einem riesigen Brunnen, in dessen Mitte die weiße – und sehr nackte – Statue des Sonnengotts Apollo thronte.

»Wir gehen dort drüben am Fontaine du Soleil vorbei.« Chloé deutete auf den Brunnen. »Dann kommen wir in die Altstadt, dem schönsten Teil von Nizza.«

Staunend folgte ich ihr über den Platz. Auf den ersten Blick war erkennbar, dass hier das Leben pulsierte. Wir schlenderten an Touristen mit Selfiesticks und großen Gruppen vorbei, die an geführten Touren teilnahmen. An Einheimischen, die an den Tischen vor einer Brasserie saßen, rauchten und Kaffee tranken. An Familien mit Kindern, die durch die Wasserinstallation in der weitläufigen Parkanlage links neben dem Platz tollten. An mehreren Ecken spielten Straßenmusizierende, sodass sich deren Sound auf bezaubernde Weise mit den vielen Gesprächen, dem Kinderlachen und Hundegebell mischte.

Als wir an den Brunnen kamen, plätscherte er so einladend, dass ich die Hand ins Wasser tauchte und mir ein paar Tropfen ins Gesicht spritzte, um meine von der Sonne erhitzte Haut zu kühlen. Durch eine Öffnung zwischen den umstehenden Häusern machte ich einen glitzernden Streifen Meer aus. Es war so nah, obwohl wir mitten in der Stadt standen. Fasziniert trat ich einen Schritt darauf zu.

»Noch nicht.« Chloé war meinem Blick gefolgt. »Dafür haben wir später noch Zeit. Erst mal geht es hier entlang.« Sie führte mich am Brunnen vorbei und ein paar Treppenstufen hinunter. Wir betraten eine schattige Gasse. Augenblicklich wurde es kühler. Hoch ragten uralte Häuser um uns herum auf. Gelb, pfirsich-, orange- und terrakottafarben, eine wahre Farbexplosion. *Vieil Nice* stand auf einem Straßenschild, obwohl jedem Besucher klar sein musste, dass wir uns hier im alten Stadtkern befanden.

Tiefer und tiefer drangen wir in ein wahres Labyrinth aus schmalen Gassen vor. Ohne Chloé an meiner Seite hätte ich mich heillos verirrt. Zunächst wurden die Gehsteige von Souvenirläden mit Postkarten- und Magnetständern gesäumt, doch schon bald gab es keinen Platz mehr dafür. Immer enger und verwinkelter wurden die Gassen. Es war, als hätten wir eine andere Welt betreten – auf einer Reise, die uns mehrere Jahrhunderte in die Vergangenheit zurückkatapultierte. Hinter jeder Ecke wartete eine neue Boutique, ein Restaurant oder eine Patisserie. Hier gab es seltene lokale Produkte von höchster Qualität. Der Duft von Lavendelseife und Gewürzen mischte sich mit der schweren Süße von Honig und Karamell. Der penetrante Geruch von gebratenem Fisch wurde vom Duft frischer Gebäckstücke übertrumpft, ab und zu untermalt von Olivenöl und Thymian. Die Kühle, die in den schattigen Gassen herrschte, wich hier und da einer wohligen Wärme, wenn wir an der offenen Tür einer Bäckerei oder an einem altmodischen Pizzaofen vorbeikamen.

Es faszinierte mich, wie effizient die hier lebenden und arbeitenden Menschen den beengten Platz für sich nutzten. Wäscheleinen spannten sich hoch über unseren Köpfen. Nachbarn grüßten sich von Fenster zu Fenster. Einheimische schlängelten sich mit frischen Baguettes unter dem Arm durch Touristengruppen, auf dem Weg zu einem späten Frühstück. Ein Mann mit nacktem Oberkörper öffnete gerade erst verschlafen seine Fensterläden, während es aus den unzähligen Restaurants bereits nach Mittagessen duftete. Es war ein Mikrokosmos mitten im pulsierenden Nizza. Die Uhren gingen hier anders, das Leben schien unbeschwerter – unberührt von dem in der Ferne rauschenden Verkehr.

»Komm, hier entlang.« Mit einem vorfreudigen Lächeln winkte Chloé mich um eine Ecke. Wie aus dem Nichts tat sich plötzlich ein weiterer Platz vor uns auf. »Der Marché aux Fleurs ist eine der Hauptattraktionen Nizzas.«

Ich verstand sofort, wieso. Im strahlenden Sonnenschein spannten sich bunte Markisen, so weit das Auge reichte. In regelmäßigen Abständen ragten Palmen zwischen den Marktständen auf, die dem Ganzen ein mediterranes Flair verliehen. Auf der einen Seite wurde der rechteckige Platz von den bunten Häusern der Altstadt und einer antiken Kapelle eingerahmt, auf der anderen von einer flachen Häuserzeile, in der sich in regelmäßigen Abständen Torbögen wie riesige Fenster auftaten.

»Das sind *Les Ponchettes*«, erklärte Chloé. »Dort waren früher Werften untergebracht.«

Ich reckte den Hals und konnte durch die Torbögen wieder das Meer ausmachen. In Nizza schien es nie weit entfernt zu sein.

Eine neuerliche Duftexplosion prasselte auf mich ein, als wir zwischen den Marktständen entlangschlenderten. Aberhunderte Blumen in allen Farben wurden hier zum Verkauf angeboten. Wir ließen uns treiben, wanderten von Stand zu Stand, rochen an den Blüten, die von Feldern nicht weit von hier stammten. Ich kaufte Chloé eine gelbe Gerbera, die ich ihr hinters Ohr steckte. »Als kleines Dankeschön, dass du mich herumführst.«

»Das wäre doch nicht nötig gewesen.« Chloé lief rot an, schob sich aber ihre Lockenpracht hinters Ohr, damit die Blume besser zur Geltung kam. »Weißt du, es tut mir wirklich gut, den Tag hier mit dir zu verbringen. Meine Eltern sind vor ein paar Jahren nach Korsika gezogen, um dort ihre Rente zu genießen. Deshalb war ich lange nicht in Nizza.«

Ich schenkte ihr ein aufmunterndes Lächeln. »Mir tut es auch gut. Wir haben uns sozusagen gegenseitig gerettet.«

Neben dem Blütenmeer fanden sich auch andere frische lokale Produkte wie Obst, Gemüse und Kräuter. An einem Stand probierten wir mit Feigenmarmelade bestrichenen Käse, an einem anderen einen feinen Roséwein von einem Weingut, das seit Generationen in Familienbesitz war.

»Wir dürfen uns nicht den Appetit verderben lassen«, warnte Chloé schließlich, als wir am anderen Ende des Platzes ankamen, aber erst eine Reihe der Stände abgeklappert hatten.

»Wieso?« Ich musterte sie gespannt. »Planst du etwa eine weitere Überraschung?«

»Es ist nicht leicht, eine Sterneköchin zu beeindrucken,

aber du kennst die Küche von Nizza nicht, wenn du keine Socca probiert hast.«

»Chloé!« Ich sah sie streng an. »Du machst die besten Macarons, die ich je gegessen habe. Was Essen angeht, vertraue ich dir voll und ganz und bin mir sicher, dass es mich aus den Socken hauen wird.«

Erneut wurden ihre Wangen von einem rosa Schimmer überzogen. »Es ist nichts Besonderes, bloß eine Spezialität, die eng mit der Geschichte der Stadt verwoben ist, und ich dachte, dass du vielleicht …«

Mein Blick wurde noch strenger. »Ich folge dir überallhin und esse alles, was du mir vorsetzt, okay? Und jetzt zeig mir den Weg zum nächsten Socca-Restaurant!«

Sie lachte. »Na schön. Aber Socca kauft man am besten bei fahrenden Händlern, wie es früher üblich war. Unser Glück, dass zur Mittagszeit immer einige hier am Cours Saleya auftauchen.« Mit einem verschmitzten Lächeln deutete sie in Richtung der flachen Häuserzeile, hinter der das Meer lag.

Ich knuffte sie in die Seite. »Man könnte ja fast meinen, du hättest das geplant.«

»Das halte ich für ein Gerücht.« Sie hakte sich bei mir unter und zog mich mit sich. »Komm mit. Es ist gleich da drüben.«

Nachdem wir bei einer Art kleinem Foodtruck zwei Socca bestellt hatten, bekamen wir das Gericht, das aus nichts weiter als gebackenem Teig bestand, auf die Hand.

»Man isst es traditionell mit den Fingern«, erklärte Chloé, als sie erkannte, dass ich mich nach Besteck umsah.

Der Fladen duftete so herrlich nach Olivenöl und Pfeffer, dass ich direkt hineinbeißen wollte, doch Chloé winkte mich hinter sich her.

»Das perfekte Essen nimmt man am besten am perfekten Ort zu sich«, sagte sie geheimnisvoll.

Wir liefen durch einen der runden Torbögen, überquerten

eine viel befahrene Straße und fanden uns plötzlich auf der breiten, palmengesäumten Promenade des Anglais wieder, für die Nizza weltbekannt war. Eine steile Treppe führte von der Promenade hinunter an den Strand, der hier aus großen grauen Kieselsteinen bestand.

»Nicht gerade bequem.« Chloé verzog das Gesicht, obwohl es sich Dutzende Personen auf Decken und Handtüchern am Strand bequem gemacht hatten. Einige schwammen sogar im Meer, das sich heute von seiner allerbesten Seite zeigte. Vielleicht lag es daran, dass dies kein Sandstrand war, doch das Blau war hier noch intensiver, das Wasser noch klarer als in Antibes. Weit draußen leuchtete es tintenblau, während es zum Strand hin in ein helles Türkis überging – eine Farbe, die der des Wassers in der Karibik in nichts nachstand.

Chloé führte mich zielstrebig an flanierenden Personen, Hundebesitzern, Joggern, Skateboard- und Fahrradfahrern vorbei. Bald darauf wurde die Promenade breiter, zum Strand hin von einem weißen Geländer gesäumt. Davor standen in einer Reihe zwölf azurblaue Stühle, die aufs Meer hinausblickten. Ein paar Leute hatten sich darauf niedergelassen, doch am Rand waren noch zwei Plätze frei.

Wir setzten uns, und ich nahm mir einen Moment, um die Aussicht zu genießen. Die Engelsbucht tat sich schier endlos vor uns auf. Die Sonne funkelte auf den Wellen, die leise an den Strand tief unter uns spülten. Über uns raschelten die riesigen Wedel einer Palme im Wind, der vom Meer herwehte und mir die Haarsträhnen, die sich aus meinem Zopf gelöst hatten, aus dem Gesicht pustete. Dazu stieg mir der Duft der frischen Socca in die Nase.

»Iss«, ermahnte Chloé mich. Sie hatte bereits einen ersten Bissen genommen und schloss genießerisch die Augen. »Sonst wird es kalt.«

Ich folgte ihrem Beispiel, biss in meine Socca – und riss sogleich die Augen auf. Der Teig war fettig, außen kross, innen weich und irgendwie überraschend würzig dafür, dass er nur aus Kichererbsenmehl, Wasser, Olivenöl und Salz, garniert mit etwas Pfeffer, bestand, wie Chloé mir erklärt hatte. Sofort nahm ich einen zweiten Bissen.

»Und?«, fragte Chloé, die ihre Socca bereits zur Hälfte verspeist hatte.

»Also, mir wurde das ein oder andere Mal gesagt, dass ich zu Übertreibungen neige, aber es ist nicht übertrieben, wenn ich sage, dass diese Socca nach deinen Macarons das absolut Beste ist, was ich seit meiner Ankunft an der Côte d'Azur gegessen habe.«

Grinsend leckte Chloé sich die fettglänzenden Finger ab.

»Wenn du nicht so dermaßen höflich wärst, würdest du jetzt mit *Habe ich dir ja gleich gesagt* antworten, oder?«, zog ich sie auf.

Chloés Grinsen wurde breiter, auch wenn sie mir einen empörten Blick zuwarf. Doch dann setzte sie sich in ihrem blauen Stuhl auf, straffte die Schultern, sah mir fest in die Augen und verkündete: »Habe ich dir ja gleich gesagt!«

Ich musste so unerwartet lachen, dass ich mich an meinem nächsten Bissen verschluckte.

Chloé schlug mir eilig auf den Rücken. »Ich kann oft nicht aus meiner Haut«, sagte sie, als ich mich wieder eingekriegt hatte. »Aber wenn ich eine Person besser kenne und gernhabe, fällt es mir in Momenten wie diesen nicht mehr so schwer.«

Ich stieß sie mit der Schulter an. »Dann fühle ich mich geehrt, dass es dir in meiner Gegenwart gelingt.«

Wir verputzten auch noch den Rest der Teigfladen, und ich nahm mir vor, das Rezept selbst mal zu Hause auszuprobieren. Ein angenehmes Schweigen breitete sich zwischen uns aus, während wir aufs Meer blickten und den Flug der Möwen am Himmel verfolgten. Ich ertappte mich dabei, wie ich Léo schon wieder vermisste. Rasch schoss ich ein Foto von der Bucht und schickte es ihm mit den Worten:

Rate mal, wo ich bin!

Nachdem ich auf Absenden gedrückt und das Handy wieder in meiner Handtasche verstaut hatte, wandte sich Chloé mir zu. »Was macht der Drache?«, fragte sie. »Ist es immer noch schlimm auf der Arbeit?«

Ihre Sorge um mein Wohlergehen freute mich so sehr, dass es mir nichts ausmachte, an diesem schönen Tag über das weniger schöne Thema zu sprechen. »Leider ist es nicht besser geworden.« Ich zuckte mit den Schultern. »Ich dachte, ich könnte Bo und die anderen dazu bringen, gemeinsam mit mir gegen Claudes Verhalten vorzugehen, aber bisher hat sich niemand offen solidarisch verhalten. Nur hinter geschlossenen Türen. Und jetzt, da ich den Grund für Claudes Abneigung mir gegenüber kenne, wird das sowieso nichts.«

Fragend hob Chloé die Brauen. »Und der wäre?«

»Er hasst Frauen. Fast ist es, als würde er keine in seiner Küche dulden. Bei allen Angestellten, die er bisher rausgeekelt hat, hat es sich um Jungköch*innen* gehandelt.«

»Aber warum hat er dich dann überhaupt erst eingestellt?«

»Hat er nicht.« Ich schüttelte traurig den Kopf. »Das war Sylvie, die Besitzerin des *Le Chat Noir*. Und die habe ich leider, seit ich dort angefangen habe, nicht zu Gesicht bekommen. Wahrscheinlich ist sie die Einzige, die mich wirklich gegen ihn verteidigen könnte. Aber sie ist auf Reisen.«

Chloés Blick war voller Mitgefühl. »Und Bo?«

»Bo ist toll. Ich kann zwar mit siem darüber sprechen, aber keiner meiner Kollegen wird sich gegen Claude stellen. Neben Bo sind es alles Männer. Auf die hat Claude es nicht abgesehen. Und offenbar auch nicht auf nicht binäre Personen.« Frustriert fuhr ich mir durchs Haar. »Außerdem würde ich es mir nie verzeihen, wenn jemand meinetwegen den Job verliert.«

»Also kannst du nur hoffen, dass Sylvie irgendwann zurückkehrt und einschreitet?«

»Sieht wohl so aus. Wenn ich das durchhalte. Ein paarmal war ich schon kurz davor, das Handtuch zu schmeißen. Es würde sich so gut anfühlen, Claude endlich die Meinung zu sagen. Aber genau darauf wartet er. Ich darf ihm keinen Grund liefern, mich zu feuern.«

»Aber wie hast du es die ganze Zeit über geschafft, nicht zu explodieren?«

Ein verlegenes Lächeln stahl sich auf mein Gesicht. »Ich glaube, es liegt daran, dass mein Privatleben gerade sehr … einnehmend ist. In den letzten Wochen war ich so abgelenkt, dass mich die Sache mit Claude weniger runtergezogen hat als ursprünglich gedacht.«

Chloés Miene hellte sich auf. »Ist das der *wahre* Grund, warum du dringend einen Mädelstag brauchtest? Ich bin immer da, wenn du reden möchtest, weißt du. Egal, worüber.«

»Danke.« Ich seufzte. »Das ist irgendwie … neu für mich. In Bordeaux hatte ich keinen großen Freundeskreis. Eher Feierbekanntschaften und Kollegen. Und natürlich meine Schwester. Mit ihr kann ich über alles reden. Aber es ist irgendwie anders, weil sie nicht hier bei mir ist.«

»Ja, manchmal muss man einfach in den Arm genommen werden.« Chloé nickte wissend. Auf einmal wirkte sie betrübt. »Bei mir übernimmt meine Katze das Kuscheln. In den letzten Jahren hatte ich nicht wirklich Zeit dafür, Freundschaften aufrechtzuerhalten.«

»Deine … Katze?« Ich sah sie einen Moment verblüfft an.

Zerknirscht hob sie die Schultern, dann prusteten wir beide los.

»Sie kann wirklich gut kuscheln«, hickste Chloé, was mich nur noch mehr zum Lachen brachte.

»Aber mal ehrlich«, sagte ich schließlich, während ich mir eine Lachträne aus dem Augenwinkel wischte. »Jetzt bin ich ja da. Du weißt, wo du mich findest, wenn du mal eine Umarmung brauchst.«

Chloé nickte. »Dasselbe gilt für dich.« Als wir uns diesmal anlächelten, hatte ich das Gefühl, tatsächlich eine neue Freundin gewonnen zu haben.

»Also, was ist diese mysteriöse andere Sache, die dich auf Trab hält?«, fragte Chloé dann mit neugierig funkelnden Augen. »Wenn es nicht dein Job ist, was beschäftigt dich?«

Ich zögerte kurz, beschloss dann aber, ihr alles zu erzählen. »Da ist dieser Mann und … Chloé, er bringt mich um den Verstand.« Nun war es raus.

Chloés Augen weiteten sich überrascht. »Okay, ich will *alles* wissen!«

Bisher hatte ich sie nie so direkt erlebt. Wenn sie derart ausdrücklich danach verlangte, durfte ich ihr keine Details vorenthalten. »Er heißt Léo, arbeitet auf einer Jacht, und seit unserer ersten Begegnung spielt mein Herz in seiner Gegenwart vollkommen verrückt.«

Chloé drehte ihren blauen Stuhl zu mir herum und rückte bis an die Kante vor. »Wie habt ihr euch kennengelernt? Worüber sprecht ihr? Wie nah seid ihr euch bisher gekommen? Was löst er in dir aus?«

»Du willst wirklich *alles* wissen, was?«, fragte ich amüsiert. Es war, als hätte sie eine Checkliste im Kopf. Eine Liebescheckliste. Die Vorstellung brachte mich zum Schmunzeln.

»Ja. Romantische Geschichten machen mich schwach. Also los!«

Nur zu gern kam ich ihrer Aufforderung nach. Ich erzählte ihr alles, was sich in den letzten Wochen zwischen Léo und mir zugetragen hatte. Was ich in seiner Nähe fühlte. Dass er mich wie die wertvollste Person der Welt behandelte. Dass ich mir trotz seiner ausgesprochenen Warnung nicht vorstellen konnte, je wieder ohne ihn zu sein. Und dass ich Angst hatte. Angst, dass er mir das Herz brechen würde.

»Es ist aber längst zu spät, einen Rückzieher zu machen«, schloss ich. »Ich glaube … ich habe mich in ihn verliebt.«

Chloé zog die Brauen zusammen. Nach dem Tag in der Sonne hoben sich ihre vielen Sommersprossen noch deutlicher von ihrer hellrosa Haut ab. »Das ist ein Scherz, oder? Du *glaubst?* Natürlich liebst du ihn! Alles, was du mir gerade erzählt hast, deutet darauf hin.«

»Aber wir kennen uns erst seit einigen Wochen. Wie kann ich jetzt schon so viel für ihn empfinden?«

»In der Liebe geht es nicht um Logik. Um Zeitvorgaben oder Regeln. Liebe passiert einfach.« Ihre Augen funkelten. »Ganz offenbar hat es dich schwer erwischt. Und ihn auch.«

Mein Herz schlug augenblicklich schneller. »Meinst du wirklich?«

»Ich *weiß* es.«

»Wie kannst du dir da so sicher sein?«

Sie zögerte kurz, senkte den Blick. Ihre Lider flatterten unruhig, als würde sie einen inneren Kampf mit sich selbst ausfechten. Als sie mich wieder ansah, waren ihre braunen Augen klar und entschlossen. »Weil es mir genauso geht. Ich habe auch jemanden kennengelernt.«

Ich brauchte einen kurzen Moment, um ihre Worte zu verarbeiten, dann sprang ich auf. »Chloé! Und das erzählst du mir erst *jetzt?*« Die Leute, die einige Stühle weiter saßen, warfen mir irritierte Blicke zu. Eilig ließ ich mich wieder auf meinen Stuhl fallen und senkte die Stimme. »Das erzählst du mir erst jetzt, nachdem ich dich schon seit einer halben Stunde über meine Gefühle zutexte?«

Chloé seufzte. »Es gibt nicht viel zu erzählen. Er heißt Ben, kommt aus England, aber bleibt länger in Antibes. Er hat sich ein Apartment am Strand gemietet. Er schaut jeden Tag in der Patisserie vorbei. Und …« Sie kicherte. »Er bittet mich jeden Tag, mit ihm auszugehen. Das ist irgendwie total romantisch. Bisher habe ich immer Nein gesagt, aber lange halte ich es nicht mehr durch. Ich habe ihn echt gern. Wie kann ich ihn so gernhaben, wenn ich ihn bisher immer nur für ein paar Minuten in der Patisserie gesehen habe?« Sie sackte in sich zusammen. »Das ist doch total absurd.«

»Ist es nicht.« Ich legte eine Hand auf ihre, die in ihrem Schoß ruhte. »Gerade eben hast du mir gesagt, dass Liebe keinen Regeln folgt. Dass sie einfach passiert. Schon vergessen?«

»Ob es Liebe ist, weiß ich nicht. Aber zum ersten Mal seit Jahren verspüre ich den Drang, es herauszufinden. Ich habe das Gefühl, dass ich jetzt auch endlich mal dran bin. Irgendwie …« Schuldbewusst sah sie zu Boden. Wieder schien sie eine Diskussion mit sich selbst zu führen. Doch dann raffte sie sich auf und drückte meine Hand. »Irgendwie finde ich, dass ich auch mal ein Happy End verdient habe.«

»Natürlich hast du das. Jeder Mensch hat Liebe verdient. Und wie es sich anhört, warst du ziemlich lange allein. Oder?«

Sie nickte verlegen. »Ich war seit der Ausbildung mit niemandem mehr zusammen.«

»Hat das etwas damit zu tun, dass du so viel arbeitest?«

Sie zuckte mit den Achseln. »Unter anderem. Lange war es einfacher, mich in fiktive Welten zurückzuziehen. Meine Katze und meine Bücher können mich nicht verletzen.«

Meine Brust zog sich zusammen. Hier saß eine wundervolle, starke Frau vor mir, die in ihrem Leben offenbar verletzt worden war und ihr Herz seitdem vor der Welt abschirmte. Die so herzensgut war, dass sie erst jetzt, mit Mitte zwanzig, begriffen hatte, dass sie, genau wie alle anderen, ihr persönliches Happy End verdient hatte. Und ich sollte verdammt sein, wenn ich sie nicht dabei unterstützte, es zu bekommen.

»Chloé«, sagte ich eindringlich. »Geh auf ein Date mit ihm. Am besten gleich morgen. Du hast absolut nichts zu verlieren.«

Das zaghafte Lächeln, das sich daraufhin auf ihren Lippen ausbreitete, geriet leicht schief. »Meinst du?«

»Ja! Sag ihm, dass du ihn auch magst. Und dass du Lust darauf hast, mit ihm auszugehen.«

Sie nickte, drückte meine Hand fester und lächelte entschlossen. »Das mache ich.« Dann wurde sie ernster. »Aber weißt du, ich kann dir deinen eigenen Rat nur zurückgeben.« Fragend sah ich sie an.

»Du solltest mit Léo sprechen. Über deine Ängste, deine Unsicherheiten. Alles, was du fühlst. Vielleicht geht es ihm ja genauso.« Plötzlich wirkte sie wieder verlegen und zupfte am Kragen ihrer Bluse. »Ich bin natürlich keine Expertin, obwohl ich so ziemlich jeden existierenden Liebesroman gelesen habe. Aber ich würde sagen, das ist ein klarer Fall von: Sag ihm, was du empfindest.«

Sie hatte recht. Wie konnte ich von Léo verlangen, mir all seine Geheimnisse zu verraten, wenn ich mich nicht mal selbst traute, ehrlich mit ihm über meine Gefühle zu sprechen? Es wäre ein Sprung ins kalte Wasser, aber in diesem Moment war ich mir sicher, dass es das einzig Richtige war. Ich wollte mit ihm zusammen sein. Selbst wenn das bedeutete, dass ich mich damit verletzlich machte. Das Risiko war es wert. *Er* war es wert.

Chloé hatte mich beobachtet. Meine Gedanken mussten mir am Gesicht abzulesen sein. Ein letztes Mal drückte sie meine Hand und stand dann auf. »So, nach all dem Gefühlsdrama hoffe ich, dass du jetzt noch Platz für ein Dessert hast.«

Grinsend blickte ich zu ihr auf: »Immer!«

Wir schlenderten noch ein wenig über die Promenade und bewunderten die riesigen Luxushotels und eleganten Wohngebäude, die sich auf der anderen Seite mit Blick aufs Meer erhoben. Dann überquerten wir wieder die Straße und kehrten durch einen der Torbögen in die Altstadt zurück.

Einmal mehr führte Chloé mich zielsicher durch das Labyrinth aus Gassen, bis wir schließlich auf einen kleineren Platz kamen. Auch hier plätscherte ein Brunnen vor sich hin. Tische mit rot-weiß karierten Decken standen vor einem Restaurant und auf der anderen Seite … Ich schnappte nach Luft.

»Willkommen im Eisparadies!« Chloé strahlte. »Ich war so lange nicht hier, dass ich mich selbst freue wie ein kleines Kind.«

Mit vor Staunen geöffnetem Mund trat ich auf die Eisdiele zu, die sich über die gesamte Länge eines Gebäudes erstreckte. Ein Schild mit der Aufschrift *Fenocchio* hing an der gelben Hauswand. Was mir die Sprache verschlug, war allerdings die Theke. Noch nie hatte ich eine dermaßen lange Eistheke mit so vielen verschiedenen Sorten gesehen.

»Vierundneunzig Geschmacksrichtungen«, erklärte Chloé stolz. »Und es kommen ständig neue hinzu.« Sie führte mich näher an die Theke heran. »Ganz Nizza ist hier Stammgast. Ein Familiengeschäft mit langer Tradition. Das Eis wird direkt oben auf dem Berg hergestellt.« Sie deutete den Hügel hinauf, wo sich eine breite Gasse in steilen Treppen verlor.

Ich konnte ihr nicht antworten, so fasziniert war ich von der

Auslage. Vierundneunzig Sorten! Wie sollte ich mich da entscheiden?

Chloé schien mein Dilemma zu erahnen. »Lass dir alle Zeit der Welt«, wies sie mich an, während sie ebenfalls die Auslage betrachtete.

Mehrmals ging ich auf und ab. Das in cremigen Wellen angerichtete Eis reichte von gängigen Sorten wie Vanille und Schokolade über regional inspirierte Geschmacksrichtungen wie Olive und Lavendel bis hin zu fantasievollen Eigenkreationen wie Tomate-Basilikum oder Rosmarin. Am Ende entschied ich mich für Weiße Schokolade, Feige und Rose.

»Gute Wahl!« Chloé leckte an ihrem Pistazien- und Jasmineis, das aufgrund der Hitze bereits von der Waffel zu tropfen begann, und führte mich in den Schatten der umstehenden Gebäude.

Wir setzten uns auf den Rand des steinernen Brunnens und genossen unser Eis. Träge ließ ich den Blick über die Menge schweifen, die sich über den Platz schob. Die Schlange vor *Fenocchio* wurde immer länger. Andere Leute betraten die uralte Kirche, die sich gegenüber von uns in den Himmel reckte und sich mit ihrer weißen Fassade überraschend gut in den bunten Flickenteppich der Altstadtgebäude einfügte. Ich fühlte mich sowohl körperlich als auch geistig erholt. Meine Haut spannte ein wenig von dem Tag in der Sonne. Meine Lippen schmeckten nach Meersalz, was den süßen Eisgeschmack perfekt ergänzte. Und Chloé neben mir wirkte ebenso rundum zufrieden wie ich. In diesem Moment war ich heilfroh, sie um diesen Ausflug gebeten zu haben.

Gerade als ich den Mund öffnen wollte, um ihr das zu sagen, entdeckte ich ein mir nur allzu bekanntes Gesicht in der Menschenmenge. Mein Herz setzte einen Schlag aus. Ich erstarrte zur Salzsäule. Das Eis tropfte mir auf die Finger. Einen Moment lang rauschte es laut in meinen Ohren. Dann ließ meine

Schockstarre nach. Instinktiv packte ich Chloé am Arm und zog sie mit mir. Ihr entfuhr ein überraschter Laut. Wir stolperten gegeneinander, dann zerrte ich sie hinter den kühlen Stein des Brunnenrands und duckte mich.

»Was war das denn?« Mit weit aufgerissenen Augen hockte sich Chloé neben mich, um sich ebenfalls zu verstecken, auch wenn sie keine Ahnung hatte, wovor.

»Drache«, krächzte ich. Meine Kehle war plötzlich wie ausgedörrt. Rasch leckte ich an meinem Eis. »Er ist hier.«

»Claude? Hier in Nizza?«

»Hier auf dem Platz!«

Mit wild klopfendem Herzen spähte ich über den Brunnenrand zu der Stelle, an der ich Claude entdeckt hatte. Er war es wirklich. Und er war nicht allein. Beinahe fielen mir die Augen aus dem Kopf. Claude hatte zwei Kinder im Schlepptau. Und er wirkte dezent überfordert. Eine Zigarette im Mund, ein kleines Mädchen an der Hand. Ein etwas älterer Junge lief nebenher. Vielleicht waren sie sechs und acht Jahre alt.

Was hatte Bo gesagt? *Claude steht gerade eine Scheidung durch und sieht seine Kinder nicht oft.*

Ich schnappte nach Luft. Das mussten *seine* Kinder sein. Ihn so zu sehen, ohne seine Kochuniform und mit diesem kleinen Mädchen an der Hand, machte ihn irgendwie menschlicher. Das Gefühl währte jedoch nur kurz. Denn da entdeckte seine Tochter die lange Eistheke von *Fenocchio,* vor der wir vor wenigen Minuten selbst gestanden hatten. Mit einem fröhlichen Ruf auf den Lippen wollte sie losrennen.

Claude verzog das dauergriesgrämige Gesicht zu einer wutverzerrten Grimasse und riss sie an der Hand zurück. Erschrocken stolperte das arme Mädchen rückwärts und hätte beinahe das Gleichgewicht verloren, so heftig hatte er an ihrem Arm gezerrt.

Natürlich begann die Kleine sofort zu weinen, während

Claude ihr seine Hand entriss und sich damit entnervt über das Gesicht fuhr. Er zog an seiner Zigarette und sah sich hektisch auf dem Platz um. Wohl um sicherzustellen, dass niemand mitbekommen hatte, wie grob er seine Tochter angefasst hatte. Hilflos stand der Junge daneben, während sein Blick zwischen seiner weinenden Schwester und der Eisdiele hin- und herhuschte.

»Typisch Drache«, sagte Chloé neben mir. Sie deutete auf Claude und seine immer lauter heulende Tochter. »Warum überrascht mich das nicht.«

»Jap.« Ich nickte heftig. »Offenbar ist er nicht nur ein miserabler Chef, sondern auch ein miserabler Vater.«

»Was für eine unangenehme Person«, raunte Chloé so leise, als könnte Claude uns hören. Das war – neben *Drache* – wohl die farbenfrohste Beleidigung, die ich je aus ihrem Mund hören würde.

»Ja. Irgendwie beruhigt es mich zu wissen, dass er auch im Privatleben ein Arsch ist.« Ich zuckte mit den Achseln. »Dann fühlt es sich nicht mehr ganz so persönlich an, dass er auf der Arbeit so fies zu mir ist.«

Als ich zurück zu Claude blickte, war er dabei, seinen Kindern doch noch ein Eis bei *Fenocchio* zu kaufen. Das Mädchen schniefte nach wie vor, schien den Zwischenfall jedoch in dem Moment zu vergessen, in dem Claude ihr ein fettes Eis in die Hand drückte.

Während die Kinder aßen, zündete er sich eine weitere Zigarette an. Er ließ den Blick über den Platz schweifen, und ich duckte mich so schnell, dass ich mir den Kopf am Brunnenrand stieß. »Scheiße!« Mein Herz raste.

»Was ist? Hat er dich entdeckt?«, fragte Chloé alarmiert. Die Vorstellung einer möglichen Konfrontation mit Claude schien sie ebenso zu erschrecken wie mich.

»Ich bin mir nicht sicher. Kannst du mal nachsehen?« Ich

machte mich so klein wie möglich, presste meinen Rücken gegen den kühlen Stein.

Chloé spähte vorsichtig über den Brunnenrand. »Entwarnung«, flüsterte sie. »Er schaut nicht in unsere Richtung.«

»Vielleicht sollten wir trotzdem so schnell wie möglich von hier verschwinden. Nur für den Fall.«

»Natürlich.« Sie sah sich hektisch um. »Ich kenne den diskretesten Weg. Folge mir.«

Wie zwei Ninjas huschten wir geduckt um den Brunnen. Immer wieder warf ich Blicke über die Schulter, doch Claude war damit beschäftigt, seinen Sohn anzubrüllen, weil dessen Eiskugel von der Waffel auf den Boden gerutscht war. Mein Mitleid für Claudes Kinder war überwältigend.

Chloé zog mich am Arm in eine enge Gasse, und wir atmeten erleichtert aus. Dann sahen wir uns an und brachen beide in Gekicher aus. Als wir uns wieder im Griff hatten, hakte Chloé sich bei mir unter und führte mich die Gasse entlang. Sie legte ihren Kopf an meine Schulter und sagte: »Das ist jetzt schon der schönste Tag, den ich seit Langem hatte.«

KAPITEL 23

Léo

Ich lehnte an der Stadtmauer und ließ den Blick wachsam über den Touristenstrom schweifen, der an mir vorbeizog. In diesem Teil von Antibes, direkt neben dem Hafen, reihte sich ein Restaurant ans andere. Davor standen voll besetzte Tische und Stühle. Die Leute sonnten sich und genossen ihr Essen, wobei sie sich nicht daran störten, dass ihnen alle Vorbeigehenden auf die Teller glotzten.

Wie stumme Wächter reihten sich die gelben und terrakottafarbenen Häuser der Altstadt aneinander und blickten über die Stadtmauer zum Hafen. Neben mir stellte ein Künstler seine Bilder aus, die die Stadt und den Port Vauban mit einer bunten Tupftechnik zeigten. Aus dem Irish Pub, der sich die Straße herunter befand, drang rockige Musik an meine Ohren, die sich mit dem Gedudel des Kinderkarussells am Hafen mischte. Eine Vespa knatterte an mir vorbei und übertönte einen Moment lang das Stimmengewirr der vielen Menschen.

Instinktiv zog ich mir die Baseballkappe tiefer ins Gesicht. Wie so oft, wenn ich die Jacht verließ, trug ich ein langärmeliges Leinenhemd, um meine auffälligen Tattoos zu verbergen. Heute war es allerdings so heiß, dass ich die Ärmel ein wenig hochgekrempelt hatte. Nach wie vor machten mich Menschenmengen nervös, auch wenn sich mir in den letzten sieben Jahren kein Grund zur Sorge geboten hatte. Ich war untergetaucht, hatte zwei Jahre auf See verbracht, bevor ich hier, am anderen Ende Frankreichs, gelandet war. Wie sollten sie mich schon finden?

Beruhigt hatten mich derartige rationale Gedanken jedoch noch nie.

Wieder suchte ich die Menge nach Alix ab. Wir hatten vor, uns hier zu treffen, und sie war bereits spät dran. Langsam wurde ich nervös. Um mich abzulenken, ging ich auf und ab. Der Künstler schenkte mir ein Lächeln, und ich wandte mich rasch ab, damit er mir nicht eins seiner Bilder aufzuschwatzen versuchte.

Vielleicht konnte ich die Wartezeit anderweitig nutzen. Ich zog mein Handy aus der hinteren Hosentasche und öffnete die Mail-App. Rasch öffnete ich eine neue E-Mail und begann zu tippen. Mein letztes Lebenszeichen war nun schon ein paar Wochen her, sodass es einiges zu erzählen gab. Sollte ich Alix erwähnen? Was für eine absurde Frage, wenn sie doch alles war, woran ich derzeit dachte.

Gedankenverloren hob ich den Blick. Immer noch keine Spur von Alix. Die unbekannten Gesichter verschwammen zu einem Einheitsbrei, doch plötzlich stach eins aus der Menge heraus. Ich erstarrte.

Buschige Brauen, scharf geschnittene Nase, hellgraue Augen. Ich kannte dieses Gesicht. Weil es mich nach all den Jahren immer noch in meinen Albträumen heimsuchte.

Das Handy fiel mir aus der Hand, und ich taumelte einen Schritt rückwärts, als wäre ich angeschossen worden. Mein Herz hämmerte so stark, dass ich kaum noch Luft bekam.

Plötzlich war mein Brustkorb viel zu eng, bot keinen Platz mehr für das schmerzhaft anschwellende Organ.

Mit einem Schlag holte mich die Vergangenheit ein, und ich war ihr vollkommen ausgeliefert. Wie festgefroren stand ich da, starrte in die Menge. War er es wirklich?

Hektisch zuckte mein Blick hin und her, suchte nach der Person, die ich glaubte, gesehen zu haben. Oder hatten mir meine Sinne einen Streich gespielt? Lag es nur daran, dass nach dem Gespräch mit Amir in den letzten Tagen alles wieder hochgekommen war? Hatten mich meine Ängste derart fest im Griff, dass ich nun schon halluzinierte?

Laut rauschte mir das Blut in den Ohren, während ich die Menge absuchte und mich dabei bemühte, mein Gesicht, so gut es ging, unter dem Schirm meiner Kappe zu verbergen.

Wo bist du? Wo bist du? Wo bist du?

Doch da war niemand, der mich ansah. Niemand, der mich beobachtete. Hatte er mich womöglich nicht entdeckt? Oder war er gar nicht hier? Nur in meinem Kopf?

Endlich gehorchte mir mein Körper wieder. Ich stolperte in den rettenden Schatten unter dem Torbogen, presste mich gegen den kühlen Stein. Kalter Schweiß war mir ausgebrochen. Der dünne Stoff meines Hemds klebte mir zwischen den Schulterblättern. Das Blut rauschte mir so laut in den Ohren, dass ich meine eigenen Gedanken kaum hören konnte.

Das durfte nicht passieren. Nicht hier. Nicht jetzt. Nicht, wenn ich gerade erst wieder begonnen hatte, richtig zu leben.

Schritte näherten sich mir, jemand hielt direkt auf mich zu. Ich warf mich herum und floh.

KAPITEL 24

Alix

Ich sah Léo vor der Stadtmauer auf und ab gehen. Zwar trug er eine Baseballkappe, die ich noch nie an ihm gesehen hatte, doch ich hätte ihn überall wiedererkannt. Nach einer Woche ohne ihn sehnte ich mich mit jeder Faser meines Körpers nach ihm. Automatisch beschleunigte ich meine Schritte, wich einigen Passanten aus.

»Léo!«, rief ich, als ich in Hörweite war. Er schien mich nicht zu hören. Warum starrte er so? Irgendetwas in der Menschenmenge vor der Mauer musste seine Aufmerksamkeit erregt haben. Durch den Schatten, den der Schirm der Mütze auf sein Gesicht warf, konnte ich seine Augen nicht erkennen.

Plötzlich taumelte Léo rückwärts, als hätte ihm jemand einen Stoß versetzt. Das Handy fiel ihm aus der Hand. Ich war nah genug dran, dass ich es scheppern hörte, als es auf dem Kopfsteinpflaster aufschlug.

»Léo?«, rief ich lauter, schob mich nun energischer an den Leuten vorbei. »Léo!«

Einen Moment stand er wie erstarrt da, dann zog er sich in

den Schatten unter dem Torbogen zurück. Hatte er mich etwa immer noch nicht rufen gehört? Warum reagierte er nicht? Etwas stimmte ganz und gar nicht mit ihm.

Nun rannte ich, schubste Leute aus dem Weg. Die Sohlen meiner Sandalen schlugen laut auf das Kopfsteinpflaster. Kurz bevor ich Léo erreicht hatte, fuhr er plötzlich herum und rannte in Richtung Hafen davon.

»Was zum …?« Im Vorbeilaufen hob ich sein Handy auf und eilte ihm hinterher.

Er hielt sich dicht an der Mauer, lief kopflos an den Booten zu seiner Linken vorbei und hechtete schließlich die Stufen hinauf. So schnell ich konnte, folgte ich ihm auf die Stadtmauer. Hier bot sich mir ein atemberaubender Ausblick. Unter uns erstreckte sich eine Bucht mit einem kleinen Strand, dahinter ragte die Altstadt von Antibes wie ein Flickenteppich auf, gekrönt von dem weißen Steinturm des *Musée Picasso,* auf dessen Spitze die französische Flagge flatterte. Auf der anderen Seite erstreckte sich das Meer scheinbar endlos.

Bisher war ich noch nie hier oben auf der Mauer gewesen, doch nun hatte ich kein Auge für die Schönheit. Der Wind peitschte mir das Haar ins Gesicht, während ich hinter Léo herrannte. Vor Sorge um ihn hämmerte mir das Herz laut in den Ohren.

Endlich bekam ich ihn am Ärmel seines Leinenhemds zu fassen. »Léo?«

Mit wildem Gesichtsausdruck fuhr er zu mir herum, eine Hand erhoben, als müsste er sich verteidigen. Als sein Blick meinen traf, weiteten sich seine Augen. »Alix …« Er sackte in sich zusammen, stemmte die Hände auf die Knie und atmete keuchend ein und aus.

Noch nie hatte ich ihn so völlig außer sich erlebt. Vorsichtig legte ich ihm eine Hand auf den Rücken und zog sanfte Kreise, während ich darauf achtete, Abstand zu wahren. Das Atmen fiel ihm sichtlich schwer. Als er sich die Kappe vom Kopf zog, stand Schweiß auf seiner Stirn.

Tausend Fragen brannten mir auf der Seele, doch dies war nicht der Moment, sie zu stellen. Still stand ich neben ihm, strich ihm über den unteren Rücken und murmelte ihm beruhigende Worte zu. »Es wird alles gut. Ich bin da.«

Als er sich schließlich aufrichtete, wirkte er wieder mehr wie der alte Léo, wenn auch immer noch, als hätte er einen Geist gesehen.

»Léo?«

In meiner Stimme lag so viel Sorge, dass er den Kopf hängen ließ. »Entschuldige. Ich wollte dich nicht erschrecken.«

»Nein. Du musst dich nicht entschuldigen.« Mit einem Schritt überbrückte ich die Distanz zwischen uns und zog ihn in meine Arme.

Er drückte mich fest an sich, legte das Kinn auf meinen Scheitel. Immer noch hob und senkte sich seine Brust heftig, doch langsam bekam er seine Atmung wieder in den Griff. Tief sog er Luft ein und stieß sie zittrig aus, während er sich von mir halten ließ.

Einen langen Moment standen wir so da. Eng umschlungen, während die Brise, die vom Meer herüberwehte, mit meinem Haar spielte und Léos erhitzten Körper langsam abkühlte. Auch *mein* Herz hatte sich noch nicht wieder beruhigt. Léo so aufgelöst zu sehen, hatte mich zutiefst erschreckt. Und nun wollte ich nichts lieber tun, als für ihn da zu sein. Aber wie, wenn ich nicht wusste, was ihn so aus der Fassung gebracht hatte?

Léo war neben Magali die einzige Person, bei der ich mich ganz fühlte. So geborgen, dass ich mich fallen lassen konnte. Dass ich nicht das Gefühl hatte, mich um alles kümmern zu müssen, immer stark sein zu müssen. Und ich wollte, dass er sich mit mir ebenso sicher fühlte. Also musste ich mich in Geduld üben.

Als wir uns voneinander lösten, fuhr er sich mit beiden Händen übers Gesicht. Er war blass. Seine Pupillen waren geweitet, und er blinzelte. »Das war … wow. Ist schon eine Weile her, dass ich mich in der Öffentlichkeit so aufgeführt habe.«

»Also ist dir das schon mal passiert?«

Er rieb sich den Nacken, mied meinen Blick. »Leider ja. Früher öfter.«

Sofort fasste ich einen Entschluss. An diesem schönen Sommertag hatten wir ursprünglich vorgehabt, durch die Gassen von Antibes zu schlendern, vielleicht einen Crêpe zu essen. Doch das erschien mir nun völlig falsch. Ich nahm seine Hand. »Komm. Gehen wir zu mir?«

Zerstreut sah er mich an, offenbar nach wie vor tief in Gedanken. Was auch immer ihn erschreckt hatte, er hatte es noch nicht abgeschüttelt. Trotzdem schenkte er mir ein schiefes Lächeln. »Ja, das … wäre jetzt genau das Richtige.«

Ich reichte ihm sein Handy, das zum Glück nur ein paar Kratzer an der rechten Oberkante davongetragen hatte.

»Danke.« Stirnrunzelnd nahm er es entgegen, als erinnerte er sich nicht daran, es fallen gelassen zu haben.

Wieder verschränkte ich meine Finger mit seinen. »Bereit?« Er sah mich unsicher an, und ich schenkte ihm ein verständnisvolles Lächeln. »Nur noch zehn Minuten, dann hast du es geschafft.«

Mit einem Nicken setzte er sich die Baseballkappe wieder auf den Kopf. Ich drückte seine Hand und zog ihn sanft hinter mir her. Die Stufen hinunter, am Hafen vorbei, durch das Tor in der Stadtmauer, durch das er eben geflohen war. An den Passanten vorbei in die nächste schattige Gasse hinein. Ein kleiner Umweg, aber ich war mir sicher, dass Léo gerade nicht unter Menschen sein wollte. Oder konnte.

Immer wenn ich ihm einen Seitenblick zuwarf, hielt er den Kopf gesenkt, spähte jedoch aufmerksam unter dem Schirm seiner Kappe hervor. Sein Blick zuckte hin und her, scannte die Umgebung und alle Gesichter der wenigen Leute, die auf diesem Weg an uns vorbeikamen. Ab und zu wechselte er die Straßenseite oder beschleunigte seine Schritte, um sich vor mich zu schieben, als wollte er mich ebenfalls vor fremden Blicken abschirmen. Sosehr mich sein Verhalten auch aufwühlte, ich hielt meine Fragen zurück. Er würde sich mir erklären, wenn die Zeit gekommen war, dessen war ich mir sicher.

Erst als die Tür meiner kleinen Wohnung hinter uns zufiel, entspannte sich Léo. Er sackte ein wenig in sich zusammen, lehnte den Rücken gegen die unbehandelte Steinwand und stieß scharf die Luft aus. Ich beeilte mich, ihm ein Glas Wasser aus der Küchenzeile zu holen. Dankend nahm er es entgegen und trank es in einem Zug aus.

»Noch mehr?« Er nickte, und ich füllte das Glas erneut. Wieder trank er es aus. Danach hatten seine Wangen etwas mehr Farbe.

»Hast du Hunger? Brauchst du noch etwas?«

Seine Augen glänzten dunkel wie Obsidian, als er mich ansah. »Ich brauche dich«, hauchte er. »Gerade brauche ich einfach nur dich.«

Ich zog ihn mit mir zum Bett. Wir legten uns einander gegenüber, und ich nahm seine Hände in meine. Fast berührten sich unsere Nasenspitzen. Sanft strich ich ihm über die stoppelige Wange, und er schloss leise seufzend die Augen.

Das erste Mal mit Léo in meinem Bett zu liegen, hatte ich mir ganz anders vorgestellt. Doch in diesem Moment wollte ich nirgendwo lieber sein als hier mit ihm, während sich sein Atem langsam wieder beruhigte und er meine Hände so fest umklammerte, als könnte nur ich ihm Halt geben. Lange lagen wir so da, hielten uns aneinander fest. Obwohl ich keine Ahnung hatte, was ihn derart aufgewühlt hatte, fühlte ich mich ihm seltsam verbunden. Als wäre sein Schmerz auch meiner.

Als Léo schließlich die Augen öffnete und mich ansah, hatte sich etwas in seinem Blick verändert. Er wirkte wachsam, als wüsste er, dass ein Gespräch nun unausweichlich war. »Du hast bestimmt viele Fragen.« Seine Stimme war kaum lauter als ein Flüstern. Sein warmer Atem strich über meine Lippen.

»Da ist eindeutig etwas, was dir sehr zu schaffen macht. Etwas, das in deiner Vergangenheit passiert ist«, antwortete ich vorsichtig. »Aber ich werde dich zu nichts drängen, Léo. Wenn du bereit bist, es mit mir zu teilen, bin ich da.«

Als ich seinen Namen aussprach, zuckte er unwillkürlich zusammen. Es erinnerte mich daran, wie ich vorhin mehrmals nach ihm gerufen und er nicht reagiert hatte.

»Léo ist nicht dein richtiger Name, oder?« Ich hoffte, dass diese Frage harmlos genug war und ihn nicht wieder emotional aufwühlen würde. Wenn das vorhin eine Panikattacke gewesen war, musste er etwas Traumatisches erlebt haben.

Er schlug die Augen nieder, als könnte er meinem Blick nicht mehr standhalten. Schließlich sah er zwischen seinen dichten, dunklen Wimpern zu mir auf und schüttelte den Kopf. Die logische Folgefrage hing zwischen uns in der Luft, doch er schien erleichtert darüber zu sein, dass ich sie nicht aussprach. Sein Schweigen dehnte sich aus, bis es im Zimmer so still wurde, dass ich die Wellen an die Felsen vor der Stadtmauer krachen und einen Hund bellen hören konnte.

Schließlich räusperte Léo sich. Diesmal klang seine Stimme fester. »Es gibt Dinge aus meiner Vergangenheit, über die ich nicht sprechen kann.«

Mir fiel seine sorgfältige Wortwahl auf. Er hatte nicht gesagt, dass er nicht darüber sprechen *wollte,* sondern dass er es nicht *konnte*. Womöglich sogar nicht *durfte?*

»Vorhin war ich …« Er schien nach den richtigen Worten zu suchen. »Abgelenkt. Ich dachte, ich hätte jemanden gesehen. Eine Person aus meiner Vergangenheit. Aber jetzt glaube ich, dass ich es mir nur eingebildet habe.«

»Und diese Person … Ich nehme an, du würdest dich nicht darüber freuen, sie wiederzusehen?«

Er schüttelte den Kopf, seine Miene wurde wieder hart. Verschlossen. »Wir waren mal so etwas wie Freunde, aber … jetzt nicht mehr.«

Noch war er nicht bereit, mir mehr zu verraten. Es versetzte mir einen Stich, doch ich rief mir in Erinnerung, dass das vermutlich nichts mit mir zu tun hatte. Ganz offensichtlich hatte Léo in seiner Vergangenheit etwas durchgemacht, das die Macht hatte, auch in seine Gegenwart zu dringen. Und ihn vielleicht sogar an seiner Zukunft zweifeln zu lassen?

Fest stand, dass es etwas war, das ihn vorhin vor meinen Augen in eine komplett andere Person verwandelt hatte. Ich fragte mich, ob er mich diese Person je kennenlernen lassen würde. Denn auch wenn es mir Angst machte, ihn so zu sehen, wollte ich trotzdem alle seine Seiten erkunden. Selbst die Dunkelheit, die ihn gerade fester im Griff hatte, als ich es bisher erlebt hatte.

»Vielleicht errate ich ihn ja eines Tages«, sagte ich.

Fragend sah er mich an.

»Deinen Namen. Vielleicht errate ich ihn. Dann musst du ihn mir nicht sagen.«

Seine Züge wurden weicher, und er lächelte schief – dankbar für meinen Versuch, die Stimmung aufzulockern. »Das wäre schön«, seine Stimme war kaum mehr als ein raues Flüstern.

Die ersten beiden Knöpfe seines Leinenhemds standen offen, sodass das Tattoo unterhalb seiner Schlüsselbeine sichtbar war. Ich ließ die Hand in den Ausschnitt gleiten und fuhr mit den Fingern über den arabischen Schriftzug. »Was steht da eigentlich?«

»Da steht …« Er schluckte schwer. »*Du bist nicht allein.* Damit ich es nie vergesse.«

»Oh, Léo.« Plötzlich brannten Tränen hinter meinen Lidern. Was musste er durchgemacht haben, dass er sich diese Worte auf der Haut verewigt hatte? Wie einsam musste er gewesen sein? Ich presste mein Gesicht in seine Halsbeuge und hauchte einen Kuss auf die weiche Haut dort.

Als er wieder sprach, klang seine Stimme bereits ein wenig gefasster. Sein Brustkorb vibrierte unter meiner Hand, die nach wie vor auf dem Tattoo lag. »So allein ich mich auch an verschiedenen Punkten in meinem Leben gefühlt habe, fand ich es wichtig, mich daran zu erinnern, dass ich es nie war. Nicht wirklich.«

Ich schmiegte mich noch fester an ihn, hoffte, dass er spüren konnte, wie ich erleichtert an seinem Hals lächelte. »Das ist tröstlich.« Ich zögerte, die nächste Frage auszusprechen, die mir nun auf der Seele brannte. »Und … fühlst du dich denn immer noch allein? Hier in Antibes?«

»Am Anfang schon. Aber jetzt nicht mehr. Antibes ist in den letzten Jahren zu meinem Zuhause geworden. Ich glaube, mittlerweile würde ich diesen Ort und die Leute, die ich hier kennengelernt habe, wirklich vermissen, sollte ich gehen müssen.« Meine Erleichterung wuchs. »Und dann bist da natürlich noch du«, schob er hinterher.

»Ich?«

»Ja.« Er lachte leise, wahrscheinlich, weil ich so überrascht klang. Mit den Lippen fuhr er sanft über meine Stirn. »Dank dir habe ich mich in den letzten Wochen zum ersten Mal seit sieben Jahren nicht mehr einsam gefühlt.«

Ich nahm das Gesicht aus seiner Halsbeuge, um ihn anzusehen. Er musste den feuchten Schimmer in meinen Augen entdeckt haben, denn er strich mir über die Wange. »Nicht doch, Alix. Das ist etwas Gutes.«

»Ich weiß«, flüsterte ich. »Es macht mich bloß ziemlich glücklich, was du gerade gesagt hast.«

Mit einem tiefen Seufzer, durch den er viele Dinge auszustoßen schien, die er seit Jahren mit sich herumtrug, beugte er sich zu mir, um mich zu küssen.

Dieser Kuss war anders als die vorherigen. Sanft streichelte Léo damit mein Herz. Meine Seele. Als wollte er mir etwas von sich geben. Einen Teil, den ich bei mir tragen konnte. Den Teil, den er in diesem Moment bereit zu geben war. Und ich nahm das Geschenk an. Alles würde ich von ihm annehmen, alles, was er mir geben konnte.

KAPITEL 25

Léo

Ich schmolz unter Alix' Kuss dahin. Darin lag ein Vertrauen, das ich nicht verdient hatte. Doch ich sollte verdammt sein, wenn ich sie von mir stieß, nachdem sie mich an meinem Tiefpunkt erlebt hatte und nicht davongelaufen war. Nachdem sie trotz meiner Unfähigkeit, über die Vergangenheit zu sprechen, hier neben mir lag und mich auf diese Weise küsste. Sie war das Beste, was mir seit sehr langer Zeit passiert war, und das musste ich sie jetzt dringend spüren lassen.

Unser Kuss wurde inniger. Ich zog Alix dichter an mich, und sie schlang ein Bein um meine Hüfte. Mit den Fingern strich sie über mein kurzes Haar, meinen Nacken, mein Schlüsselbein. Ein Seufzen entwich mir, als sich ihre Hand auf mein schnell schlagendes Herz legte. Da war sie wieder, diese vertraute Geste, die mich ihr gegenüber von Anfang an so verletzlich gemacht hatte. Vor Alix konnte ich mich nicht verstecken – und wollte es auch nicht.

Beinahe verzweifelt vergrub ich die Hände in ihrem Haar, zog sie noch dichter zu mir, verschlang ihren Mund mit meinem. Auch sie klammerte sich an mich, ihre Nägel stachen durch den dünnen Stoff meines Hemds in meine Haut. Der kurze Schmerzmoment war willkommen. Er erdete mich, sodass ich endlich all die Zweifel und Ängste losließ, all die Erinnerungen, die meine Gedanken seit der Phantombegegnung beherrschten.

Mit fahrigen Bewegungen packte ich den Saum meines Shirts und zog es mir über den Kopf. Ich musste Alix jetzt spüren. Haut an Haut. Mich vergewissern, dass sie echt war. Dass das zwischen uns echt war. Trotz der schier unüberwindlichen Hürden. Trotz der Geister in meinem Kopf. Dies war meine Realität. Und ich würde den Teufel tun, sie aus Angst vor einer düsteren Zukunftsvision aufzugeben.

Kurz darauf landete Alix' Top auf dem Boden, dann unsere Hosen. Als ich ihren BH fortwarf, blieb er an dem eisernen Bettpfosten hängen. Ich bemerkte es kaum. Denn Alix lag nun in ihrer ganzen nackten Schönheit neben mir in ihrem Bett und sah mich mit lustverschleiertem Blick an.

Meine Kehle schnürte sich zu, während ich sie betrachtete. Ihr blondes Haar mit den rosa Spitzen, das ihr selten so offen über die Schultern fiel wie jetzt. Das kleine Muttermal über ihrem linken Schlüsselbein. Ihre Brüste, die perfekt in meine Hände passten. Der leichte Bikiniabdruck, der sich seit unserem Bootsausflug an den Strand von ihrer gebräunten Haut abzeichnete. Sie bedeutete mir so viel, war nach kurzer Zeit ein so wichtiger Bestandteil meines Lebens geworden. Sie aufgrund meiner früheren Taten zu verlieren, könnte ich nicht ertragen. Der Kloß in meinem Hals schwoll an, sodass ich schlucken musste.

Glücklicherweise gab Alix mir einen Moment, um mich zu fangen. Sie reckte sich, um ein Kondom aus ihrer Nachttischschublade zu fischen. Als sie sich mir erneut zuwandte, hatte ich mich wieder im Griff. Mit den Händen fuhr ich über ihren Körper, streichelte sie an genau den Stellen, die sie aufstöhnen ließen, und stellte sicher, dass sie bereit für mich war. Und als sie schließlich die Beine um mich schlang und ich in sie eindrang, versank ich vollkommen in ihr. Mit Haut und Haar gab ich mich Alix hin.

Dieses Mal liebten wir uns langsam und zärtlich. Ich ließ meinen Körper das ausdrücken, was ich nicht sagen konnte. *Ich will dich in meinem Leben. Ich werde alles tun, um dich zu beschützen. Aber vielleicht ist es nicht genug. Ich kann mich ja nicht mal selbst beschützen.*

Alix zog mich dicht an sich, als spürte sie, wie sehr ich sie brauchte. Ihr Atem strich warm über meine Wange, als ich sie zum Keuchen brachte. Ihre Fingernägel gruben sich in meinen Rücken. Wir sahen uns tief in die Augen, und ich hoffte, sie las all meine Gefühle für sie in meinem Blick.

Noch lange, nachdem sich ihr Körper unter meinem aufgebäumt und ich mich zitternd in sie ergossen hatte, lagen wir eng aneinandergeschmiegt da. Hielten einander fest. Versicherten uns der tröstlichen Präsenz des anderen. Und in dieser Nacht, die erste, die ich mit Alix verbrachte, heilte ich ein wenig.

KAPITEL 26

Alix

Am nächsten Morgen stand ich in der Küche und versuchte, Crêpes zum Frühstück zu machen, ohne Léo aufzuwecken. Das stellte sich allerdings als unmöglich heraus, da er keine zwei Meter entfernt in meinem Bett schlief.

Er öffnete erst ein Auge, dann das andere und reckte sich genüsslich. »Das riecht köstlich.«

»Crêpes. Süß oder herzhaft. Du hast die Wahl.«

Langsam setzte er sich auf und lehnte den nackten Rücken an die Eisenstäbe meines Betts. »Du verwöhnst mich.« *Dabei habe ich es nicht verdient.* Die Worte schwangen unausgesprochen mit.

Ich antwortete mit einem besonders fröhlichen Lächeln, um einen solchen Gedanken sofort im Keim zu ersticken. »So, wie du mich gestern Nacht in meinem eigenen Bett verwöhnt hast, ist es wohl das Mindeste, dass ich dir Frühstück mache.«

»Wenn das so ist …« Grinsend rieb er sich den Nacken und spähte zwischen seinen dichten Wimpern zu mir rüber. »Morgens bin ich eher der süße Typ.« Er zwinkerte mir zu. »Aber sag's nicht weiter.«

Erleichtert lachte ich und gab einen frischen Klecks Teig in die Pfanne auf dem Herd. Ich wollte, dass wir wieder in unsere gewohnte Leichtigkeit zurückfanden. Besonders nach der gestrigen Aufregung war das etwas, was Léo sicher nötig hatte. Und wenn ich ehrlich war, ging es mir ebenso. Zwar hatte ich vorgehabt, mit ihm über meine starken Gefühle zu sprechen und hoffentlich in Erfahrung zu bringen, ob er ebenso empfand, doch er war in keinem Zustand für ein solches Gespräch gewesen. Das konnte warten. Denn wenn ich ihn so wie jetzt nackt in meinem Bett liegen und mich so schelmisch angrinsen sah, konnte ich es einfach nicht über mich bringen, ein ernsteres Thema anzuschneiden. Dafür war später noch genügend Zeit. Außerdem hatten mir seine Worte von gestern Abend verraten, dass ich ihm auch etwas bedeuten musste.

Dank dir habe ich mich in den letzten Wochen zum ersten Mal seit sieben Jahren nicht mehr einsam gefühlt.

Selbst jetzt überkam mich noch eine Gänsehaut, wenn ich an seinen intensiven Blick und die Ernsthaftigkeit in seinem Tonfall dachte. Wir waren auf einem guten Weg, und das war mir in diesem Moment genug.

Während ich die Crêpes fertig zubereitete, stellte sich Léo hinter mich an den Herd. Er trug nur seine Boxershorts, sodass sich seine nackte Brust an meinen Rücken schmiegte. Sanft knabberte er an meinem Hals. Dabei strichen seine Bartstoppeln über die empfindliche Haut an meinem Nacken, sodass ich immer wieder kichern musste.

»Hab ich dir schon mal gesagt, wie unglaublich sexy du bist, wenn du in der Küche zugange bist?«, raunte er.

Als ich ihm daraufhin einen empörten Blick über die Schulter zuwarf, hob er eilig die Hände. »Hey, ich meine nicht auf eine sexistische Hausfrauenweise. Sondern weil du dann immer total konzentriert wirkst. Wenn du so gedankenverloren auf deiner Unterlippe kaust, könnte ich …« Mit beiden

Händen packte er mich an der Hüfte und drehte mich zu sich herum.

»Ich warne dich!« Drohend hob ich die Teigkelle. »Wenn du mich ablenkst und ich deswegen unsere Crêpes versaue, werde ich dir das nicht verzeihen.«

»Du vergisst, dass ich dich schon beim Kochen erlebt habe. Du bist eindeutig multitaskingfähig.«

Meine Hand mit der Kelle schoss vor. Bevor Léo auch nur blinzeln konnte, tropfte Teig von seiner Nasenspitze. »Ich meine es ernst!«

Er lachte, wischte den Teig aber nicht weg. »Ist ja gut.« Blitzschnell stahl er sich einen Kuss, wobei er seine Nase gegen meine drückte und ich ebenfalls Teig abbekam. Ich quietschte und schwang erneut die Kelle. Er ließ mich los und trat mit erhobenen Händen zurück. »Okay, okay, Waffenstillstand. Sonst kann ich für nichts garantieren.« Er senkte den Blick auf die offensichtliche Beule in seinen Boxershorts.

Mit finsterer Miene stemmte ich die freie Hand in die Hüfte, obwohl meine Lippen verräterisch zuckten. »Du hältst jetzt gefälligst Abstand zu mir, wenn du ein unverbranntes Frühstück haben möchtest.« Hinter mir zischte es in der Pfanne, als wollte der darin brutzelnde Crêpe meine Worte unterstreichen.

Léo grinste mich noch einen Moment herausfordernd an. In aller Ruhe legte er dann den Kopf schief und zog einen Schmollmund. »Sicher?«

»Meine Küche, meine Regeln. Und jetzt geh den Tisch decken.« Ich musste alle Kraft aufbringen, die ich nach der gemeinsamen Nacht noch hatte, um mich von seinem Anblick ab- und dem Herd wieder zuzuwenden. Léo am Morgen mit kleinen Augen, zerknitterten Boxershorts und oben ohne war unwiderstehlich. Und der Fiesling wusste es ganz genau.

Bevor ich ihm den Rücken zuwandte, zwinkerte er mir

frech zu, sodass mir doch noch ein Lachen entwich. Zu meiner Überraschung tat er dann wie geheißen und holte Teller aus dem Küchenschrank. Brav deckte er den Tisch und kochte Kaffee, machte dabei allerdings eine Show daraus, wie er mich schmachtend von Weitem beobachtete.

Als ich mich schließlich mit einem Teller zu ihm gesellte, auf dem sich ein Haufen Crêpes stapelte, hatte er sich natürlich immer noch kein Shirt übergezogen.

»Wirst du dich jetzt benehmen?«, fragte ich.

In seinen Augen blitzte etwas auf. Bevor ich mich setzte, fiel mein Blick auf den Tisch. Er hatte die Serviette auf meinem Teller zu einem Herz geformt.

»Aaaw.« Ich beugte mich vor, um ihm einen Kuss zu geben.

»Wenn ich schon nicht in der Küche helfen kann, dann muss ich eben anders punkten«, antwortete er.

»Ist ja nicht deine Schuld, dass du so eine unfassbar große Ablenkung bist.«

Er nickte mit Grabesmiene. »Ein schweres Los.«

Ich gluckste. »Und keine Sorge, so schnell lasse ich dich nicht gehen.«

»Das höre ich gern.« Grinsend wollte er sich zu mir vorbeugen, um sich einen weiteren Kuss zu stehlen.

»Und an deinen Koch-Skills arbeiten wir noch«, schob ich rasch hinterher.

Er verzog leidend das Gesicht, gab mir den Kuss aber trotzdem. Nachdem ich uns Orangensaft eingeschenkt hatte, machten wir uns über die Crêpes her. Das Gespräch floss locker dahin, und ich entspannte mich. Trotz des gestrigen Vorfalls schien Léo wieder ganz der Alte zu sein. Ich genoss unser sinnfreies Geplänkel und war dankbar für das Gefühl von Normalität, das sich schleichend einstellte. Erst als Léo mich fragte, wie es auf der Arbeit lief, wurde ich aus unserer kleinen, glücklichen Blase gerissen.

Er erkannte sofort, dass meine Mundwinkel nach unten sackten. »Was ist los?«, fragte er alarmiert. »Stimmt im Restaurant etwas nicht?«

Stockend berichtete ich ihm von meiner vertrackten Situation im *Le Chat Noir,* von der ich ihm gegenüber bisher nichts erwähnt hatte. Während ich sprach, war Léo anzusehen, dass er immer wütender wurde. Er hatte die Stirn gerunzelt, und seine Augen sprühten förmlich Funken.

»Quel connard«, knurrte er, nachdem ich meinen Bericht beendet hatte. »Wie kann der Typ es wagen, dich und andere junge Frauen so zu behandeln?!« Er nahm einen Schluck von seinem Orangensaft und stellte das Glas so energisch ab, dass ich fürchtete, es würde zersplittern. So hatte ich Léo noch nie erlebt. Beinahe glaubte ich, er würde aufspringen, um sofort ins Restaurant zu stürmen und sich Claude vorzuknöpfen, was mich natürlich meinen Job gekostet hätte.

»Dir ist aber klar, dass ich damit allein fertigwerde, oder?« Ich musterte ihn mit erhobenen Brauen.

»Natürlich«, antwortete er wie aus der Pistole geschossen. »Wenn du mit ihm fertig bist, wird er sich wünschen, seine sexistische Scheiße für sich behalten zu haben.« Ein gefährliches Lächeln breitete sich auf seinen Zügen aus, während seine Augen stolz glänzten. »Wie war das noch gleich? Deine Küche, deine Regeln?«

»Na ja, streng genommen ist es *seine* Küche.«

»Nein, es ist die Küche der Restaurantbesitzerin, und ich glaube nicht, dass sie so ein Verhalten dulden würde, wäre sie vor Ort.« Über den Tisch griff er nach meiner Hand. »Ich weiß, dass du die Situation im Griff hast. Aber ich wäre wirklich gern dabei, wenn du es dem Kerl so richtig zeigst. Ruf mich einfach vorher an.«

Das brachte mich zum Lachen. »Mal sehen, was sich einrichten lässt.«

Wir diskutierten eine Weile hin und her, wie ich es am besten anstellen sollte, mich von Claudes Einfluss zu lösen. Ich erzählte Léo auch von Chloé und Bo, meinen Gesprächen mit ihnen und meiner Erkenntnis, dass Claude systematisch Jungköchinnen rausekelte, weshalb ich mich vorsehen musste.

»Aber nicht mit mir«, schloss ich. »Ich werde es in diesem Restaurant zu etwas bringen, und der Drache wird mir meine Karriere nicht versauen.«

»Und wenn er sich weiterhin wie ein Arsch verhält, nachdem du ihm die Leviten gelesen hast, kann ich ihm immer noch einen Besuch abstatten.« Léo ließ den Bizeps an beiden Armen spielen. »Aus Erfahrung weiß ich, dass ich mit stinkenden Fischresten ziemlich gut zielen kann.«

Ich musste so sehr lachen, dass mir mein Kaffee fast aus der Nase geschossen wäre. »Das kann ich – leider – bestätigen«, keuchte ich, nachdem ich mich wieder eingekriegt hatte.

Schließlich räumten wir gemeinsam den Tisch ab.

»Musst du heute nicht zur Arbeit?«, fragte ich, während ich die übrigen Crêpes in meinem winzigen Kühlschrank verstaute.

»Die kommen heute ohne mich aus.« Léo ließ Spülwasser ins Waschbecken. »Die nächsten Passagiere reisen erst in einer Woche an. Allerdings ist es der Scheich höchstpersönlich. Dann muss alles reibungslos ablaufen.«

»Perfekt, ich muss heute erst zur Spätschicht ins Restaurant.« Wir grinsten uns an, mussten dasselbe denken. Noch nie hatten wir so viel Zeit am Stück zusammen verbracht. Fast war es wie ein Vorgeschmack darauf, wie es wäre, zusammen zu wohnen. Die Vorstellung, meinen Alltag mit Léo zu bestreiten, ihn immer an meiner Seite und jede Nacht in meinem Bett zu wissen, war unglaublich verlockend. Mit ihm fühlte sich alles so richtig an. Einfacher. Unbeschwerter. Selbst das Problem mit Claude rückte in den Hintergrund.

Wir standen eng nebeneinander und spülten das Geschirr. Immer wieder berührten sich unsere nackten Arme, unsere Hüften. Während Léo abwusch und ich abtrocknete, stellte ich mir unsere gemeinsame Zukunft vor, wobei ich nicht aufhören konnte, breit zu lächeln. Das war es, was ich mir wünschte. Genau das hier.

Als ich den Arm hob, um eine Tasse in den oberen Küchenschrank zu stellen, schoss allerdings ein scharfer Schmerz durch meinen Nacken.

»Ah, verdammt!« Beinahe hätte ich die Tasse fallen gelassen. Eilig stellte ich sie ab, verzog das Gesicht und massierte mir mit einer Hand den Nacken.

»Was ist? Hast du Schmerzen?« Léo beugte sich besorgt über mich. »Lass mich mal sehen.« Er schob meine Hand beiseite. »Von gestern Nacht? Habe ich irgendwas …?«

»Nein, nein, du hast nichts falsch gemacht. Mir tut zwar alles weh, aber nicht deinetwegen, sondern wegen der Arbeit.« Ich gab ihm einen raschen Kuss, um ihn zu besänftigen. »Besonders mein Nacken und meine Schultern sind total verspannt. Das kommt davon, weil ich mich den ganzen Tag lang hinter ein Regal ducke, damit Claude mich nicht sieht.« Ich beugte meinen Nacken hin und her, sodass es knackte. »Autsch!«

Sofort trat Léo hinter mich und begann, meine Schultern zu massieren. Wohlig seufzend ließ ich mich gegen ihn sinken.

»Es fühlt sich schon seit Tagen an, als wäre ich von einem Seeungeheuer verschlungen, halb verdaut und wieder ausgespuckt worden. Und danach noch von einem Lkw überfahren.«

»Oh mein Gott«, rief Léo mit übertrieben hoher Stimme. »Ein Seeungeheuer-Lkw-Kombi-Angriff? Wie kannst du da überhaupt noch stehen?« Ohne Vorwarnung hob er mich auf seine Arme. Vor Überraschung quietschte ich.

»Lass mich dir helfen.« Mit zusammengezogenen Brauen sah er auf mich herab, während ich entgeistert zu ihm hochspähte. »Du brauchst dringend Zuwendung. Pflege. Zur Sicherheit sollte ich es mit Mund-zu-Mund-Beatmung versuchen.« Grinsend beugte er sich zu mir herunter.

Da verstand ich und lachte laut. Statt einem Kuss bekam er einen Klaps auf die Wange. »Du bist unausstehlich, weißt du das?«

»Und *ich* dachte, ich wäre dein Held. Dein Retter in der Not. Dein Mund-zu-Mund-Beatmer.« Wieder versuchte er, mich zu küssen, doch obwohl er mich dicht vor seiner Brust hielt, gelang es mir, ihm auszuweichen.

»Haha. Das ist nicht witzig.« Ich zog eine Grimasse. »Ich habe wirklich extremen Muskelkater.«

»Ach, dann wurdest du also doch nicht von einem Seeungeheuer verspeist und dann von einem Achttonner überrollt?« Ich verdrehte die Augen, während er mich schockiert musterte. Doch dann kniff er die Lider zusammen und senkte verschwörerisch die Stimme. »Ich kann allerdings nicht nur Erste Hilfe leisten, sondern weiß auch, was gegen Muskelkater hilft.«

»So?« Skeptisch blickte ich zu ihm auf.

Er grinste mich an und setzte sich mit mir auf den Armen in Bewegung. Nach wenigen Schritten standen wir vor meinem Bett. »Mehr Sport!« Er ließ mich fallen, und ich kreischte lachend auf. Noch im Fallen gelang es mir, ihn zu packen und mit mir aufs Bett zu ziehen.

»Wenn das so ist, sollte ich wohl öfter von einem Seeungeheuer gefressen werden.«

Er beugte sich über mich. »Das klingt nach einem Plan.« Im nächsten Moment lagen seine Lippen auf meinen, und alle Gedanken an Ungeheuer, Verspannungen und ernste Gespräche waren schlagartig vergessen.

Die Leichtigkeit zwischen uns blieb uns auch in den nächsten Wochen erhalten. Ich konnte kaum fassen, wie glücklich ich war. Noch nie in meinem Leben hatte ich derart viel für eine andere Person empfunden. Und ich genoss es in vollen Zügen.

Einige Tage lang wachte ich jeden Morgen in Léos Armen auf. Eine Routine, die ich am liebsten beibehalten hätte, doch das war natürlich unmöglich. Als die nächsten Gäste anreisten, war er auf der Arbeit wieder sehr eingespannt, doch wir sahen uns trotzdem in jeder freien Minute. Wir kochten zusammen, schauten Netflix und probierten uns durch die regionalen Weinsorten. Wann immer es ging, unternahmen wir Ausflüge in die nähere Umgebung. Mal mit dem Beiboot, mal zu Fuß und ein paarmal sogar mit Chloés Vespa, die ich ausleihen durfte.

Seit Léos Zusammenbruch auf der Stadtmauer herrschte zwischen uns das unausgesprochene Einverständnis, uns nicht mehr in der Nähe des Hafens zu treffen. Was auch immer ihn dort getriggert hatte, ich wollte nicht, dass es sich wiederholte. Mir fiel außerdem auf, dass er nun öfter die Baseballkappe und seine Sonnenbrille trug, wenn wir draußen unterwegs waren. Durch die Straßen von Antibes streiften wir so gut wie gar nicht mehr.

Abgesehen davon führten wir eine ganz normale Beziehung. Mittlerweile kannte ich jeden Zentimeter von Léos Körper, jede seiner Reaktionen auf meine Berührungen. Ich wusste, was ihn zum Lachen brachte oder nachdenklich stimmte. Wie sich herausstellte, hatte er eine Schwäche für libanesisches Essen und zeigte mir, wo es die besten Falafel mit Sesamsoße und Hummus gab. Im Gegenzug überraschte ich ihn eines Abends mit selbst gemachtem Falafel, das er von meinem nackten Körper essen durfte.

Je besser wir uns kennenlernten, desto intensiver wurde der Sex. Léo sowohl körperlich als auch emotional so nahe zu sein, löste ein stetig andauerndes Hochgefühl in mir aus. Ich wollte nicht, dass es endete. Dennoch konnte ich nie ganz verdrängen, dass ich, so gut ich ihn auch zu kennen glaubte, nach wie vor keine Ahnung von Léos Leben vor Antibes hatte. Weder wusste ich, womit er als Kind gern gespielt hatte, noch, wo genau er in Paris aufgewachsen oder was seine Familiensituation war.

Es war genug. Ich sagte mir, dass es genug war. Denn das musste es sein. Von sich aus schnitt Léo das Thema nie an, und er schien dankbar zu sein, dass ich ihn nicht drängte. Trotzdem hatte ich das Gefühl, dass ihn eine Art Düsternis umgab, an manchen Tagen mehr als an anderen. Als schwebte eine schwarze Gewitterwolke über seinem Kopf, die ich nicht vertreiben konnte, sosehr ich mich auch bemühte. Ich konnte nur hoffen, dass sie ihre Regenlast nicht bald entladen und auch mein Leben in Dunkelheit tauchen würde.

Das war einer der Gründe, warum ich mich nicht traute, Léo von meinen starken Gefühlen für ihn zu erzählen. Ich wollte ihn nicht verschrecken, wollte diese kostbare Blase nicht zerstören, in der wir uns bewegten. Seine Berührungen und Gesten verrieten mir, dass er ebenso viel für mich empfand, doch ich hatte seine Worte an dem versteckten Strand nicht vergessen.

»Ich will mit dir zusammen sein. Am liebsten würde ich nichts anderes mehr tun. Aber du musst wissen, dass ich vielleicht nicht bleiben kann. Nicht für immer.«

Da ich Léo längst in mein Herz eingeladen hatte, war meine einzige Hoffnung, dass sich seine ominösen Worte nicht bewahrheiten würden. Vielleicht würde er *nicht* gehen. Vielleicht waren seine Gefühle für mich stark genug, um ihn an meiner Seite zu halten, komme, was wolle. Vielleicht …

Ich ließ nicht zu, dass derartige Unsicherheiten unser Glück trübten. Lieber genoss ich das Hier und Jetzt und schob alle Gedanken an eine mögliche Zukunft ohne Léo weit von mir.

Nur Chloé konnte ich nichts vormachen. Bei jeder Gelegenheit fragte sie mich nach Léo und zog stets besorgt die Brauen zusammen, wenn ich ihr erzählte, wie glücklich ich war. Es versetzte mir einen Stich, dass sie es mir nicht abnahm, da ich mich doch so erfolgreich selbst belog. Glücklicherweise konnte ich sie gut mit Fragen nach ihrem Engländer ablenken. Obwohl sie sich mittlerweile getraut hatte, mit ihm auf ein Date zu gehen, war die Sache zwischen den beiden komplizierter als gedacht. Offenbar hatten sie Kommunikationsschwierigkeiten, und laut Chloé würde Ben irgendwann nach London zurückkehren müssen. Lieber hörte ich mir ihre Ängste und Unsicherheiten an, als mich mit meinen eigenen zu konfrontieren.

Sowohl sie als auch Léo ermutigten mich, Maxime nach Sylvies Nummer zu fragen und mich, wenn nötig, telefonisch bei der Restaurantbesitzerin zu melden, sollte sich die Situation mit Claude verschlimmern. Bisher hatte ich diese Möglichkeit nicht ernsthaft in Betracht gezogen, denn ich wollte das Problem unbedingt auf eigene Faust lösen. Fragte sich nur, wie. Meine Probezeit war zwar mittlerweile vorbei, ohne dass ich den Job verloren hatte, doch Claude machte mir weiterhin das Leben schwer, und ich kam nicht umhin, mich zu fragen, wann er schließlich doch noch einen absurden Grund finden würde, um mich zu feuern. Wie sich herausstellte, musste ich nicht allzu lange warten.

KAPITEL 27

Léo

Die letzten Wochen waren die glücklichsten meines Lebens gewesen. Ich verbrachte so viel Zeit mit Alix wie nie zuvor und wollte immer noch mehr. Mehr Nähe. Mehr Haut an Haut. Mehr Alix. Ja, ich wünschte mir alles mit ihr. Und langsam gestand ich mir ein, dass diese Erkenntnis keine Angst mehr in mir auslöste. Da war nichts als Glück in mir. Glück und ein ungewohnt positiver Ausblick auf die Zukunft. Vielleicht war es mir ja doch vergönnt, dauerhaft glücklich zu werden. Vielleicht waren die Tage, an denen ich ständig über die Schulter sehen musste, endlich vorbei.

Den Geist aus meiner Vergangenheit hatte ich nicht noch einmal gesehen, und ich war mittlerweile überzeugt davon, mir alles nur eingebildet zu haben. Fest stand, dass ich mich in Alix' Gegenwart unbesiegbar fühlte. Und ich wollte nicht, dass es jemals endete.

Ich lag in einer Hängematte, die wir für die Gäste aufgespannt hatten, und blickte zum makellos blauen Himmel auf. Der Scheich war mit seiner Familie und dem Sicherheitspersonal zum Parfüm-Shoppen nach Grasse gefahren, sodass ich einen seltenen Moment für mich hatte. Die Sommerhitze und das sanfte Schaukeln der Hängematte machten mich träge. In weniger als einem Monat war die Hauptsaison bereits wieder vorbei. Und was für eine Saison! Das Trinkgeld war hervorragend gewesen. Meine Crew hatte großartige Arbeit geleistet. Ich war stolz auf sie alle. Auf mich. Vor allem, weil ich so weit gekommen war. Nicht beruflich. Sondern emotional. Der Sommer mit Alix hatte mich mir selbst wieder nähergebracht. Mir endlich die Fähigkeit zurückgegeben, mich auf eine andere Person einlassen zu können. Und an eine mögliche gemeinsame Zukunft zu glauben. Ein überwältigendes Gefühl.

Der starke Drang, die Freude über meinen ganz persönlichen Sieg über die Geister meiner Vergangenheit zu teilen, überkam mich. Ich hob mein Handy auf, das in meinem Schoß lag. Die Bewegung brachte die Hängematte erneut zum Schaukeln, sodass ich für einen Moment um mein Gleichgewicht ringen musste. Dann entsperrte ich das Handy und tippte auf die App, die ich schon viel zu lange nicht mehr geöffnet hatte.

Die Mail, die ich vor dem Vorfall an der Stadtmauer zu tippen begonnen hatte, hatte ich nie abgeschickt. Seitdem blinkte mich die rote Eins in meinem Postausgang vorwurfsvoll an. Mein Handy zeigte immer noch Spuren von dem Tag, an dem ich es vor Angst fallen gelassen hatte. Kratzer, wie sie auch auf meiner Seele zu finden waren. Und wenn ich dafür sorgen wollte, dass die halb verheilten Narben nicht wieder aufrissen, musste ich mich früher oder später der einen Person stellen, die mich wirklich kannte. Die sich sicher große Sorgen um mich machte, weil sie so lange nichts von mir gehört hatte.

Danach ging es mir jedes Mal besser. Warum hatte ich es also so lange aufgeschoben? Vielleicht, weil ich sicher hatte sein wollen, dass es wirklich etwas zu erzählen gab. Etwas Großes. Lebensveränderndes.

Unter den wenigen Sätzen, die ich bereits getippt hatte, setzte ich neu an.

Ich habe eine Frau getroffen. Sie heißt Alix. Ich glaube, sie ist es. Die eine Person, die ich offenbar gebraucht habe, um den Mut zu finden, mich wieder aufzuraffen. Endlich mein Leben zu führen, statt immer nur verängstigt in einem Versteck auszuharren. Vom ersten Moment an, als ich sie am Hafen an mir vorbeijoggen sah, habe ich es geahnt. Und bisher war ich zu feige, um es mir einzugestehen. Aber vor dir kann ich meine Gefühle sowieso nie verbergen, nicht wahr? Du würdest mich sofort durchschauen. Also versuche ich es gar nicht erst.

Du würdest sie mögen, da bin ich mir sicher. Mindestens so sehr, wie ich sie mag. Wie ich sie liebe.

Nachdem ich auf *Senden* gedrückt hatte, stieß ich ein tiefes, erleichtertes Seufzen aus. Mit einem breiten Lächeln blickte ich wieder zum Himmel auf und ließ mich in das intensive Blau hineinfallen. Ohne Halt. Ohne Rückversicherung. Vielleicht würde ich ja diesmal fliegen.

KAPITEL 28

Alix

Endlich kam der Tag, an dem ich alle Stationen in der Küche durchlaufen hatte und in den Patisserie-Bereich durfte, um meine Crème brûlée zu präsentieren. Nach der langen Wartezeit brannte ich darauf, zu zeigen, was ich wirklich draufhatte.

Wir hatten den Höhepunkt der Sommersaison überschritten. In circa zwei Wochen würde es deutlich leerer werden. Anfang September mussten die meisten französischen Touristen für die große Rentrée zurück nach Hause. Die langen Sommerferien waren vorbei, Büros und Geschäfte öffneten aufs Neue, und die Schule ging wieder los.

Es war kurz vor halb zwölf, und die leisen Klänge eines Chansons drangen aus dem Restaurantbereich, untermalt von den Stimmen der ersten Gäste des Tages. Diese Geräusche sowie das geschäftige Klappern aus der Küche hörte ich jedoch nur gedämpft, da ich im abgegrenzten Patisserie-Bereich stand. Siphiwe, unser Patissier, war damit beschäftigt, mehrere hübsch angerichtete Teller mit je einem Stück frisch gebackenem Moelleux au chocolat mit Puderzucker zu bestäuben. Der wundervolle Schokoladenduft drang mir in die Nase, und ich atmete ihn tief ein. Himmlisch!

Seit ich den Job im *Le Chat Noir* begonnen hatte, hatten wir nicht viel miteinander zu tun gehabt, doch in Siphiwes Gegenwart fühlte ich mich sofort wohl. Mit etwas Entfernung zum Küchentrubel konnte ich mich in seinem kleinen Reich voll entfalten. Gestern Abend hatte er mir bereits gezeigt, wo sich alles befand, und wir hatten das Dessert-Menü durchgesprochen. Seitdem ließ er mir freie Hand. Und natürlich hatte ich mich sofort an die Crème brûlée gemacht, die Claude heute mit Sicherheit sehen wollte.

Während der Arbeit krochen allerdings Zweifel in meinen Kopf. Hätte ich meine Fähigkeiten vielleicht nicht so anpreisen sollen? Vermutlich wäre es klüger gewesen, einfach durch Ergebnisse zu glänzen, als von Anfang an zu verkünden, dass ich die perfekte Crème brûlée machte. Doch Claude hatte mich an meinem allerersten Tag nach meinen Stärken gefragt – und ich hatte wahrheitsgetreu geantwortet. Ich hatte es allein seinen unermüdlichen Beleidigungen zu verdanken, dass ich nun an mir zweifelte. Dass ich alles infrage stellte. Dabei war mir das Verquirlen von Sahne, Milch und Eigelb gestern Abend so einfach von der Hand gegangen wie eh und je. Über Nacht hatte ich die süße Masse in kleinen weißen Förmchen auskühlen lassen, sodass heute nur noch die letzten Handgriffe nötig waren.

Vorsichtig streute ich nun eine dünne Schicht braunen Zucker über meine Kreationen und überflammte sie mit einem Flambierbrenner. Zufrieden betrachtete ich mein Werk. Der karamellisierte Zucker war vollkommen gleichmäßig geschmolzen und hatte eine perfekte bräunliche Kruste gebildet. Fast hörte ich bereits das ikonische Knacken, wenn die Gäste diese bald mit ihren Löffeln durchbrechen würden.

»Sieht toll aus«, meldete sich Siphiwe neben mir zu Wort.

Ich war so in meine Aufgabe vertieft gewesen, dass ich gar nicht bemerkt hatte, wie er meine Arbeit inspizierte. Die Runzeln in seinem Gesicht vertieften sich, als er mich anlächelte.

»Danke!« Ich strahlte zurück.

»Ich bin so froh, Hilfe zu haben«, fuhr er fort. »Jetzt kann ich meine Aufmerksamkeit endlich den Dingen widmen, die besonders viel Zeit und Hingabe benötigen.« Er war ein erfahrener Patissier, der bereits seit Jahrzehnten im *Le Chat Noir* arbeitete. Stolz hatte er mir erzählt, dass er nächstes Jahr in Rente gehen würde, und ich hatte mir vorgenommen, ihm in seinen letzten Monaten hier, so gut es ging, unter die Arme zu greifen, damit er sich richtig ausleben konnte. Ich hatte es im Gefühl, dass wir ein super Team abgeben würden. Vorausgesetzt, Claude würde mir erlauben, im Patisserie-Bereich zu bleiben.

»Kümmere du dich um deine Kunstwerke. Ich übernehme gern alles andere.« Vielsagend deutete ich auf die nun fertig bestäubten Schokoküchlein auf seiner Arbeitsfläche.

Siphiwe lächelte dankbar, schob ein paar kurze, ergraute Locks zurück unter seine Kochmütze und widmete sich dann wieder seinen Kreationen.

Ich kümmerte mich um einige Bestellungen der Gäste und vergaß dank der routinierten Handgriffe alles um mich herum. Als die erste Crème brûlée bestellt wurde, klatschte ich freudig in die Hände. Siphiwe warf mir einen amüsierten Blick zu und überkreuzte Zeige- und Mittelfinger, um mir viel Glück zu wünschen. Wenn meine Kreation bei den Restaurantgästen gut ankam, war das bereits die halbe Miete. Allerdings wusste ich, dass Claude wahrscheinlich selbst dann nicht von mir überzeugt wäre, wenn sie mir einen Preis für die beste Crème brûlée des Landes verleihen würden.

Als hätte ich den Drachen mit meinen Gedanken heraufbeschworen, tauchte er im Türrahmen auf. Wie immer trug er statt der Kochmütze sein schwarzes Bandana. Die Falten um seine grauen Augen wirkten tiefer als sonst, vermutlich, weil er sie ständig so wütend zusammenkniff. Rasiert hatte er sich offenbar seit Tagen nicht. Grauschwarze Stoppeln zogen sich unregelmäßig über Kinn, Wangen und Hals.

»Alles in Ordnung hier?«

Siphiwe sah nur kurz von seiner Arbeit auf und nickte lächelnd. »Es ist schön, Gesellschaft zu haben. Und wenn die dann auch noch so begabt ist wie Alix …« Er ließ den Satz unbeendet, klopfte mir aber anerkennend auf die Schulter.

Ich warf ihm einen dankbaren Blick zu, bevor ich mich wieder Claude zuwandte. Er hatte das Gesicht zu einer Grimasse verzogen. Das konnte nichts Gutes bedeuten.

Sofort begann mein Herz schneller zu schlagen. Fühlte er sich etwa mal wieder in seinem Stolz gekränkt, nur weil Siphiwe meine Arbeit gelobt hatte? Hatte ihm denn nie jemand beigebracht, dass das Lob, das man anderen aussprach, die eigene Leistung nicht schmälerte? In dieser Küche war für uns alle genug Platz, um uns frei zu entfalten und unsere Talente zur Unterstützung des Teams einzusetzen. Das hätte ich ihm am liebsten gesagt. Doch Claude trat bereits mit düsterer Miene an meine Arbeitsplatte. Der Moment, der vermutlich über meine weitere Karriere entscheiden würde, war gekommen.

»Dann lass mal sehen.« Er schnappte sich eine Crème brûlée und holte einen Löffel aus einer Schublade. Prüfend brach er die karamellisierte Kruste, sodass es laut knackte.

Ich straffte die Schultern. Versuchte, ihn nicht allzu gespannt anzustarren. Ich war von meiner Arbeit überzeugt. Diesmal würde er nichts auszusetzen finden. Diesmal würde ich mich nicht kleinmachen lassen. Nicht, wenn ich endlich hundertprozentig in meinem Element war. Es hatte mir so gutgetan, die letzten Stunden hier in der Patisserie zu verbringen. Fort von Claudes argwöhnischen Blicken hatte ich mich hier endlich etwas entspannen können und war zu meiner gewohnten Höchstform aufgelaufen. Das würde er mir jetzt nicht kaputt machen. Er *musste* zugeben, wie gut mir die Crème brûlée gelungen war. Er *musste* einfach.

Claude hatte sich den Löffel in den Mund geschoben und meine süße Kreation heruntergeschluckt. »Die perfekte Crème brûlée, was? Dass ich nicht lache.«

Hitze stieg mir in die Wangen. Das Herz hämmerte mir so laut in der Brust, als wollte es daraus hervorbrechen. Natürlich hatte ich mir nur selbst etwas vorgemacht.

Er schnaubte. »Wie sagt man so schön? Hochmut kommt vor dem Fall. Nimm es nicht zu schwer, Alix. Glücklicherweise fällt man nicht besonders tief, wenn man nie an der Spitze war.«

Was zum Teufel sollte das denn jetzt bitte heißen? Wollte er mich degradieren? Mich zum Spüldienst verdonnern? Oder mich direkt feuern? Und mit welcher Begründung? Weil ihm meine Crème brûlée nicht zusagte? Fast wäre mir ein ungläubiges Lachen entwichen. Das konnte doch jetzt nicht sein verdammter Ernst sein.

Claude warf den benutzten Löffel in die Spüle. Er hatte nur einen einzigen Bissen genommen. Und selbst den hätte er sich sparen können, war seine Meinung über mich doch von meinem ersten Arbeitstag an vorgefertigt gewesen.

»Du solltest in der zweitklassigen Patisserie deiner kleinen Freundin anfangen«, fuhr er spöttisch fort. »Dort wärst du um einiges besser aufgehoben als hier.«

Mittlerweile bebte mein gesamter Körper vor Zorn. Wie hatte ich nur glauben können, dass es diesmal anders sein würde? Dass er mich endlich respektieren, mir eine faire Chance geben würde? Doch es ging offenbar nicht mehr nur um mich. Jetzt zog er auch noch Chloé in seine peinliche Vendetta gegen Frauen hinein. Er hatte wohl mitbekommen, dass ich meine Pausen oft mit ihr verbrachte. Der Gedanke, dass er die Zusammenarbeit mit ihr meinetwegen kündigen könnte, gab mir den Rest. Die Wut ging mit mir durch.

»Chloé ist nicht ›meine kleine Freundin‹, und ›zweitklassig‹ ist ihre Patisserie schon gar nicht«, brachte ich zwischen zusammengebissenen Zähnen hervor. »Meinst du, dass eine derart respektlose Bezeichnung angebracht ist? Findest du es in Ordnung, dass du immer abwertend wirst, sobald du über Frauen sprichst?«

»Respektlos?« Drohend baute sich Claude vor mir auf. Er schien das hier wirklich zu genießen, während ich kurz davor war, ihm eine reinzuhauen. »Wenn du deinen Job behalten willst, solltest du *mir* Respekt entgegenbringen, Alix, und nicht in diesem Ton mit mir sprechen.«

Ich funkelte ihn an, hatte so viel Wut in mir drin, dass ich nicht wusste, was als Nächstes aus meinem Mund kommen würde, wenn ich ihn öffnete. Claude grinste siegessicher, als wartete er nur darauf, dass ich einen Schritt zu weit ginge. Als wüsste er bereits, dass es hier für mich vorbei war.

War es bei meinen Vorgängerinnen so abgelaufen? Hatte er sie so lange provoziert, bis sie nicht mehr an sich halten konnten und ihm die Stirn geboten hatten? Und hatte er diese Konfrontation dann so ausgelegt, dass sie sich unprofessionell oder zu emotional oder respektlos verhielten und ihm damit einen Grund lieferten, sie zu feuern? Oder hatten sie am Ende alle auf eigene Faust gekündigt, weil sie es nicht mehr ausgehalten hatten, so von ihm behandelt zu werden?

Langsam wusste ich, wie sich das anfühlte. Viel konnte ich nicht mehr schlucken, ohne an die Decke zu gehen.

»Ich muss mir überlegen, wo wir dich von nun an einsetzen können«, fuhr Claude gelangweilt fort. »Viele Möglichkeiten gibt es nicht, da du in jedem Bereich kläglich versagt hast. Wie schon erwähnt«, er machte eine wegwerfende Handbewegung, und sein Grinsen wurde geradezu grausam, »das Angebot, dich als Kellnerin einzustellen, gilt noch. Ich kann dir ja schon mal eine schwarze Schürze besorgen.«

Die Tatsache, dass er die Arbeit meiner hart schuftenden Kolleginnen im Servicebereich auf diese Weise in den Dreck zog und glaubte, mich damit zu beleidigen, brachte das Fass zum Überlaufen. Die Worte brachen mit aller Gewalt aus mir heraus. So lange hatte ich sie zurückgehalten, dass es nun unglaublich befreiend war, sie endlich auszusprechen.

»Weißt du, Claude, wenn ich eine dermaßen nutzlose Bürde bin, dann feuer mich eben!«

Ich sprach so laut, dass er mich überrascht ansah und einen halben Schritt zurückwich. Doch ich kam sofort hinter ihm her. Diesmal baute *ich* mich vor *ihm* auf.

»Du bist ein selbstverliebtes, misogynes Arschloch, und ich halte es sowieso keine Sekunde länger aus, für dich zu arbeiten.« Ich riss mir die weiße Schürze von den Hüften und schleuderte sie ihm entgegen. »Du behandelst das gesamte Personal wie Dreck und hattest mich von Anfang an im Visier, obwohl ich mir, seit ich hier angefangen habe, den Hintern aufgerissen habe. Wie wir alle. Ich habe hart gearbeitet, um diesen Job zu bekommen. Er wurde mir nicht einfach auf dem Silbertablett serviert, wie du ständig andeutest. Ich kenne meinen Wert. Und ich werde mich von dir nicht länger kleinmachen lassen.«

Claudes verblüffte Miene verwandelte sich in ein siegesgewisses Feixen. »Da kommt die Kleine also endlich aus ihrem Schneckenhaus. Ich hatte mich schon gefragt, wann du wohl hysterisch wirst. Wenn du noch lauter schreist, kommen gleich die Gäste hier rein, um sich zu erkundigen, was der Tumult soll. Das könnt ihr Frauen doch gut. Euch als Opfer inszenieren. Hauptsache laut genug schreien. Ein paar Tränen vergießen, dann bekommt ihr alles, was ihr wollt.«

Nun trat er wieder näher an mich heran – unprofessionell nahe –, bis er so dicht vor mir stand, dass mir sein schaler Atem entgegenwehte. Am liebsten hätte ich mich vor Ekel abgewandt. »Aber so läuft das nicht in meiner Küche«, sagte er gefährlich leise. Drohend. Und kein bisschen eingeschüchtert von meinen Worten. Den Worten, die ich so lange in mir getragen und nun endlich losgeworden war. Sie hatten nichts genützt.

Wieder brannten Tränen in meinen Augen, doch ich blinzelte sie wütend fort. Hatte ich gerade für einen kurzen Moment des Triumphs meinen Job aufs Spiel gesetzt? Nach Claudes Miene zu urteilen, sah es ganz danach aus.

»*Deine* Küche?«, ertönte da eine Stimme von der offenen Tür. »Habe ich mich verhört, Claude?«

KAPITEL 29

Alix

Wie vom Blitz getroffen, fuhr Claude herum. Ich folgte seinem Blick. In der Tür stand eine schlanke Frau mit langem Silberhaar, braun gebrannter Haut, einem schicken moosgrünen Hosenanzug und einer eleganten Brille mit dünnem Goldrahmen. Mit einer erwartungsvoll erhobenen Braue sah sie Claude an. Der hatte zunächst nichts zu seiner Verteidigung hervorzubringen.

»Sylvie?«, krächzte er schockiert.

Das war sie also, Sylvie Lellouche, die Besitzerin des *Le Chat Noir* und meine Chefin. Nein, *unsere* Chefin. Die einzige Person, die im Rang über Claude stand.

Bei meinem Bewerbungsgespräch hatte ich sie nur leicht verwackelt auf dem Laptopbildschirm gesehen, doch hier und jetzt war sie eine Erscheinung. Auf ihren hohen Absätzen machte sie einen Schritt in den Raum hinein und verschränkte die Arme vor der Brust. »Ich glaube, wir sollten uns mal unterhalten, Claude«, sagte sie. »Am besten unter vier Augen.«

Claude war einen kurzen Moment lang erbleicht, doch nun überzog zornige Röte seine Wangen. Plötzlich waren die Rollen vertauscht. Jetzt war *er* es, der sich seiner Chefin gegenüber zu verantworten hatte – und es schien ihm ganz und gar nicht zu gefallen. »Ich meinte bloß … Ich wollte damit nur sagen, dass …«

»Ich glaube, du meintest es genau so, wie du es formuliert hast«, schnitt Sylvie ihm das Wort ab. »Über den Sommer war ich nicht hier, aber glaub ja nicht, dass ich nicht weiß, was im Restaurant vor sich ging.«

Claude hatte seine Gesichtszüge wieder unter Kontrolle gebracht. »Ich hatte mich bloß gefragt, wo wir Alix von nun an einsetzen werden. Ich weiß, dass du sie eigenhändig eingestellt hast, aber vielleicht hättest du das vorher mit mir besprechen sollen. Meiner professionellen Meinung nach ist sie keine sinnvolle Ergänzung unseres Teams.«

»So? Da habe ich aber anderes gehört.« Sylvie drehte sich halb zur Tür um. Mir war nicht aufgefallen, dass Bo sie begleitet hatte. Ein wenig verloren lungerte sier auf dem Flur herum und wirkte, als wäre sier gerade überall lieber als hier.

»Ab sofort bin ich persönlich hier, um mir ein Urteil zu bilden«, fuhr Sylvie fort. »Aber ich kann jetzt schon sagen: Vorausgesetzt, Alix stellt sich weiterhin so gut an, wie Bo mir seit Wochen berichtet, wird sie Siphiwes Posten bekommen, wenn er Ende nächsten Jahres in Rente geht.«

Claude taumelte ein paar Schritte rückwärts, als hätte Sylvie ihm eine Pistole auf die Brust gesetzt. »Alix? Chef de Partie? Nach nur eineinhalb Jahren?« Seine Stimme schraubte sich auf amüsante Weise in die Höhe, sodass er an einen Papagei erinnerte. »Das kannst du nicht machen!«

»Und ob ich das kann.« Sylvies Mundwinkel hoben sich leicht. Das Lächeln war bar jeden Amüsements. Ihre sonst warme Stimme bekam einen eisigen Unterton. »Das hier ist *mein* Restaurant. Du tätest gut daran, das nicht zu vergessen.«

Die eindeutige Warnung schien völlig an Claude vorbeizugehen. Weder die Härte in ihrem Blick noch das Eis in Sylvies Stimme kamen bei ihm an. Der Drache war krebsrot angelaufen. Eine Ader pochte an seiner Schläfe. »So läuft das also heutzutage? Eine junge Frau muss nur ein paar einflussreiche Leute in der Gastrobranche kennen, und dann öffnen sich ihr sämtliche Türen? Wer weiß, was Alix ihrem Chef in Bordeaux versprochen hat, damit er sie dir empfiehlt. Wer weiß, welche *Gefallen* sie ihm getan hat, um diesen Job zu kriegen. Und du fällst darauf rein.« Er betonte das Wort *Gefallen* verächtlich und sehr zweideutig.

Ich schnappte nach Luft. Deutete Claude etwa gerade wirklich an, dass ich und Maxime ... Der Mann, der für mich wie ein Vater war? Der mich von meinem einsamen Partyleben weggeholt, mir einen neuen Lebenssinn gegeben und mir alles beigebracht hatte, was er wusste, um mir eine Zukunft zu ermöglichen, weil meine Eltern sich einen feuchten Dreck um mich geschert hatten? Mir wurde so schlecht, dass ich ein Würgen unterdrücken musste.

Bevor ich etwas erwidern konnte, fuhr Claude zu mir herum. »Du bist dir wirklich für nichts zu schade, oder? Schleimst dich seit Wochen beim Team und bei den Gästen ein. Es würde mich nicht wundern, wenn du auch mit Bo einen Deal eingegangen bist, damit sier dich Sylvie gegenüber in den Himmel lobt. Alles, um deine Karrieregeilheit zu stillen, was?«

Eine eisige Ruhe überkam mich. Meine Wut verwandelte sich in etwas Düsteres, Gefährliches. Fest erwiderte ich Claudes Blick. Ich hatte keine Angst mehr vor ihm. Denn jeglicher Respekt, den ich zuvor vielleicht noch vor meinem Chef gehabt hatte, war nun endgültig verschwunden. Fast musste er einem leidtun, wie er sich wild gestikulierend ereiferte, Bo mit beleidigten Blicken erdolchte und sich hilfesuchend zu Siphiwe umdrehte, der überhaupt nicht wusste, wie ihm geschah. Aber nur fast.

»Claude, du solltest jetzt aufhören«, sagte ich so gefasst, dass es mich überraschte. »Du bringst dich nur selbst in Schwierigkeiten. Keine deiner Anschuldigungen hat Hand und Fuß. Und ich glaube, das weißt du tief drin auch. Es ist vorbei. Du kannst mir nicht mehr wehtun.«

Er riss die Augen auf, fuhr sich mit der Hand über den Mund, drehte sich einmal um sich selbst. »Vorbei? Jetzt willst du mir auch noch vorschreiben, was ich zu tun und zu lassen habe? Denkst wohl, du hättest meinen Posten auch längst inne, was?« Unterstützung suchend sah er sich zu den anderen um, als hätte er endlich mein wahres Ich entlarvt. Als müssten alle nun endlich sehen, was für ein egoistisches Biest ich war. Dabei schien ihm überhaupt nicht aufzufallen, dass er sich um Kopf und Kragen redete. Ich hatte ihn gewarnt. Doch wann hatte er mir je zugehört?

Sylvie, die nach wie vor die Arme vor der Brust verschränkt hatte, musterte ihn weiterhin kalt. Bo hatte sich abgewandt, als könnte sier es nicht ertragen, Claudes erbärmlicher Show zuzusehen. Selbst Siphiwe hatte die Lippen missbilligend verzogen.

»So läuft das also, wenn Frauen die Führung übernehmen«, ereiferte Claude sich, als ihm klar wurde, dass ihm niemand zu Hilfe kommen würde. »Eine verdammte Vetterinnenwirtschaft, das ist es, was das hier ist.«

»Genug.« Kopfschüttelnd trat Sylvie vor. »Ich hatte nicht vor, dich zu feuern, Claude. Nach so vielen Jahren der Zusammenarbeit wollte ich zuerst mit dir sprechen. Unter vier Augen. Mir deine Seite anhören. Dir noch mal eine Chance geben. Aber die hast du gerade zunichte gemacht.«

»Mich feuern?« Claude lachte hart auf. »Willst du uns jetzt einen nach dem anderen ersetzen? Alle Männer rausschmeißen und nur noch Frauen einstellen? Mitarbeiterinnen befördern, die es gar nicht verdient haben? Uns wie zweitklassige

Mitmenschen behandeln, nur weil wir *Männer* sind? Das ist die schöne neue Welt?« Er sprang auf sie zu, als wollte er sie angreifen. Bo trat vor, um sich im Notfall einzumischen.

Ich musste Sylvie lassen, dass sie nicht einmal mit der Wimper zuckte. »Mach dich nicht lächerlich, Claude. Wenn du dich nicht beruhigst, werde ich dich vom Sicherheitspersonal hinausbegleiten lassen.«

»Das wird nicht nötig sein! Ich gehe!« Claude riss sich das Bandana vom Kopf, schleuderte es zu Boden. Er warf mir einen letzten wutentbrannten Blick zu. »Wahrscheinlich war das von Anfang an dein Plan. Ich hoffe, du bist zufrieden.«

»Klar«, murmelte ich, während er aus dem Raum rauschte. »Ich habe nur deshalb hier angefangen, um dich, eine Person, die ich überhaupt nicht kannte, dazu zu bringen, einen cholerischen Anfall zu bekommen, der dazu führt, dass du gefeuert wirst, wovon ich absolut keinen Vorteil habe. Offenbar ist mein diabolischer Plan aufgegangen.«

Claude war längst verschwunden. Er hatte meinen Kommentar nicht mehr gehört, doch Sylvie prustete überraschend laut los. Bo und ich sahen uns einen Wimpernschlag lang verdutzt an, dann fielen auch wir in ihr Lachen mit ein. Die Situation war einfach zu absurd.

Während ich lachte, fiel endlich all die Wut, Anspannung und Angst von mir ab, die ich seit meinem ersten Arbeitstag mit mir herumgeschleppt hatte. Es tat so gut. Als könnte ich nach sehr langer Zeit mit einem schweren Gewicht auf meiner Brust endlich wieder frei atmen.

Schließlich wischte sich Sylvie ein paar Lachtränen aus den braunen Augen und legte mir eine Hand auf den Arm. »Alix, ich möchte dich noch einmal ganz offiziell in unserem Team begrüßen. Diabolischer Plan hin oder her – du bist hier sehr willkommen.«

KAPITEL 30

Alix

Kurz darauf fand ich mich in Sylvies Büro im Obergeschoss des Restaurantgebäudes wieder, das ich noch nie zuvor betreten hatte. Sie bedeutete mir mit einer Handbewegung, auf dem weichen Ledersessel vor ihrem Schreibtisch Platz zu nehmen.

»Puh, das war …« Sie schien nach den richtigen Worten zu suchen, während sie sich mir gegenübersetzte.

»Nervenaufreibend?«

Sie lachte. »Ich wollte peinlich sagen, aber das trifft es auch.« Bedächtig schob sie sich ihre goldgerahmte Brille höher auf die Nase, um mich eingehend zu mustern. »Alix, ich kann nur noch einmal betonen, dass es mir furchtbar leidtut, was du hier durchgemacht hast.«

»Ist schon in Ordnung.«

»Das ist es ganz und gar nicht. Und wenn ich hier gewesen wäre, wäre es natürlich nicht passiert. Ich habe mein Vertrauen – mein Restaurant – in die falschen Hände gegeben. Dieser Fehler wird mir nicht noch einmal unterlaufen.«

Ich nickte, unsicher, was ich dazu sagen sollte. Natürlich

hatte sie recht, aber ihre Abwesenheit war nicht der Grund dafür, dass sich Claude mir gegenüber so verhalten hatte. Sie hatte ihm bloß die Gelegenheit geliefert, so lange damit durchzukommen. Niemand hätte das vorhersehen können.

»Wie schon gesagt, hat Bo mich von Anfang an über deine Arbeit hier auf dem Laufenden gehalten«, fuhr Sylvie fort. »Natürlich bin ich gern über die Leistung meiner neuen Arbeitskräfte informiert, auch wenn ich nicht vor Ort sein kann. Als ich allerdings nach einigen Wochen erfuhr, dass Claude dir das Leben schwer macht, konnte ich es zuerst nicht glauben. Es wird dich vielleicht überraschen zu erfahren, dass mir nicht nur Bo davon berichtet hat. Auch Timothée und Emil haben mir unabhängig voneinander E-Mails geschrieben und von Claudes Verhalten dir gegenüber erzählt. So wurde mir klar, dass es ein ernsthaftes Problem gibt.«

Überrascht riss ich die Augen auf. Damit hatte ich als Allerletztes gerechnet. »Das … das ist …« Ich war sprachlos vor Rührung darüber, dass sich meine Kollegen doch für mich eingesetzt hatten – wenn auch nur per Mail.

Anhand meines überforderten Stotterns lächelte Sylvie nachsichtig, wobei sich tiefe Lachfalten um ihre Augen und den Mund zeigten. »Auch wenn du hier einen denkbar schlechten Start hattest, wirst du mir wohl zustimmen, dass ich ein hervorragendes Team auf die Beine gestellt habe.«

Ich nickte eilig. Das konnte niemand bestreiten.

»Die anderen haben dich längst als eine von ihnen akzeptiert und deine Fähigkeiten gelobt. Dass sie sich außerdem auch auf menschlicher Ebene für dich eingesetzt haben, verrät mir alles, was ich über dich wissen muss, Alix.«

Mein Magen kribbelte vor Aufregung. Worauf wollte sie hinaus?

»Leider haben wir uns beim Bewerbungsgespräch nur kurz kennenlernen können, aber ich freue mich darauf, dies nun, da ich wieder vor Ort bin, ausführlicher nachzuholen. Deshalb sehe ich, wie schon gesagt, für dich vor, dass du Ende nächsten Jahres Siphiwes Posten als Chef de Partie unseres Patisserie-Bereichs übernimmst.«

Ich schnappte nach Luft, hatte nicht damit gerechnet, dass sie das wirklich ernst meinte, als sie es Claude verkündet hatte. »Es wäre mir eine Ehre«, brachte ich atemlos hervor. »Ich wollte schon immer am liebsten in der Patisserie arbeiten.«

»Ich weiß.« Sylvie nickte lächelnd. »Das stand in deinem Bewerbungsschreiben. Außerdem spricht deine Abschlussnote für sich. Natürlich erwarte ich von dir, dass du so gut weitermachst wie bisher. Aber dann dürfte dem nichts im Weg stehen.« Sie runzelte die Stirn, als würde sie nun zu dem unangenehmen Teil des Gesprächs übergehen. »Leider wirst du noch drei Monate mit Claude zusammenarbeiten müssen, um seine Kündigungsfrist zu überbrücken. Daran lässt sich nichts ändern.«

Mein Herz sank, doch die Freude über die Aussicht auf das nächste Jahr überwog. Endlich würde sich das Team zum Guten verändern. Sobald Claude fort war, war ich endlich wirklich frei. Ich würde sogar in absehbarer Zeit meinen eigenen Bereich leiten. Da konnte ich es noch ein paar Monate mit ihm aushalten. Ich hatte es nämlich so im Gefühl, dass er mir das Leben nicht mehr schwer machen würde. Dafür würde Sylvie sorgen.

»Nachdem Claude gegangen ist, wird dann erst einmal Bo seinen Posten übernehmen«, fuhr sie fort. »Ich werde mich auf die Suche nach einer würdigen Nachfolge als Chef de Cuisine unseres Restaurants begeben. Und glaub mir, dabei werde ich vor allem nach Sterneköch*innen* Ausschau halten.«

Ich strahlte sie an. »Das ist großartig. Ich genieße es jetzt schon sehr, unter einer Frau zu arbeiten, und du bist gerade mal seit einer knappen Stunde hier.«

Sylvie beugte sich verschwörerisch zu mir vor. »Aber erzähl das nicht Claude. Sonst ist er nur noch in seinem Glauben bestärkt, wir würden die Weltherrschaft an uns reißen wollen.«

Ich lachte. Es war so befreiend, dass ich gar nicht mehr damit aufhören wollte. »Vielen Dank für diese Chance, Sylvie. Ich werde dich nicht enttäuschen.«

»Dafür nicht. Das hast du aus eigener Kraft geschafft. Deine Arbeit spricht für sich.« Sie winkte ab. »Und jetzt werde ich mich erst einmal bei Maxime entschuldigen müssen. Er ist ein sehr alter Freund von mir, und ich habe ihm versprochen, dass du in meiner Küche in guten Händen sein würdest. Wahrscheinlich wird er mir den Kopf abreißen.«

Damit schien sie mich zu entlassen, denn sie griff nach dem Telefon auf ihrem Schreibtisch. Ich erhob mich und lächelte ihr ein letztes Mal dankbar zu.

Als ich aus ihrem Büro trat, musste ich mich einen Moment an der Flurwand abstützen. Ich konnte es kaum fassen. Es war vorbei. Endlich würde ich mich ganz auf meine Arbeit, auf meine Kunst konzentrieren können, ohne ständig Hirnkapazitäten an Gefühle wie Zweifel, Angst und Unsicherheit abtreten zu müssen. Endlich war ich frei, um so richtig zeigen zu können, was ich draufhatte. Gleichzeitig hatte ich nun auch das Gefühl, mich nicht mehr ständig beweisen zu müssen. Sylvie hatte mich eingestellt, weil sie an mich glaubte. Meine Arbeit sprach für sich. Ich hatte mir diesen Job verdient. Das hatte sie bei unserem Gespräch eben noch einmal ganz deutlich gemacht. Und das war die schönste Gewissheit, die ich an diesem ereignisreichen Tag erlangt hatte.

Sie wurde nur von der Aussicht übertroffen, dass ich Ende nächsten Jahres zum Chef de Partie aufsteigen würde, wenn ich meine Leistung hielt. Siphiwe hatte nun genügend Zeit, um mich anzulernen, und wenn ich mich gut anstellte, würde ich mit gerade einmal sechsundzwanzig Jahren meinen eigenen Bereich leiten. Nicht irgendeinen, sondern meinen Lieblingsbereich. Und das Beste an alledem war: Dann würde ich eng mit Chloé zusammenarbeiten und eigenhändig ihre Lieferungen entgegennehmen.

Wie von selbst wanderten meine Hände zu dem Handy in meiner Hosentasche. Chloé *musste* die erste Person sein, der ich von den tollen Neuigkeiten berichtete.

Es läutete so lange, dass ich schon glaubte, sie würde nicht drangehen, doch dann nahm sie endlich ab. »Hallo?« Sie klang atemlos. Im Hintergrund schepperte etwas, als hätte sie eine Schüssel fallen lassen.

»CHLOÉ!«, kreischte ich in den Hörer.

»Alix? Was ist denn passiert?«

»Claude wurde gefeuert! Ich darf im Patisserie-Bereich bleiben. Und wenn ich mich gut anstelle, werde ich ihn nächstes Jahr sogar leiten dürfen.«

Kurz herrschte Stille am anderen Ende, als müsste Chloé die Neuigkeiten erst verarbeiten. Oder vielleicht wischte sie sich auch nur ihre mit Mehl oder Schokocreme bedeckten Hände ab. Dann quietschte sie so laut in den Hörer, dass ich mir das Handy vom Ohr weghalten musste. »Das ist ja großartig! Herzlichen Glückwunsch, Alix!«

»Danke.«

»Das heißt, dass wir von nun an auch beruflich mehr miteinander zu tun haben werden.« Sie klang so freudig, dass ich sie am liebsten umarmt hätte. »Vielleicht können wir ein paar Macaronsorten zusammen entwickeln. Inspiriert von den *Fenocchio*-Eissorten. Das wollte ich schon immer mal ausprobieren. Lavendel. Oder Macadamianuss. Oder Salted Caramel.« Sofort war sie ganz in ihrem Element.

Wir tauschten noch ein paar mögliche Geschmacksrichtungen aus, bis ich schließlich ernst wurde und ergriffen flüsterte: »Chloé?«

»Ja?«, gab sie ebenso leise und fast ein bisschen besorgt zurück.

»Es ist vorbei. Ich kann endlich durchatmen. Ich habe meinen Job behalten. Und ich muss nicht mehr mit dem Drachen zusammenarbeiten.«

»Ja«, hauchte sie erneut. »Du hast es geschafft, Alix. Ich bin furchtbar stolz auf dich.« Sie räusperte sich. »Ich meine, wenn ich so frei sein darf.«

Ich kicherte. »Natürlich darfst du! Wir sind doch Freundinnen. Du darfst alles.«

»Das klingt schön«, antwortete sie zaghaft.

»Alles zu dürfen?«

»Nein!« Nun lachte sie. »Deine Freundin zu sein. Du bist nämlich auch meine, weißt du.«

»Jetzt weiß ich es.«

Wir schwiegen einen angenehmen Moment, während mir das Herz in der Brust anschwoll.

»Hast du es Léo schon erzählt?«, fragte Chloé dann.

»Nein, ich rufe ihn gleich an. Er wird enttäuscht sein, dass er jetzt doch keinen Fischangriff auf Claude starten kann.«

Chloé lachte wieder. Ich hatte ihr von unserer unfreiwillig feuchten ersten Begegnung am Hafen erzählt. »Quatsch! Er sollte stolz darauf sein, dass du seine Hilfe nicht gebraucht hast.«

»Du hast recht. Das wird er auch sein.« Bei dem Gedanken an Léo überkam mich augenblicklich Sehnsucht. Wir hatten uns seit ein paar Tagen nicht gesehen. »Ich hoffe, ich erreiche ihn«, schob ich hinterher. »Sein Chef ist gerade auf der Jacht zu Besuch. Deshalb ist er ständig unterwegs und hat nicht viel Freizeit.«

Eine kurze Pause setzte ein, dann fragte Chloé vorsichtig: »Wie läuft es denn mit ihm? Die letzten Male, als wir uns gesehen haben, bist du dem Thema immer ausgewichen.«

»Sehr gut«, antwortete ich überschwänglich. »Wir haben uns in den letzten Wochen so richtig kennengelernt, und ich habe jetzt wirklich das Gefühl, dass das mit uns etwas Ernstes ist.«

»Ich meine«, nun klang Chloé nicht mehr ganz so zaghaft, »ob du ihm schon gesagt hast, was du für ihn empfindest? Dass du fest mit ihm zusammen sein möchtest und nicht willst, dass er irgendwann geht.«

»Tja, das ...« Ich kaute auf meiner Unterlippe herum. Natürlich hatte Chloé recht. Sie hatte mir bereits vor Wochen geraten, dieses Gespräch mit Léo zu führen. Besser, es hinter mich zu bringen, als dass er mir irgendwann aus heiterem Himmel eröffnete, er würde verschwinden. Nein, das würde er niemals tun. Nicht nach der wunderschönen Zeit, die wir in den letzten Monaten gemeinsam verbracht hatten.

Ja, er hatte mich vorgewarnt. Doch seitdem waren wir nicht mehr auf das Thema zu sprechen gekommen. Auch nicht auf Léos mysteriöse Vergangenheit. Oder meine Gefühle für ihn. Wieder einmal dachte ich an seine Worte nach dem Vorfall an der Stadtmauer.

Es gibt Dinge aus meiner Vergangenheit, über die ich nicht sprechen kann.

Sicher nur eine kryptische Andeutung. Oder? Danach hatte er mir nie wieder etwas über sein Leben vor Antibes erzählt. Allgemein war ich so von der Arbeit und unseren vielen schönen Unternehmungen abgelenkt gewesen, dass ich den besorgniserregenden Vorfall fast schon vergessen hatte. Oder eher verdrängt?

Fest stand, dass ich es endlich in die Hand nehmen musste. Nun, da das Problem auf der Arbeit gelöst war, hatte ich keine Ausrede mehr, es weiterhin aufzuschieben. Alles könnte so perfekt sein. Da war nur noch diese eine Sache, die es zu klären galt. Wenn ich über meinen Schatten sprang, würde ich sie ebenfalls aus dem Weg räumen können. Nach meinem Sieg über Claude fühlte ich mich, als könnte ich alles schaffen.

»Alix?« Chloés Stimme drang aus dem Handy und brachte mich wieder ins Hier und Jetzt zurück. »Bist du noch dran?«

»Ja. Entschuldige.« Ich setzte ein Lächeln auf, auch wenn sie es nicht sehen konnte. »Du hast vollkommen recht, Chloé. Ich muss Léo sagen, was ich für ihn empfinde und dass ich ihn immer bei mir haben will.«

»Ja, du schaffst das! Und ich bin mir sicher, dass es ihm ebenso geht. Manchmal stehen wir uns bloß selbst im Weg. Das ist aber nichts, was ein klärendes Gespräch nicht bereinigen könnte.«

»Danke, Chloé. Du bist wirklich die Beste.«

»Quatsch, das hätte dir jede Freundin gesagt.« Wieder einmal klang sie peinlich berührt, weil ich ihr ein Kompliment gemacht hatte.

»Du bist aber nicht jede Freundin«, gab ich zurück. »Ich bin wirklich extrem froh, dass wir uns gefunden haben.«

Stille setzte ein. Als Chloé wieder sprach, klang ihre Stimme belegt und gleichzeitig, als würde sie breit lächeln. »Das kann ich nur zurückgeben.« Sie schniefte leise. »Lass mich wissen, wie es läuft, ja?«

»Natürlich. Bis bald!«

»Bis bald!«

Lächelnd legte ich auf, ebenfalls ein wenig ergriffen. In nur wenigen Monaten hatte ich viele wundervolle Menschen kennengelernt. Ich lebte im Paradies. Und endlich war ich meinen ätzenden Chef losgeworden. Viel besser konnte es gerade nicht laufen. Oder doch?

Mit vorfreudig flatterndem Herzen wählte ich Léos Nummer.

KAPITEL 31

Léo

Als mein Handy klingelte, war ich gerade gemeinsam mit Amir damit beschäftigt, die aufblasbaren Schwimmtiere der Enkelkinder des Scheichs mit langen Stangen aus dem Pool zu fischen. Wir standen in der brütenden Hitze auf dem Skydeck, umgeben von Flamingos, Wassermelonenhälften und Einhörnern.

Mit einer Hand fischte ich das Handy aus meinen Badeshorts. Ausnahmsweise trug ich nicht meine Uniform. Dafür war es heute einfach zu heiß. Die Gäste waren gerade nicht an Bord, und falls ich in diesem Aufzug in den Pool stürzte, würde ich den teuren Uniformstoff nicht ruinieren.

Als mein Blick auf den Namen fiel, der auf dem Handybildschirm aufblinkte, wanderten meine Mundwinkel wie von selbst nach oben.

Amir musste mein Grinsen richtig deuten. »Geh ran«, rief er fröhlich. »Den Rest schaffe ich allein.«

»Okay.« Das ließ ich mir nicht zweimal sagen.

Lachend warf Amir mir einen aufblasbaren Getränkehalter in Herzform hinterher, dem ich gerade noch ausweichen konnte. Ich flüchtete mich in den rettenden Schatten der Poolbar und nahm den Anruf an.

»Vermisst du mich so sehr, dass du nicht bis zu unserem Date morgen warten konntest?« Mit der freien Hand zog ich mir mein Shirt über den Kopf und wischte mir damit über die feuchte Stirn. Obwohl ich dabei das Handy kurz von meinem Ohr weghalten musste, hörte ich Alix' aufgeregte Stimme. Sie klang so glücklich, dass ich es mir sofort wieder ans Ohr presste. »Moment mal, was hast du gesagt? Ich könnte schwören, die Worte *Claude hat gekündigt* gehört zu haben.«

»Du hast richtig gehört!« Überglücklich erzählte sie mir von der Rückkehr der Restaurantbesitzerin und dem Triumph über ihren verhassten Chef. »Sylvie und ich, wir haben es ihm gezeigt. Ich wünschte, du hättest dabei sein können. Du glaubst nicht, was er für Sachen von sich gegeben hat.«

»Sexistische Sachen?«

»Ja, hochgradig! Und er ist tausendmal darauf herumgeritten, dass Sylvie mich nur eingestellt hätte, weil ich eine Frau bin. Vetterinnenwirtschaft, bla, bla, bla ...«

»*Tausendmal*, was?«

Sie hielt kurz inne, als sie verstand, dass ich sie aufzog. Ich stellte mir vor, wie sie die Augen verdrehte, doch als sie weitersprach, hörte ich das Lächeln aus ihrer Stimme heraus. »Am Anfang habe ich ihn ignoriert, aber irgendwann ist mir der Kragen geplatzt, und ich habe ihm alles entgegengeschrien, was sich schon so lange in mir aufgestaut hat. Okay, vielleicht war es nicht geschrien, aber es war sehr nachdrücklich formuliert.«

»Eins muss ich dir lassen: Du hast eine blühende Fantasie. Das bewundere ich schon seit unserer ersten Begegnung an dir.«

»Du meinst, als du mir zehn Tonnen Fisch über den Kopf gekippt hast?« Sie klang sehr zufrieden mit sich selbst und ihren theatralischen Übertreibungen.

Ich gluckste. »Genau. *Mindestens* zehn Tonnen waren das.«

Sie lachte. Das schönste Geräusch der Welt.

»Alix?«

»Ja?«

»Ich würde dich gerade so gerne küssen. Ich bin unfassbar stolz auf dich.«

»Ich möchte dich auch küssen. Und ich bin auch stolz auf mich. Wir müssen das unbedingt feiern. Für morgen kann ich uns einen besonderen Wein aus dem Restaurant besorgen.«

Da erinnerte ich mich daran, dass ich ebenfalls Neuigkeiten hatte. »Nicht nötig. Ich weiß die perfekte Gelegenheit, um deinen Erfolg zu feiern.«

Alix schnalzte mit der Zunge. »Perfekt, was? Seit wann machst du es denn so spannend, Monsieur Ich-sage-immer-alles-so-wie-ich-es-meine?«

Nun war es an mir zu lachen. »Ich glaube, du färbst auf mich ab. Niemand kann deinen an den Haaren herbeigezogenen Vergleichen lange ausgesetzt sein, ohne ebenfalls infiziert zu werden.«

»Ja, ja, nun sag schon, was du mit der *perfekten* Gelegenheit meinst!«

Ihre Ungeduld war so herzerwärmend, dass ich den Mund ganz nah an mein Handy brachte und verschwörerisch die Stimme senkte. »Eine Party. Auf einer waschechten Jacht. Mit Champagner und Häppchen. Ausgerichtet von einem der reichsten Männer auf dem Planeten. Dresscode: das Schickste, was du im Schrank hast.«

»Was?«, quietschte Alix. »Der Scheich schmeißt eine Party?«

»Der Scheich schmeißt ständig Partys.«

»Lass es mich anders formulieren: Der Scheich schmeißt eine Party, und wir dürfen hingehen?«

Ich lachte. »Ja, es ist tatsächlich das erste Mal. Ich war auch überrascht. Für den letzten Sonntag im August hat er die gesamte Crew auf seine Zweitjacht am Port Gallice eingeladen, um das Saisonende zu feiern. Jeder darf Gäste mitbringen, und wir müssen nichts weiter tun, als dort anzutanzen und eine gute Zeit zu haben. Geht alles auf ihn.«

»Wow!« Alix hatte es kurzzeitig die Sprache verschlagen, was wirklich selten vorkam. »Und du willst *mich* mitnehmen?«, fragte sie, nachdem sie sich wieder gefasst zu haben schien.

»Natürlich will ich dich mitnehmen. Vor allem jetzt, da es wirklich etwas zu feiern gibt. Das wird *dein* Abend.«

»Wohl eher *euer* Abend. Der Scheich will euch offenbar etwas Gutes tun, weil ihr so hervorragende Arbeit leistet.«

»Wüsste der Scheich, wie großartig du bist und was du heute geschafft hast, hätte er dir eine Party geschmissen.«

Alix quietschte erneut vor Freude. »Das wird *so* gut! Ich muss shoppen gehen. Für so etwas Schickes habe ich gar nichts zum Anziehen.«

»Muss ich jetzt den klischeehaftesten Satz aller Zeit bringen, dass du auch in einem Kartoffelsack kommen könntest und die schönste Frau an Bord wärst?«

»Ja!«

»Du könntest auch in einem Kartoffelsack kommen und wärst die schönste Frau an Bord.«

»Brav.«

»Aber mal im Ernst, Alix.« Unvermittelt wurde meine Stimme tiefer und rauer. »Du bist die beste Köchin, die ich kenne. Du hast alles verdient, was du erreichen möchtest. Und du weißt, ich mache nur Komplimente, die ich auch ernst meine.«

Sie schwieg einen Moment. Nur der Wind war zu hören, das leise Plätschern des Pools und ein einsamer Möwenschrei. Dann hörte ich, wie Alix am anderen Ende schluckte. »Ich weiß«, hauchte sie. »Und ich würde mit niemandem lieber auf diese Party gehen als mit dir. Selbst in einem Kartoffelsack.«

KAPITEL 32

Alix

Der Port Gallice war ein kleinerer Jachthafen im Stadtteil Juan-les-Pins. Zu meinem großen Glück lag er außerdem am Eingang zum Cap d'Antibes, der Landzunge, die ich bisher nur vom Beiboot aus bewundert und seit meiner Ankunft in Antibes hatte erkunden wollen.

Da Juan-les-Pins auf der anderen Seite der Stadt lag, nahm ich ein Taxi. Nachdem ich den Fahrer bezahlt hatte und ausgestiegen war, sah ich mich neugierig um. In diesem Teil von Antibes war ich bisher noch nicht oft gewesen. Da sich hier der größte Strand befand, war es noch touristischer als in der Altstadt, wie mir meine Kollegen erzählt hatten. Und ganz offensichtlich auch luxuriöser, wenn ich die umliegenden Villen betrachtete, die mit Blick auf Meer und Hafen hinter mir aufragten.

Als Privathafen war der Port Gallice kleiner und etwas intimer als der Port Vauban. Léo hatte mir erklärt, dass er Platz für Jachten mit einer maximalen Länge von dreiundvierzig Metern bot. Doch für mein Laienauge wirkten die Schiffe, die hier vor Anker lagen, trotzdem riesig. Alles war in Weiß und

Cremefarben gehalten, blitzsauber und auf Hochglanz poliert. Überall standen Grünpflanzen in großen Kübeln. Links von mir ragte ein Pinienwäldchen auf, wo das Cap d'Antibes begann. Auf der anderen Seite erstreckte sich eine geschwungene Bucht, gesäumt von einem breiten Sandstrand, scheinbar bis nach Cannes, das in der Ferne im Licht der tief stehenden Sonne funkelte. Ein atemberaubendes Zusammenspiel von Natur und Architektur. Von sauberen, geraden Linien und unberührter Wildheit. Die französische Riviera enttäuschte nie. Immer gab es hier noch mehr zu entdecken, ein neues Wunder zu erleben.

Einen Moment lang nahm ich den Anblick in mich auf. Wie die Sonnenstrahlen auf dem Meer funkelten. Wie die Wellen leise gegen die Bootsrümpfe platschten. Wie die sanfte Abendbrise mit meiner Flechtfrisur spielte. Tief atmete ich die salzige Luft ein und wandte mich dann vom Hafen ab in Richtung der grün bewachsenen Halbinsel.

Ich war früh dran und trug flache Ballerinas, um mich vor der Party noch ein wenig umsehen zu können. Der leichte Stoff des champagnerfarbenen Abendkleids, das ich mir von meinem Gehalt gegönnt hatte, würde mich beim Laufen kaum behindern.

Knapp zwanzig Minuten schlenderte ich durch piniengesäumte Straßen, vorbei an beeindruckenden Villen und Gärten, bis ich zu einer entlegenen Bucht kam. Um mein Abendkleid nicht zu ruinieren, ging ich vorsichtig über einen Pfad zum Meer. Aufgrund der zerklüfteten Küstenfelsen war das Wasser hier so klar, dass ich bis auf den Grund blicken konnte. Ein Fischschwarm zog vorbei. Es ging kaum Wind, die umliegenden Fischerboote schaukelten sanft auf den Wellen. Das Konzert der Zikaden war an diesem Abend besonders laut. In den letzten Monaten war mir das Geräusch ebenso vertraut geworden wie das allgegenwärtige Meeresrauschen.

Die umstehenden Pinien sahen aus wie runzlige, gebeugte Gestalten. Hier, am äußersten Rand von Antibes, waren sie den Elementen schonungslos ausgesetzt. Ihre knotigen Wurzeln gruben sich tief in den Boden, um dem Wind zu trotzen. Die schmalen Stämme waren knorrig, die Kronen breiteten sich wie Dächer aus und boten mir Schutz vor der tief stehenden Sonne. Ich setzte mich auf eine Bank und ließ den Blick schweifen.

Von hier aus hatte ich einen atemberaubenden Ausblick auf die Baie de Golfe-Juan und die Lérins-Inseln, zu denen mich Léo bei unserem ersten gemeinsamen Bootsausflug gebracht hatte. Das weckte sofort schöne Erinnerungen. Mein Gesicht wurde heiß, als ich an seine Hände auf meiner nackten Haut dachte. Im Wasser. Am Strand. Unter rauschenden Baumwipfeln. Mit nichts als Sonne, Sand und Meer ums uns herum.

Längst hatte ich mir eingestanden, dass ich mir ein Leben ohne Léo nicht mehr vorstellen konnte. Vor allem nicht hier, an diesem Ort, der so unwiderruflich mit meinen Gefühlen für ihn verknüpft war. Heute Abend war es so weit. Endlich würde ich ihm sagen, was ich für ihn empfand. Ich würde Léo mein Herz auf dem Silbertablett servieren wie eine dieser teuren Champagnerflaschen auf der Jacht. Und ich konnte nur hoffen, dass mir das Ganze nicht ins Gesicht explodierte – mitsamt Korken und Glassplittern.

Ich holte mein Handy aus meiner perlenbesetzten Clutch und schoss ein Foto vom Sonnenuntergang über der Bucht. Dann schickte ich es mit einem einzigen Satz an Magali:

Wünsch mir Glück.

Meine Schwester wusste, was ich heute Abend vorhatte. Sie und Chloé hatten mir bereits viel Erfolg gewünscht. Doch nun, als ich hier saß und mir das Herz aufgrund des Ausblicks und der schieren Gewaltigkeit der Sache, die ich im Begriff zu tun war, in der Brust anschwoll, brauchte ich ein wenig zusätzliche Unterstützung.

Glücklicherweise kam ihre Antwort diesmal fast sofort:

Ich glaube daran, dass du alles schaffst,
was du dir vornimmst. Und jetzt hol ihn dir!

Ich lachte leise und drückte mir das Handy vor Ergriffenheit an die Brust. Magali hatte recht. In den letzten Tagen hatte ich ganz andere Dinge gemeistert. Ich war bereit, einer anderen Person mein Herz zu schenken. Zum ersten Mal in meinem Leben. Dies würde mein Abend werden. *Unser* Abend.

Mit neu erwachtem Mut erhob ich mich und machte mich auf den Weg zurück zum Hafen.

Als ich den Port Gallice wieder betrat, war es fast vollständig dunkel geworden. Schon von Weitem machte ich zwischen all den Jachten diejenige aus, auf der die Party stattfand. Sie war mit Lichterketten gesäumt, und unzählige schick gekleidete Gestalten bewegten sich über die drei Decks. Zugegeben, die *Aurora* war mindestens zweimal so groß, doch auch dieses Schiff strahlte eine moderne Eleganz aus. Kaum zu glauben, dass der Scheich zwei besaß. Und dass er so großzügig war, seiner hart arbeitenden Crew nach einer erfolgreichen Sommersaison eine Party zu schmeißen.

Mit klopfendem Herzen bahnte ich mir meinen Weg über den breiten, von Jachten gesäumten Pier. Der Wind hatte ein wenig aufgefrischt und brachte den ersten Vorgeschmack auf das in wenigen Wochen einsetzende kühlere Herbstwetter mit sich. Noch war es allerdings angenehm warm.

Beim Näherkommen wehten Musik, Gesprächsfetzen und das Klirren von Gläsern zu mir herüber. Der Duft von gebratenem Fisch lag in der Luft. Mein Magen knurrte, und ich beschleunigte meine Schritte. Hoch ragte die Jacht vor mir auf. Auf dem untersten Deck stand eine einsame Gestalt an der Reling und blickte mir entgegen. Alle anderen Gäste waren in Gespräche vertieft, nahmen Champagnerflöten von umherlaufenden Kellnern entgegen oder bewunderten das offene Meer, das sich in die andere Richtung erstreckte. Nicht aber dieser Mann, der nun mit einem charmanten Lächeln die Hand hob, um mich zu begrüßen.

Ich stutzte. Blinzelte. Musste ganz genau hinsehen. Das war doch nicht etwa …? Augenblicklich wurden meine Knie weich. Léo in einem schwarzen Smoking war eine Erscheinung.

Er bewegte sich durch die Menge in Richtung Gangway, sodass ich einen Moment hatte, um meinen kribbeligen Körper wieder in den Griff zu bekommen. Trotzdem brannten meine Wangen, als er mir schließlich auf dem schmalen Steg entgegenkam.

Es war, als wäre sein Körper für diesen Anzug gemacht worden. Der Stoff schmiegte sich an genau den richtigen Stellen um seine muskulösen Arme und die breite Brust. Das weiße Hemd darunter trug er weit aufgeknöpft, sodass ich einen Blick auf den Schriftzug unter seinen Schlüsselbeinen erhaschen konnte. Das kurz rasierte Haar und die Bartstoppeln sowie die Tattoos, die unter den hochgekrempelten Ärmeln zum Vorschein kamen, verliehen ihm trotz des schicken Outfits ein verwegenes Aussehen – auch wenn ich mittlerweile wusste, dass er ganz und gar nicht der Bad Boy war, für den ich ihn anfangs gehalten hatte. Ich konnte mich nicht davon abhalten, ihm die letzten Schritte entgegenzurennen, beide Arme um seinen Nacken zu schlingen und ihn innig zu küssen.

Léo keuchte erst überrascht auf, erwiderte den Kuss dann aber voller Leidenschaft. Einen Moment lang gab es nur uns, wenige Meter über dem Wasser, über uns die ersten Sterne am Himmel, während der Steg leicht schaukelte und Léo die Arme um meine Taille schloss, um mich fest an sich zu drücken.

Atemlos lösten wir uns voneinander und sahen uns in die Augen. »Du siehst … wow.« Mehr brachte ich nicht hervor.

Léo hob eine Braue und lachte leise. »Dasselbe wollte ich gerade zu dir sagen.« Er lockerte seinen Griff und trat einen Schritt zurück, um mich zu betrachten. »Deine Haare. Das Kleid. Du.« Kopfschüttelnd fuhr er sich mit einer Hand über die Bartstoppeln, sodass das kratzige Geräusch entstand, das ich so liebte. Im nächsten Moment hatte er mich bereits wieder an sich gezogen, um mich erneut zu küssen.

»He, ihr zwei!«, ertönte da eine Stimme von der Jacht. »Ihr wollt doch nicht etwa den ganzen Abend dort stehen und rumknutschen, oder?«

Ich versteifte mich, doch Léo ließ sich keinen Moment beirren. Er nahm sich die Zeit, den Kuss noch ein wenig hinauszuzögern, bis er die Lippen schließlich ganz langsam von meinen löste. Dabei hob er eine Hand von meiner Taille und reckte den Arm nach hinten. Ich öffnete die Augen und erkannte gerade noch, dass er dem Kerl, der uns gestört hatte, den Mittelfinger zeigte.

Dann drehte Léo mich mit sich zum Schiff herum. »Alix, darf ich vorstellen: Das ist Amir. Amir, Alix.«

Léos Kollege und engster Freund, von dem er mir schon einiges erzählt hatte, prostete uns mit zwei Gläsern zu. »Schön, die berühmte Alix endlich mal kennenzulernen, die unseren Chef seit Wochen so glücklich macht.«

Ich lachte verlegen und hätte schwören können, dass Léo kurz errötete, bevor er die Augen verdrehte. »Amir ist ein Großmaul, wie du sicher bereits festgestellt hast.« Mit sanftem Druck auf meinen Rücken führte er mich die Gangway hinauf. »Komm mit. Ich stelle dir auch die anderen vor. Deine Party erwartet dich.«

»Von wegen *meine* Party.« Ich schnaubte. »Ihr habt sie euch verdient.«

»Trotzdem feiern wir beide heute vor allem anderen dich«, raunte er mir ins Ohr, und ich schauderte wohlig, als sein warmer Atem meinen Hals streifte.

Trotz meiner Proteste dagegen, wer hier heute warum gefeiert werden sollte, ließ ich mich von Léo auf die Jacht führen, wo Amir uns erwartete. Er drückte uns je ein Glas Champagner in die Hand und zwinkerte mir so verschwörerisch zu, als würden wir ein Geheimnis teilen.

»Ich habe nicht gelogen«, sagte er mit gesenkter Stimme. »Du machst ihn wirklich glücklich.«

Meine Wangen wurden angenehm warm, und ich nahm rasch einen Schluck von der bitzelnden Flüssigkeit. »Er mich auch«, flüsterte ich dann lächelnd zurück.

Das war offenbar alles, was Amir hatte hören wollen, denn er hakte sich auf der einen Seite bei mir und auf der anderen Seite bei Léo unter und führte uns über das untere der drei Decks, oder »das vordere Hauptdeck«, wie er es nannte.

»Willkommen auf der *Sarah*. Der Scheich hat sie nach seiner Tochter benannt.« Er machte eine ausholende Handbewegung. »Bevor ich die Stelle auf der *Aurora* bekam, habe ich ein paar Monate auf einer Jacht mit ähnlicher Größe gejobbt. Ist etwas entspannter. Es gibt Platz für bis zu zehn Passagiere und eine kleinere Crew.«

Dadurch, dass die ganze Crew der *Aurora* mitsamt Begleitung anwesend war, wirkte der Platz tatsächlich etwas beengt.

Oder vielleicht kam es mir auch nur deshalb so vor, weil ich mich an die Größe der *Aurora* gewöhnt hatte.

»Ist der Scheich auch da?«, fragte ich gespannt.

Amir lachte. »Nein. Er hat die Party nicht mal selbst organisiert, sondern eine Partyplanerin und einen Catering-Service beauftragt.«

»Aber sein Sicherheitsteam ist hier«, warf Léo ein. Er deutete auf einen finster dreinschauenden Kerl mit breiten Schultern, der vor dem Eingang zum Innenbereich der Jacht stand und die Menge mit Argusaugen scannte. »Wahrscheinlich, damit niemand etwas aus den Kabinen mitgehen lässt oder kaputt macht.«

»Eure Party, seine Regeln.« Ich zuckte mit den Achseln. »Ist wohl fair, wenn er sie auf seiner Jacht veranstaltet.«

Die beiden Männer nickten. Sie waren es eindeutig gewohnt, sich nicht über die Befehle ihres Arbeitgebers zu beklagen. Und diese Party war ein Eingeständnis seinerseits, dass sie einen hervorragenden Job machten und eine Belohnung verdient hatten.

Alle Anwesenden schienen sich sehr gut zu amüsieren. Sie trugen schicke Abendgarderobe – ausnahmsweise hatte niemand vor Betreten der Jacht die Schuhe ausziehen müssen. Sommerlich entspannte House-Beats drangen aus mehreren strategisch platzierten Lautsprechern. Der Champagner floss in Strömen, und die Häppchen, die die Kellner auf runden Tabletts anboten, sahen erstklassig aus.

Wir machten eine Runde über das Deck, doch bald fiel mir auf, dass Léo an Amirs anderem Arm immer ungeduldiger wurde. Er warf mir Seitenblicke zu. Wollte er ebenso dringend mit mir allein sein wie ich mit ihm? Der Gedanke an die Worte, die ich mir so sorgfältig zurechtgelegt hatte, ließ meinen Magen Purzelbäume schlagen. Ich wollte einen ruhigen Ort finden. Wollte Léo tief in die Augen schauen, um ihm endlich mein Herz auszuschütten. Und ich hoffte, dass er mir dann sagen würde, dass er meine tiefen Gefühle erwiderte.

Unsere Blicke trafen sich, und er lächelte schief, leicht entschuldigend. Ich hob die Schultern, als wollte ich sagen, dass es schon in Ordnung sei. Es war wirklich schön, Amir endlich kennenzulernen. Auch wenn ihm unsere stumme Ungeduld nicht aufzufallen schien. Fröhlich plapperte er weiter über die Jacht, den schönen warmen Augustabend und die Musik.

Ab und zu blieben wir bei verschiedenen Personengrüppchen stehen, damit Léo und Amir mich ihrer Kollegschaft vorstellen konnten. Alle waren freundlich und gut gelaunt. Der Champagner kribbelte warm in meinem Bauch, und ich ertappte mich dabei, wie mich ein regelrechtes Hochgefühl überkam. Auch wenn Amir immer noch zwischen uns stand, spürte ich Léos warme, beruhigende Präsenz. Dann und wann wehte mir der Wind seinen Duft in die Nase, und ich fing immer wieder seinen Blick auf.

Gemeinsam mit den Champagnerblasen blubberte die Vorfreude in mir hoch, bis ich ein breites Lächeln kaum mehr unterdrücken konnte. Nach allem, was ich in den letzten Wochen erlebt hatte, fühlte ich mich unbesiegbar. Hier an Léos Seite. Im Kreise der Menschen, die ihm etwas bedeuteten. Ich gehörte nun dazu. Und ich war mir sicher, dass ich mir nach unserem Gespräch heute Abend keine Sorgen mehr darüber zu machen brauchte, dass das auch so blieb.

Als schließlich ein Kellner an uns vorbeiging, konnte Amir den Blick nicht von dessen Tablett lassen. »Uh, Avocado-Garnelen-Häppchen!« Eilig machte er sich von uns los. »Würdet ihr mich entschuldigen?« Schon war er hinter dem Kellner hergeeilt. Es sah so aus, als würde er diesem am liebsten das ganze Tablett abnehmen.

Léos leises Lachen drang an meine Ohren, als er dicht an

mich herantrat und einen Arm um meine Hüfte schlang. »Ich dachte schon, er würde uns gar nicht mehr in Ruhe lassen.«

Ich boxte ihn gegen die Schulter. »He, Amir hat sich wirklich Mühe gegeben.«

»Ja, aber können wir jetzt bitte zu dem Teil des Abends übergehen, an dem ich dich für mich allein habe?«

Ich hob den Kopf, um ihm in die Augen zu sehen. »Das können wir.«

Plötzlich war mir viel zu heiß. Fahrig zupfte ich an dem Ausschnitt meines Kleids und trank meinen restlichen Champagner in einem Zug aus. »Gibt es einen Ort, an dem wir ungestört sind?«

Grinsend reichte Léo mir seinen Arm. »Ich dachte schon, du würdest nie fragen. Mademoiselle, wenn Sie mir bitte folgen würden?«

Er hüllte sich in geheimnisvolles Schweigen, während er mich zu einer Treppe führte. Der breitschultrige Sicherheitstyp, der davorstand, nickte Léo zu und ließ uns passieren. »Wow.« Ich kicherte. »Soll ich jetzt beeindruckt sein?«

»Noch nicht.« Léo unterdrückte ein Schmunzeln. »Aber gleich.«

Nach der ersten stiegen wir noch eine zweite Treppe hinauf, bis wir auf dem höchsten Deck angekommen waren. Dieses war kürzer als die anderen beiden. Nicht viel mehr als ein Balkon, von dem aus wir einen freien Blick über den Rest der Jacht hatten. In einem überdachten Bereich befand sich das Steuerpult des Kapitäns, das an diesem Abend leer war. Der übrige Platz wurde von einem gepolsterten Rondell mit einem Tisch in der Mitte eingenommen, umrahmt von einem Geländer, von dem aus wir einen atemberaubenden Ausblick auf das sich schier endlos um uns ausbreitende Meer hatten. Der fast volle Mond funkelte auf den Wellen. Ich glaubte, in einen Traum gefallen zu sein.

Doch das war es nicht, was mich nach Luft schnappen ließ, als Léo mich in Richtung des Geländers zog. Überall um uns herum flackerten Kerzen. Der Boden, der Tisch, so gut wie jede freie Fläche war mit Teelichtern bedeckt, die einen warmen Schein verbreiteten. Auf dem Tisch standen außerdem zwei Gläser und eine Flasche von meinem Lieblingswein aus Bordeaux. Léo hatte sich die Sorte gemerkt.

»Léo …« Meine Stimme brach. »Ist das alles für *uns?*«

Er nickte und zog mich an sich. Dicht an meinem Mund raunte er: »Ich habe dir doch gesagt, dass es *dein* Abend wird.« Seine Lippen legten sich so sanft auf meine, dass ich leise aufseufzte. Fast hätten meine Knie unter mir nachgegeben – und diesmal lag es ganz sicher nicht am Schaukeln der Jacht.

Léo ließ seine Hände in meinen Nacken wandern. Zärtlich strich er über die Gänsehaut, die ich aufgrund seiner Berührungen bekam. Während ich mit den Fingerspitzen über seine Bartstoppeln fuhr, wurde mein Kuss fordernder. Unsere Zungen fanden einander, neckten und umkreisten sich. Die Meeresbrise löste ein paar Strähnen aus meiner Flechtfrisur, die mein Gesicht sanft umspielten. So hauchzart wie Léos Liebkosungen.

Er ließ die Hände tiefer gleiten, über meinen Rücken, meine Taille, meine Hüften, dann über meinen Bauch nach oben, bis er meine Nippel berührte. Ich trug keinen BH, sodass sie sich unter dem dünnen Stoff meines Kleids sofort aufstellten. Verlangen schoss heiß durch meine Adern. Ich lehnte mich Léo entgegen, drückte mein Becken gegen seins, während er meine Brustwarzen rieb.

Hier waren wir vollkommen allein. Léo musste das Deck für uns reserviert haben. Die Musik und das Stimmengewirr vom Hauptdeck drangen nur als leises Hintergrundrauschen zu uns herauf. In dieser Position konnte uns von unten niemand sehen. Es wäre so einfach, auf die Polster zu sinken. Die

Träger meines Kleids abzustreifen. Die Beine zu spreizen, sodass Léo mit seinen Fingern erkunden konnte, wie feucht ich bereits für ihn war. Doch ich erinnerte mich daran, dass ich an diesem Abend ein wichtiges Vorhaben hatte, das ich nicht so einfach über Bord werfen würde. Für diese Art von Zweisamkeit war später immer noch genug Zeit.

Langsam und widerwillig löste ich meinen Mund von seinem. Léo schnappte nach meiner Unterlippe, saugte spielerisch daran. Im Gegenzug biss ich in seine, sodass er leise aufstöhnte.

»Können wir …«, murmelte ich dann. »Können wir vielleicht erst mal ein Glas Wein trinken?« Ich klang so atemlos und zerstreut, wie ich mich fühlte. Es kostete mich alle Willenskraft, mich nicht sofort wieder in Léos Arme sinken zu lassen, als er mir ein letztes Mal über das Schlüsselbein strich.

»Natürlich.« Auch seine Stimme klang rau. Kaum beherrscht. »Alles, was du willst.«

Er wandte sich ab, um uns Wein einzuschenken, und ich nutzte die Gelegenheit, um tief Luft zu holen und mein wild schlagendes Herz zu beruhigen. Meine Handflächen waren plötzlich feucht. Der Moment war gekommen.

Doch wovor hatte ich Angst? Léo hatte diese wundervolle Überraschung für mich vorbereitet. Und gerade hatte er mich auf *diese* Weise geküsst. In den letzten Wochen hatte er mich angefeuert, an mich geglaubt. Er war immer für mich da gewesen. Wir hatten jede freie Sekunde gemeinsam verbracht. Zusammen gelacht. Einander geliebt. Meine Gefühle für ihn überstiegen alles, was ich in meinem Leben je empfunden hatte. Und seine Gefühle für mich … Zumindest seine Taten drückten aus, was er bisher nie in Worte gefasst hatte.

Ich musste es *jetzt* tun. Ihm alles offenbaren, was mir nun schon so lange auf der Seele brannte. Und ihm damit die Chance geben, mir ebenfalls zu sagen, was er für mich empfand.

Lächelnd nahm ich ein Glas Wein von ihm entgegen. Mit einem leisen Klirren stieß ich damit gegen seins. Wir sahen einander in die Augen, nahmen einen Schluck. Dann holte ich tief Luft und öffnete den Mund.

KAPITEL 33

Léo

»Léo, dieser Sommer mit dir war unglaublich.« Alix war plötzlich so ernst geworden, dass ich aufhorchte. Ihre Miene wirkte geradezu feierlich. Die Worte klangen klar und bestimmt. Und die Gefühle, die darin mitschwangen, die tiefere Bedeutung, die langsam zu mir durchsickerte, überstieg meine kühnsten Träume.

Sie hatte meine ungeteilte Aufmerksamkeit. Unwillkürlich trat ich einen Schritt an sie heran. Tief unter uns breitete sich das Hauptdeck aus, auf dem die Feiernden zu tanzen begonnen hatten. Darüber das kleinere und fast leere zweite Deck. Und jenseits der Reling war nichts als das Meer. Tief und endlos. Wie meine Gefühle für diese Frau.

»Ich weiß, du hast gesagt, dass du eigentlich keine Beziehungen eingehst«, fuhr Alix fort. »Dass du nicht auf der Suche nach etwas Festem bist. Das war ich anfangs auch nicht.« Sie schluckte. Räusperte sich. »Aber das ist jetzt Monate her. Im Laufe des Sommers haben sich die Dinge für mich verändert. *Ich* habe mich verändert.«

Alix' Lider flatterten einen kurzen Moment, dann sah sie

mir wieder fest in die Augen. »Léo, ich habe mich in dich verliebt.«

In dem Moment, als Alix die Worte aussprach, die mein Herz zum Anschwellen brachten, entdeckte ich ihn. Zuerst nahm ich nur eine Bewegung aus dem Augenwinkel wahr. Eigentlich sah ich Alix an, schaute ihr tief in die Augen. Doch mein Blick wurde unaufhaltsam von der Gestalt angezogen, die sich plötzlich an die Reling des zweiten Decks lehnte und offen zu uns hochstarrte.

Diese Augen. Grau und unerbittlich. Der Blick bohrte sich in meinen. Und trotz der Entfernung bestand kein Zweifel.

Er hatte sich als Kellner verkleidet, trug die Uniform des Catering-Service und hielt sogar ein Tablett in der Hand. Doch er konnte mich nicht täuschen. Dieses Gesicht jagte mir selbst nach sieben Jahren noch einen Schauer über den Rücken. Genau wie an jenem Tag an der Stadtmauer.

Ich hatte geglaubt, mir die Begegnung nur eingebildet zu haben. Doch in diesem Moment, als die Zeit stillstand und ich aus großer Höhe zu fallen begann, wurde ich eines Besseren belehrt.

Er hatte den Augenblick perfekt abgepasst. Hatte sich absichtlich in mein Blickfeld geschoben. Hinter Alix, sodass sie ihn nicht sehen konnte, ich aber schon. Und da er sich auf dem Deck unter uns befand, war er außerdem weit genug entfernt, dass ich ihn nicht sofort erreichen konnte.

Blanke Furcht ließ mich erstarren. Hatte er vor, eine Szene zu veranstalten? Hatte er womöglich eine Waffe dabei? Würde er die Gäste bedrohen? Wollte er Alix etwas antun, um an mich heranzukommen?

Instinktiv trat ich einen Schritt auf sie zu und legte schützend einen Arm um sie. Mit einer fließenden Bewegung schob ich sie vom Geländer fort.

»Léo?«, fragte sie.

Ich baute mich vor ihr auf, machte mich so breit wie möglich, damit er sie nicht mehr sehen konnte. Mit dem Rücken zu ihr sah ich ihn an. Sein Blick brannte sich in meinen, während sich ein zufriedenes Grinsen auf seinen Zügen ausbreitete. Die Drohung war bei mir angekommen. Am liebsten wäre ich über die Brüstung gesprungen und hätte mich auf ihn gestürzt. Hätte alles getan, um ihn aufzuhalten. Doch ich wusste, wozu dieser Mann fähig war. Und jetzt, da er mich mit Alix gesehen hatte, da wir uns auf einem Schiff voller unschuldiger Personen befanden, war ich ihm ausgeliefert.

Er starrte mich noch einen Moment an. Triumph flackerte über seine Züge. Mit einem angedeuteten Nicken gab er mir dann zu verstehen, dass wir uns gleich sprechen würden. Unter vier Augen. Das Herz schlug mir dumpf und schmerzhaft in der Brust, als er sich abwandte und davonging. Meine Vergangenheit hatte mich endgültig eingeholt. Mein Leben war mit einem Schlag vorbei.

Alix, die hinter mir auf eine Antwort wartete, räusperte sich. »Léo?«, fragte sie erneut, nicht mehr nur verwirrt, sondern nun geradezu irritiert.

Natürlich. Sie hatte mir eben ihr Herz ausgeschüttet. Hatte mir die Worte gesagt, die mich unter normalen Umständen in bisher ungekannte Höhen katapultiert hätten.

Ich habe mich in dich verliebt.

Und ich konnte an nichts anderes denken als daran, dass ihr Leben in Gefahr war. Von einer Sekunde auf die andere war die sichere Blase zerplatzt, in der wir uns in den letzten Monaten bewegt hatten, und ich erkannte, dass es nie mehr als eine Seifenblase gewesen war. Dünn und zerbrechlich. Viel zu fragil, als dass wir darin je wirklich sicher gewesen wären. Viel zu fragil, um Alix vor meiner Vergangenheit zu beschützen. Um sie *vor mir* zu beschützen.

Quälend langsam drehte ich mich zu ihr um. Mit jeder Sekunde, die ich hier mit ihr verbrachte, wuchs die Gefahr. Ich musste ihm folgen, musste sicherstellen, dass er niemandem etwas antat.

Alix hatte die Stirn gerunzelt. Immer noch stand Hoffnung in ihrem Blick. Hoffnung, die ich gleich zerstören würde. Die ich zerstören *musste*.

»Du fühlst es doch auch, oder?«, fragte sie mit zitternder Stimme. »Dass da etwas zwischen uns ist, das es wert ist weiterzuverfolgen?«

»Alix …« Ich rieb mir über das Gesicht, konnte kaum mehr einen klaren Gedanken fassen. Nur eine einzige Sache schälte sich deutlich aus dem wirren Strudel in meinem Kopf: Ich musste sie in Sicherheit bringen. Jetzt sofort!

Es war vorbei. Er hatte uns zusammen gesehen. Und er würde nicht zögern, meine Gefühle für Alix gegen mich zu verwenden. Er würde ihr wehtun, um an mich ranzukommen. Es war an der Zeit zu gehen. So wie ich einst die einzige andere Person beschützt hatte, die mir so viel bedeutete, musste ich nun Alix schützen. Und ich wusste genau, was ich dafür zu tun hatte.

Ein tiefes Seufzen unterdrückend, zwang ich mich, ihren Blick zu erwidern. Da war dieser hoffnungsvolle Ausdruck auf ihrem Gesicht, dieses Funkeln in ihren Augen. Alles, was ich mir je gewünscht hatte, war in den letzten Minuten wahr geworden. Und gleichzeitig hatte ich alles verloren, was ich mit Alix hätte haben können.

Ich nahm mir einen einzigen Moment, um mir ihre Züge für immer einzuprägen. So sanft. So liebevoll. Denn in nur wenigen Sekunden würde ihre Miene erst in Verwirrung und dann in Wut umschlagen. Ihre Gefühle für mich würden zu Hass werden. Ich würde ihr das Herz brechen. Und mir blieb nicht mal genug Zeit, um ihr alles zu erklären.

»Ich muss weg«, presste ich mühsam hervor.

»Was?« Alix' Augen weiteten sich. »Jetzt gleich? Wohin?« Sie runzelte die Stirn. Damit hatte sie am wenigsten gerechnet.

»Ich muss weg aus Antibes. Noch heute Nacht. Und ich werde nicht wiederkommen.«

Die Linien auf ihrer Stirn vertieften sich. »Das kann doch nicht dein Ernst sein.« Ihre Augen zuckten blitzschnell hin und her, suchten mein Gesicht nach einem Anzeichen darauf ab, dass ich es nicht ernst meinte. Sie fand nichts. Ich hatte eine steinerne Maske aufgesetzt.

Ein nervöses Lachen brach aus ihr hervor. »Das ist ein Scherz, oder?«

»Es tut mir leid.« Ich wandte den Blick ab, konnte ihr nicht länger in die Augen sehen. »Mehr als du dir vorstellen kannst. Es ist ... kompliziert.«

Als ich wieder zu ihr spähte, zeigte sich eine steile Falte zwischen ihren zusammengezogenen Brauen. »Das ist also wirklich dein Ernst? Ich schütte dir hier mein Herz aus, und du hattest die ganze Zeit über vor, mir zu sagen, dass du weggehst?« Zischend entwich ihr die Luft. »Du hast mich wie eine Närrin herumstammeln lassen, dabei hattest du von Anfang an geplant, mich heute Abend abzuservieren? Hast du mich etwa nur deshalb auf diese Party eingeladen? Damit es in der Öffentlichkeit passiert?«

»Alix ...« Ich wollte ihr widersprechen, doch im selben Moment erkannte ich, dass dies die einfachste Lösung war. Alix war bereits auf dem besten Weg, ihre eigenen Worte zu glauben. So oder so würde ich sie verletzen. Die Wahrheit konnte ich ihr nicht sagen. Also sollte ich sie in dem Glauben lassen, dass dies mein Abschiedsabend war. Eine große Geste. Ein letztes Geschenk an sie.

Ich ließ den Kopf hängen und nickte. Tränen brannten hinter meinen Lidern, doch ich ballte die Fäuste, bis der Schmerz meiner in die Handflächen schneidenden Fingernägel den in meinem Herzen überlagerte.

Alix' Unterlippe bebte. »Nein, da mache ich nicht mit.« Sie schüttelte heftig den Kopf. »Ich weiß ganz genau, was das hier ist. Ich kenne dich, Léo, ob du es wahrhaben willst oder nicht. Du sabotierst dich selbst!«

Ich wandte mich von ihr ab. Die Zeit lief mir davon. Und doch konnte ich es nicht über mich bringen, sie einfach stehen zu lassen.

»Du hast mich gewarnt. Du hast gesagt, dass du vielleicht nicht bleiben kannst. Aber was ist, wenn ich es trotzdem versuchen möchte? Wenn ich mit dir zusammen sein will, *obwohl* du gehen musst? Léo, sieh mich an!«

Ich sah sie nicht an. Ich konnte es nicht. Langsam entfernte ich mich von ihr. »Es geht nicht.« Die Treppe war so nah. Nur noch wenige Schritte. Und doch war es das Härteste, was ich je hatte tun müssen. Noch härter, als damals aus Paris zu fliehen. Es war, als watete ich durch siedend heißen, sich langsam verhärtenden Teer.

»Léo, wenn du jetzt einfach gehst …« Alix flüsterte, doch die Worte klangen so laut in mir nach, als hätte sie sie mir ins Gesicht geschrien. Ihre Stimme zitterte. So verzweifelt hatte ich sie noch nie gehört. Ich blieb wie angewurzelt stehen, drehte mich wieder zu ihr um.

In ihrem Blick lag so viel Schmerz, so viel Enttäuschung und verletztes Vertrauen, dass es mir tief in die Brust schnitt. Ich schnappte nach Luft, war kurz davor, ihr eine Hand an die Wange zu legen, sie an mich zu ziehen und zu trösten. Ihr ins Ohr zu flüstern, dass alles gut werden würde.

Aber so einfach konnte es nicht gut werden. Das war mir nicht vergönnt. Die Zeit mit Alix würde immer die schönste meines Lebens bleiben. Ich würde sie nie vergessen. Mit ihr hatte ich neu anfangen wollen, doch in diesem Moment wurde mir klar, dass das nie funktionieren würde, solange ich nicht mit meiner Vergangenheit abschloss. Nur dann wäre ein *wahrer* Neuanfang möglich. Die Zeit war gekommen, dass ich für meine Fehler einstehen musste. Zu lange war ich davongelaufen. Doch es war unmöglich vorherzusagen, ob es mir gelingen, ob ich den nächsten Tag erleben würde. Oder ob jetzt alles für immer vorbei war.

Meine Kehle wurde eng. Eilig wandte ich mich wieder ab. Wenn ich nicht sofort ging, würde ich es nie übers Herz bringen. Resigniert ließ ich den Kopf hängen. »Es tut mir leid«, flüsterte ich, meine Stimme ebenso brüchig wie ihre. Und dann entfernte ich mich mit großen, endgültigen Schritten von der Frau, die ich liebte.

KAPITEL 34

Alix

Mit weit aufgerissenen Augen lag ich im Bett und starrte in die Dunkelheit. In den letzten Stunden war ich mein Gespräch mit Léo wieder und wieder durchgegangen. Ich hatte viel gesagt und er kaum etwas. Er hatte so resigniert gewirkt, so vollkommen gebrochen. Noch nie hatte ich ihn so gesehen.

Was war passiert? Was hatte sich in nur wenigen Minuten verändert? Hatte ich etwas Falsches gesagt? Ihn verschreckt? Zu schnell zu viel von ihm verlangt?

Der Abend war großartig gelaufen. Wir hatten Spaß gehabt. Ich hatte mich endlich getraut, ihm meine Gefühle zu gestehen und dann ... das. Er war gegangen. Und ich war, nachdem ich den ersten Schock verdaut hatte, mit tränenüberströmten Wangen von der Jacht geflüchtet.

An Schlaf war nun nicht zu denken. Wieder und wieder ging ich alles im Kopf durch. Seine bestürzte Miene. Sein Blick, der sich auf etwas hinter meiner rechten Schulter fixiert hatte. Seine Augen, die sich schockiert geweitet hatten. Aber warum? Nur aufgrund meiner Worte? Oder steckte mehr dahinter?

Wie ich es auch drehte und wendete, ich kam nicht darauf, was auf dem Deck passiert sein mochte. Nicht, solange ich nicht mit Léo darüber redete. Doch würde er überhaupt mit mir sprechen? Auf der Jacht hatte es den Anschein gemacht, als wollte er mich so schnell wie möglich loswerden. Auch meine Anrufe hatte er seit seinem Abgang ignoriert. Doch das passte kein Stück zu seinem sonstigen Verhalten. Irgendetwas entging mir. Irgendetwas Großes, Wichtiges.

Neuerliche Tränen stiegen in mir auf. Ich hatte mich verletzlich gemacht. Hatte mein Herz zum ersten Mal in meinem Leben einem Mann anvertraut, und er hatte es zwischen seinen Fingern zerquetscht. Dabei war ich mir so sicher gewesen, dass er auch etwas für mich empfand. Das konnte ich mir doch nicht eingebildet haben.

Da war sie wieder, diese Verlorenheit, die sonst nur meine Eltern in mir auslösten. Offenbar war ich es nicht wert, dass die Leute, die ich liebte, bei mir blieben.

Von Schluchzern geschüttelt schlang ich die Arme um meinen Oberkörper und wiegte mich sanft hin und her, in dem Versuch, den Schmerz in meiner Brust zu betäuben.

Als das erste Tageslicht groteske Schattenformen an meine Zimmerdecke malte, waren meine Tränen getrocknet. Mit leicht zitternden Händen schlug ich die Bettdecke zurück. Es war an der Zeit, mit dem Selbstmitleid aufzuhören.

Das war nicht ich. Dieses Häufchen Elend, das sich im Bett verkroch. Nie wieder würde ich zulassen, dass ich wegen eines Mannes den Glauben an mich selbst verlor – egal, ob im Job oder privat. Mein Leben lang hatte ich meine Kämpfe selbst ausgefochten, und dieser Kampf war noch nicht vorbei. Nach Stunden des Weinens und Grübelns war ich davon überzeugt, dass Léos plötzlicher Sinneswandel nichts mit meinem Geständnis zu tun hatte. Denn in den letzten Wochen hatte ich in seinen Augen gesehen, wie viel ich ihm ebenfalls bedeutete. Ich hatte seine Gefühle für mich in den vielen kleinen Gesten gespürt. In der Art, wie er mich ansah, wie seine Lippen über meine Haut glitten, seine Finger über mein Haar strichen, wie er meinen Namen sagte. Und dieser Abend … die Kerzen, mein Lieblingswein, die Ankündigung, dass er *mich* feiern wollte. Das alles hatte überhaupt nicht wie ein Abschied gewirkt. Eher wie der Anfang von etwas wirklich Großem. Aber warum war er dann gegangen?

Entschlossen, es herauszufinden, schwang ich die Beine aus dem Bett. Ich hatte kein Auge zugetan, aber das war egal. Jetzt ging es mir nur noch darum zu verstehen, was letzte Nacht passiert war. Was sich zwischen uns verändert hatte.

Ich würde Léo nicht einfach gehen lassen. Nicht, bis er mir in die Augen gesehen und mir gesagt hatte, dass er mich nicht liebte. Denn das hatte er streng genommen gestern Abend nicht. Es war noch nicht alles vorbei. Auch wenn sich mir allein bei dem Gedanken daran, wieder stehen gelassen zu werden, der Magen umdrehte.

Als ich schwungvoll aufstand, wurde mir schwindelig. Mit zitternden Knien musste ich mich einen Moment am Bettpfosten abstützen, während die Wände auf mich zurückten. Dann setzte ich langsam einen Fuß vor den anderen. Mit jedem Schritt wurde ich sicherer, gewann an Stärke. Nein, ich würde jetzt nicht klein beigeben. Ich würde für Léo kämpfen. Für *uns* kämpfen. Ich lag nicht falsch. Ich *durfte* nicht falsch liegen.

Im Schutz der grauen Dämmerung betrat ich in meine alte pinke Leggings und ein übergroßes Shirt von Léo gekleidet die *Aurora*. Das Haar hatte ich mir zu einem Messy Bun auf dem Kopf aufgetürmt. Wie ich aussah, war nicht wichtig. Ich wollte einfach nur Léo sehen. Seine Stimme hören. Seine Wärme spüren. Ich wollte, dass er mich in den Arm nahm und mir sagte, dass alles gut werden würde. Doch noch während ich über die Gangway lief, fragte ich mich, ob ich zu spät gekommen war.

Ich muss weg aus Antibes, hatte er gesagt.

Ich beschleunigte meine Schritte.

Noch heute Nacht.

Jetzt rannte ich die letzten paar Meter.

Und ich werde nicht wiederkommen.

»Léo?«, rief ich geradezu panisch. Egal, wie früh am Morgen es war. Egal, ob ich vermutlich die ganze Crew aufweckte. Ich musste mich vergewissern, dass er noch da war. Nicht einfach verschwunden wie ein Geist in der Nacht. Als wäre er nie hier gewesen.

Ich hörte Schritte, drehte mich einmal um mich selbst. »Alix?«

Enttäuschung umschlang mein taumelndes Herz mit eisigen Fingern. Das war nicht Léos Stimme.

Als ich zu Amir herumfuhr, zuckte er vor mir zurück. Wahrscheinlich sah ich so aus, wie ich mich fühlte. Mit rot geränderten Augen, geschwollenen Lidern, Verzweiflung im Blick.

»Alix, was machst du denn so früh hier?«, flüsterte Léos bester Freund alarmiert. »Komm mit.« Er legte mir einen Arm um die Schultern, um mich über das Deck zu führen. Wahrscheinlich weg von den Kabinen, um niemanden zu wecken.

»Nein!« Ich machte mich los. »Dafür ist keine Zeit. Wo ist Léo? Ich muss mit ihm sprechen.«

Amirs Miene verriet mir alles, was ich wissen musste, bevor

er die Worte aussprach. »Er ist schon vor Stunden abgereist. Ist bloß kurz auf der *Aurora* vorbei, um … etwas zu holen.« Er seufzte und sah sich verstohlen um. »Bitte, setzen wir uns doch einen Moment.«

Eisige Kälte kroch durch meine Adern, lähmte mich. Kaum brachte ich ein Nicken zustande. Wie ein Roboter ließ ich mich von Amir in Richtung Pool führen.

Er ist fort. Ich war zu spät gekommen.

Amir platzierte mich auf einer der vielen Sonnenliegen und legte mir eine Decke um die Schultern. Mir war gar nicht aufgefallen, dass ich zu zittern begonnen hatte.

»Möchtest du einen Kaffee? Oder Tee?«

Seine Stimme drang wie durch eine dicke Watteschicht an meine Ohren. Ich schüttelte den Kopf.

Vorsichtig setzte sich Amir neben mich auf die Liege. »Es tut mir leid, Alix. Er konnte wirklich nicht bleiben.«

Mühsam hob ich den Kopf, sah ihn an. »Weißt du, warum er gegangen ist?«

Amir betrachtete seine nackten Zehen. Er hatte das Gesicht verzogen, als gefiele ihm die ganze Situation ebenso wenig wie mir. Schließlich zuckte er mit den Schultern. »Er hat es mir nicht gesagt, aber ich habe eine Vermutung.«

»Nicht mal *dir* hat er mehr erzählt?« Ich schnaubte. Wut stieg in mir auf. Heiße Wut, die endlich die Kälte vertrieb. Kümmerte es Léo denn gar nicht, dass hier zwei Menschen saßen, die sich Sorgen um ihn machten?

»Ich glaube nicht, dass er gegangen wäre, wenn er eine Wahl gehabt hätte«, fuhr Amir leise fort. »Es gibt Dinge aus seiner Vergangenheit, vor denen er uns schützen möchte.«

»Das ist doch bloß eine Ausrede«, brach es aus mir hervor. »Nach allem, was zwischen uns passiert ist, kann er doch nicht einfach verschwinden. Ohne eine Erklärung. Es ist, als würde er sich nicht erlauben, glücklich zu sein. Als wollte er sich für etwas bestrafen. Bloß niemanden zu nah an sich ranlassen, bloß kein Risiko eingehen. Ich verstehe, dass er Angst hat, die habe ich auch. Aber dass er deshalb bereit ist, auf etwas so Unglaubliches zu verzichten, wie wir es haben, das verstehe ich nicht.«

Denn das war es, was wir hatten. Etwas unglaublich Echtes. Etwas, das mich bis tief in mein Inneres erschüttert hatte. Und ihn auch. Das wusste ich einfach.

Amir ließ den Kopf hängen. »Ich dachte auch, dass er dank dir endlich aufgehört hätte, über die Schulter zu schauen. Dass er endlich so richtig hier angekommen wäre. Dass er bleiben würde. Ich glaube, das hat er sich tief drin auch gewünscht.« Er seufzte. »Aber manchmal sind unsere Ängste größer als unsere Träume.«

Ich blinzelte neuerliche Tränen fort. Meine Wut war anhand seiner Worte bereits wieder verpufft. »Meinst du wirklich, dass er uns bloß beschützen will? Vor irgendeiner realen Gefahr?«

Amir nickte. »Das glaube ich wirklich, ja. Léo ist eine der selbstlosesten Personen, die ich kenne. Er würde alles für die Menschen tun, die er liebt.«

Ich schluckte schwer. Er hatte recht. Auch wenn das Léos Nacht- und Nebelaktion nicht rechtfertigte. Er hätte es mir wenigstens erklären können. Aber vielleicht war es trotz allem noch nicht zu spät.

»Weißt du, wohin er gegangen ist?« Meine Stimme war nicht viel mehr als ein heiseres Krächzen.

Für einen Sekundenbruchteil blitzte etwas in Amirs Augen auf. Ich hatte es genau gesehen. Als er den Kopf schütteln wollte, warf ich ihm einen strengen Blick zu. »Keine Lügen, keine Halbwahrheiten. Ich *muss* ihn finden, Amir. Wenn er wirklich in Schwierigkeiten steckt, muss ich ihm helfen. Und wenn er dann immer noch nicht mit mir zusammen sein will …« Ich konnte den Satz nicht zu Ende bringen.

Erneut seufzte Amir resigniert. »Er hat mir eine Adresse gegeben. In Paris. Vor Jahren schon. Aber die ist ausdrücklich nur für Notfälle.« Er zögerte, befeuchtete sich nervös die Lippen. »Das hier ist wohl ein Notfall.«

Ich nickte. »Ja, das glaube ich auch.«

Während Amir die Adresse holen ging, blickte ich aufs Meer hinaus, das von den ersten Sonnenstrahlen zum Funkeln gebracht wurde. Sie fächerten sich langsam über den Horizont auf, vertrieben das triste Grau der Dämmerung, wärmten mein Gesicht. Und auch in mir flackerte ein kleines Licht auf. Schwach und zittrig wie eine Kerzenflamme im Wind. Ein winziges bisschen Hoffnung.

Für meine Chance aufs große Glück musste ich diesen Schritt gehen. Für Léo würde ich es wagen. Ich würde die Wahrheit in Erfahrung bringen. Denn ich wollte diesen Mann. Ich wollte ihn so sehr, dass ich alle Vorsicht über Bord warf, die *Air France*-App auf meinem Handy öffnete und einen Flug nach Paris buchte.

TEIL 2

L'amour fou

KAPITEL 35

Alix

Ich erwischte einen der frühestmöglichen Flüge von Nizza nach Paris. So war es gerade einmal Mittag, als ich in einem Bus auf dem Weg vom Flughafen in die Innenstadt saß. Bei mir trug ich nichts als einen Rucksack mit meinem Pass, ein paar Wechselklamotten und Toilettenartikeln. Für mehr war keine Zeit gewesen. Nur umgezogen und geduscht hatte ich mich noch. Mit schweren Lidern blickte ich aus dem Fenster, wobei ich neben meinem wild schlagenden Herzen kaum etwas wahrnahm. Mein gegenwärtiger Zustand könnte in keinem größeren Kontrast zu dem Hochgefühl von gestern Abend stehen. Als mir noch alles möglich erschienen war. Als meine Zukunft mit Léo noch zum Greifen nahe gewesen war.

Nun wusste ich nicht einmal, was mich in Paris erwartete. Ich hatte nichts als eine mysteriöse Adresse. Natürlich hatte ich sie bereits in Google Maps eingegeben, aber das hatte mir auch nicht viel verraten. Nach dieser Busfahrt würde ich einmal umsteigen müssen, um ins sechste Arrondissement zu gelangen. Was ich dort finden würde, blieb ein Mysterium. Ich konnte nur hoffen, dass es Léo war.

Mein Blick streifte die Gebäude, die vor dem Fenster vorbeizogen. Sie sahen nicht so aus, wie ich mir die typischen Pariser Wohnhäuser vorstellte. Eher heruntergekommen, die Gehsteige dreckig und voller Menschen, die ihre täglichen Besorgungen erledigten. Überall hingen Poster mit dem Gesicht des beliebten und international berühmten Bürgermeisters von Paris, Vincent Léopold, der sich zur Neuwahl aufstellen ließ. Er lächelte siegessicher in die Kamera, manchmal war sein Gesicht jedoch durch einen Graffiti-Schnauzer oder Teufelshörner entstellt.

Ich schloss die Augen, döste ein wenig, bis mich die Ansage, dass wir die Haltestelle Opéra erreicht hatten, aufweckte.

Verschlafen stolperte ich aus dem Bus. Hier sah es schon eher so aus, wie ich Paris aus vielen Filmen kannte. Wunderschöne weißgraue Wohnhäuser mit verschnörkelten Fensterläden. Eine altmodische Litfaßsäule. Eine viel befahrene Kreuzung, dominiert von einem pompösen Opernhaus, vor dem Touristen für Fotos posierten. In der Ferne hupten Autos. Tauben flatterten auf, als ein Mann auf einer Vespa an mir vorbeischoss. Das erinnerte mich sofort an Chloé. Sie hatte noch keine Ahnung, was vorgefallen war. Sicher würde sie mir bald schreiben und fragen, wie es gestern Abend gelaufen war. Allein bei dem Gedanken daran, ihr alles erzählen zu müssen, wollten wieder Tränen in mir aufsteigen. Eilig stellte ich mein Handy auf lautlos und flüchtete in den nächsten Bus.

Als ich zum zweiten Mal ausstieg, hatte sich die Umgebung erneut verändert. Hier in Saint-Germain-des-Prés sah es teuer aus. Die Gehsteige waren blitzblank. Vornehme Wohnhäuser reihten sich an schicke Boutiquen, Kunstgalerien, Patisserien, Cafés, Antiquitätenläden und elegante Restaurants. Es duftete aus den Blumenkübeln, die vor vielen Fenstern hingen. Wenn ich den Blick hob, entdeckte ich überall grün bewachsene Dachterrassen. Wohin mochte mich Amir mit dieser Adresse nur schicken? Wenn ich seinen Worten Glauben schenkte, wusste er es selbst nicht.

Ich versuchte, mich auf Google Maps zu konzentrieren, wurde aber immer wieder vom regen Treiben um mich herum abgelenkt. Aus einer Boulangerie duftete es nach frischen Croissants. Klassische Musik drang aus einem geöffneten Fenster, durch das ich hohe, stuckverzierte Wände erkennen konnte. Eine alte, elegant gekleidete Dame führte ihre drei Cockerspaniels an der Leine spazieren, ein Baguette unter dem Arm.

Es war wunderschön in diesem Teil von Paris. Zwei Straßen entfernt befand sich laut Google Maps die Seine mit ihren vielen Brücken, denen ich gern einen Besuch abgestattet hätte. Auf den Eiffelturm hatte ich bisher nur einen flüchtigen Blick erhaschen können. Wie schade, dass meine erste Reise in die Hauptstadt so einen traurigen Anlass hatte.

Schließlich verkündete mein Handy, dass ich mein Ziel erreicht hatte. Ich blieb vor einer zweiflügeligen, mintgrün gestrichenen Haustür mit Gegensprechanlage stehen. Laut dem Zettel, den Amir mir ausgehändigt hatte, musste ich in den fünften Stock. Doch die Tür war verschlossen, und ich erkannte keinen der Namen auf den Klingelschildern. War meine Suche hier schon vorbei? Nein, so schnell würde ich nicht aufgeben.

Entschlossen sah ich mich um. Im Erdgeschoss befand sich ein Secondhandladen. Die in den oberen Stockwerken gelegenen Wohnungen konnte ich von hier nicht erreichen. Einige der im Grün der Haustür gestrichenen Fensterläden waren geschlossen, kein Fenster stand offen. Gerade als ich in Erwägung zog, in dem Geschäft nach Léo zu fragen, öffnete sich die Haustür von innen. Ein Paketbote eilte heraus und ließ die Tür achtlos hinter sich zufallen. Hastig sprang ich vor und schob meinen Fuß in den Spalt. Geschafft!

Mit neu erwachtem Mut zog ich die schwere Holztür auf und trat in ein kühles Treppenhaus. Geflieste Wände, auf einer Seite mit Briefkästen gepflastert. Eine steile Treppe. Kein Fahrstuhl. Das Herz schlug mir bis zum Hals, als ich mich an den Aufstieg in den fünften Stock machte.

Oben angekommen, sah ich mich unsicher um. Es gab zwei Wohnungstüren. Keiner der Namen auf den Klingelschildern sagte mir etwas, doch das hatte nichts zu bedeuten. Schließlich hatte mir Léo nie seinen Nachnamen, geschweige denn seinen richtigen Vornamen verraten. Auf gut Glück klingelte ich an der ersten Tür. Auf dem Klingelschild stand *Berger*. Eine Katze miaute, doch ansonsten blieb es still in der Wohnung.

Mein Herz sank. Es durfte einfach nicht sein, dass ich den langen Weg umsonst auf mich genommen hatte. Mit zitternden Knien trat ich vor die zweite Tür. Auf dem Klingelschild stand *D. Elmaleh*. Ich atmete tief durch und drückte den Klingelknopf. Das schrille Geräusch hallte laut in meinen Ohren nach. Erst war nichts zu hören, doch dann ertönten Schritte. Mein Magen begann, wild zu kribbeln. Die altmodische Klinke wurde von innen heruntergedrückt, dann schwang die hohe Tür nach innen auf.

Vor mir stand eine Frau, die mich fragend ansah. »Hallo?«

Sie trug ein locker geschlungenes Kopftuch in einem hübschen Senfton, das aussah, als hätte sie es sich schnell übergeworfen, bevor sie mir geöffnet hatte. Darunter kam langes, schwarzes Haar zum Vorschein, das von einigen grauen Strähnen durchzogen war.

Überrascht blinzelte ich sie an. »Äh, hallo.« Was sollte ich jetzt sagen? Dass ich mich in der Tür geirrt hatte? Dass ich auf der Suche nach jemandem war? Vielleicht wusste sie etwas. Oder ich stand gerade vor der völlig falschen Tür und belästigte eine unbekannte Frau.

Erst als ich ihr zum ersten Mal so richtig in die Augen blickte, traf es mich wie ein Schlag. Denn beim näheren Hinsehen waren die Gemeinsamkeiten mit Léo plötzlich unübersehbar. Die großen, tiefbraunen Augen und energischen schwarzen Brauen. Der freundliche Zug um den Mund, als würde diese Frau immer lächeln. Selbst in ihrer Stimme, warm und voll, glaubte ich, Léos typischen Tonfall mitschwingen zu hören, als sie höflich fragte: »Kann ich Ihnen helfen?«

Stumm stand ich da und starrte sie an, wohl wissend, dass ich jetzt dringend etwas sagen musste, damit sie mir nicht die Tür vor der Nase zuschlug. War sie Léos Mutter? Dafür kam sie mir überraschend jung vor. Eine Schwester oder Tante?

»Ich …«, stammelte ich hilflos. »Ist Léo da?«, brach es schließlich recht forsch aus mir heraus. Sofort biss ich mir auf die Lippe.

»Léo?« Tiefe Furchen zeigten sich auf Madame Elmalehs Stirn. Auf einmal wirkte sie um Jahre gealtert. Doch dann glättete sich ihre goldbraune Haut wieder. »Ah, du sprichst von Yassim. Also hat er es endlich herausgefunden.«

Yassim. War das womöglich Léos richtiger Name?

»Was herausgefunden?«, entfuhr es mir.

Madame Elmaleh lächelte nachsichtig. »Wie sein Vater heißt.«

Meine Gedanken wirbelten durcheinander. Noch konnte ich ihr nicht folgen, doch ich war fest entschlossen, endlich mehr über Léos Vergangenheit in Erfahrung zu bringen. Und diese war eindeutig mit der vor mir stehenden Frau verknüpft.

Im Moment zählte jedoch erst einmal nur eins. »Wissen Sie, wo Léo ist? Ich meine, Yassim?«

Zum ersten Mal musterte sie mich eingehend, beinahe misstrauisch.

»Ich bin seine … ich bin *eine* Freundin«, beeilte ich mich zu sagen. »Und ich glaube, er könnte in Schwierigkeiten stecken.«

Madame Elmaleh sah mich noch einen Moment länger aus schmalen Augen an, dann lächelte sie. »Du musst Alix sein.«

Meine Kinnlade fiel herab. »Woher …?«

Doch sie ließ mich nicht ausreden. Nach einem raschen Blick den Flur hinunter öffnete sie die Tür weiter und winkte mich zu sich. »Komm herein.«

KAPITEL 36

Yassim

Ich saß in einem Bus in Paris. Draußen zogen graue Straßen und Häuser am Fenster vorbei. Es war gerade erst richtig hell geworden. Jewgeni und ich hatten den Sechs-Uhr-Flug von Nizza in die Hauptstadt genommen. Nun herrschte Rushhour, während die Septembersonne ihre Strahlen langsam über die Hausdächer schickte.

Ich hatte keinen Blick für Details. Alles verschwamm vor meinen Augen zu einem zähflüssigen Brei, während ich versuchte, mein rasendes Herz unter Kontrolle zu bringen. Nur dann und wann stachen bunte Wahlplakate aus der grauen Masse, die meine Aufmerksamkeit für einen Sekundenbruchteil erregten. Das Gesicht von Vincent Léopold starrte mir entgegen. Das Gesicht des Mannes, dessen Nachname mein Pseudonym inspiriert hatte. Ein Gesicht, das ich nicht ignorieren konnte, selbst wenn ich es gewollt hätte.

Ich kniff die Lider zusammen und versuchte, meine Atmung zu beruhigen. Doch sofort blitzten Bilder von der letzten Nacht vor meinem inneren Auge auf. Alix, wie sie in diesem wunderschönen Kleid vor mir stand. Wie sie mir ihre

Liebe gestand. Mich für einen Wimpernschlag zum glücklichsten Mann der Welt machte. Und wie dann alles den Bach runtergegangen war. Abermals sah ich, wie sich ihre Züge vor Verwirrung verzerrten. Wie sich Schmerz in ihren Blick schlich, als ich ihr nicht antwortete. Als ich mich in dem Moment von ihr abwandte, in dem sie sich mir gegenüber am verletzlichsten gezeigt hatte. Ich hatte sie verletzt. So sehr. Doch was für eine Wahl hatte ich gehabt?

Kopflos war ich die Stufen der Jacht hinuntergerannt. Jewgeni hatte bereits am untersten Treppenabsatz auf mich gewartet. In voller Kellnermontur. Ein schmieriges Grinsen auf den Lippen, das ich ihm am liebsten mit einem gut platzierten Kinnhaken aus dem Gesicht gewischt hätte. Doch das Sicherheitspersonal hatte nur wenige Schritte entfernt gestanden, und ich hatte Jewgeni keinen Grund liefern wollen, jemanden anzugreifen. Denn das würde er ohne zu zögern tun, wenn ich ihm Schwierigkeiten machte. In den sieben Jahren, in denen wir uns nicht gesehen hatten, hatte er sich zweifellos nicht verändert.

»Ich gehe mit dir nach Paris.« In meiner Hast wäre ich beinahe über die Worte gestolpert. »Ihr bekommt, was ich euch schulde. Unter einer Bedingung: Du lässt diese Leute in Ruhe. Verschwinde jetzt sofort mit mir.« Ich konnte nur froh sein, dass sich Jewgeni darauf eingelassen hatte.

Der Lauf seiner Flobert Grand Power 4 mm drückte sich in eben diesem Moment durch seine Jacke in meine Seite. Unbehaglich verlagerte ich mein Gewicht auf dem harten Bussitz.

»Keine Dummheiten«, knurrte mir Jewgeni ins Ohr. »Wenn du etwas versuchst, bist du tot.«

Ich sah mich im Bus um. Er war brechend voll. Kinder, die auf dem Weg zur Schule waren. Personen in Anzügen, die auf ihre Handys stierten, eine alte Frau, die schwere Tüten schleppte und der niemand einen Sitzplatz angeboten hatte.

Ich durfte nicht riskieren, dass diese Leute zum Kollateralschaden wurden. Dass ich mich in dieser Lage befand, hatte ich ganz allein mir selbst zuzuschreiben, und ich sollte verdammt sein, wenn ich andere Personen mit reinzog. Ein Drittel meines Lebens hatte ich damit verbracht, andere Personen zu beschützen, und ich würde jetzt nicht damit aufhören.

Zu lange war ich davongelaufen. Zu lange hatte ich mich meinen Dämonen nicht gestellt. Es war immer bloß eine Frage der Zeit gewesen, bis sie mich fanden. Ich hatte immer gewusst, dass meine Lebenszeit ab meinem siebzehnten Lebensjahr nur geborgt gewesen war. Aber auch, wenn ich den Fehler begangen hatte, mich in trügerischer Sicherheit zu wiegen, konnte ich wenigstens dafür sorgen, dass niemand sonst leiden musste.

Nur ich.

Denn dass ich an diesem Tag leiden würde, daran hatte ich keinen Zweifel. Die einzige wirklich relevante Frage, die ich mir stellte, war: Würde ich an seinem Ende tot sein? Oder hatte die irrationale Hoffnung in meinem Hinterkopf doch eine Berechtigung?

Der Stoff der Sporttasche, die zwischen meinen Füßen stand und die ich vor unserer Abreise schnell von der *Aurora* geholt hatte, brannte sich durch mein Hosenbein. Mein Plan B. Meine Chance, diese Angelegenheit womöglich ein für alle Mal zu bereinigen. Die einzige. Doch wenn das schiefging … würde ich den nächsten Tag nicht erleben. Dessen war ich mir so bewusst, wie ich mir Jewgenis Pistolenlauf an meinem Brustkorb bewusst war.

Ich schluckte die Beleidigung herunter, die ich ihm hatte entgegenschleudern wollen, und presste die Lippen zusammen. Vorerst war es schlauer, Jewgeni den bedrohlichen Geiselnehmer spielen zu lassen. Er hatte es schon immer genossen, anderen Angst einzujagen. Kein Grund, ihm auf die Nase zu binden, wie schnell ich ihn hätte entwaffnen können, hätte ich das gewollt. Verhandeln würde ich sowieso nicht mit *ihm*. Wenn es denn überhaupt zu Verhandlungen kommen würde.

Mit geballten Fäusten blickte ich wieder aus dem Fenster. Der Bus leerte sich immer zügiger. Der Zustand der Straßen wurde zunehmend schlechter, die Häuser wurden schäbiger. Graue Betonklötze, vor denen sich Gruppen von Männern scharten.

An der Endhaltestelle stiegen wir schließlich aus. Jewgeni packte mich am Arm, während er mir die Pistole unter seiner Jacke weiterhin in die Seite drückte. Von außen musste das so offensichtlich aussehen, dass er Glück hatte, dass sich in diesem Teil der Stadt niemand darum scherte. Irgendwo heulte ein Baby, zwei Jugendliche zankten sich um ein BMX-Rad. Es roch nach Gras und frisch Frittiertem, obwohl es nicht einmal neun Uhr morgens sein konnte.

Während wir durch einige verlassene Straßen auf ein Industriegebiet zuliefen, zog ich es erneut in Erwägung, mich zu wehren. Jetzt könnte ich ihn niederringen, ihn bewusstlos schlagen und entkommen. Doch selbst wenn ich schnell genug wäre, um nicht an Ort und Stelle von Jewgeni erschossen zu werden, würde ich nicht weit kommen. Das hier war Paris. Ich befand mich in *seinem* Revier. *Seine* Leute waren überall. Und wenn ich ehrlich zu mir selbst war, war ich lange genug davongelaufen. Es war ein Wunder, dass ich so lange überlebt hatte. Jetzt zählte nur noch, die Personen zu schützen, die ich liebte. Und das war mir gelungen. Was mein eigenes Leben anging, war ich mir da nicht so sicher. Immer schwerer wurde die Tasche, die ich nun über der Schulter trug. Immer bedeutsamer ihr Inhalt, den ich über sieben Jahre zusammengetragen hatte.

Als mir vor lauter Nervosität übel wurde, beschwor ich Alix vor meinem inneren Auge herauf. Nicht ihren traurigen, schockierten Ausdruck vom Vorabend, sondern wie sie aussah, wenn sie morgens in meinen Armen aufwachte. Wie sie mich verschlafen anblinzelte und dann lächelte. Wie ich ihr das Haar aus dem Gesicht strich und ihr einen Kuss auf die Schläfe gab.

An diesem Bild hielt ich mich fest. Wieder und wieder spielte ich die friedliche Szene im Geist ab, bis ich mich nicht mehr auf einer löchrigen Straße in der Banlieue befand, sondern in Alix' lichtdurchfluteter Wohnung, neben ihr im Bett, ihr warmer Körper an meinem, ihr Duft in meiner Nase.

Wenig später kamen wir zu einer Lagerhalle, die verlassen aussah. Eingeschmissene Fenster, mit Graffiti besprühte Wände. Jewgeni zerrte mich vor ein Tor, das früher mal für Lkw-Lieferungen benutzt worden sein musste. Offenbar hatten sie ihr Quartier gewechselt. Vielleicht war ihnen die Polizei irgendwann in den letzten sieben Jahren auf die Schliche gekommen.

Mit der Faust schlug Jewgeni dreimal gegen das Tor. Laut hallte das Klopfen von den umstehenden Gebäuden wider.

Von innen näherten sich Schritte. »Wer ist da?«, ertönte eine mir unbekannte Stimme.

»Ich bin's. Lass mich endlich rein, connard«, schnauzte Jewgeni ungeduldig. Er sah sich um, leckte sich immer wieder über die Lippen. So kannte ich ihn gar nicht. Hatte er etwa seine frühere Gelassenheit eingebüßt? Mit achtzehn war er für jeden Job zu haben gewesen, hatte sich freiwillig für besonders brutale Aufträge gemeldet. Ich ahnte, dass sich seitdem etwas am Machtgefüge verändert haben musste. Womöglich stand Jewgeni beim Boss nicht mehr ganz so hoch im Kurs und versuchte, sich mit dieser Verzweiflungstat in eine bessere Position zu bringen. Wer wusste schon, wie lange er mich bereits verfolgte? Wie erpicht er auf Lob vom Chef war. Beinahe hätte ich gelacht. Einige Dinge würden sich wohl nie ändern. Und das würde ich zu meinem Vorteil nutzen.

Es klirrte – drinnen mussten sie eine Eisenkette oder etwas Ähnliches lösen –, dann öffneten sich die beiden großen Torflügel. Dahinter konnte ich kaum etwas erkennen. Das Licht war zu schummrig. Mehrere Gestalten standen in einem lockeren Halbkreis um eine Person, die in der Mitte einer weitläufigen Halle an einem Schreibtisch saß. Die Beine überschlagen, eine Zigarette im Mund, die in diesem Moment im Halbdunkel aufglomm.

Obwohl ich mir erneut Alix' Gesicht in Erinnerung zu rufen versuchte, wurde meine mühsam aufgebaute innere Ruhe von nackter Panik verdrängt, als ich die Stimme dieser Person hörte. »Wen haben wir denn da?« Hohn troff aus jedem einzelnen Wort. »So kehrt das schwarze Schaf also nach all den Jahren nach Hause zurück.«

Mein Herz hämmerte. Meine Handflächen wurden feucht. Instinktiv wehrte ich mich gegen Jewgenis Griff, als er mich vor sich her in die Lagerhalle stieß. Sofort wurde ich von gröberen Händen gepackt. Ein Pistolenlauf wurde mir gegen die Schläfe gedrückt, sodass ich mitten in der Bewegung erstarrte. Hinter mir quietschte das Tor, als die schweren Flügeltüren erneut in Bewegung gebracht wurden. Dann fielen sie mit einem endgültigen, unheilvollen Krachen ins Schloss.

Kühl presste sich die Knarre gegen meine rechte Schläfe. Die paar in der Halle verteilten Scheinwerfer konnten die weite Fläche kaum ausreichend erhellen. Nur langsam gewöhnten sich meine Augen an das Dämmerlicht, während ich einen Fuß vor den anderen setzte. Die Gruppe in meinem Rücken trieb mich unaufhaltsam vor sich her in Richtung des Mannes hinter dem Schreibtisch. Wieder glomm seine Zigarette auf, als er daran zog. Alles Teil der Show, wie ich wusste.

»Die Rückkehr des verlorenen Sohns«, schnarrte er. »Dass ich das noch erleben darf.«

Dass er sich als meinen *Vater* bezeichnete, ließ mich rotsehen. Wie von selbst ballten sich meine Hände zu Fäusten. Tief atmete ich durch, um nicht die Fassung zu verlieren. Ich durfte mir keine Fehler erlauben. Zu viel stand auf dem Spiel.

Als ich in gebührendem Abstand vor dem Schreibtisch stehen blieb, hob ich langsam beide Hände, um seinem Mob zu signalisieren, dass ich keine bösen Absichten hegte. Auf ein Nicken des Chefs hin löste sich der Pistolenlauf von meiner Schläfe, und die um mich herum stehenden Kerle traten zurück. In Zeitlupe nahm ich die Tasche von meiner Schulter und warf sie vor ihm auf den Boden.

»Das ist alles, was ich euch schulde, plus die üblichen Zinsen.«

Einer der Männer trat vor, um die Tasche zu öffnen. Darin kamen unzählige Geldbündel zum Vorschein. Alles, was ich seit meinem ersten Job auf einem Frachtschiff über die Jahre hatte ansparen können. Für eben diesen Moment. Würde es reichen?

Der Boss lachte so laut, dass es von den Wänden widerhallte. »Sehe ich so aus, als bräuchte ich Geld?«

Mein Herz sank. Ich hatte geglaubt, mich auf seine Gier verlassen zu können. Doch es war nur zu eindeutig, dass er nicht mehr derselbe war wie früher. Seine Wangen waren eingefallen, die Haut fleckig und sein Anzug an den Schultern viel zu weit.

»Nein, aber ich schulde es dir, also bekommst du es.« Meine Stimme klang so fest, dass ich mich selbst überraschte.

»Ein paar Jahre zu spät.« Er wandte sich an die umstehenden Männer. »Findet ihr nicht?«

Einige lachten, die meisten blieben still. Mir war nicht entgangen, dass ich kein einziges Gesicht kannte. Außer Jewgeni schien niemand von der früheren Truppe mehr dabei zu sein. Und überraschenderweise hielt sich Jewgeni im Hintergrund.

»Glaubst du wirklich, du könntest einfach hier reinspazieren, mir ein bisschen Geld vor die Füße werfen, und damit wäre alles geregelt? Nachdem du uns verraten hast?« Er drückte seine Zigarette in dem Aschenbecher auf dem Tisch aus. Eine letzte Rauchfahne stieg auf. Der Gestank ätzte sich in meine Nasenhaut. »Da liegst du falsch, mein verlorenes Schäfchen.«

Seine Finger zuckten so diskret, dass ich den Wink beinahe verpasst hätte. Drei Männer sprangen vor. Gerade noch konnte ich mich unter dem ersten Kinnhaken wegducken, dann traf mich ein Schlagstock in die Rippen.

Ich fiel auf die Knie. Keine Luft kam mehr in meiner Lunge an. Das Letzte, was ich sah, war das schmierige Grinsen des Mannes, der einmal – auf vollkommen verkorkste Weise – so etwas wie ein Vaterersatz für mich gewesen war. Dann wurde alles schwarz.

KAPITEL 37

Alix

Madame Elmaleh führte mich durch einen großzügigen Eingangsbereich in eine offene Wohnküche. Durch die beinahe deckenhohen Fenster wehte eine sanfte Brise herein und brachte die langen Vorhänge in Bewegung. Die Wohnung war voller Farben. Von den bestickten Sofakissen und Teppichen über die bunten Gemälde mit geometrischen Formen an den Wänden bis hin zu den Fliesen der Küche. Trotz der sicher teuren Kunstwerke wirkte alles heimelig und gemütlich. Auf der Couch lag eine Strickdecke, daneben ein aufgeschlagenes Buch. Waren das Buntstiftzeichnungen eines Kindes, die am Kühlschrank hingen? Ich sah mich nach Fotos um, konnte aber keine entdecken.

Madame Elmaleh zeigte auf einen runden Esstisch zwischen Küche und Wohnbereich, um den vier Stühle gruppiert waren. »Tee?«, fragte sie, als hätte sie mich erwartet. Als wäre ich nicht gerade aus dem Nichts vor ihrer Tür aufgetaucht. Eine völlig Fremde, die sie mit merkwürdigen Fragen löcherte.

»Ja, sehr gern.« Ich nahm meinen Rucksack ab und ließ mich auf einen der Stühle sinken. Erst in diesem Moment fiel mir auf, wie erschöpft ich war. Der emotionale Abend, die durchwachte Nacht, die Tränen, die Reise – das alles holte mich mit einem Schlag ein. Ich unterdrückte ein Gähnen und rieb mir über das Gesicht. Während Madame Elmaleh Wasser aufsetzte, schrieb ich eine kurze Nachricht an Magali, damit sie sich keine Sorgen machte. Sie war neben Amir die Einzige, die wusste, dass ich nach Paris aufgebrochen war. Bo hatte ich nur darüber informiert, dass es einen Notfall gab und ich spontan meine Schicht tauschen musste. Sier hatte verständnisvoll reagiert und geantwortet, ich könne drei Tage freinehmen, wenn ich das brauchte. Dankend hatte ich das Angebot angenommen.

Kurz darauf stellte Madame Elmaleh eine hübsch verzierte Tasse ohne Henkel vor mir auf den Tisch, aus der es dampfte und angenehm nach Minze duftete. Sie schenkte sich ebenfalls Tee ein und setzte sich mir gegenüber.

»Er hat von dir erzählt«, sagte sie ohne Umschweife. »In seinen Mails.«

»Von mir?« Meine Augen wurden groß. »Dann sind Sie …?«

»Seine Mutter.« Sie lächelte, und in diesem Lächeln erkannte ich Léo erneut. Die beiden waren sich so ähnlich.

»Ich habe Yassim seit sieben Jahren nicht gesehen«, fuhr sie fort. »Aber er hat mir E-Mails geschrieben, damit ich weiß, dass es ihm gut geht. Aus allen Teilen der Welt. Immer von einer nicht rückverfolgbaren Mailadresse, und ohne sie mit seinem Namen zu unterschreiben. Aber natürlich wusste ich, dass sie von ihm sind.«

Ich konnte nur starren, während sich in meinem Kopf alles drehte. Nur langsam verarbeitete ich all die neuen Informationen. Léo hatte eine Mutter, die er seit Jahren nicht gesehen hatte, aber mit der er regelmäßig in Kontakt stand? Zwar hatte er mir nicht von ihr erzählt, dafür aber *ihr* von *mir*. Hitze kroch mein Dekolleté hinauf und nistete sich in meinen Wangen ein.

Madame Elmaleh musste meine Verwirrung spüren. »Ich habe sie alle aufbewahrt.« Sie erhob sich und ging zurück in die Küche. Dort reckte sie sich auf die Zehenspitzen, um eine Blechdose vom obersten Küchenschrank zu holen. Liebevoll strich sie mit den Fingerspitzen darüber und stellte sie vor mir auf dem Tisch ab. Obwohl die mit goldenen Schnörkeln verzierte Dose so hoch oben stand, hatte sie keinerlei Staub angesetzt. Madame Elmaleh musste sie oft hervorholen.

Als sie sie öffnete, kamen Hunderte Zettel zum Vorschein. Sie hatte alle Mails von Léo ausgedruckt. Eine Dose voller Briefe von ihrem verlorenen Sohn. Die einzigen Anzeichen darauf, dass er lebte, dass es ihm so gut ging, wie es ihm weit weg von zu Hause gehen konnte.

Ich fuhr mit der Hand durch die gefalteten Zettel, holte aber keinen heraus. Dies waren Léos geheimste Gedanken, die er nur mit seiner Mutter geteilt hatte. Nie würde ich seine Privatsphäre derart verletzen. Allerdings rasten Tausende Fragen durch meinen Kopf. Was war geschehen? Warum hatte Léo sein Zuhause verlassen? Wie hatte er es über sich bringen können, seine Mutter zurückzulassen? Er musste einen triftigen Grund gehabt haben. Eine Flucht? Aber wovor?

Mittlerweile war ich mir sicher, dass er nicht freiwillig gegangen war. Etwas musste geschehen sein. Etwas so Schlimmes, dass er dafür alles aufgegeben hatte, was ihm wichtig war. Dafür waren all diese Mails Beweis genug. Ich konnte nur hoffen, dass seine Mutter in Sicherheit war. Höchstwahrscheinlich beschützte er sie mit seiner Abwesenheit, so wie er glaubte, mich durch seine überstürzte Abreise zu schützen. Alles ergab bereits viel mehr Sinn als noch vor wenigen Minuten, und doch galt es noch so viel über Léo in Erfahrung zu bringen.

»Warum Léo?«, fragte ich. »Warum hat er diesen Namen gewählt?« Und was ich damit eigentlich meinte, war: *Wer ist sein Vater?*

Madame Elmaleh seufzte so schwer, dass sie mit der ausgestoßenen Luft kleine Wellen auf ihrem Tee erzeugte. »Sein Leben lang habe ich Yassim diese Information vorenthalten, aber da er es offensichtlich auf eigene Faust herausgefunden hat, bringt es wohl nichts mehr, die Antwort auf diese Frage zu verwehren.« Sie schüttelte den Kopf, als wüsste sie plötzlich nicht mehr, warum sie so lange gewartet hatte. Als schämte sie sich nun dafür, es nie laut ausgesprochen zu haben.

»Sein Vater war ... *ist* eine berühmte Persönlichkeit. Jemand, der im Auge der Öffentlichkeit steht. Als wir uns kennenlernten, war er noch nicht so bekannt, aber bereits voller Ehrgeiz, es einmal weit zu bringen. Die Beziehung zu mir – und das uneheliche Kind, das daraus hervorging – hat seine aufstrebende Karriere gefährdet. Vor allem, weil er zum Zeitpunkt meiner Schwangerschaft verheiratet war. Mit einer anderen Frau.« Sie senkte den Kopf. »Yassim muss es irgendwie herausgefunden haben. Nur so kann ich mir seine Namenswahl erklären.«

Eine berühmte Person namens Léo? Womöglich ein Politiker, wenn er offenbar so erpicht darauf war, einen Skandal zu vermeiden. Im Geist ging ich die wenigen Personen in hohen Ämtern durch, deren Namen ich kannte. Dann stockte ich und schnappte nach Luft. »Vincent Léopold! Der Bürgermeister von Paris?«

Léos – Yassims – Mutter nickte traurig. Gleichzeitig trat ein verträumter Ausdruck in ihre Augen. In Gedanken musste sie in die Vergangenheit zurückreisen, in jene Zeit, als sie verliebt gewesen war. In den aufstrebenden jungen Vincent Léopold, den zukünftigen Bürgermeister der Hauptstadt. Wenn ich ihren Blick richtig deutete, waren sie glücklich miteinander gewesen. Zumindest eine Zeit lang. Wie hatte er wohl reagiert, als sie ihm von ihrer Schwangerschaft erzählt hatte? Von Yassim.

»Er hat uns von Anfang an finanziell unterstützt«, fuhr sie fort, als hätte sie meine stille Frage gehört. »Hat uns diese Wohnung gekauft und jeden Monat Unterhalt gezahlt, bis Léo volljährig wurde. Nur besucht hat er mich nie wieder. Seinen Sohn hat er nicht kennengelernt. Es war zu gefährlich.«

Plötzlich saß ein riesiger Kloß in meinem Hals. Ich streckte und beugte meine Finger, die sich auf einmal taub anfühlten. Vincent Léopold hatte diese starke, wunderschöne Frau geschwängert und sie dann einfach sitzen gelassen? Er hatte seinen Sohn kein einziges Mal im Arm gehalten? Ihm nie etwas vorgelesen oder ihm Fahrrad fahren beigebracht? Ihn nicht einmal aus der Ferne gesehen?

Sollte die Presse *davon* erfahren, wäre das einer der größten Skandale, die dieses Land seit langer Zeit erlebt hatte. Viel karrierezerstörender, als wenn er bereits vor Jahren zugegeben hätte, ein außereheliches Kind zu haben. Als wenn er den Kontakt gesucht und sich um seinen Sohn bemüht hätte.

Ich schüttelte den Kopf, brauchte einen Moment, um alles zu verarbeiten. Unwillkürlich stellte ich mir Yassim als Kind vor. Wie er seine ersten Schritte auf dem Parkettboden dieser Wohnung machte. Wie seine Mutter ihn in den Schlaf sang. Wie er ihr beim Kochen zusah und eine Karotte vom Schneidebrett stibitzte. Wie er Hausaufgaben an diesem Tisch machte. Und wie er die Wohnung überstürzt verließ, weil etwas Schlimmes geschehen war. Etwas, das ihn von der Geborgenheit seines Zuhauses fortgerissen hatte. War es so passiert? Oder lag ich völlig falsch?

Ich hatte so viele Fragen, doch die mussten warten. Madame Elmalehs Augen glänzten feucht. Vorsichtig schob ich eine Hand über den Tisch auf ihre zu, die neben ihrer unangerührten Teetasse lag. In ihrem Blick suchte ich nach Zustimmung, und als sie kaum merklich nickte, schob ich meine Hand über ihre. Sanft drückte ich sie.

»Das tut mir so leid«, murmelte ich.

»Ach.« Sie wischte sich mit der freien Hand über die Augen. »Es ist lange her. Ein ganzes Leben. Ich war gerade erst in die Stadt gekommen. Eine junge, leicht zu beeindruckende Frau. Und Yassims Vater war … er war so charismatisch. Und ich glaube«, sie lächelte wieder, »ich glaube, eine Zeit lang haben wir uns wirklich geliebt. Bis das Leben dazwischenkam.« Ich drückte ihre Hand fester, und sie sah mich aus ihren braunen Augen an. Dankbarkeit stand in ihrem Blick. »Es hat mich so gefreut zu hören, dass Yassim ebenfalls die Liebe gefunden hat. Oder sie ihn?« Verschmitzt lächelte sie und hätte mich nur dann noch mehr an ihren Sohn erinnern können, wenn sie mir zugezwinkert hätte.

Sofort wurde sie jedoch wieder ernst. Sorgenfalten zeigten sich auf ihrer Stirn. »Aber was ist passiert, Alix? Warum bist du auf der Suche nach Yassim? Ausgerechnet hier in Paris, wo er sich seit sieben Jahren nicht blicken lassen hat.«

Kalte Angst sammelte sich in meinem Magen, bis es sich anfühlte, als läge dort ein eisiger Stein. »Yassim ist gestern Abend überstürzt aus Antibes abgereist.« Madame Elmalehs alarmierte Reaktion verriet mir, dass meine Theorie stimmen musste. »Er steckt in Schwierigkeiten, oder?«, fragte ich dennoch vorsichtig.

»Ja.« Langsam nickte sie. Eine Gänsehaut kroch mir den Rücken hinauf. »Vor einigen Jahren hat er sich mit den falschen Leuten eingelassen. Mit gefährlichen Leuten. Und seitdem ist nichts mehr, wie es mal war.« Sie stockte, den Blick in weite Ferne gerichtet, bevor sie mich wieder ansah. »Ich hatte wirklich geglaubt, Yassim hätte seine Vergangenheit hinter sich gelassen, aber deine Anwesenheit hier belehrt mich eines Besseren. Liege ich richtig?«

Ich öffnete den Mund, um ihr zu antworten, auch wenn ich keine Ahnung hatte, wie ich ihr beibringen sollte, dass ich absolut nichts wusste. Dass ich nur hier war, weil mir sein bester Freund eine Adresse gegeben hatte, von der er selbst nicht einmal wusste, wohin sie führte. Dass mich ihr Sohn auf einer Jacht stehen lassen hatte, ohne mir den Grund zu nennen. Und dass ich seitdem vor gebrochenem Herzen und Sorge um ihn fast umgekommen wäre.

Noch während ich mir die Worte zurechtlegte, klopfte es an der Wohnungstür.

Mein Herz setzte einen Schlag aus. Mein Griff um Madame Elmalehs Hand festigte sich automatisch. Wir sahen uns erschrocken an, klammerten uns aneinander. Ihre Reaktion verriet mir, dass sie ebenso beunruhigt war wie ich.

»Erwarten Sie jemanden?« Ich hauchte die Worte eher, als dass ich sie aussprach.

Stumm schüttelte sie den Kopf. War es möglich, dass die Gefahr, die Yassim all die Jahre über von seiner Mutter ferngehalten hatte, sie nun doch einholte? Hatte *ich* sie womöglich zu ihr geführt?

Mein Mund war plötzlich staubtrocken. Hätte ich Madame Elmalehs Finger nicht so fest umklammert, hätten meine nun unkontrolliert gezittert. Ich hob die freie Hand und legte mir einen Finger an die Lippen. Vielleicht würde die Person vor der Tür verschwinden, wenn wir nicht öffneten?

Da ertönte das Klopfen erneut, diesmal energischer. Wieder sahen wir uns an. Madame Elmalehs Blick war flehend. Sie hatte Todesangst.

Vorsichtig griff ich nach meinem Handy und wählte den Notruf. Dann nickte ich Madame Elmaleh beschwichtigend zu und ließ ihre Hand los. Ich reichte ihr das Handy und sie schien zu verstehen, denn sie nahm es entgegen. Ihr Zeigefinger schwebte über dem grünen Hörer.

Lautlos erhob ich mich und schlich zur Tür. Als eine Diele unter meinen Sohlen knarzte, erstarrte ich. Madame Elmaleh und ich sahen uns erschrocken an. Zuerst geschah nichts. Dann zerschnitt die Türklingel die zum Zerreißen gespannte Stille.

Vor Schreck sprang ich hinter die Garderobe, um Deckung zu suchen. Madame Elmaleh hatte keinen Türspion, keine Möglichkeit zu sehen, wer auf der anderen Seite stand, ohne zu verraten, dass jemand zu Hause war. Es gab nur einen Weg herauszufinden, wer da so nachdrücklich klopfte und klingelte. Ich nahm meinen ganzen Mut zusammen und ballte die Fäuste, wie ich es beim Kickboxen gelernt hatte.

Einen Wimpernschlag lang zögerte ich, dann wappnete ich mich innerlich auf alles, was da kommen mochte, und riss die Tür auf.

KAPITEL 38

Yassim

Alix stand in der offenen Tür der Wohnung, in der ich aufgewachsen war. Und sie sah aus, als würde sie genau hier hingehören. So wie *sie* sich von Anfang an wie *mein* Zuhause angefühlt hatte. Trotzdem erholte ich mich nur langsam von dem Schock, sie hier zu sehen. Gerade hatte ich den Mund geöffnet, um Maman durch die geschlossene Tür mitzuteilen, dass ich es war, der davorstand. Er blieb offen stehen.

Auf Alix' Zügen zeigte sich zuerst Überraschung, dann Unglaube und schließlich ein Anflug von Erleichterung. Letzterer währte jedoch nur kurz, dann hob sie das Kinn und bohrte ihren Blick in meinen. Weder kommentierte sie mein blaues Auge noch meine aufgeplatzte Lippe. Sie stand einfach nur da, verschränkte die Arme vor der Brust und sah mich herausfordernd an.

»Alix? Was machst *du* denn hier?«, entfuhr es mir, mehrere Herzschläge zu spät.

Wenn ich auch nur für den Bruchteil einer Sekunde erwartet hatte, dass sie mir fröhlich um den Hals fallen würde, hatte ich mich getäuscht.

»Hallo, Léo.« Sie hob eine Braue. »Oder sollte ich lieber sagen, Yassim?«

Ein zweites Mal innerhalb weniger Sekunden öffnete sich mein Mund vor Staunen. Woher zum Teufel wusste sie von meinem richtigen Namen? Es gab nur eine Erklärung …

Da ertönten Schritte. Die Dielen knarzten leise, ein Geräusch, das mir so vertraut war, dass ich schlucken musste. Dann tauchte meine Mutter neben Alix im Türrahmen auf. Tränen glitzerten in ihren dunklen Augen. »Ich wusste, dass du eines Tages zurückkommen würdest.«

Für einen kurzen Moment war alles egal. Alix' offenkundiges Misstrauen mir gegenüber. Meine bleierne Erschöpfung. Die Hölle, durch die ich in den letzten Stunden gegangen war.

»Maman!« Ich warf mich in ihre ausgestreckten Arme, und sie drückte mich an sich. Sofort wurde ich von ihrem vertrauten Duft eingehüllt. Minze, alte Buchseiten und Jasminblüten. Für diesen einen Augenblick stand die Zeit still. Ich wurde in meine Kindheit zurückkatapultiert. Zu einem einfacheren Abschnitt meines Lebens, als der bedrückendste Gedanke, den ich gehabt hatte, die Frage nach meinem Vater gewesen war. Als ich mich sicher und geborgen gefühlt hatte. In dieser Wohnung. Bei dieser Frau, die mir alles bedeutete.

Tränen brannten in meinen Augenwinkeln, quollen über und flossen mir schließlich ungehindert über die Wangen, während mich meine Mutter an sich presste und ergriffen schluchzte. Sie flüsterte etwas auf Arabisch, die Sprache meiner marokkanischen Familie, die ich nie gelernt hatte.

Nach einer Weile hielt sie mich von sich, um mich zu betrachten. Als sie mein geschundenes Gesicht sah, weiteten sich ihre Augen.

»Es geht mir gut«, stieß ich eilig hervor. Auf meine körperliche Verfassung bezogen, war das eine glatte Lüge, doch alte Gewohnheiten konnte ich in Gegenwart meiner Mutter nur schwer ablegen. Natürlich erkannte Maman an meiner aufgeplatzten Lippe und dem blauen Auge, dass es mir *nicht* gut ging. Erneut füllten sich ihre Augen mit Tränen, während ich weiterhin unschlüssig im Türrahmen stand.

»Jetzt wird alles gut werden«, verbesserte ich mich, um ein zuversichtliches Lächeln bemüht.

Sie wischte sich die Tränen aus den Wimpern. »Dann komm rein.« Die Worte klangen so erleichtert, als hätte sie stattdessen ein tiefes Seufzen ausgestoßen. »Sei willkommen in deinem Zuhause.«

Als ich an Alix vorbei in den Flur trat, schenkte sie mir ein flüchtiges Lächeln, das mir verriet, dass noch nicht alle Hoffnung verloren war. Sosehr ich mich freute, sie hier zu sehen, so bewusst war mir auch, dass ich sie mit meinem Verhalten am Vorabend vielleicht für immer von mir gestoßen hatte. Als ich sie nun lächeln sah und einen verräterischen Glanz in ihren Augen entdeckte, gab mir das neuen Mut.

Ich folgte Maman ins Wohnzimmer. Alles sah noch genau so aus, wie ich es in Erinnerung hatte. Als hätte die Zeit während meiner Abwesenheit tatsächlich stillgestanden. Der Gedanke versetzte mir einen Stich. Ich hoffte, dass es nicht so war. Ich hoffte, dass Maman in den letzten Jahren ein erfülltes Leben geführt hatte. Aber natürlich konnte ich mir selbst nichts vormachen. Ihre Sorge um mich musste erdrückend gewesen sein. Das schlechte Gewissen traf mich wie eine Faust in den Magen.

Mit einem Mal fand ich mich in jener Nacht wieder. Die Nacht, in der sich mein Leben für immer verändert hatte. Als ich am ganzen Körper zitternd in die Wohnung gestürmt war und wahllos Kleider in eine Reisetasche gestopft hatte. Das letzte Mal, dass ich mein Zimmer betreten hatte. Ich schmeckte die Angst auf meiner Zunge, als wäre es gestern gewesen. Erinnerte mich auch jetzt noch, wie heftig mein Herz geschlagen hatte, wie feucht meine Handflächen gewesen waren. Trotz meiner Bemühungen, leise zu sein und kein Licht einzuschalten, hatte Maman mich gehört. Sie war in meiner Zimmertür aufgetaucht. Mit kleinen Augen und zerzaustem Haar. Ein Blick auf meine gepackte Tasche hatte ihr gereicht, um zu begreifen, was ich vorhatte.

Mit flehendem Blick hatte ich mich ihr zugewandt. »Ich weiß, du wirst es nicht verstehen, aber ich muss gehen. Jetzt sofort. Bitte, mach es mir nicht noch schwerer.«

Sie hatte mir fest in die Augen gesehen, kein einziges Mal geblinzelt. »Wenn du gehen musst, dann geh«, hatte sie mit vom Schlaf rauer Stimme gesagt. »Und geh mit meinem Segen.«

Überrascht hatte ich sie angesehen. Diese Worte hatte ich als Letztes von ihr erwartet. All die Auseinandersetzungen, die wir in den Monaten davor gehabt hatten. All das Unverständnis, das sie mir und meinen zweifelhaften Machenschaften entgegengebracht hatte. All die Wut, die ich verspürt hatte – auf sie, auf die unmöglichen Situationen, in die ich mich ständig brachte, auf meinen fehlenden Vater, auf die ganze Welt. Das alles war in diesem Moment wie weggeblasen gewesen.

Mit wenigen Schritten hatte ich mein Zimmer durchquert und Maman in die Arme geschlossen. Schon damals war sie einen Kopf kleiner als ich gewesen.

»Du sollst wissen, dass ich nur gehe, um dich zu beschützen«, hatte ich mit belegter Stimme geflüstert. »Sie werden dich niemals finden, dafür werde ich sorgen. Niemals werden sie dir das antun, was sie mir antun wollen, wenn sie mich in die Hände kriegen.«

Sie hatte geräuschvoll geschluckt, leise an meiner Schulter geschnieft, mich ein letztes Mal fest an sich gedrückt, doch sie hatte mich gehen lassen. Für diese Chance, sie aus der ganzen Sache rauszuhalten und mein Möglichstes zu tun, um sie zu schützen, war ich ihr unendlich dankbar. Genau wie ich hatte sie ein Opfer gebracht, wenn nicht sogar ein noch größeres. Nun wieder mit ihr vereint zu sein, war eine Sache, von der ich in den letzten sieben Jahren nicht einmal zu träumen gewagt hatte.

Endlich zu Hause. Mit vor Freude anschwellendem Herzen drehte ich mich einmal um mich selbst. Mein Blick fiel auf den Esstisch. Darauf standen zwei Tassen. Pfefferminzgeruch stieg mir in die Nase. So vertraut, dass mich der Duft erneut in meine Kindheit zurückversetzte. Mamans Tee. Sie hatte ihn für Alix gekocht. Die beiden hatten *zusammen* Tee getrunken. Ich glaubte, mein mittlerweile bis zum Bersten gefülltes Herz würde jeden Moment explodieren.

Maman begegnete meinem Blick. Wir tauschten ein wissendes Lächeln. Dann verschwand sie wortlos in der Küche, um mir auch einen Tee zu machen.

Ich wandte mich zu Alix um, die die Wohnungstür geschlossen hatte und ein wenig verloren im Eingangsbereich stand. Stumm sahen wir uns einen schier endlosen Moment an. Es gab keine Worte für diese Art von Situation. Keine Floskeln oder allgemeingültigen Verhaltensweisen für Umstände wie jene, in denen wir uns gerade wiederfanden. Was sollte ich zu der Person sagen, die ich liebte, nachdem ich sie ohne eine Erklärung stehen gelassen hatte? Nachdem ich ihr höchstwahrscheinlich das Herz gebrochen hatte. Und nachdem sie mir trotz aller Warnungen gefolgt war und nun mit einem derart unergründlichen Gesichtsausdruck vor mir stand.

Ich hätte wissen müssen, dass Alix nicht so einfach aufgeben würde. Das entsprach nicht ihrem Naturell. Aber war sie hier, weil sie um mich kämpfen wollte, oder verlangte sie schlicht und ergreifend eine Erklärung für mein furchtbares Verhalten, damit sie das Ganze abhaken konnte?

Egal, aus welchem Grund sie hier war, egal, was passieren würde, ich war unglaublich froh, sie hier und in einem Stück zu sehen. Und am meisten freute es mich, dass sie Maman bereits kennengelernt hatte. Als mein Blick wieder auf die beiden Tassen fiel, stahl sich ein Lächeln auf mein Gesicht.

»Ich wollte nicht stören«, sagte ich vorsichtig und deutete mit dem Daumen in Richtung Tisch.

Alix schnaubte. »Ist das dein Ernst?« Ihre aufgebrachten Worte passten nicht zu ihrem erleichterten Tonfall. »Du lässt mich einfach stehen, haust mitten in der Nacht ab, ohne mir zu sagen, wohin, und nachdem ich dir auf gut Glück durchs ganze Land folge, tauchst du hier auf und hast nichts anderes zu sagen als ›Ich wollte nicht stören‹?« Ihre Unterlippe zitterte.

Mein Herz krampfte sich schmerzhaft zusammen. »Alix, ich …«

Plötzlich wurde ihr ganzer Körper von Schluchzern geschüttelt. »Das ist nicht fair, Léo«, schniefte sie, um eine zornige Miene bemüht, was ihr kläglich misslang. »Einfach nicht fair.«

Ich eilte zu ihr. Erst glaubte ich, sie würde vor mir zurückweichen, mich vielleicht von sich stoßen, doch sie zog mich ebenso heftig an sich, wie ich sie an mich.

»Mach das nie wieder«, brachte sie zwischen zwei Schluchzern hervor. »Nie wieder, hörst du?«

»Okay«, raunte ich, während ich ihr zärtlich übers Haar strich. »Versprochen.«

Als Maman mit meinem Tee zurückkam, hatte sich Alix einigermaßen beruhigt, doch ich hielt sie immer noch fest an mich gedrückt. Über ihren Kopf hinweg warf ich meiner Mutter einen Blick zu. »Ich glaube, wir sollten …« Ich deutete mit dem Kopf in Richtung Balkon. »Wäre es okay, wenn wir kurz …?«

Maman nickte mit einem verständnisvollen Lächeln. »Natürlich. Nehmt euch so viel Zeit, wie ihr braucht.«

Alix wollte protestieren. »Nein, wir können auch später noch reden.« Sie schob mich von sich und wischte sich über die feuchten Augen. »Ihr habt euch ewig nicht gesehen. Ich kann mir ein Hotelzimmer nehmen und dort auf dich warten.«

»Kommt nicht infrage.« Ich schüttelte den Kopf und sah Maman an, die ihren ebenso vehement schüttelte. »Wir haben jetzt alle Zeit der Welt. Ich gehe erst einmal nirgendwohin.«

»Es ist also wirklich vorbei?«, hauchte meine Mutter so leise, dass ich nicht wusste, ob sie mit mir oder mit sich selbst gesprochen hatte.

Ich ließ Alix los, machte einen Schritt auf sie zu und ergriff ihre Hand, um sie fest zu drücken. »Ja, Maman. Es ist wirklich vorbei.«

Mit einem Zeigefinger fuhr sie sich über die plötzlich wieder feuchten Wimpern und schluckte geräuschvoll. »Ihr könnt beide bleiben, solange ihr möchtet«, sagte sie dann. In ihrer Stimme schwang so viel Erleichterung und Freude mit, dass meine Knie ganz weich wurden. Mit entschlossener Miene trat sie auf uns zu und reichte uns unsere Tassen. »Und jetzt ab mit euch. Wenn ihr zurückkommt, werde ich hier sein.«

»Wohin gehen wir denn?«, fragte Alix verwirrt.

»Das wirst du gleich sehen.« Ich nahm die Tassen von Maman entgegen und bedeutete Alix mit dem Kopf, mir zu folgen. »Es gibt so viel, was ich dir zeigen möchte.«

KAPITEL 39

Alix

Ich folgte Léo an dem Sofa vorbei durch den Wohnbereich. Vor lauter Erleichterung, dass er wirklich hier – wenn auch nicht gerade unversehrt – war, konnte ich keinen klaren Gedanken fassen. Mein Herz wollte aus meinem Brustkorb ausbrechen, zu ihm fliegen und ihn nie wieder loslassen, mein Verstand sagte mir jedoch, dass ich das naive Ding schützen musste. Denn noch mal von Léo abgewiesen zu werden, würde ich nicht überstehen. Es war an der Zeit, reinen Tisch zu machen. Er hatte einiges zu erklären. Und ich konnte nur hoffen, dass er diesmal wirklich nichts auslassen würde. Die Zeit für Ausflüchte war vorbei.

Wir bogen um eine Ecke, und mein Blick fiel auf ein riesiges Bücherregal, das vom Boden bis zur hohen Decke reichte und sogar mit einer beweglichen Leiter ausgestattet war. Als Léo meine großen Augen bemerkte, lächelte er. »Maman ist Bibliothekarin.«

Er trat vor die altmodische Glasflügeltür neben dem Regal und bedeutete mir mit einem Nicken, sie zu öffnen, da er unsere Tees trug. Ich drückte die beiden verschnörkelten

Eisenklinken herunter, und sofort schlug mir frische Luft entgegen.

Wir traten auf einen schmalen Balkon, auf dem ein winziger Tisch, zwei Stühle und ein paar an der Brüstung angebrachte Kräuterkästen Platz fanden. Der Ausblick war nicht spektakulär und doch wunderschön. Ein hübsches Pariser Wohnhaus säumte das nächste. Vor manchen Fenstern hingen Blumen, vor anderen wurde Wäsche getrocknet, und auf vielen ebenso schmalen Balkonen wie diesem saßen Leute und genossen die Spätsommersonne. In der Ferne konnte ich über den Dächern und Schornsteinen die Spitze des Eiffelturms aufragen sehen, auch wenn ich dafür gerade keinen Blick hatte.

Léo – nein, Yassim – stellte die Teetassen auf dem Tisch ab und schloss die Balkontüren hinter uns. Dann waren wir wirklich und wahrhaftig allein.

Auf einmal kribbelte mein Magen so stark, dass ich glaubte, mich übergeben zu müssen. All die Dinge, die ich ihm hatte vorhalten wollen, waren aus meinem Gedächtnis radiert worden. Da war nur noch der übermächtige Drang, ihn in die Arme zu schließen, mich zu vergewissern, dass er wirklich hier war. Und dass er nicht wieder verschwinden würde. Doch um Letzteres sicherzustellen, mussten wir reden. So richtig. Mir war bewusst, dass mir viele Dinge nicht gefallen würden, die Yassim mir zu sagen hatte. Dennoch wollte ich ihm eine Chance geben, sich zu erklären. Denn wenn ich eine Sache noch mehr fürchtete, als wieder von ihm verletzt zu werden, dann war es, ihn erneut zu verlieren.

In gebührendem Abstand zu ihm lehnte ich mich gegen die Balkonbrüstung. Wenn ich ihm jetzt zu nahe kam, ihn gar berührte, würde ich schmelzen wie Butter unter seinen Händen. Dann würde ich womöglich nicht mehr nach allen Antworten verlangen, sondern mich nur noch an ihn schmiegen und von ihm gehalten werden wollen.

»Fang ganz von vorne an«, wies ich ihn mit betont kühlem Tonfall an. »Lass nichts aus. Erzähl mir, wer du bist, Yassim.«

Die Worte schienen etwas in ihm wachzurütteln. Oder war es sein richtiger Name aus meinem Mund? Er straffte die Schultern, richtete sich zu seiner vollen Größe auf, als würde er sich auf einen Kampf vorbereiten. Der dunkelblaue Bluterguss um sein linkes Auge wirkte hier draußen im Tageslicht eher lila. Die aufgeplatzte Lippe war angeschwollen. Kurz fuhr er sich über das stoppelige Haar. Als er dafür den Arm hob, zuckte er mit schmerzverzerrtem Gesicht zusammen. Waren etwa auch eine oder mehrere seiner Rippen verletzt? Bevor ich nachfragen konnte, richtete er seinen Blick auf mich und begann zu sprechen.

»Ich bin hier in dieser Wohnung aufgewachsen. Maman hat mich allein großgezogen. Mein Vater war … abwesend. Ich habe ihn nie kennengelernt.« Seine Stimme klang hölzern, er sprach fast ein wenig mechanisch. Diese Worte hatte er noch nicht oft ausgesprochen.

Ich nickte. Das waren Fakten, die ich bereits erfahren oder mir selbst zusammengereimt hatte. Würde er tiefer gehen? Sich mir endlich offenbaren?

Yassims Blick glitt in die Ferne. Ich gab ihm einen Moment, um sich zu sammeln. Schließlich atmete er tief ein. »Hier auf dem Balkon habe ich so oft gespielt. Die Bücher angeschaut, die Maman mir mitgebracht hat. Und oft habe ich einfach die Leute beobachtet, die unten auf der Straße vorbeigingen, und mich gefragt, ob einer der Männer vielleicht mein Vater ist.«

Seufzend strich er über das Geländer. »Maman hat mir nie von ihm erzählt. Ich hatte keinerlei Anhaltspunkte. Aber je älter ich wurde, desto stärker wurde der Drang, nach ihm zu suchen. Ich wusste, dass er Unterhalt zahlte, dass er irgendwo da draußen existierte. Es hat uns nie an etwas gefehlt, wir hatten immer genug Geld. Maman hat immer gearbeitet, um unabhängig zu sein, sollte sich unsere Situation eines Tages ändern. Sie hat mich oft mit in die Bibliothek genommen. Zwischen den ganzen Büchern habe ich mich am wohlsten gefühlt. Das war mein zweites Zuhause. Nach Marokko sind wir nie geflogen. Maman hat immer gesagt, dass sie sich von ihrer Familie dort losgesagt hat, um sich hier in Paris ein eigenes Leben aufzubauen. Aber ich hatte oft das Gefühl, dass sie etwas vermisst. Das Land. Ihre Familie. Eine bestimmte Person. Bis heute weiß ich es nicht.«

Sein Blick wurde härter. Ein stolzes Glänzen kroch in seine dunklen Augen. »Sie ist als junge Frau hergekommen. Ganz allein. Mit nichts als ihrer Ausbildung zur Bibliothekarin in der Tasche. Sie hat sich ihre Karriere, ihr Leben hier, aus eigener Kraft aufgebaut. Für mich war sie lange die Person, um die sich mein ganzes Universum gedreht hat. Das größte Vorbild. Aber als ich älter wurde, hat sich das geändert …«

Er sackte ein wenig in sich zusammen und zog einen der Balkonstühle heran, um sich zu setzen. Beide Hände legte er um seine Tasse, aus der es noch dampfte. Mein Tee musste längst kalt geworden sein, doch ich hätte gerade sowieso nichts herunterbekommen.

»Mit vierzehn war ich überzeugt, nur meinen Vater finden zu müssen, um all meine Probleme zu lösen. Ich war unzufrieden, habe mich in der Schule gelangweilt, wollte lieber mein eigenes Geld verdienen. Und ich habe meinen Frust oft an Maman ausgelassen. Habe es ihr krummgenommen, dass sie mir nie die Wahrheit über meinen Vater erzählte.« Er seufzte erneut. »Ich weiß, dass das nicht fair ist. Dass sie wahrscheinlich nur deshalb nie über ihn gesprochen hat, weil es ihr zu sehr wehtat. Weil sie mich beschützen wollte. Und vielleicht auch ihn. Denn hätte ich ihn jemals kontaktiert …« Er lachte hart auf. »Was hätte das wohl mit seiner kostbaren Karriere angestellt, die ihm offensichtlich über alles geht?«

Er verfiel in Schweigen, ein harter Zug zeigte sich um seinen Mund.

»Wie hast du es herausgefunden?«, fragte ich vorsichtig. »Dass dein Vater Vincent Léopold ist?«

Er blickte auf und sah mich an, kein bisschen überrascht darüber, dass ich es wusste. Und auch nicht gekränkt, dass seine Mutter es mir offensichtlich bereits verraten, es ihm aber sein Leben lang verschwiegen hatte. Plötzlich sah er einfach nur müde aus. Unendlich erschöpft.

»Ein Zufall.« Wieder lachte er, vollkommen freudlos. »Es war circa zwei Jahre später, mit sechzehn. Mir ist ein Kontoauszug in die Hände gefallen. Darauf war ersichtlich, von wem Maman regelmäßig Geld bekommt. Das hat mir den Boden unter den Füßen weggezogen. Mir wurde bewusst, warum sie es geheim gehalten hat, warum mich dieser Mann nie kennenlernen wollte. Und fast wünschte ich mir, es nicht in Erfahrung gebracht zu haben. Das wäre wahrscheinlich besser gewesen, als zu wissen, dass mein eigener Vater seine Karriere mir vorgezogen hat. Dass er irgendwo in einer Villa lebt, mit einer anderen Frau, mit Kindern, einer heilen Familie. Während ich als Schandfleck auf seinem Lebenslauf existiere, den er dringend zu vertuschen versucht.« Er schüttelte den Kopf. »Dieses Wissen hat mir natürlich auch Macht verliehen. Über ihn. Über meine Mutter. Ich hätte etwas Schlimmes tun können. Hätte alles auffliegen lassen können. Damals war ich kurz davor. Ich war unberechenbar, wütend, verletzt. Stattdessen habe ich mich mit den falschen Leuten eingelassen.«

Schweigend kaute er einen Moment auf seiner Unterlippe. Ich verstand, dass wir nun zu dem Teil kamen, der mir nicht gefallen würde. Dem Abschnitt seines Lebens, den er bisher so sorgsam vor mir verborgen hatte. War es ihm unangenehm, darüber zu sprechen? Glaubte er, dass ich ihn verurteilen, ihn gar verlassen würde? Ich, die selbst einige ziemlich harte

Teenagerjahre hinter sich hatte? Die ebenfalls Dinge getan hatte, auf die sie nicht stolz war?

Ich ahnte allerdings, dass es bei ihm um mehr ging als nur darum, ab und zu einen Lippenstift in der Drogerie mitgehen zu lassen, ständig in anderen Betten aufzuwachen oder mal auf einem Konzert aus Neugier Ecstasy einzuschmeißen. Vorsichtig näherte ich mich ihm, setzte mich ihm gegenüber an den kleinen Tisch und ergriff seine Hand. Er senkte den Kopf.

»Es ist in Ordnung«, murmelte ich. »Du kannst mir alles sagen. Ich werde bloß zuhören, nicht urteilen. Nimm dir die Zeit, die du brauchst.«

Dankbar blickte er zwischen seinen dichten Wimpern zu mir auf. In seinem Blick standen Reue, Schuld und der Wunsch, alles rückgängig zu machen. Ich wusste mittlerweile, dass er mit seinen Taten nicht nur *sein* Leben, sondern auch das seiner Mutter in Gefahr gebracht hatte. Und dass er seitdem versuchte, einem Schicksal, das er vor langer Zeit auf sich geladen hatte, zu entfliehen. Seine Mutter zu beschützen, indem er sich fernhielt. Und seit gestern Abend offenbar auch mich. Beruhigend fuhr ich Kreise auf seinem Handrücken nach und wartete geduldig darauf, dass er sich genug gesammelt hatte, um weiterzusprechen.

Schließlich räusperte er sich. »Ich habe ein paar fragwürdige Freundschaften geschlossen, wenn man sie denn so nennen kann. Von dem Zeitpunkt an war ich ständig in irgendwelchen Schwierigkeiten.« Seine Stimme klang rau, beinahe erstickt. »Maman wusste längst nicht mehr, wie sie zu mir durchdringen sollte. Ich glaube, sie hat einfach gehofft, dass ich wenigstens die Schule abschließen würde, sodass ich später eine Chance auf ein gutes Leben hätte. Trotz allem hat sie immer an mich geglaubt. Daran, dass es nur eine Phase war, die vorbeigehen würde. Aber für mich war das damals mein ganzes Leben. Keine Zukunftsaussichten. Keine Ambitionen. Ich wollte einfach bloß die Enttäuschung darüber betäuben, dass ich meinem Vater nichts bedeutete. Und wenn ich mit meinen neuen Freunden abhing, rückte dieser Schmerz in den Hintergrund. Ich habe keine Drogen genommen, falls du das denkst, aber Adrenalin kann auch süchtig machen. Alles, was die düsteren Gedanken für eine Weile fernhält.«

Er drehte seine Hand und verschränkte die Finger mit meinen. Fest klammerte er sich an mich, als würde er Kraft aus der Berührung ziehen. Während er sprach, sah er mich nicht an.

»Der Typ, für den ich gearbeitet habe, war sehr charismatisch und im Untergrund berüchtigt. Er hat uns Jungs unter seine Fittiche genommen, hat uns viele Versprechungen gemacht. Zuerst haben wir nur kleinere Jobs für ihn erledigt. Sind hier und da eingebrochen und haben das gestohlene Zeug weiterverkauft. Dann wurden die Aufträge langsam größer. Ich habe mich so stark gefühlt, für ihn zu arbeiten, Teil der Gang zu sein. So unbesiegbar.«

Er schüttelte den Kopf, fuhr sich mit der freien Hand über die Bartstoppeln. »Ab und zu mussten wir Leute einschüchtern. Ein bisschen Radau machen. Das war alles recht harmlos. Aber als wir die erste Geisel nahmen, habe ich gemerkt, dass es sich in eine Richtung entwickelt, die mir nicht gefällt. Von da an ging es abwärts. Denn mir wurde ebenso schnell klar, dass ich nicht einfach aussteigen konnte. Ich wusste zu viel. Sie würden mich nicht gehen lassen.«

Sein Blick zuckte zur Glastür, als könnte er seine Mutter hinter der Scheibe sehen. »Maman wusste nichts Genaueres, ahnte aber, dass ich bei kriminellen Dingen mitmischte. Sie hat sich große Sorgen gemacht. Aber all ihre Vorhaltungen sind an mir abgeprallt. Und als ich schließlich selbst begriff, dass es falsch war, dass ich das nicht mehr machen wollte, sah ich keinen Ausweg. Nicht, wenn ich sie beschützen wollte. Diese Typen sind sehr kreativ darin, sich Mittel und Wege auszudenken, wie sie einem am meisten wehtun können. Und bei mir wäre das natürlich der Weg über meine Mutter gewesen.«

Seine Stimme verlor sich im Nichts. Gelächter drang an unsere Ohren, als eine Gruppe Jugendlicher unter uns am Haus vorbeiging. Ich schauderte und rieb mir mit der freien Hand über die Arme. Die Sonne stand bereits tief. Der Nachmittag war weit fortgeschritten. Doch mein Frösteln hatte nichts mit der Septemberluft zu tun. Als er mich nun ansah, waren Yassims Augen so dunkel geworden, dass ich die Pupillen kaum noch von den Iriden unterscheiden konnte.

»Bei meinem letzten Job habe ich sie verraten«, brachte er unter scheinbar größter Anstrengung hervor. »Nicht an die Polizei. Die hätten mich wohl eher festgenommen, statt Maman und mich ins Zeugenschutzprogramm aufzunehmen.«

Ich wollte aufbegehren, besann mich aber eines Besseren. Es war kein Geheimnis, wie kaputt das System in diesem Land war. Vor allem gegenüber Menschen wie Madame Elmaleh, die nicht hier geboren worden waren.

»Also habe ich die Leute vorgewarnt, die auf ihrer Abschussliste standen«, fuhr Yassim fort. »Das waren Typen wie ich, die illoyal geworden waren. Die sich irgendwas hatten zuschulden kommen lassen. Es brauchte nicht viel, um bei unserem Boss in Ungnade zu fallen. Je nach deinem Verschulden wirst du entweder gewarnt – und das auf brutale Weise – oder direkt abgeknallt. Noch in derselben Nacht bin ich geflohen. Zwar hatte ich einen anonymen Tipp abgegeben, aber es war nur eine Frage der Zeit, bis sie herausfinden würden, dass *ich* sie verraten hatte. Und dann würden sie keine Gnade kennen. Meine sogenannten *Freunde* würden mich kaltblütig jagen. Vor allem, weil ich meinen Teil der Belohnung für den Auftrag in jener Nacht schon eingestrichen hatte.«

»Und dann?«, fragte ich gebannt, als er nicht weitersprach. »Wie ist dir die Flucht gelungen?«

»Ich habe eine Tasche gepackt und bin abgehauen. Noch in derselben Nacht bin ich nach Le Havre, wo ich auf dem nächstbesten Schiff angeheuert habe, während sie damit beschäftigt waren, die Leute aufzuspüren, die ich gewarnt hatte. In dieser Nacht habe ich alles zurückgelassen. Mein Leben. Meine Zukunft. Meine Mutter.« Er schluckte. »Ich wusste, dass ich nicht zurückkonnte. Dass ich die Typen auf keinen Fall zu Maman führen durfte. Sie würden mich verfolgen. Vermutlich sogar niemals aufgeben, bis sie mich in die Finger kriegten. Aber solange Maman sicher war, konnte ich damit leben. Also habe ich meinen Namen geändert, mir eine neue Identität zugelegt. Zwei Jahre war ich auf See, habe als Deckhand geschuftet, und dann bin ich auf der Jacht in Antibes gelandet.«

»Aber du bist mit deiner Maman in Kontakt geblieben, nicht wahr? Über E-Mails.«

Er sah mich an und nickte. »Der einzige Weg, um ihr mitzuteilen, dass ich am Leben war und es mir gut ging. Mich ganz fernzuhalten, hätte ich nicht geschafft, obwohl das bestimmt sicherer gewesen wäre. Ich hatte so ein furchtbar schlechtes Gewissen, weil ich sie allein gelassen habe. Und ich wusste, dass sie sich Sorgen gemacht hat. Natürlich wollte ich auch von ihr hören und wissen, was in ihrem Leben passiert.«

»Also habt ihr sieben Jahre lang nur über E-Mails kommuniziert?«

»Ab und zu habe ich sie von öffentlichen Telefonen aus angerufen«, antwortete er. »Aber es war immer schwer für mich, ihre Stimme zu hören.«

Wir schwiegen einen Moment, während ich das Gehörte zu verarbeiten versuchte und Yassim einmal mehr in die Ferne blickte. Ich hatte etwas in diese Richtung vermutet, es aber nun aus seinem Mund zu hören, den Schmerz in seinen Augen zu lesen, nahm mich dennoch sehr mit.

»Und gestern Abend?«, fragte ich schließlich mit zitternder

Stimme, obwohl ich mir die Antwort bereits denken konnte. »Was ist passiert, dass du so plötzlich wegmusstest?«

»Einer meiner alten *Freunde*«, er spuckte das Wort voller Abscheu aus, »hat mich aufgespürt. Nach all den Jahren … Er ist auf der Jacht aufgetaucht und hat mich dazu gezwungen, mit ihm zurück nach Paris zu kommen.«

»Wie? Wie hat er dich gezwungen?«

»Indem er gedroht hat, dir und anderen Anwesenden auf der Jacht etwas anzutun.«

Ich schnappte nach Luft.

Yassim umklammerte meine Hand fester. »Es tut mir so leid. Er hat uns zusammen gesehen. Ich hatte keine andere Wahl.«

Meine Augen füllten sich mit Tränen. »Das verstehe ich jetzt«, raunte ich mit belegter Stimme. »Ich verstehe, dass du nie eine Wahl hattest. Aber so nobel deine Absichten auch waren, ich wünschte trotzdem, du wärst ehrlich zu mir gewesen. Ich wünschte, du hättest mir das alles schon früher erzählt. Zusammen hätten wir eine Lösung finden können.«

»Und welche?«, fragte Yassim mit plötzlicher Heftigkeit. Er entzog mir seine Hand, sprang auf. »Hättest du mich zur Polizei geschleppt, mich gezwungen zu gestehen? Oder hättest du ein Leben auf der Flucht an meiner Seite führen wollen? Immer über die Schulter schauen, nie sesshaft werden? Glaub mir, ich habe das alles tausendmal im Kopf durchgespielt. Und in jedem Szenario wärst du früher oder später verletzt worden. In jedem einzelnen.«

»Aber dann wäre es *meine* Entscheidung gewesen«, murmelte ich und wischte mir über die Augen.

»Was?« Er war auf dem beengten Platz auf und ab gegangen. Jetzt blieb er stehen und wirbelte zu mir herum.

»Dann hätte ich wenigstens eine Wahl gehabt.«

Er ließ den Kopf hängen, wirkte, als hätte ich ihn geschlagen. Langsam erhob ich mich und trat vor ihn. »Yassim, ich hätte *dich* gewählt. Selbst mit all dem Wissen über dich und deine Vergangenheit, das ich jetzt habe, hätte ich dich gewählt.« Ich legte beide Hände an seine stoppeligen Wangen. »Das ist es, wovor du wirklich Angst hattest, nicht wahr? Der wahre Grund, warum du es mir nie erzählt hast. Weil du dachtest, dass ich es nicht ertragen könnte. Dass ich dich verlassen würde.« Es war keine Frage, sondern eine Feststellung. Ich erkannte die Wahrheit in seinen Augen, als er endlich den Kopf hob und mich ansah.

»Aber ich bin noch hier, oder nicht?«, fuhr ich mit nun festerer Stimme fort. »Ich bin hier, und ich gehe nirgendwohin. Du hast mir alles erzählt, du stehst hier mit vollkommen entblößter Seele vor mir, und ich … ich liebe dich immer noch.«

Ein Schluchzen entwich ihm. Leise und gebrochen. Aber auch erleichtert. »Ich liebe dich auch«, sprach er endlich die Worte aus, die ich mir gestern Abend so sehr von ihm gewünscht hatte. Eine Träne kullerte aus seinem linken Augenwinkel, bahnte sich ihren Weg über die geschundene, geschwollene Haut. Sanft wischte ich sie fort. Und dann küsste ich ihn. Ganz vorsichtig, um seine malträtierte Lippe nicht noch mehr zu verletzen. Aber auch, um ihn nicht zu verschrecken.

Zuerst versteifte sich Yassim, rührte sich nicht. Doch schließlich stieß er ein tiefes Seufzen aus und erwiderte den Kuss. Ich schmeckte Salz, als sich seine Tränen mit meinen eigenen vermischten. Es war ein langer Kuss. Ein verzweifelter Kuss. Voller Sehnsucht und Hoffnung für die Zukunft. Ein Kuss, der mir sagte, dass er mich wollte. Dass er mich ebenso vermisst hatte wie ich ihn. Und dass er das alles für mich getan hatte. Wenn auch aus dem fehlgeleiteten Wunsch heraus, mich vor ihm und seiner Vergangenheit zu beschützen. Ich verstand, und ich vergab ihm.

Als wir uns voneinander lösten, war da eine neue Gewissheit in meinem Herzen. Die Gewissheit, dass wir alles überstehen konnten, da wir das hier überstanden hatten. Nur eine letzte Frage drängte sich mir noch auf.

»Wie hast du es gemacht?«, flüsterte ich. »Wie bist du da heute lebend rausgekommen?« Sanft fuhr ich ihm mit den Fingerspitzen über die aufgeplatzte Lippe. »Ist es jetzt wirklich vorbei?«

Er hatte es bereits angedeutet, doch ich konnte mir nach seiner Erzählung nicht vorstellen, dass sie ihn einfach gehen lassen hatten. Auch wenn ich nicht wusste, ob ich es ertragen würde zu hören, was sie ihm angetan hatten, brauchte ich die Bestätigung, dass er nie wieder fortmusste. Nie wieder in Gefahr sein würde. Mich nie wieder verlassen würde.

Yassim räusperte sich und wischte sich über das tränennasse Gesicht. »Ich habe ihnen Geld geboten. Nur deshalb haben sie mich gehen lassen. Seit Jahren lege ich zur Seite, was ich entbehren kann, um etwas zum Verhandeln zu haben, sollten sie mich finden. Es war viel mehr, als ich ihnen schulde. Aber das war es wert. Sie haben mich zwar trotzdem büßen lassen, dass ich sie vor sieben Jahren hintergangen habe«, mit einem schiefen Lächeln deutete er auf sein Gesicht, »aber von nun an werden sie mich in Ruhe lassen.«

»Wie kannst du dir da sicher sein?«, fragte ich skeptisch.

»Jewgeni, der Typ, der mich in Antibes aufgespürt hat …« Er lachte hart auf. »Das war bloß eine Verzweiflungstat. Er hat gerade keinen guten Stand und dachte, er könnte mich dazu benutzen, in den Rängen aufzusteigen. Aber unser früherer Boss ist alt. Er wird das Spiel nicht mehr lange spielen. Die anderen warten wie die Wölfe darauf, dass er den Löffel abgibt. Dann wird ein Kampf um seine Position entbrennen. Sie haben Wichtigeres zu tun, als sich mit mir zu beschäftigen. Von früher sind nicht mehr viele dabei. Und die neuen Jungs, die der Chef rekrutiert hat, kennen mich überhaupt nicht.«

Trauer trat in seinen Blick. Trauer und Wut und Mitleid

mit diesen jungen Männern, die ebenso wie er an die falschen Leute geraten waren und jetzt in diesem kriminellen Teufelskreis festsaßen. Doch er konnte ihnen nicht helfen. Er hatte sich kaum selbst helfen können. Jetzt war er endlich frei. Und das war alles, was zählte. Auch wenn es ihn viel gekostet hatte.

Yassim wandte mir den Rücken zu und trat an die Balkonbrüstung. An seinen fahrigen Bewegungen und den Fingerknöcheln, die weiß hervortraten, weil er das Geländer so fest umklammerte, las ich, dass da noch etwas war, was ihn beschäftigte.

Ich stellte mich neben ihn, hielt aber Abstand. »Was ist?«

Er wich meinem Blick aus, schwieg einen Moment. Dann öffnete und schloss er den Mund, als fände er nicht die richtigen Worte. »Es ist nur …«, stammelte er schließlich, so unsicher, wie ich es selten von ihm gehört hatte. »Wie kannst du mich noch wollen? Nach allem, was ich dir gerade erzählt habe. Nach allem, was ich dir angetan habe?«

Aus seinen Worten sprach so viel Selbsthass, so viel Abscheu vor seinen Taten, dass ich schauderte. Wie sollte ich ihm begreiflich machen, dass das jetzt in der Vergangenheit lag? Dass ich nach vorne blicken wollte, weil ich an unsere Zukunft glaubte. Weil ich wusste, dass er ein guter Mensch war, trotz allem, was er vor sieben Jahren getan hatte.

»Ich weiß, dass es nicht einfach wird«, sagte ich, so sanft ich konnte. »Ich weiß, dass du erst heilen musst. Und dass ich wieder Vertrauen zu dir aufbauen muss. Aber vor allem anderen musst du dir selbst vergeben.« Ich legte meine Hand auf seine, mit der er das Geländer nach wie vor viel zu fest umklammerte. »Und ich glaube, dass ich dir dabei helfen kann. Wenn du mich lässt.«

»Und was, wenn ich es nicht schaffe? Wenn ich dich wieder verletze? Wenn ich vergessen habe, wie man ein normales Leben führt? Wenn alles, was ich kann, davonlaufen ist?«

Ich schüttelte den Kopf. Der Gedanke war so absurd wie die Vorstellung, Yassim könnte ein schlechter Mensch sein. Diese sanfte, gutmütige, großzügige und starke Person, die ich hatte kennenlernen dürfen.

»Du bist nicht deine Fehler. Und du bist nicht deine Vergangenheit. Ich verlange keine perfekte Beziehung von dir. Keine Versprechen, die du nicht einhalten kannst. Ich will bloß, dass du es versuchst. Dass wir es gemeinsam versuchen.«

Er seufzte schwer, wirkte weiterhin unentschlossen.

»Hey.« Ich legte eine Hand auf seine Schulter und drehte ihn zu mir herum. »Du hast mir mal gesagt, du kannst mir nicht für immer versprechen. Aber ich will kein *für immer,* ich will ein *solange wir gut füreinander sind.* Bisher hast du mir nämlich sehr gutgetan. Und ich glaube, ich dir auch. Ich bin nicht bereit, das aufzugeben.«

»Ich habe dich nicht verdient«, murmelte er.

Nun hob ich die Brauen, sah ihn streng an. »Und ob! Du hast es verdient, glücklich zu sein. Und wenn mich nicht alles täuscht, waren wir in den letzten Monaten verdammt glücklich miteinander.«

Das entlockte ihm ein überraschtes Glucksen. Ihn lachen zu hören, löste etwas in mir. Ein Gewicht fiel von meiner Brust, und ich merkte erst jetzt, dass ich bis dahin wie durch einen verdreckten Filter geatmet hatte. Sorge. Das war Sorge gewesen, die mir die Luft abgeschnürt hatte. Sorge um Yassim. Sorge um uns. Und um unsere gemeinsame Zukunft.

Doch da war es wieder, sein Lächeln, das mich seit unserer ersten Begegnung dahinschmelzen ließ. Ein Hoffnungsschimmer.

Er zog mich an sich. »Dann werde ich von jetzt an versuchen, dich jeden Tag so glücklich zu machen, wie du mich machst«, raunte er. Und bevor er mich küsste, zwinkerte er mir zu.

KAPITEL 40

Yassim

Als wir Hand in Hand zurück in die Wohnung kamen, war zwar äußerlich nichts anders – wir sahen beide immer noch abgekämpft, emotional und ich für meinen Teil geschunden aus –, doch innerlich hatte sich alles verändert. Trotz der Schmerzen in meinem Gesicht und in meinen Rippen, die bei jedem Atemzug brannten, schwebte ich wie auf Wolken dahin. Und das lag zu großen Teilen an Alix' Worten.

Du bist nicht deine Fehler. Und du bist nicht deine Vergangenheit.

Du hast es verdient, glücklich zu sein. Und wenn mich nicht alles täuscht, waren wir in den letzten Monaten verdammt glücklich miteinander.

Ich bin nicht bereit, das aufzugeben.

Sie hatte recht. Nie wieder würde ich meine Ängste und Zweifel zwischen uns kommen lassen. Es würde viel Arbeit bedeuten. Arbeit an mir. An unserer Beziehung. Von nun an musste ich schonungslos ehrlich zu Alix und zu mir selbst sein. Nur so konnte es funktionieren. Fast schämte ich mich dafür, dass ich so lange gebraucht hatte, um das zu begreifen. Aber die Zeit der Scham war vorbei. Es gab keinen Grund mehr, mich zu verstecken. Alix wusste endlich über alles Bescheid, und sie war noch hier. An meiner Seite. Dieses Gefühl war viel befreiender, als ich es mir je erträumt hätte.

Maman hatte in der Zwischenzeit mein altes Zimmer für uns beide hergerichtet. Das Bett war frisch bezogen, eine Flasche Wasser und zwei Gläser standen auf dem Nachttisch bereit, sonst sah alles genauso aus, wie ich es vor sieben Jahren verlassen hatte. Mein Schreibtisch, mein Bett, der Kleiderschrank, die Bücherwand, die nachtblauen Wände und das *The Dark Knight*-Poster.

Staunend trat ich ein, Alix dicht hinter mir. »Wow, das ist …« Beinahe ehrfürchtig strich ich über die Bücher und Comics auf dem Regal, die mir einst so viel bedeutet hatten – und es irgendwie immer noch taten, wie ich überrascht feststellte. »Wie eine Reise in die Vergangenheit.«

Alix sah sich mit kaum verhohlener Neugier um. »Das ist also dein Reich.« Sie schenkte mir ein breites Lächeln. »Um einiges gemütlicher als die Kajüte auf der *Aurora*.«

Ich nickte. »Maman hat nichts verändert.«

»Das habe ich nicht über mich gebracht«, ertönte die Stimme meiner Mutter. Sie war hinter uns im Türrahmen aufgetaucht. »Nicht, solange die Möglichkeit bestand, dass du eines Tages zurückkommst.«

»Und ich dann vielleicht dringend meine Ninja-Turtles-Actionfigur-Sammlung brauche?«, fragte ich lachend.

»Genau.« Maman lächelte. »Du schämst dich doch jetzt nicht etwa dafür? Mit acht war das deine große Leidenschaft.«

»Nein«, antwortete ich mit fester Stimme. Die Zeit der Scham war vorbei.

»Oh bitte, erzählen Sie mir mehr von seiner Ninja-Turtles-Fan-Phase, Madame Elmaleh«, bat Alix glucksend. »Ich möchte alles über Yassims Kindheitshelden erfahren.«

»Das mache ich sehr gern«, antwortete Maman. »Aber nur, wenn du mich Djamila nennst.«

Alix sah sie leicht verdutzt und sehr gerührt an. Meine Mutter hakte sich bei ihr unter und führte sie aus dem Zimmer, während sie ihr von meiner Pokémon-Superfan-Phase mit sechs Jahren zu erzählen begann.

Wie ich Maman kannte, wusste sie, dass ich einen Moment für mich in meinem alten Zimmer gebrauchen konnte. Selbst nach all den Jahren kannte sie mich nach wie vor so gut wie niemand sonst. Das würde sich nie ändern. Egal, wie sehr ich sie verletzt und von mir gestoßen hatte. Egal, wie sehr ich mich während der langen Trennung vielleicht verändert hatte. Tief drin war ich noch derselbe. Das bestätigte mir auch mein freudig hüpfendes Herz, als ich am Schreibtisch Platz nahm. Langsam strich ich über die Stifte in der Dose. Ein paar alte Métro-Tickets und ein paar Fußball-Sammelkarten. Es fühlte sich an, als gehörten diese Dinge einer anderen Person. Und doch war diese Person ein Teil von mir.

Ich warf einen Blick aus dem Fenster, vor dem der Schreibtisch stand. Der Ausblick hatte sich ebenfalls nicht verändert. Die Pariser Stadthäuser wurden langsam in Dunkelheit getaucht. Überall wurde Licht eingeschaltet, die Straßenlaternen verbreiteten einen warmen Schein. Im Haus gegenüber nahm eine vierköpfige Familie am Abendbrottisch Platz. Sie lachten zusammen, reichten einander die Schüsseln mit Essen und unterhielten sich wahrscheinlich über ihren Tag. Die Szene strahlte eine dermaßen heimelige Gemütlichkeit aus, wie ich sie seit sieben Jahren nicht mehr verspürt hatte. Plötzlich überkam mich der starke Drang, mir dieses Gefühl, das ich glaubte verloren zu haben, endlich zurückzuholen.

Doch bevor ich aufstand und zu den anderen ins Wohnzimmer ging, gab es noch etwas zu tun. Zielsicher steuerte ich die unterste Schreibtischschublade an, und da lag es: das alte

Fotoalbum mit Kinderfotos von mir. Maman hatte es mein Leben lang mit beinahe religiösem Eifer gefüllt, bis ich irgendwann zu alt geworden war, um für Fotos zu posieren.

Mit dem Album im Schlepptau schloss ich mich den beiden Frauen auf dem Sofa im Wohnzimmer an. Maman hatte eine Flasche Wein geöffnet. Während wir tranken, lachten und uns die Fotos ansahen, entspannte ich mich endlich. Alix gemeinsam mit meiner Mutter scherzen und lachen zu sehen, flickte mein Herz auf eine Weise zusammen, wie ich es nie für möglich gehalten hatte. Der Schmerz pochte nur noch dumpf in meinem Gesicht und meinen Rippen, der Wein machte mich schläfrig und alle Konturen weicher. Mamans warme Stimme lullte mich ein und sorgte dafür, dass ich mich wieder wie ein Kind fühlte. In Sicherheit. Geliebt. Umsorgt. Dazu Alix' Hand in meiner, ihr Lachen in meinem Ohr … Es war meine Vorstellung von einem perfekten Abend, auch wenn mir das erst in diesem Moment bewusst wurde.

Nachdem wir Mamans Hähnchen-Pastilla – mein marokkanisches Lieblingsessen – verspeist und beim Abwasch geholfen hatten, verabschiedete sich Alix ins Bett. Es war, als spürte sie, dass Maman und ich Zeit für uns brauchten. Zeit, um zu reden. Einander neu kennenzulernen. Die Wunden der Vergangenheit zu heilen.

Als schließlich nur wir zwei nebeneinander auf dem Sofa saßen, herrschte zunächst Stille. Das Schweigen breitete sich in der Wohnung aus, wölbte sich bis unter die hohe Decke, kroch in jede Ritze. Da waren so viele Gefühle in mir, doch es gab keine Worte, um sie auszudrücken.

Schließlich setzte Maman zu sprechen an. »Sie tut dir gut.«

Ich sah sie überrascht an. *Darüber* wollte sie sprechen? Nicht über all das Leid, das ich in ihr Leben gebracht hatte? Die Einsamkeit, die sie ohne mich empfunden haben musste? Die Angst, mit der sie sieben Jahre gelebt hatte?

»Ich sehe, dass sie dich glücklich macht«, fuhr sie lächelnd fort. Da war keinerlei Bitterkeit in ihrer Miene. Kein Vorwurf. Nur Erleichterung. Und ungetrübte Freude. »Ich kann dir gar nicht sagen, wie froh ich bin, dich glücklich zu sehen, Yassim.«

Meine Augen brannten, sodass ich heftig blinzelte. Ich hätte wissen müssen, dass sie mir keine Vorhaltungen machen wollte. Wir hatten noch so viel Zeit, über all die Dinge zu sprechen, die in den letzten sieben Jahren passiert waren. Dinge, die ich ihr nicht in meinen Mails erzählt hatte. Oder sie mir nicht in ihren. Jetzt und hier wollte sich meine Mutter einfach nur vergewissern, dass es mir, ihrem einzigen Sohn, gut ging. Dass ich trotz all der schweren Zeiten, die wir beide durchgemacht hatten, mein Glück gefunden hatte.

Ich öffnete den Mund, doch durch den Kloß in meinem Hals kam nur ein ersticktes Schluchzen heraus. Ich schluckte, räusperte mich, wollte nicht schon wieder weinen. Es gab so vieles, das ich sie fragen wollte. Das ich ihr sagen wollte. Doch der Kloß schwoll an, meine Brust wurde immer enger. Die Tränen liefen bereits über.

»Ja, Maman«, brachte ich gerade noch hervor. »Ich bin glücklich. Jetzt bin ich endlich glücklich.«

Sie zog mich an ihre Schulter, tätschelte mir die nasse Wange und hielt mich fest, während ich weinte.

Die Zeit der Scham war vorbei.

Wir blieben zwei weitere Tage in Paris. Die Zeit verging viel zu schnell. Alix musste am Abend des dritten Tags zurückfliegen, da sie im *Le Chat Noir* nicht länger fehlen durfte. Ich überlegte, ob ich bleiben sollte, doch Maman bestand darauf, dass ich Alix begleitete.

»Du kannst jederzeit zurückkommen«, sagte sie zu mir. »Jetzt ist alles möglich.«

Ich nahm diese unglaublichen Worte in mich auf, ließ sie tief in meine Knochen sinken, damit ich die Wahrheit darin wirklich und wahrhaftig begriff. Sie hatte recht. Ab sofort konnte ich nach Hause kommen, wann immer ich wollte. Maman war nur ein paar Flugstunden entfernt. Keine E-Mails mehr. Kein Verstecken. Noch hatte ich das alles nicht ganz verarbeitet, auch wenn ich es in vollen Zügen genoss, sie wieder in meinem Leben zu haben.

Ebenso sehr wie die besondere Zeit, die ich mit Alix in meiner Heimatstadt verbrachte. Mit ihr in meinem Jugendzimmer zu schlafen, fühlte sich merkwürdig und gleichzeitig richtig an. Wir hielten einander fest, küssten uns, streichelten uns. Für mehr waren wir beide noch nicht bereit. Gerade ging es vor allem darum, uns der Nähe des anderen zu versichern. Wieder zueinanderzufinden.

Während wir die Abende mit Maman verbrachten, zeigte ich Alix tagsüber all meine Lieblingsorte in der Stadt. Es war ein ganz neues Gefühl, auf den vertrauten Straßen zu wandeln und dabei frei atmen zu können. Nicht ständig über die Schulter zu schauen, sich in den Schatten zu halten, auf der Hut zu sein. Zwar waren das Verhaltensweisen, die ich nur langsam ablegen würde, doch zu wissen, dass ich nun alle Zeit der Welt dafür hatte, machte es einfacher.

Am Mittag des dritten Tags saßen wir in meiner Lieblingspatisserie im Stadtteil Montmartre. Es hatte mich gefreut zu sehen, dass sie nach all den Jahren noch existierte, denn die Köstlichkeiten aus dem kleinen Lädchen hatte ich Alix zeigen wollen, seit sie bei unserem Strand-Date alle Macarons allein aufgefuttert hatte.

»Und?«, fragte ich sie nun gespannt, nachdem sie sich am Tresen eine bunte Mischung zusammenstellen lassen hatte.

Sie kaute, schluckte und grinste dann breit. »Köstlich!« Sofort schnappte sie sich ein zweites Macaron aus der hübsch verzierten Schachtel. »An Chloés kommen sie aber trotzdem nicht ran.«

Lachend nahm ich mir ebenfalls eins. »Ich glaube, diesen Anspruch darf niemand haben.«

Alix nickte. »Ein verdienter zweiter Platz.«

Ich beugte mich zu ihr vor, um ihr einen Macaronkrümel aus dem Mundwinkel zu küssen. Als ich mich wieder zurückziehen wollte, hielt sie mich am Kragen fest.

»Wo willst du denn so schnell hin?«, raunte sie, während sie mir tief in die Augen sah. Die Liebe zu ihr wallte in mir auf. Für diese Frau, die mich so nahm, wie ich war. Die Unglaubliches auf sich genommen hatte, um in diesem Moment hier mit mir zu sitzen.

»Ich gehe nirgendwohin«, antwortete ich mit rauer Stimme und hatte noch nie etwas ernster gemeint. Dann legte ich meine Hände an ihre Wangen, zog sie zu mir und küsste sie.

KAPITEL 41

Alix

Der Abschied von Djamila, wie ich sie jetzt nennen durfte, war nicht traurig, sondern voller Hoffnung. Yassim würde sie bald wieder besuchen, und sie hatten bereits geplant, dass Djamila zum Jahresende freinehmen und Silvester mit ihm in Antibes verbringen würde. Mit ihm und mit mir. Denn nun, da wir endlich wirklich zueinandergefunden hatten, gab es nichts mehr, was uns im Weg stand. Irgendwie gehörte ich bereits zur Familie Elmaleh, und da ich mit meinen eigenen Eltern seit fast einem Jahr nicht mehr gesprochen hatte, fühlte sich das unglaublich gut an. Ich nahm mir fest vor, Magali ebenfalls zum Jahresende nach Antibes einzuladen, um sie mit Yassim und Djamila bekannt zu machen.

Da seine Mutter darauf bestanden hatte, dass er mich zurück nach Antibes begleitete, und Yassim genau wie ich seinem Job nicht ewig fernbleiben konnte, saßen wir gemeinsam im Flugzeug zurück an die Côte d'Azur.

Ich schmiegte mich an Yassims Schulter, während Paris unter uns immer kleiner und schließlich von Wolken verdeckt wurde. In dieser Stadt war in wenigen Tagen so viel passiert.

Ich konnte es kaum erwarten, bald hierher zurückzukehren. Mit Yassim an meiner Seite.

Als wir in Nizza landeten, war es früher Abend. Wir waren beide erschöpft. Das Blau um Yassims Auge war beinahe verblasst, seine Lippe nicht mehr geschwollen, doch er wirkte ebenso müde wie ich. Trotzdem hatte ein rastloses Kribbeln Besitz von mir ergriffen, das ich zunächst nicht einordnen konnte. Doch als wir in den Zug nach Antibes stiegen und sich das Kribbeln verstärkte, begriff ich, worum es sich handelte.

Es war Vorfreude. Auf das azurblaue Meer. Den Hafen. Die Möwenschreie und das Zikadenkonzert. Den Duft von Lavendel und Jasmin. Auf zu Hause. *Mein* Zuhause, das ich mir in den letzten Monaten geschaffen hatte.

Obwohl Yassim nach der Zugfahrt vom Flughafen anbot, mich mit dem Taxi zu meiner Wohnung zu bringen, begleitete ich ihn stattdessen zur *Aurora*. Zu der Jacht, auf der alles begonnen hatte. Es war wie ein innerer Sog. Ein Schließen des Kreises. Der Drang, unsere Gefühle füreinander an dem Ort unserer ersten Begegnung zu besiegeln.

Als wir aus dem Taxi stiegen, das uns am Torbogen zum Hafen absetzte, brannte der Himmel. Mein Herz flatterte mittlerweile so stark, dass ich mir am liebsten eine Hand auf die Brust gepresst hätte. Mit weichen Knien nahm ich Yassims Hand und zog ihn hinter mir her an den Jachten im Hafen vorbei.

Verwundert sah er mich an. »Wohin willst du?«

»Folge mir einfach.«

»Immer.« Er lächelte, so warm und aufrichtig, dass meine Knie noch weicher wurden. Nie würde ich mich an diesen Anblick gewöhnen. Die dunkle Wolke, die ihn stets umgeben hatte, war verschwunden. Er strahlte jetzt noch heller als zuvor. Meine ganz persönliche Sonne.

Langsam und bedächtig führte ich Yassim die Stufen zur

Stadtmauer hinauf. Kein Mensch war zu sehen. Der Wind zerrte an meinem Pferdeschwanz, als ich an die Mauer trat und die freie Hand darauflegte. Direkt vor uns befand sich der schönste Sonnenuntergang, den ich je gesehen hatte. Der Himmel war in unzählige Rot- und Orangetöne getaucht, die wenigen Wolkenformationen versuchten, einander an Schönheit zu übertrumpfen. Unter diesem Kunstwerk erstreckte sich das Meer scheinbar endlos. Glitzernde, schaumgekrönte Wellen, so weit das Auge reichte. Tief atmete ich die salzige Luft ein, war mir Yassims warmer Präsenz neben mir überdeutlich bewusst.

Das hier war Zuhause. Ich hatte meinen Ort gefunden. Und ich hatte meinen Menschen gefunden.

Ich legte den Kopf an Yassims Schulter und blickte zu ihm auf. Musterte jedes Detail seines vertrauten Gesichts. Die dichten Wimpern, die dunklen Augen und schwarzen Bartstoppeln. Das Lächeln, das seine Mundwinkel umspielte.

Er bemerkte, dass ich ihn beobachtete, und drehte den Kopf zu mir. Ich hob eine Hand an seine Wange, legte all meine Liebe in die nächsten Worte. »Ich habe noch nie etwas so Schönes gesehen.«

»Wirklich noch *nie?*«, fragte er sanft.

Ich beugte mich zu ihm, um ihn zu küssen, und flüsterte ganz dicht an seinen Lippen. »Noch nie.«

ENDE

DANKSAGUNG

Eine neue Reihe, ein weiteres Herzensland. Südfrankreich wird für immer einen Platz in meinem Herzen haben, denn dort fing alles an. Als ich nach dem Abi zum allerersten Mal ganz allein für längere Zeit ins Ausland reiste, ging es nach Antibes. Das Meer, die Strände, die Architektur, das Essen … Es war Liebe auf den ersten Blick. Vor allem habe ich es jedoch den Menschen zu verdanken, die ich damals dort kennengelernt habe, dass diese Zeit für mich unvergesslich wurde. Andrea, Manu und Christian: Danke für eure Freundschaft, die nun schon so viele Jahre andauert. Wer hätte 2010 gedacht, dass wir heute nach Herzschmerz, Hochzeiten und Babys immer noch in Kontakt sind?

In Antibes wurde mir außerdem zum ersten Mal das Herz gebrochen. Eine bittersüße Erfahrung, die mir nun als Inspiration für meine Liebesromane dient. Es gibt also kaum ein Setting, das sich besser für meine zweite Romance-Reihe eignen würde, und ich könnte nicht glücklicher sein, euch, liebe Leserinnen und Leser, an diesen wunderschönen Ort entführen zu dürfen. Danke für eure Begeisterung für die *Sommer in Kanada*-Reihe und all die liebe Unterstützung, die ich seitdem von euch bekommen habe. Danke, dass ihr nun auch zu diesem Buch gegriffen habt. Danke, dass ich euch diesen für mich so wichtigen Ort durch Alix' und Léos, sowie bald auch durch Chloés und Bens Augen zeigen darf.

Danke an Greta und das gesamte Piper-Team dafür, dass ich diese Reihe überhaupt schreiben durfte. Das bedeutet mir so viel. Euer unermüdlicher Einsatz für mich und meine Bücher ehrt mich, und ich könnte mich nirgendwo besser aufgehoben fühlen.

Danke an Anika Beer, großartigste Lektorin und eine meiner längsten Autorinnenfreundinnen. Wo wäre ich nur ohne dich? Egal, ob Fantasy oder Romance – nie wieder möchte ich ein Buchprojekt ohne dich angehen, denn »you got the magic touch«.

Danke an Sarah, meine Wunderagentin, für die sich auch in diesem Buch – wie in allen meinen zuletzt erschienenen – wieder ein ganz persönliches Easter Egg versteckt. Denn nichts Geringeres hast du verdient, du wunderbarer Mensch!

Danke an Nora Bendzko, die mir – wie bereits bei *When the Storm Comes* – wieder als Sensitivity Readerin beratend zur Seite stand. Durch dich hat Yassim noch viel mehr an Tiefe gewonnen.

Danke an Rebekka Weiler, meine treue Testleserin. Dein frühes Feedback ist immer so viel wert.

Danke an all die lieben Kolleginnen, Verlagsmitarbeiterinnen, Buchhändlerinnen und Bloggerinnen, die mich täglich auf die ein oder andere Weise unterstützen.

Danke an FAVORITBUERO München für die wunderschönen Cover, die perfekter nicht hätten sein können.

Danke an meine Familie und Lieblingsmenschen, die mich nach meiner Zeit in Antibes ertragen mussten, als ich mit gebrochenem Herzen und unaushaltbarem Fernweh zurück nach Deutschland kam, obwohl ich am liebsten für immer dortgeblieben wäre. Ihr findet euch hoffentlich in diesem Buch in den Personen, die Alix und Léo zur Seite stehen, wieder.

Und danke an Chris, der mein Herz Jahre später in der

Schweiz wieder zusammengeflickt hat und es seitdem hütet wie einen Schatz. Kein *Love Interest* ist so wundervoll wie du, aber du hast sie alle auf die eine oder andere Weise inspiriert.

Liebe in allen Farben und Elementen

Coveränderungen vorbehalten

Kathinka Engel
Marie Grasshoff
Christian Handel
Stefanie Hasse
Lea Kaib
Laura Labas
Kim Leopold
D.C. Odesza
Carina Schnell
Rose Snow
Andreas Suchanek
Nena Tramountani
Marie Weis

Elements of Love

12 Kurzgeschichten über die große Liebe

everlove, 352 Seiten
ISBN 978-3-492-06500-9

Schüchterne Blicke, feurige Berührungen und das Kribbeln im Bauch beim ersten Date. Ist es nicht schön, auf Wolke Sieben zu schweben? Jede der zwölf romantischen Geschichten erzählt von der großen Liebe und einem der vier Naturelemente. Wunderschön illustriert und veredelt, ist die Anthologie ein Muss für alle New-Adult-Leser:innen. Fantastisch oder real, slow-burn oder prickelnd, straight oder queer: Die perfekte Lektüre zum Träumen und Verlieben im sommerlichen Garten, auf dem Balkon oder am Meer.

everlove by PIPER

Leseproben, E-Books und mehr unter www.everlove-verlag.de